HARALD SCHNEIDER
Pilgerspuren

LETZTE RUHESTÄTTE KAISERDOM Osterzeit im Bistum Speyer. Haarscharf entkommen der Geschäftsführer und der Chefredakteur der Bistumszeitung »der pilger« im Speyerer Dom einem Attentat. Der Generalvikar des Bistums stellt Palzki eine kirchliche Vertrauensperson zur Seite, um den ungeheuerlichen Fall schneller aufzuklären. Je tiefer Kommissar Palzki im Umfeld des Bischöflichen Ordinariats recherchiert, desto mehr erlangt er die Gewissheit, dass im Dom nicht nur Bischöfe, Könige und Kaiser ihre letzte Ruhestätte finden sollten …

Hinzu kommen die obligatorischen Störfeuer des Krimi schreibenden Studenten Dietmar Becker und des Notarztes Dr. Metzger, der mit seinem Pilgermobil vor dem Dom parkt.

Palzki kann weitere Anschläge in der Abteikirche in Otterberg und im Frankenthaler Congressforum nicht verhindern und gerät selbst in Lebensgefahr. Ist es Schicksal oder Vorsehung, dass die Geschichte ihren Höhepunkt dort findet, wo sie begonnen hat: im Weltkulturerbe Kaiserdom.

Harald Schneider, geb. 1962 in Speyer, wohnt in Schifferstadt und arbeitet in einem Medienkonzern als Be-triebswirt. Seine Schriftstellerkarriere begann er während des Studiums mit dem Schreiben von Kurzkrimis für die Yellow Press. Der Vater von vier Kindern veröffentlichte mehrere Kinderbuchserien, unter anderem die interaktiven Meisterschnüffler. Seit 2008 hat er in der Metropolregion Rhein-Neckar-Pfalz den skurrilen Kommissar Reiner Palzki etabliert.

Bisherige Veröffentlichungen im Gmeiner-Verlag:
Künstlerpech (2013)
Palzki ermittelt (2012)
Blutbahn (2012)
Räuberbier (2011)
Wassergeld (2010)
Erfindergeist (2009)
Schwarzkittel (2009)
Ernteopfer (2008)

HARALD SCHNEIDER
Pilgerspuren
Palzkis siebter Fall

GMEINER *Original*

Personen und Handlung sind frei erfunden.
Ähnlichkeiten mit lebenden oder toten Personen
sind rein zufällig und nicht beabsichtigt.

Besuchen Sie uns im Internet:
www.gmeiner-verlag.de

© 2012 – Gmeiner-Verlag GmbH
Im Ehnried 5, 88605 Meßkirch
Telefon 075 75/20 95-0
info@gmeiner-verlag.de
Alle Rechte vorbehalten
2. Auflage 2013

Lektorat: Claudia Senghaas, Kirchardt
Herstellung: Julia Franze
Umschlaggestaltung: U.O.R.G. Lutz Eberle, Stuttgart
unter Verwendung eines Fotos von: © Michael Konrad
Druck: GGP Media GmbH, Pößneck
Printed in Germany
ISBN 978-3-8392-1318-6

Für die Mitarbeiter der Peregrinus GmbH, des Bischöflichen Ordinariats, des Dombauvereins und alle anderen Menschen, die bei der Entstehung dieses Romans mitgewirkt haben.

»Worüber ich mich immer wieder wundere, ist dies: Es gibt auf der Welt über 30 Millionen Gesetze, um die Zehn Gebote durchzuführen.«

Albert Schweitzer (1875-1965), Theologe, Musiker, Arzt und Philosoph

»Wenn morgen die Welt untergeht, würde ich heute noch einen Krimi schreiben.«

Frei nach Martin Luther

INHALT

Personenglossar 9
Vorwort 15

1 Dr. Metzgers neuer Job	....	17
2 Palzki als Lebensretter	....	29
3 In der Höhle des Pilgers	....	37
4 Im Auftrag der Kirche	....	55
5 Es gibt viel zu tun	....	68
6 Der verlorene Sohn	....	77
7 Maschendrahtzaun	....	90
8 Endlose Flure	....	105
9 Orgelklänge	....	118
10 Die Zisterzienserverschwörung	....	130
11 Ein Knalleffekt	....	146
12 Nachwuchssorgen	....	161
13 Lehrer sind auch nur Opfer	....	174
14 Gefährliche Engelsgasse	....	188
15 Fratellis Pläne	....	209
16 Letzte Vorbereitungen	....	217
17 Viel Freizeit	....	231
18 Im Frankenthaler Congressforum	....	237
19 Dem Täter auf der Spur	....	256
20 Alte Zeiten	....	266
21 Jacques ist wieder dabei	....	274
22 Palzkis Domkapitel	....	279

Epilog 292

Nachwort 294

ANHANG

Extra-Bonus 1 – Ratekrimi mit Kommissar Palzki 296
Extra-Bonus 2 – Piefkes Rache –
Kommissar Palzki ermittelt in Österreich 299

PERSONENGLOSSAR

Reiner Palzki – Kriminalhauptkommissar
Der Mittvierziger wohnt zusammen mit seiner Familie im Schifferstadter Neubaugebiet. Zurzeit muss er große Rücksicht auf seine Frau Stefanie nehmen, die im neunten Monat schwanger ist. Von sich selbst behauptet er stets, der normalste Mensch auf der ganzen Welt zu sein. Auch seine Essgewohnheiten entsprechen dem statistischen Mittel der Männer seiner Altersklasse.

Gerhard Steinbeißer – Lieblingskollege von Reiner Palzki
34 Jahre alt, seit Jahren unter den ersten 100 beim Mannheimer Marathon. Trotz seines zurückweichenden Haaransatzes lebt er als bekennender Single mit häufig wechselnden Partnerinnen.

Jutta Wagner – Kollegin von Reiner Palzki
Die 40-Jährige mit den rot gefärbten Haaren organisiert interne Angelegenheiten, führt Protokoll und leitet Sitzungen autoritär, sachlich und wiederholungsfrei. Dafür ist sie bei ihren Kollegen sehr beliebt.

Stefanie Palzki – Ehefrau von Reiner Palzki
39 Jahre, hatte zwei Jahre lang von ihrem Mann getrennt gewohnt. Das noch ungeborene Kind symbolisiert zugleich den Neuanfang ihrer Beziehung.

Melanie (12) und Paul (9) Palzki – Kinder von Reiner und Stefanie Palzki
Melanie geht in die 6. Klasse der Realschule, ihr Bruder Paul in die 3. Klasse der Grundschule. Beide lieben sie die variantenreiche Gourmetküche ihres Vaters, die sich haupt-

sächlich aus Imbissbudenbesuchen sowie gelieferter Pizza und Pommes mit viel Mayo zusammensetzt.

Dietmar Becker – Student der Archäologie
Becker hat dieses Mal die offizielle Erlaubnis der Kirche, einen fiktiven Krimi über das Bistum zu schreiben. Da Palzki ebenfalls in diesem Umfeld ermittelt, sind Zusammentreffen der beiden nicht auszuschließen. Beckers Fiktion wandelt sich im Laufe der Zeit immer mehr in Richtung Realität.

Dr. Matthias Metzger – freier medizinischer Berater
Der stämmige und groß gewachsene Humanmediziner hat bereits vor Jahren seine Kassenzulassung zurückgegeben. Markant sind seine langen feuerroten Haare und sein nervöser Tick. Hin und wieder fährt er aus Langeweile Notarzteinsätze. Metzger bietet seine ärztlichen Dienstleistungen auch Privatpatienten an. Zurzeit steht Metzger mit seinem neulackierten Pilger-Mobil vor dem Speyerer Dom, um Touristen und Pilger an seinem reichhaltigen Warenangebot teilhaben zu lassen. Der Autor garantiert an dieser Stelle, dass er keine Provisionen für etwaige Vermittlungen erhält.

Klaus P. Diefenbach – Dienststellenleiter der Kriminalinspektion
Der von allen nur ›KPD‹ genannte neue Chef wurde wegen eigener Verfehlungen vom Präsidium in Ludwigshafen nach Schifferstadt ›aufs Land‹ strafversetzt. Im Dienstgrad eines Kriminaloberrats ist er der Dienststellenleiter und somit Reiner Palzkis direkter Vorgesetzter. Um noch effizienter arbeiten zu können, lässt er eine Klimaanlage in seinem Büro einbauen.

Gottfried Ackermann – Nachbar von Reiner Palzki
Der verlorene Sohn Gottfried mit seinem etwas gewöhnungsbedürftigen Aussehen kommt nach Jahren der Wan-

derschaft zurück zu seinen Eltern. Dort bringt er seine Erfahrungen ein, gestaltet den Garten um und stellt von der Kakteenzucht seiner Mutter auf Pilzzucht um.

Jacques Bosco – Erfinder
Genialer Tüftler, der sich aus dem öffentlichen Leben zurückgezogen hat. Mit seinen 1,60 Metern und einem Alter von über 70 Jahren wirkt er wie Albert Einstein. Jacques kann endlich das Geheimnis des Sodbrennens lösen.

Marco Fratelli – Geschäftsführer der Peregrinus GmbH
Ein Hardcore-Kaffeetrinker mit vermutlich italienischen Wurzeln. Auf ihn und seinem Mitarbeiter Robert Nönn wird im Speyerer Dom ein Attentat verübt.

Robert Nönn – Chefredakteur ›der Pilger‹ (Peregrinus GmbH)
Ein wandelndes Lexikon schlechthin. Keiner kennt sich besser in der Geschichte des Bistums aus. Zurzeit schreibt er an einer Artikelserie über die Domrestaurierung der 60er Jahre des letzten Jahrhunderts.

Nina Mönch – Marketingexpertin der Peregrinus GmbH
Sie hat die schwierige Aufgabe, die Ideen ihres Chefs in geordnete Bahnen zu leiten und die verrücktesten davon unbemerkt auszusortieren. Ohne das ständige Essen von Nutellabroten wäre sie der Aufgabe vermutlich nicht gewachsen.

Mathias Huber – Redakteur ›der Pilger‹ (Peregrinus GmbH)
Ein äußerst ruhiger Zeitgenosse ohne Handy, der außer seinem Standardspruch ›Alles wird gut‹ nicht viel spricht. Wenn er auf Recherchedienstreise ist, weiß nur seine Frau, wie er zu erreichen ist.

Dr. Alt – Generalvikar

Als Vertreter des Bischofs und Herausgeber des ›Pilgers‹ ist Dr. Alt eine absolute Respektsperson. Palzki kommt sehr gut mit ihm klar. Selbstverständlich kommt solch eine Person niemals als Täter infrage.

Joachim Wolf – Kanzleidirektor

Der ranghöchste nichtgeistliche Bistumsmitarbeiter wird von Dr. Alt ausgesucht, um mit unserem beliebten Kommissar Reiner Palzki eine Anschlagserie im kirchlichen Umfeld im Bistum Speyer aufzudecken. Der Rest ist Legende.

Anna Knebinger – Abteilungsleiterin Innenrevision

Frau Knebinger hat innerhalb des Bistums alles im Griff. Ihr stets gepflegter Terminkalender ist mit Wolfs Kalender vernetzt. Doch ein einziges Mal ist Reiner Palzki schneller als sie.

Manfred Wolfnauer – Vorsitzender des Dombauvereins

Ein Verbündeter Fratellis, der sich mit ihm gemeinsam für den Erhalt und die Zukunft des Doms einsetzt. Auch ungewöhnliche Ideen sind willkommen, sofern sie ein evaluierbares Ergebnis bringen.

Brunhilde und Marcel Lipkowitzki – Nachbarn von Robert Nönn

Das ungleiche Paar hat eine nicht allgemein anerkannte Auffassung bezüglich des gängigen Rechtssystems. Ihr Sicherheitsbedürfnis ist fast grenzenlos.

Friedrich N.N. – Otterberger Einwohner

Cordhosenträger, trotzdem wahrscheinlich kein Lehrer. Friedrich ist dabei, eine weltweite Zisterzienserverschwörung aufzudecken, die ihr Zentrum in Otterberg haben soll.

Harald Schneider – Autor und seit 1975 Mitglied der Kolpingfamilie Schifferstadt

Einer muss diese Geschichte ja schließlich geschrieben haben. Es handelt sich hier aber weder um eine gespaltene Persönlichkeit von Reiner Palzki noch um das Alter Ego von Dietmar Becker. Wenn Sie sich vergewissern wollen, hier finden Sie alles Weitere über den Autor:

http://www.palzki.de

VORWORT

Dieser Krimi hat mein Weltbild zerstört. Natürlich im positiven Sinne. Ich träumte schon länger von einem Kirchenpalzki, der im Bistum Speyer mit seinem Dom spielen sollte. Passend zur biblischen Symbolik der Zahl würde Palzki in seinem siebten Fall rund um das Weltkulturerbe ermitteln. Ein Traum? Bereits den Gedanken daran fand ich äußerst unrealistisch. Wer die teilweise skurrilen und extrem überzeichneten Figuren und Mitstreiter der Palzki-Krimis kennt, der wird meine Bedenken verstehen: Niemals würde die Kirche, noch dazu die katholische, da mitspielen. Und ohne umfassende Recherche sowie Einblicke in und Informationen über die Kirchenwelt wäre der Fall nur wenig authentisch geworden; das wollte ich Ihnen, den Lesern, und mir nicht antun. Gott sei Dank ging dann alles viel einfacher, als vermutet. Über Herrn Björn Wojtaszewski, der mir bereits im Holiday Park-Krimi ›Erfindergeist‹ zur Seite gestanden hatte, führte mich der Weg zur Peregrinus GmbH, dem Verlag, der die katholische Bistumszeitung ›der Pilger‹ herausgibt. Dort lernte ich beispielsweise den Geschäftsführer Marco Fraleoni, die Marketingexpertin Nina Luschnat (geb. Mönch), den Chefredakteur Norbert Rönn und seinen Kollegen Hubert Mathes, den ehemaligen Chefredakteur und Ordinariatsrat Klaus Haarlammert und viele weitere Mitarbeiter von Peregrinus und des Bischöflichen Ordinariats kennen.

Was ich dort erlebte, überraschte mich und relativierte so manches Vorurteil: Denn die katholische Kirche im Bistum Speyer ist quicklebendig. Ich hatte es stets mit Menschen zu tun! Und was für welchen: offenen und freundlichen Menschen, interessierten Menschen, engagierten Menschen …

Darüber hinaus habe ich gelernt, dass Kirche durchaus

Humor besitzt, und das ist jetzt nicht nur einfach so dahingesagt. Ich wurde überall sehr herzlich aufgenommen, und meine grenzenlose Neugier wurde stets befriedigt. In mehreren Führungen und Gesprächen erforschte ich die Geheimnisse des Speyerer Doms, wandelte durch die verwinkelten Flure des Bischöflichen Ordinariats und informierte mich über die Arbeit der Peregrinus GmbH. Egal, wo ich war, egal, mit wem ich mich unterhielt, stets stand der Mensch im Mittelpunkt.

Auch wenn ich mir als Autor natürlich das Gegenteil wünsche, so muss ich davon ausgehen, dass es einige wenige Leser geben wird, für die der vorliegende Band ›Pilgerspuren‹ der erste Palzki-Roman ist. Seien Sie gewarnt: ›Pilgerspuren‹ bleibt der Palzki-Linie treu. Denn ›Pilgerspuren‹ ist ein Parodie-Krimi, nicht immer ganz ernst gemeint, aber dennoch mein bisher authentischstes Werk. Alle handelnden Personen des Ordinariats, der Peregrinus GmbH und der weiteren kirchlichen Institutionen gibt es tatsächlich. Selbst deren Namen sind nur leicht verfremdet. Wer ein wenig recherchiert oder ein Insider ist, weiß sofort Bescheid, welche fiktiven Figuren den menschlichen Ebenbildern entsprechen. Die erwähnten Spleens der Personen sind natürlich angedichtet oder stark überzeichnet.

Auch wenn ›Pilgerspuren‹ im Milieu der katholischen Kirche spielt: Lassen Sie mich Ihnen versichern, dass ich mit diesem Roman und seiner oftmals übersteigerten Darstellung keineswegs religiöse Gefühle verletzen will, ich habe diese Geschichte nach bestem Wissen und Gewissen geschrieben. Sehen Sie es mir als wissbegierigem Laien bitte nach, falls ich irgendetwas übersehen haben sollte. Doch jetzt genug des Vorwortes. Ich wünsche Ihnen viel Spaß und Vergnügen beim Lesen der ›Pilgerspuren‹.

Harald Schneider, im Mai 2012

1 DR. METZGERS NEUER JOB

Es hätte so ein schöner Tag werden können.

Ich war am Ende. Die Sache überstieg meine Vorstellungskraft. So etwas hatte ich noch nie gesehen, geschweige denn, in meinen kühnsten Träumen erlebt. Meine Poren waren durchlässig wie ein Sieb, die Kleider hingen klatschnass an mir, der Schweiß tropfte mir übers Gesicht. Wenn nur diese furchtbaren Schreie nicht wären.

Von meinem Schweiß abgesehen, war alles voller Blut und anderen Körperflüssigkeiten. Die Szene, die ich mit einem vernebelten Tunnelblick wahrnahm, war bizarr. Jetzt griff die junge Frau, die mir gegenüberstand, mitten hinein und zog etwas heraus, das mit Schleim überzogen war. Neue, bisher nicht gekannte Schreie kamen hinzu. Die Frau hielt etwas vor mich hin, schaute mich kurz an und meinte mitleidsvoll: »So, da ist schon das nächste. Noch zwei oder drei, dann hat es Ihre Frau geschafft.«

Es dauerte nur eine Sekunde, bis ich die Tragweite dieser Worte verstanden hatte. Ich blickte auf und direkt in das wild zuckende Gesicht von Dr. Metzger, dem skurrilsten Notarzt der nördlichen und südlichen Hemisphäre. In der Hand hielt er eine überreife Banane.

»Na, Herr Palzki, Ihnen wird doch von dieser Geburt nicht schlecht werden, oder? Ihre Frau hält sich im Vergleich zu Ihnen verdammt tapfer.« Er lachte sein übliches Frankensteinlachen.

Meine Frau? Ich schaute auf das komische Bett mit den seltsamen Auflagen und versuchte, meine Frau zu fixieren. Ich sah ein Gesicht wie durch eine Nebelwand. Das Bild verwischte immer mehr.

Ein Urschrei zerriss mein Universum.

*

»Was ist los, Reiner?« Jemand schüttelte mich. Ich öffnete die Augen und erkannte Stefanie, die sich über mich gebeugt hatte.

»Hast du wieder schlecht geträumt?«

Mein Herz schlug stakkatoartig, als ich zu Bewusstsein kam. Ich lag zuhause in meinem Bett. Langsam rutschte ich wieder in die Realität. Seit einigen Nächten träumte ich von der in Bälde bevorstehenden Entbindung meiner Frau. Stets war Doktor Metzger dabei und die Zahl der Neugeborenen stieg mit jedem Traum. Es war mir unverständlich, was diese Albträume auslöste. Bei Melanie und Paul hatte ich damals keine. Dennoch, ich durfte Stefanie nichts davon erzählen, um sie damit nicht anzustecken.

»Es ist alles in Ordnung«, sagte ich zu ihr. »Ich habe nur etwas Sinnloses geträumt.«

Meine Frau wurde neugierig. »Was war es denn?«

»Och«, stammelte ich, um Zeit zu gewinnen, »ich habe davon geträumt, dass ich unseren Garten umgegraben und ein riesiges Gemüsebeet angelegt habe.«

Stefanie lachte. »Manchmal werden Träume auch wahr.«

»Dieser hoffentlich nicht, das war nämlich eine Menge Arbeit. Hier, fühl mal, wie verschwitzt ich bin.«

»Bäh!« Sie schüttelte sich. »Du gehst am besten duschen und ich mache Frühstück.«

»Kann ich dir dabei irgendwie helfen?«

Meine Frau gaffte mich an. »Das war aber nicht ernst gemeint, oder? Du weißt wahrscheinlich nicht einmal, wo das Besteck ist. Selbst zum Wasser Abkochen brauchst du ein Rezept.«

»Jetzt übertreib mal nicht. Einen Toaster kann ich allemal bedienen.«

»So wie vor drei Jahren, als die Feuerwehr anrücken musste?«

»Jetzt komm doch nicht wieder mit diesen alten Kamellen.

Da konnte ich nichts dafür. Das blöde Ding hat geklemmt, und der Thermostat war defekt.«

»Weil du ihn ein paar Tage vorher überbrückt hast«, gab sie bissig zurück.

»Er war halt kaputt«, gab ich kleinlaut zurück.

Stefanie seufzte. »Ich hätte mich besser für eine Hausgeburt entscheiden sollen. Hier bricht das Chaos aus, wenn ich in der Klinik bin. Muss ich dich daran erinnern, wie du die Pommes im Wäschetrockner erwärmt hast, weil du den Backofen nicht angekriegt hast?«

»Das war learning by doing. Die Pommes waren anschließend richtig warm, nur etwas trocken. Das konnte ich aber prima mit viel Mayo kaschieren. Aber dieses Mal hast du uns mindestens 100 Listen geschrieben. Der Kühlschrank ist zum Bersten voll und das Essen vorgekocht und eingefroren, da kann überhaupt nichts schiefgehen. Außerdem werde ich die Kinder auch mal zum Pizzaessen einladen oder so.«

»Das mit dem ›oder so‹ habe ich registriert, mein lieber Reiner. Es würde mich kaum wundern, wenn nach meiner Rückkehr der Kühlschrank immer noch voll wäre.«

»Aber Stefanie, das ist doch für Melanie und Paul die Gelegenheit, die Vielfalt der Nahrungsmittel kennenzulernen. Bisher sind sie ernährungstechnisch ja ziemlich auf dich fixiert. Lass sie doch auch mal über den Tellerrand schauen, was es sonst noch so Leckeres auf dieser Welt gibt.«

Stefanie stand auf.

»Das mit dem Tellerrand meinst du bestimmt nicht wörtlich. In deinen Lieblingsimbissbuden gibt's gar keine Teller. Sei aber bitte so gut, und entfremde mir die Kinder mit deinen Ernährungsmethoden nicht allzu sehr.«

Ich verneinte freundlich und ging ins Bad.

Eine halbe Stunde später saßen wir beim Frühstück. Es war Sonntag vor Ostern und ein recht warmer Tag. Der neunjährige Paul und seine drei Jahre ältere Schwester Melanie freuten sich bereits sehr auf den Familiennachwuchs. Vor ein paar Minuten kam mein Sohn in die Küche gestürmt und teilte uns folgendes mit:

»Heute kann mein Bruder kommen. Ich habe gerade die Autorennbahn aufgebaut. Dann lasse ich es mit ihm mal so richtig krachen. Mit Papa zu spielen macht keinen Spaß mehr, der verliert immer.«

Stefanie lächelte salomonisch. »Wir haben dir ja schon oft gesagt, dass so ein kleines Baby in den ersten Jahren kein Spielkamerad für dich sein wird. Zu Beginn wird das Baby nicht viel mehr machen als schlafen und essen. Außerdem weißt du überhaupt nicht, ob es ein Junge wird, Paul.«

»Mama, seit ich mich erinnern kann, spiele ich mit der Autorennbahn, also vom ersten Tag an. Es muss ein Junge werden. Die sind viel intelligenter als Mädchen. Mit wem soll ich denn sonst Autorennen spielen, Mama? Mädchen sind für so etwas zu blöd.«

Melanie streckte ihm die Zunge raus und sagte: »Du verwechselst da ein paar Dinge, Paul. Autorennen fahren ist blöd. Mädchen machen nur intelligente Sachen.«

Meine Frau konnte eine Eskalation verhindern und alle friedlich an den Frühstückstisch lotsen.

Während ich den für mein Gefühl etwas zu hellen Vollkorntoast aß, erläuterte meine Frau das Tagesprogramm.

»Heute wollen wir endlich mal den Speyerer Dom besichtigen. Das haben wir uns bereits so oft vorgenommen, und immer kam etwas dazwischen. Wenn es unser Nachwuchs nicht ganz so eilig hat, fahren wir gleich nach dem Mittagessen nach Speyer.«

Paul und Melanie zogen eine Schnute, fügten sich aber. Vorteilhaft war, dass Speyer nur wenige Kilometer südlich von Schifferstadt liegt. Selbst wenn die Wehen überraschend einsetzen sollten, konnten wir in kürzester Zeit in der Klinik sein. Da es in Schifferstadt kein Krankenhaus gibt und die Zahl der Heimgeburten verschwindend gering ist, gab es den gebürtigen Schifferstadter in der jüngeren Generation, zu der ich mich locker auch zählte, nur noch in Ausnahmefällen. Fast alle hiesigen Einwohner waren in Speyer oder Ludwigshafen zur Welt gekommen.

Zum Glück kam Stefanie nicht auf die Idee, die Strecke mit dem Fahrrad zurückzulegen. Das Auto war allemal bequemer. Drei Stunden später ging es los.

*

»Papa?«

Ich drehte meinen Kopf leicht in Richtung Paul, der schräg hinter mir saß. »Ja, was gibt's?«

Er hielt einen Prospekt über die Vorderpfalz in der Hand, den er von Stefanie bekommen hatte. »Was bedeutet eigentlich BASF?« Er sprach den Namen des Unternehmens nicht in einzelnen Buchstaben, sondern als ganzes Wort aus.

»Das ist eine Abkürzung«, erklärte ich ihm. »Sie steht für ›Bälzische Anilin- und Soda Fabrik‹«.

»Reiner!« Stefanie intervenierte. »Verwirre Paul nicht mit deinen angeblich witzigen Erklärungen.«

Ich gab mich geschlagen. »Mama hat recht. BASF ist die Abkürzung für Badische Anilin- und Soda Fabrik.«

Gedanklich richtete ich mich darauf ein, meinem Sohn ein paar außerschulische Lerneinheiten zukommen zu lassen. Schließlich nahmen sie in der Schule gerade die verschiedenen Bundesländer durch. Bestimmt würde er gleich fragen, warum diese badische Fabrik in Rheinland-Pfalz stand. Doch nichts geschah. Paul schien die Unlogik nicht verstanden zu haben. Ein weiterer Blick nach hinten zeigte mir, dass er wieder in den Prospekt vertieft war. Während ich über die mangelnde Neugier meines Sohnes enttäuscht war, wechselten wir auf der Speyerer Umgehungsstraße von der B 9 auf die B 39.

»Papa?«

Aha, nun hatte er es bemerkt. Jetzt konnte ich die Geschichte um die Entstehung der BASF doch noch erzählen und meinen Kindern die Allwissenheit ihres Vaters demonstrieren.

»Papa, wie viele Soldaten hat die BASF eigentlich?«

Ich schluckte und schaute verwirrt nach hinten. »Soldaten? Wie kommst du auf so etwas?«

»Hier steht, dass sie eine chemische Kompanie haben.«

Ich kapierte immer noch nicht. Glücklicherweise hatte meine Frau verstanden.

»Paul, da steht ›the chemical company‹. Das ist Englisch und heißt ›das Chemie-Unternehmen‹. Das hat nichts mit Kompanie oder Soldaten zu tun.«

»Das ist aber blöd«, meinte unser Sohnemann. »Warum schreiben die das in Englisch und nicht in Deutsch?«

Ich blickte ernst. »Das mit den Soldaten vergisst du am besten gleich wieder. Die Manager in der BASF verstehen nämlich keinen Spaß. Wenn jemand nicht sachlich und korrekt über die BASF schreibt, drohen die gleich mit einer Klage. Wir hatten erst kürzlich so einen Fall gehabt. Und dieser Student Becker, der uns immer bei der Arbeit behindert, wollte mal einen BASF-Krimi schreiben. Auch das wurde ihm mit Klageandrohung verboten.«

Melanie wollte gerade antworten, wahrscheinlich irgendeinen gehässigen Kommentar, doch ich unterbrach sie.

»Was ist das jetzt!«, rief ich verärgert. »Ein Verkehrsstau mitten in Speyer!«

Wir waren die Ortsumgehung halb um Speyer gefahren, um am Technikmuseum die Bundesstraße zu verlassen und auf dem Festplatz zu parken. Irgendeine Großveranstaltung war immer in Speyer, doch solch ein Stau war ungewöhnlich.

»Vielleicht ein Unfall?«, überlegte Stefanie.

Im Schritttempo ging es weiter. Ich rechnete die Entfernung hoch und kam auf eine knappe halbe Stunde bis zum Festplatz. Hoffentlich setzten nicht ausgerechnet jetzt die Wehen ein. »Muss wohl so sein«, antwortete ich. »Frauen und Autofahren, ich sag's ja immer.«

Für meinen frauenfeindlichen Witz erntete ich von meiner Frau einen bitterbösen Blick.

Melanie mischte sich ungefragt ein. »Mama hat neulich gesagt, du müsstest einen Preis bekommen als schlechtester Autofahrer Deutschlands.«

Die nervöse Handbewegung meiner Frau in Richtung Tochter bekam ich deutlich mit.

»Das war letzte Woche, als wir einkaufen waren«, versuchte sie die Situation zu retten. »Da hast du jeden Kanaldeckel mitgenommen. Das hat unserem Nachwuchs bestimmt nicht gefallen.«

»Ach was, Jungs gefällt das Schaukeln.«

Sie lächelte verschmitzt. »Bist du dir da so sicher?«

Ich beendete das Thema, denn hier konnte ich nur verlieren. Diversen Verbrechern hatte ich es in den letzten Monaten zu verdanken, dass ich bei keiner einzigen Ultraschalluntersuchung dabei sein konnte. Nach wie vor verschwieg sie mir hartnäckig das Geschlecht unseres Familienzuwachses. Na ja, noch ein paar Tage und ich wüsste es auch so. Vielleicht sogar bereits heute, auch wenn es hier wenig abstehende Kanaldeckel gab.

Im Schneckentempo kamen wir der Unfallstelle näher. Nun waren es nur noch etwa 50 Meter bis zur Einfahrt des Parkplatzes. Nirgendwo konnten wir einen Krankenwagen entdecken.

»Seltsam, da stimmt was nicht. Nach einem Unfall sieht es nicht aus.«

»Da vorne steht jemand auf der Straße«, meinte Adlerauge Paul. Kurz darauf konnte ich meinen Vorgesetzten Klaus Pierre Diefenbach erkennen, der wegen seiner Initialen von allen nur KPD genannt wurde. Vor einem guten halben Jahr wurde er wegen einiger Verfehlungen vom Ludwigshafener Polizeipräsidium nach Schifferstadt aufs Land strafversetzt. Seit er das Regiment führte, war nichts mehr wie früher. Egal, es war Sonntag, und ich hatte dienstfrei. Trotzdem fragte ich mich, was KPD mitten auf der Straße tat. Half er einem alten Mütterchen über die Straße oder hatte er wie so oft nur die Orientierung verloren? Noch drei Autos waren vor uns. KPD unterhielt sich mit einem Fahrzeugführer. Da er auf der anderen Spur stand, blockierte er damit auch den Gegenverkehr. Konnte dies der Grund des Staus sein? Nach endlosen Minuten ging es wieder vorwärts. Ich schaute angestrengt rechts aus dem Fenster, um ja keinen Blickkontakt zu meinem Chef aufzubauen. Doch er hatte mich bereits entdeckt. Immer noch stand er wie ein Fels in der Brandung auf der Gegenspur, während er mir zu verstehen gab, die Seitenscheibe herunterzulassen.

»Hallo, guten Tag, Herr Palzki.« Er schaute an mir vorbei. »Frau Palzki, auch Ihnen einen schönen Tag. Ich hoffe, es geht Ihnen gut.«

Sie nickte. Ich schaute in den Rückspiegel. Der Fahrer hinter uns hatte vor Wut einen knallroten Kopf. Ich konnte mich täuschen, aber es sah aus wie Schaum, was ihm aus den Mundwinkeln lief. Der Gegenverkehr schien sich durch ganz Speyer zu stauen. KPD war davon unbeeindruckt. Er blieb unerbittlich stehen, während er weitersprach.

»Als guter Chef muss man auch einmal am Wochenende arbeiten können, vor Ostern ist ja immer so viel los. Man kann schließlich nicht immer die ganze Arbeit auf die Schutzpolizei abwälzen. Vor einer guten halben Stunde habe ich die beiden, die normalerweise hier stehen, in die Pause geschickt. Als guter Chef kann man auch mal den Verkehr regeln, das habe ich jahrzehntelang nicht mehr gemacht. Das ist glücklicherweise nur wenig anstrengend. Gerade ein paar Autos

vor Ihnen, Herr Palzki, habe ich eine ehemalige Klassenka-
meradin entdeckt. Sie schien zwar etwas in Eile gewesen zu
sein, gefreut hat sie sich trotzdem.«

Der Schaumkopf hinter mir drückte auf die Hupe. KPD
schaute ihn böse an.

»Ja, ja, keine Hektik. Es gibt noch genügend Parkplätze«,
rief er ihm zu. Leise, sodass nur ich es hören konnte, ergänzte
er: »Der darf mir jetzt erst mal Verbandskasten und Warn-
dreieck zeigen. Sozusagen als erzieherische Maßnahme.«

Ich nutzte seinen Plan zur Fluchtvorbereitung. »Prima
Idee, Herr Diefenbach. Ich mache Ihnen Platz, darf ich gleich
auf den Festplatz fahren?«

»Nein«, winkte er ab. »Da muss Ihre Frau zu weit laufen.
Fahren Sie ganz nach vorne, da haben wir ein paar Behinder-
tenparkplätze abgesteckt.«

Meine Frau hatte das gehört und warf ihm einen wütenden
Blick nach. Aber KPD stapfte bereits auf den Wagen hinter
uns zu. Ich gab Gas und fuhr weiter. Für mich hatte es sich
trotz allem gelohnt, meinem Chef zuzuhören. Immerhin gab
er mir offiziell die Erlaubnis, auf einem der Behindertenpark-
plätze zu parken. Das hatte ich zwar sowieso vor, doch eine
vernünftige Argumentation gegenüber meiner Frau hatte ich
nicht parat. Zur Sicherheit legte ich zusätzlich die Dienstwa-
genparkerlaubnis aufs Armaturenbrett. Den Hinweis meiner Frau, dass ich heute nicht im Dienst sei, beantwortete
ich mit einem Schulterzucken. Alles andere hätte nur endlose Diskussionen heraufbeschworen. Ich tat es ja schließlich nur für Stefanie.

Wir waren noch nicht richtig aus dem Wagen ausgestiegen,
da war Paul bereits verschwunden. Ich deutete es als einen
Hinweis auf seine wachsende Selbstständigkeit. Sicherlich
wollte er die Umgebung des Doms alleine erkunden. Wenige
Minuten später musste ich erkennen, dass die Erwartungen in
meinen Sohn zurzeit noch ein klein wenig zu hoch gesteckt

waren. Freudig hüpfend kam er auf uns zu. In der Hand hielt er ein Bündel Schnüre, an deren oberen Enden schätzungsweise ein Dutzend gasbefüllte Luftballons schwebten.

»Hab ich organisiert«, meinte er frech grinsend.

Ich überlegte, ob es besser war, gleich wieder heimzufahren. Irgendein Eklat war sonst bereits vorprogrammiert. Tapfer, wie ich war, fragte ich Paul nicht, wo er die Ballons organisiert hatte. Manchmal braucht das Leben auch eine Überraschung.

Wir folgten dem Besuchergedrängel in Richtung Innenstadt. Paul war wieder verschwunden. Direkt vor dem Dom befand sich der Domnapf, der zu bestimmten Ereignissen mit Wein gefüllt wurde. Dort fiel mir ein Wohnmobil ins Auge, das direkt neben dem Domnapf parkte. Auch wenn die Aufschrift auf der Seite neu war, dieses Gefährt hatte ich sofort erkannt. ›Pilgermobil‹ stand, wie immer in blutroten Buchstaben, auf dem Wohnmobil. Dr. Metzger, der Eigentümer des Gefährts, hatte vor Jahren seine Kassenzulassung zurückgegeben und fuhr seitdem, je nach Lust und Laune Notarzteinsätze. Niemand wusste so recht wie er dies genehmigt bekommen hatte. Mit legalen Mitteln dürfte dies in unserem Rechtsstaat wohl nicht gegangen sein. Seit ich wusste, dass er in der Kurpfalz unterwegs war, um Unfallopfer angeblich zu retten, fuhr ich im Straßenverkehr viel vorsichtiger. Seit der letzten misslungenen Gesundheitsreform bot er seine pseudoärztlichen Dienstleistungen, anders konnte man dazu nicht sagen, auch privatärztlich an. Dem Besitzer dieses mobilen Kabinetts des Grauens war es tatsächlich vor ein paar Monaten gelungen, für sein medizinisches Beratungsgeschäft eine Genehmigung zu erhalten. Es war individuelle Auslegungssache, die die Operationen, die er in seinem Wohnmobil durchführte, legalisierte. Prophylaxe war in seinen Augen auch Vorbeugung gegen den Tod, somit durfte er nach seinen Überlegungen operieren. Ich konnte darüber nur den Kopf schütteln. Während ich sein Reisemobil näher betrachtete, sah ich eine Unmenge an Luftballons entlang seinem Gefährt schweben. Ich stutzte, sie hatten die gleiche rote Grundfarbe wie die Ballons meines Sohnes. Fast widerwillig las ich die Aufschrift: ›Dr. Metzger – der Billigarzt für alle Fälle – Flatrate to go für Pilger nur 49 Euro‹.

Eine Bärenpranke klatschte mir auf den Rücken. Dr. Metzger hatte mich erwischt.

»Na, Herr Palzki, was sagen Sie zu meiner neuen Werbekampagne mit den Luftballons? Ich will jetzt ins Pilgergeschäft einsteigen.« Sein abartiges Lachen schrillte durch meine Gehörgänge. Ich schaute mich nach Stefanie um, die aber in Richtung Dom blickte.

»Die Ballons kommen bei der Laufkundschaft sehr gut an, Herr Palzki. Ich muss nur besser aufpassen, vorhin war so ein Bengel da, der hat mir in einem unbeobachteten Moment ein ganzes Bündel Luftballons geklaut.«

»Ungeheuerlich, was es heutzutage alles gibt«, antwortete ich scheinheilig und überlegte, wie ich Paul dazu bringen könnte, auch die restlichen Ballons zu organisieren oder zumindest zu zerstören.

Ich sah, wie hinter Dr. Metzger mein Sohn angelaufen kam. Mit zwei, drei Schritten war ich bei Paul, schnappte mir seine Ballons und sagte so laut, dass es Metzger hörte: »Ich danke dir, dass du Herrn Dr. Metzgers Luftballons retten konntest. Auf dich ist halt Verlass.«

Paul schaute mich doof an, Metzger tat es ihm gleich. Ich drückte dem Notarzt seine Werbemittel in die Hand und zog meinen Sohn aus der verbalen Schusslinie.

Dr. Metzger band die Ballons fest und flüsterte mir in vertraulichem Ton zu: »Ich parke hier jetzt jeden Tag. Die Polizei kann mich nicht wegjagen, weil ich zum ruhenden Verkehr zähle, die Politessen können mir nichts anhaben, weil sie nicht wissen, ob der Domplatz der Kirche gehört oder der

Stadt.« Der Notarzt holte Luft und sprach weiter. »Und für den Dom selbst sind mindestens fünf Organisationen zuständig, da weiß die eine nicht, was die andere macht. Keiner fühlt sich zuständig, das ist wie bei den Behörden. Es waren zwar schon ein paar da, die mich verjagen wollten. Aber solange die nichts Offizielles haben, bleibe ich.« Er lachte erneut sein berüchtigtes Frankensteinlachen. »Und so lange biete ich mit meinem Pilgermobil den Pilgern und Touristen Abhilfe an für kleine Wehwehchen wie Hühneraugen, Abschürfungen bis hin zu spontanen Bypassoperationen. Aber das ist noch nicht alles, Herr Palzki: Als Zusatzgeschäft verkaufe ich seit letzter Woche extravagante Andenken wie Heftpflaster mit Bischofsbild, Zeckenzangen in Domform und selbstsingende Gesangbücher mit integrierten Lautsprechern. Das Zeug wird mir regelrecht aus den Händen gerissen. Selbst schuld, wer heutzutage noch popelige Ansichtskarten vom Dom anbietet.«

2 PALZKI ALS LEBENSRETTER

Stefanie, die Dr. Metzger bisher nur flüchtig kannte, und dies war fast wörtlich zu nehmen, schüttelte die ganze Zeit unentwegt ihren Kopf und versuchte, unsere Kinder mit einem belanglosen Gespräch abzulenken. Nachdem es mir endlich gelungen war, mich von Dr. Metzger zu verabschieden, raunzte mir Melanie begeistert zu: »Cooler Kerl, dieser Metzger. Warum gibt es so etwas nicht als Lehrer?«

Ohne eine Antwort meinerseits, ich dachte gerade mal wieder über einen Vaterschaftstest nach, gingen wir in den Dom. War er, als ich das letzte Mal vor ein paar Jahrzehnten hier war, auch schon so groß? Paul begann, das Echo zu testen und rief im Vorraum mit seiner lautestmöglichen Stimme: »Was hat Herr Meier?«

Ein paar Dutzend Touristen blickten auf unseren Sohnemann, der sofort von Stefanie zurechtgewiesen wurde.

»Papa, was ist geziemende Kleidung?« Diese Frage kam von Melanie.

»Wie kommst du auf so etwas?«, fragte ich mit meiner üblichen Zeitgewinnungstaktik.

»Das steht da auf dem Schild. Ohne geziemende Kleidung darf man nicht in den Dom.«

Stefanie erklärte es ihr. »Das ist ein altes Wort und bedeutet, dass man sich angemessen verhalten und anziehen soll. Da der Dom eine Kirche ist, und in der Gruft ein paar Kaiser begraben sind, sollte man zum Beispiel nicht im Bikini reingehen.«

»Langweilig«, war ihre Antwort.

Ich ließ meiner Familie den Vortritt und sagte zu ihnen: »Los, lasst uns ins Mittelschiff gehen.«

»Kann das Ding schwimmen?«, fragte mein Junge sofort. »Wie kommt das zum Rhein runter?«

Dummerweise war er auch dieses Mal eine Nuance zu laut. Eine Dame mittleren oder gehobeneren Alters schaute erst Paul, dann mich böse an und legte ihren Zeigefinger auf den Mund. Ich war in diesem Moment auf alles gefasst, glücklicherweise verstand Paul die Geste und antwortete nicht mit einer anderen Fingergeste.

Stefanie las ihrer Tochter aus einem Informationsblatt vor und erklärte ihr gerade die verbliebenen Schraudolph-Fresken an der Nordseite. Ich stand zwar wenige Meter dahinter, das ›Langweilig‹ hörte ich trotzdem. Unbeirrt ging meine Frau weiter und wir folgten ihr. Wir erreichten eine Treppe.

»Da oben geht's zur St. Katharinenkapelle mit den Reliquien, das wird bestimmt interessant.«

»Langweilig. Was sind Reliquien, Mama?«

Ich grinste in mich hinein und folgte meiner Familie. Hoffentlich kam Stefanie nicht auf die Idee, einen der Türme besteigen zu wollen. Um meine Kondition war es zwar noch sehr gut bestellt, bis nach oben würde ich höchstens drei oder vier Basislager benötigen, aber wenn im Turm die Wehen einsetzen würden, hätten wir ein Problem. Als Geburtshelfer wäre ich zwar allemal brauchbarer als Dr. Metzger, richtig heiß war ich auf diesen Job aber nicht.

»Hier, seht«, sagte Stefanie, als wir in der Kapelle ankamen, die an den Dom angebaut war. »Ungefähr drei oder vier dieser Kapellen sind noch vorhanden, früher sollen es um den Dom herum rund ein Dutzend gewesen sein.«

Vielleicht hatte man damals noch ein paar Steine übrig und konnte sie wegen fehlerhafter Vertragsgestaltung nicht zurückgeben, dachte ich.

An den Außenseiten des quadratischen Raumes standen mehrere Vitrinen, in denen Dinge lagen, mit denen weder ich noch die Kinder etwas anzufangen wussten.

»Teile dieses Beichtstuhls stammen von dem Original, in dem Edith Stein gebeichtet haben soll«, sagte meine Frau und deutete auf den Holzschrank, der auf der Kapellenseite, die zum Dom gerichtet war, stand.

»Langweilig.« Ups, das war mir herausgerutscht. Melanie lächelte mich an. »Gehen wir nachher noch Pommes essen, Paps?«

Fiktive Blitze schossen aus Stefanies Augen. »Zur Strafe gibt's heute Abend Rosenkohl.«

Das war hart. Rosenkohl galt für mich nicht als Lebensmittel, sondern als Folterinstrument.

»Schaut euch wenigstens die anderen Reliquien an. In dieser hier liegt ein Knochen von Pfarrer Nardini, der im Speyerer Bistum wirkte und inzwischen seliggesprochen wurde.«

Melanie war das böse Wort schon auf der Zunge gelegen, ich konnte sie gerade noch von der Aussprache desselben abbringen.

»Jetzt gehen wir runter in die Krypta.«

»Willst du dir das wirklich antun, Stefanie? Da unten ist es doch bestimmt dunkel, eng und staubig. Nicht, dass unserem Sohn etwas zustößt.«

»Und ich bin dir egal?«, mischte sich Melanie ein.

»Ach was, natürlich nicht. Genauso wenig wie Paul. Ich meine doch deinen ungeborenen Bruder.«

»Spinnst du, Paps? Das muss ein Mädchen werden, sonst wandere ich aus.«

Diese kleine familieninterne Diskussion brachte Stefanie dazu, wieder ein Lächeln aufzusetzen.

»Wartet's einfach ab«, sagte sie diplomatisch und ging die Treppe nach unten in den Langbau. Dort bezahlte ich einen kleinen Obolus, damit wir in die Krypta durften.

Ich bemerkte einige Touristen, die mit einem Walkman herumliefen. Ungeheuerlich so etwas, selbst meine Tochter hatte ihren MP3-Player zuhause gelassen. Die wusste wenigstens, was man unter geziemendem Verhalten verstand. Eine gute Erziehung war heutzutage schon etwas wert. In dem

31

Zusammenhang fiel mir wieder ein alter Witz ein. Man fragt jemanden, ob er den Unterschied zwischen kostenlos und umsonst kennt. Wenn dieser verneint, gibt man die Lösung preis: Meine Erziehung war kostenlos, deine umsonst.

Unter der Kirche befand sich ein riesiges Kellergewölbe. Der komplette vordere Dom schien unterkellert zu sein. Das Kryptazentrum, die Chorkrypta sowie der Süd- und der Nordarm waren jeweils eigene Gewölbe, die durch offene Durchgänge in voller Breite verbunden waren. Überall standen Altäre und steinerne Figuren herum. Die Atmosphäre war eine ganz andere als oben im Dom. Sogar Melanie vergaß ihr ›langweilig‹ und staunte ob der Größe und der raffiniert gebauten Gewölbedecken.

»Das ist ja …«

Mein Blick ließ sie erstarren. Das war gerade noch rechtzeitig. Wir waren schließlich nicht alleine. Neben der Treppe, die wir heruntergekommen waren, ging eine schmalere Treppe wieder ein paar Stufen nach oben. Da hat wohl der Architekt gepennt, dachte ich mir. So etwas hätte man eleganter lösen können. Stefanie hielt uns den Faltplan hin, als wir vor den Kaisergräbern standen. Jetzt spürte auch ich so etwas wie Ergriffenheit. Ich bekam eine Gänsehaut. Was war hier los? Gab es in der Kaisergruft eine Wasserader oder lag es tatsächlich an der Mystik dieses Ortes?

Als wir fünf Minuten später wieder im Mittelschiff angekommen waren, meinte Paul: »So was will ich daheim auch.«

Dieses Mal lächelte seine Mutter gütig. Sie betrachtete noch ein paar Minuten den Altarraum und musste danach feststellen, dass die Afrakapelle an der Nordseite verschlossen war.

»Na ja, kann man nichts machen«, sagte sie und ging in Richtung Hauptportal. Ich überholte sie und ging voraus. Mein Blick verfing sich in der Empore über dem Portal, dort, wo die neue Orgel von gigantischen Ausmaßen aufgebaut worden war. Je näher ich der Empore kam, desto mehr verschob sich die Perspektive der Orgel, die irgendwann ziemlich verzerrt aussah. Dann glaubte ich plötzlich, zwischen den Orgelpfeifen einen Schatten zu bemerken. Was Sekunden später passierte, kann ich nur ungefähr beschreiben. Ich sah, wie sich ein größerer Gegenstand löste und nach unten sauste. Etwa fünf Meter vor mir würde dieser auf den Boden knallen, und genau dort standen nichtsahnend zwei Personen, die sich unterhielten. Ohne nachzudenken, das dürfte in so einem Fall sowieso sinnlos sein, stürzte ich nach vorne und flog hechtsprungartig einem der beiden in den Rücken und zog gleichzeitig den anderen ebenfalls zur Seite. Wir krachten kreuz und quer ineinander verschlungen auf den Boden, und im selben Moment knallte etwas eine halbe Mannlänge hinter uns auf den Boden. Glasscherben flogen uns um die Ohren, eine erwischte mich an der Wange. Ich sondierte die Lage, es schien keine Schwerverletzten gegeben zu haben, andere Personen waren nicht beteiligt. Der ältere der beiden von mir Geretteten blutete am Unterarm. Schockiert schauten sie abwechselnd zu mir und zu dem Gegenstand, der eben zerschellt war. Es handelte sich um einen ziemlich verbogenen Rahmen aus schwarzem Rundstahl. Gemeinsam mit den vielen Glassplittern war dieses Gestänge vermutlich der Absturzschutz für den Orgelspieler.

»Was ist passiert?«, brachte der jüngere hervor.

Ich musste mit der Antwort kurz warten, da ich noch atemlos war. Für spontane körperliche Höchstleistungen stand ich offenbar nicht mehr genügend im Training.

»Da ist etwas von der Orgel runtergefallen. Ich habe das beobachtet und Sie beide zur Seite gestoßen. Sonst wäre ein Unglück passiert.«

Ohne größere Umstände konnte ich aufstehen. Mein linker Knöchel schmerzte genauso wie meine Wange, aber ansonsten war alles gut gegangen. Ich sah meine Kinder, die mit Stefanie etwas abseits standen und sehr blass wirkten. Kein Wunder, das war nun wirklich nichts für sie. Ich musste sie loswerden. Zu diesem Zweck zog ich meinen Geldbeutel aus der Hosentasche und überreichte Paul, der am nächsten stand, zehn Euro. »Holt euch etwas zu trinken. Aber bitte keinen Schnaps.«

»Ganz bestimmt nicht, Papa«, antwortete mein Sohn trocken. »Schnaps schmeckt eklig.« Er zog mit seiner Schwester ab. Schlagartig wurden mir die Konsequenzen von Pauls Aussage klar. Darum musste ich mich später kümmern.

Stefanie nahm mich in den Arm. »War es arg schlimm? Du hast das wirklich ganz klasse gemacht, Reiner. Ich bin stolz auf dich.«

Das ging runter wie Öl, der Rosenkohl dürfte für heute vergessen sein. Ich gab ihr einen Kuss.

Ich ging zu den beiden Herren und half ihnen auf die Füße. Wir unterhielten uns nur über Belanglosigkeiten, so sehr standen wir unter Schock. Schließlich hörten wir ein Martinshorn, und kurz darauf kamen zwei Sanitäter, denen mehrere Polizeibeamte folgten, angerannt. Vermutlich hatte sie ein Dombesucher gerufen, der Zeuge des Unglücks war. Ich gab mich als Kollege zu erkennen und schilderte kurz die Lage. Ein Sanitäter reinigte die Wunde des Verletzten.

»Wir sollten in die Vorhalle gehen«, meinte ein Beamter. Damit hatte er recht, schließlich konnten jederzeit weitere Gegenstände herunterfallen. Zwei andere Polizisten sperrten die Absturzstelle großzügig mit Band ab und geleiteten die noch im Dom verbliebenen Besucher durch ein Seitentor hinaus. Wir blieben in der Vorhalle, und ich konnte hinaus auf den Domplatz blicken. Auch dort war freigiebig mit dem Polizeiabsperrband umgegangen worden. Mittlerweile hatten sich auch die beiden Herren weitgehend beruhigt. Der jüngere gab mir seine Visitenkarte.

»Mein Name ist Marco Fratelli, ich bin Geschäftsführer der Peregrinus GmbH. Das ist mein Chefredakteur, Robert Nönn.«

Aus seinen Worten schloss ich, dass das Unternehmen mit dem komischen Namen wohl ein Verlag sein müsste.

»Wir haben mitbekommen, dass Sie Polizeibeamter sind. Da haben wir wohl großes Glück gehabt, dass Sie so geistesgegenwärtig gehandelt haben. Das hätte ziemlich böse ausgehen können. Haben Sie vielen Dank für die Rettung!«

Beide drückten mir nacheinander herzlich und ziemlich lange die Hand. Dann schaute ich in eine andere Richtung und glaubte, nicht richtig zu sehen: Meine Kinder kamen angelaufen. Wie waren sie nur durch den abgesperrten Bereich gekommen? Ich wollte sie gerade danach fragen, da öffnete Paul eine Plastiktüte und zog eine fast vollständige 500 Meter-Rolle Polizeiabsperrband heraus.

»Hab ich organisiert«, meinte er stolz. Er ließ die Rolle wieder in die Tüte fallen. »Weißt du, was ich damit nach den Ferien mache?«

Ich wollte gerade autoritär reagieren, doch mir fielen drei leere Flaschen Cola in Melanies Arm auf. Meine Tochter hatte spürbar eine Überdosis des koffeinhaltigen Kinderbelustigungswassers genossen. Sie grinste an einem Stück. Wenigstens meinen Kindern hat der Ausflug gefallen, dachte ich zufrieden.

Um auf andere Gedanken zu kommen, ging ich zu einem der Schutzpolizisten, die zur Speyerer Polizeiinspektion gehörten, und gab ihm die Info, dass ich womöglich kurz vor der Tat einen sich bewegenden Schatten gesehen hatte. Von ihm erfuhr ich, dass ein potenzielles Fremdverschulden auf jeden Fall untersucht werden würde und die Spurensicherung bereits unterwegs sei. Ich ging nach draußen und sah, dass Stefanie mit den Kindern neben dem Domnapf auf mich wartete. Daneben stand Dr. Metzgers Pilgermobil, das von Einsatzfahrzeugen umringt war. Dies schien ihn nicht im Geringsten zu beunruhigen. Er steckte mit mehreren Polizeibeamten in Verkaufsgesprächen. Leider war ich etwas unvorsichtig, der Not-Notarzt entdeckte mich und grölte mitten über den Platz: »Palzki, Sie haben doch im Dom nicht etwa gesungen? Dann wäre es klar, warum alles herunterfällt.« Sein Lachen schallte über den Domplatz, während er eine seiner antiken Bananen aus dem Kittel zog und schälte. »Ab morgen verkaufe ich original Domsteine nach Palzki Art!«

»Ich muss Sie enttäuschen, Herr Metzger. Es war kein Stein, sondern nur ein Metallrahmen mit Glaseinsatz.«

Metzger winkte unwirsch ab. Details interessierten ihn nicht.

Hoffentlich kann den bald jemand von hier vertreiben, dachte ich und wandte mich ab. Mir waren Dominosteine aus Schokolade tausendmal lieber. Leider gab's die zur Osterzeit nicht.

Ziemlich schweigsam fuhren wir heim. Der Sonntag war gelaufen. Stefanie hatte die Sache trotz Schwangerschaft sehr gut überstanden, Paul baute seine Ritterburg auf, damit er nachher gleich mit seinem Bruder spielen konnte. Alle Erklärungsversuche, dass dies nicht funktionieren werde, ignorierte er. Und Melanie, ja, das war nicht so einfach. Sie nervte uns alle durch ihre Aufgedrehtheit und erstellte in Facebook eine ›Dr. Metzger-Fanseite‹.

3 IN DER HÖHLE DES PILGERS

Am Montagmorgen betrat ich unsere Dienststelle im Schifferstadter Waldspitzweg und war felsenfest davon überzeugt, eine geruhsame und friedliche Karwoche zu erleben. Zwar sind für die Osterwoche bereits vor 2.000 Jahren lebensverkürzende Taten verbürgt, in der Gegenwart und insbesondere in der Vorderpfalz aber bisher die absolute Ausnahme.

Vielleicht konnte ich mir sogar die Zeit nehmen und über ein paar kosmetische Veränderungen meines Büros nachdenken. Dies wäre bitter nötig, vieles war seit Jahren unverändert. Die einzige Neuerung betrafen eigentlich nur den Rechner unter und den Monitor mit Tastatur auf meinem Schreibtisch, an dem ich mich mehr schlecht als recht auskannte. Hatte ich mich mal nach Monaten an ein bestimmtes Vorgehen beim Aufrufen einer Datei gewöhnt, gab es mit Sicherheit ein Update, und danach funktionierte alles wieder ganz anders. Glücklicherweise konnte ich mich bei Computerdingen auf meine Kollegen Jutta und Jürgen verlassen. Letzterer war eine Koryphäe, was Internetrecherchen anging. Was er nicht fand, das gab es nicht.

Ich setzte mich auf meinen Bürostuhl, starrte den übervollen Posteingangskorb an und dachte nach, wo ich meine Renovierungsmaßnahmen beginnen lassen sollte. Nach dem Motto, erst mal die großen und schwierigen Dinge in Angriff zu nehmen, nahm ich mir schließlich vor, gleich nach dem Mittagessen den fast mannshohen Stapel leerer Pizzakartons zu entsorgen. Zufrieden mit meiner Tagesplanung lehnte ich mich zurück und genoss die Ruhe. Sie war nur von kurzer Dauer. Das schlagartig einsetzende Geräusch, das laut und furchterregend klang, schien den kurz bevorstehenden Weltuntergang einzuläuten. Ich schrak hoch. Wurde das Gebäude abgerissen und die Kollegen hatten vergessen, mich darüber zu informieren? Ist auf dem Waldspitzweg ein Jumbo notgelandet? Das bohrende Geräusch ließ keine klaren Gedanken zu. Ich wagte, die Bürotür zu öffnen, was mit einer Zunahme des Höllenlärms belohnt wurde. Die übernächste Tür, die zu KPDs Büro führte, stand offen. Eine gewaltige Staubwolke flutete den Durchgang. In diesem Moment verebbte der Lärm, und KPD trat aus seinem Reich. In dem weißen Schutzanzug nebst blauer Taucherbrille sah er nicht nur verwegen, sondern auch ziemlich debil aus. Er nahm die Brille ab, was zur Folge hatte, dass sich seine Augenpartien gegen den Rest des Gesichts, das staubbedeckt war, kontrastreich abhoben und ihm das Aussehen eines Pandabären verliehen.

»Ah, guten Morgen, Herr Palzki.« KPD schien guter Laune zu sein. »Ich hoffe, Sie stört diese kleine Umbaumaßnahme nicht allzu sehr. Aber als guter Chef muss man immer die Speerspitze der Kompanie, äh, der Polizeibehörde sein. Kommen Sie, schauen Sie es sich an.«

Er zog mich in sein Büro oder jedenfalls das, was bisher sein Büro war. Sprachlos schaute ich mich um.

»War Christus hier?«

KPD glotzte mich an und überlegte. »Was meinen Sie damit, Palzki? Kommt der nicht erst an Ostern zurück?«

Ostern? Irgendwie schienen wir aneinander vorbei zu reden. »Ich meine den, der alles in Folie verpackt.« Ich zeigte auf die Tische, Stühle und Regale, die mit riesigen Plastikbahnen abgedeckt waren.

KPD lachte laut heraus. »Das war ein guter Witz. Sie meinen wohl Christo, den Verpackungskünstler. Was der kann, das können wir schon lange. Die Folie ist nur zum Schutz meines Inventars, Herr Palzki. Schauen Sie mal nach vorne in die Ecke.«

Erst jetzt entdeckte ich den Arbeiter, der neben der Fensterfront auf einer Leiter stand und eine überdimensionale Bohrmaschine in beiden Händen hielt.

»Da staunen Sie, was?«, fuhr mein Chef fort. Ich sah nur ein größeres Loch in der Wand.

»Interessant, Herr Diefenbach. Ein Loch. Da bekommen Sie im Winter aber kalte Füße, wenn's da durchzieht.«

»Kommen Sie mir nicht mit Sachargumenten. Das bleibt ja nicht so. Aber Sie haben recht, die Umbaumaßnahmen sollen auch für kalte Füße sorgen. Aber im Sommer, nicht im Winter.«

»Hätte da nicht eine Schüssel mit kaltem Wasser unter Ihrem Schreibtisch gereicht?«, fragte ich besorgt.

Mein Chef schüttelte energisch den Kopf. »Wie würde das aussehen, Herr Palzki! Ich bitte Sie!« KPD sagte dem Arbeiter, dass er ein paar Minuten Pause machen sollte, und winkte mich bis zum Loch in der Außenwand. »Die Idee kam mir am Wochenende, als ich in Speyer den Verkehr regelte. Bei solchen niedrigen Tätigkeiten kann man wunderbar seinen eigenen Gedanken nachhängen. Dabei ist mir in den Sinn gekommen, dass ich, quasi als Chef, im Gegensatz zu Ihnen und meinen anderen Untergebenen die meiste Zeit im Innendienst bin. Es ist ja auch ein schönes Büro geworden mit meinen beiden Schreibtischen, der Couch und der kleinen wohlsortierten Bibliothek. Aber im Sommer wird es hier drinnen sehr heiß. Darum habe ich spontan beschlossen, in meinem Büro eine Klimaanlage einbauen zu lassen.«

Jetzt war ich an der Reihe, ihn anzustarren. »Werden alle Büros klimatisiert?«

»Ach, wo denken Sie denn hin. Das würde ja Unsummen kosten. Außerdem muss das Pferd schwitzen und nicht der Reiter. Sie und Ihre Kollegen sind sowieso fast die ganze Zeit draußen unterwegs, um die Welt zu retten. Da brauchen Sie doch keine Air-Condition! Bei mir ist das was anderes. Ich habe immerhin die Hauptarbeit dieser Dienststelle zu leisten.«

KPD holte tief Luft und sprach weiter. »Die Anlage hat mir

sogar das Mainzer Ministerium genehmigt. Ich habe einfach die gleiche Begründung genommen, die das Ministerium im letzten Jahr im Zusammenhang mit der Dienststelle in Maxdorf benutzt hatte: ›Verbesserung interner Prozessabläufe und Steigerung der Effizienz des Personaleinsatzes und der Personalverfügung zur Nutzung von Synergieeffekten bei der polizeilichen Aufgabenwahrnehmung‹.«

KPD schien seine Rede wirklich ernst zu meinen. Zu weiteren Überlegungen bezüglich seines Geisteszustandes kam ich nicht, denn er sprach weiter.

»Die Umbauarbeiten haben leider auch ein paar kleinere Auswirkungen auf Ihr Büro, Herr Palzki. Die Versorgungsleitungen müssen bei Ihnen hinter dem Schreibtisch an der Decke entlang geführt werden. Das ist aber kaum der Rede wert. Das Ziel ist schließlich der Weg. Wenn die Klimaanlage funktioniert, kann ich auch im Sommer Höchstleistungen erbringen. Sie werden sehen, bei uns in der Dienststelle wird dann eine neue Zeitrechnung anbrechen.«

Ich schnaufte. »Lassen Sie das lieber mit der Zeitrechnung. Wissen Sie, wie viele Kalender wir dann austauschen müssten? Außerdem würden die Kirchen auf die Barrikaden gehen.«

KPD ging auf meine Bemerkung zunächst nicht ein. Er kroch unter die Plane, die seinen opulenten Mahagonischreibtisch mit den wertvollen künstlerischen Einarbeitungen in Glas und Keramik schützte, und zog schlussendlich einen Zettel hervor.

»Wo Sie gerade von Kirche sprechen, Palzki. Gestern gab es einen Zwischenfall im Dom. Ein gewisser Dr. Alt aus dem Bischöflichen Ordinariat hat angerufen und wollte wissen, ob es offizielle Ermittlungen gibt. Ich hatte den Eindruck, er hat Angst um den guten Ruf des Doms. Natürlich kann ich mich irren, aber das glaube ich nicht.«

»Ich weiß, Herr Diefenbach, ich war zufällig Zeuge der Tat.«

KPD wurde neugierig. »Wie viele Tote haben wir im Dom?«

»Im Dom liegen zwar ein paar Leichen, das ist aber alles schon länger her. Die Sache gestern ging glimpflich aus, es gab nicht einmal ernsthaft Verletzte. Ihre mörderische Statistik bleibt also unbefleckt.«

Mein Chef nickte zufrieden und schien dabei nachzudenken. Dass er multitaskingfähig war, war mir neu.

»Wir sollten das trotzdem nicht auf die leichte Schulter nehmen, Palzki. Die Kirche ist ja immer etwas schwierig. Als ich noch im Ludwigshafener Präsidium ein guter Chef war, hatte ich einmal vorgeschlagen, alle Beichtstühle prophylaktisch mit einem Tonbandgerät zu überwachen. Ich weiß bis heute nicht, warum das von allen so vehement abgelehnt wurde. Dabei hatte ich in meiner Expertise sogar den Datenschutz berücksichtigt und auf hochauflösende Videoaufnahmen verzichtet.«

KPD machte den Eindruck, als hätte er noch nie etwas vom Beichtgeheimnis gehört. Doch schon sprach er weiter. »In letzter Zeit habe ich allerdings den kirchlichen Bereich etwas vernachlässigt. Da könnte man sicherlich präventiv tätig werden. Ganoven gibt es schließlich überall. Jeder hat seine Leichen im Keller.«

»Meinen Sie wirklich, Herr Diefenbach? Im Dom gibt's im Keller zwar auch ein paar Leichen, die Sache gestern war aber so …«

Diefenbach schienen Details wie üblich nicht zu interessieren, er unterbrach mich.

»Fahren Sie nach Speyer und untersuchen Sie den Fall. Es scheint sich glücklicherweise nur um eine Bagatelle zu handeln. Oder liegt im Moment etwas Wichtiges an?«

Ich verneinte und begann, meine Flucht vorzubereiten. In Speyer war ich gerne, auch ohne Familie. Grundsätzlich unternahm ich dann einen Abstecher zur Imbissbude ›Curry-Sau‹, die es am St.-Guido-Stifts-Platz schon seit über 50 Jahren gab. Laut einer Umfrage hatte diese Imbissbude bei der jüngeren Bevölkerung in Speyer und Umgebung einen höheren Bekanntheitsgrad als der Dom.

»Ich fahr dann mal gleich los.« Die Pizzakartons waren vergessen, meine Magensäure produzierte auf Vorrat. KPD diskutierte mit dem Arbeiter.

Bevor ich losfuhr, wollte ich mich etwas informieren. Ich ging ins Büro von Jutta und war nicht überrascht, dort auch unseren Jungkollegen Jürgen anzutreffen. Wie wir alle wussten, Jutta machte da keine Ausnahme, stand Jürgen auf seine einige Jahre ältere Kollegin. Doch egal, wie er es anstellte, er trat jedes Mal in ein fürchterliches Fettnäpfchen. Letzte Woche hatte er Jutta eine neue Personenwaage geschenkt. Logisch, dass sie sich darüber nur wenig gefreut hatte. Doch Jürgen hatte es wie immer nur gut gemeint, er hatte die Waage bei einer Verlosung des Hausfrauenvereins gewonnen, den er immer mit seiner Mutter, bei der er noch lebte, besuchte. Solche Kardinalfehler passierten mir nicht. Ich schenkte meiner Frau ausschließlich Sachen mit praktischem Nutzen, wie beispielsweise einen Schnellkochtopf oder ein Dampfbügeleisen.

»Guten Morgen, ihr beiden«, begrüßte ich sie.

»Das wünsche ich dir auch, Reiner«, begrüßte mich Jutta, und Jürgen nickte zustimmend, da er gerade an einem Keks kaute. »Wieso bist du so gut gelaunt an einem Montagmorgen?«

Ich grinste noch mehr. »Ich muss nach Speyer. Auftrag vom Chef. Also KPD, meine ich.«

»Haben wir etwas anliegen, Kollege? Soll ich gleich mitfahren?«

»Nein, nein, ist nur eine Kleinigkeit.« Wenn Jutta mitfahren würde, könnte ich die ›Curry-Sau‹ vergessen. »Da müssen wir nicht gleich in Kompaniestärke anrücken. Das bisschen Lärm von KPDs Umbaumaßnahme macht euch doch bestimmt nichts aus.«

Ich wandte mich an Jürgen. »Könntest du bitte mal für mich eine Kleinigkeit recherchieren? Ist natürlich dienstlich.«

Jutta verzog schelmisch ihren Mund, während Jürgen sich an ihren PC setzte.

»Was willst du wissen?«

Ich reichte ihm die Visitenkarte von Fratelli. »Schau mal, was sich hinter der Peregrinus GmbH verbirgt. Soll ein Verlag sein, trotz des komischen Namens.«

Während Jürgen die Daten eingab, fragte Jutta: »Was hat es mit dieser Firma auf sich?«

»Das ist nur so ein Bauchgefühl, Jutta. Gestern wurden der Geschäftsführer und der Chefredakteur im Dom beinahe von einem herunterfallenden Metallrahmen erschlagen. Für mich sah das nicht wie ein Zufall aus, und beide arbeiten zufällig für das gleiche Unternehmen. Es sind zwar nette Leute, aber der Geschäftsführer hat einen italienisch klingenden Namen.«

»Mafia in Speyer?«, fragte Jutta nach. Ich zuckte mit den Achseln.

Jürgen begann zu lachen. »Ich glaube nicht, dass es etwas mit der Mafia zu tun hat. Die Peregrinus GmbH ist die Herausgeberin der Zeitung ›der Pilger‹, die Bistumszeitung der katholischen Kirche.«

Au weia, dachte ich. Jetzt hatte ich nicht nur einen Fast-Tatort im kirchlichen Umfeld, auch die beiden Fast-Opfer gehörten dazu. Trotz Fast-enzeit waren mir das eindeutig zu viele ›Fast‹.

Ich verabschiedete mich von den beiden. »Ich fahr dann mal los, dann bin ich bis zum Mittagessen wieder zurück. Lassen wir den Pizzaservice anrücken? Haben wir seit Freitag nicht mehr gemacht.«

Jürgen versuchte, einen Scherz zu machen. »Bist du überhaupt bibelfest, Reiner?«

»Aber sicher doch. Insbesondere beim elften Gebot.«

Jutta und Jürgen schauten mich erwartungsvoll und fragend an.

»Du sollst deine Kollegen nicht nerven.«

Speyer war immer für eine Überraschung gut. Dieses Mal war es allerdings eine unangenehme Überraschung. Mein Lieblingsimbiss außerhalb von Schifferstadt hatte noch geschlossen. Ich musste bezüglich meiner Überlebensstrategie abwägen: Würde ich warten, verpasste ich das Pizzaessen in der Dienststelle. Manchmal musste man im Leben kompromissbereit sein. Ich fuhr in den Hasenpfuhl und parkte auf dem Schulhof der früheren Klostergrundschule. Laut Fratellis Visitenkarte sollte hier die Peregrinus GmbH ihren Sitz haben. Für die Mitarbeiter musste der Arbeitsplatz ein Traum sein, denn die Parkmöglichkeiten waren, nur wenige Meter vom Speyerer Zentrum entfernt, gewaltig. Der komplette Schulhof der ehemaligen Schule stand zur Verfügung. Sehr geschäftstüchtig scheint der Verlag allerdings nicht zu sein, dachte ich mir. Richtige Manager hätten längst einen kostenpflichtigen Parkplatz für die Touristen geschaffen. Ich ging in das einstöckige, langgezogene Gebäude und bekam als Erstes beinahe eine Herzattacke. An der hinteren Wand des modern eingerichteten Empfangsraums befand sich der Albtraum höchstpersönlich. In einem großen Topf stand eine unbeschreibliche Pflanze, die vermutlich als Dekoration in so manchem Horrorfilm gedient haben musste. Krawattenähnliche Streifen standen an dieser Ungeheuerpflanze, wie ich sie sofort taufte, wie schwerkraftloses Lametta in die Höhe. Zu einer näheren Betrachtung blieb mir keine Zeit, denn mit einem Knall stoben Blitze, und mir wurde schlagartig schwarz vor Augen.

*

»Hallo, geht es Ihnen wieder gut?«

Wie aus weiter Ferne erreichten diese Worte mein Gehör. Langsam, sehr langsam kam ich wieder zur Besinnung. Ich saß auf einem Besucherstuhl und starrte eine besorgt dreinschauende Dame an, die mich an der Schulter festhielt. Ein Mann kam hinzu, gab mir ein Glas Wasser und sagte: »Alles wird gut.«

»Sollen wir einen Arzt rufen?«, fragte mich die Frau und hob eine Augenbraue.

Ich benötigte eine Weile, um die Lage einigermaßen überblicken und meine Gedanken ordnen zu können. »Danke, es geht wieder. Mir ist plötzlich schwarz vor Augen geworden. Das ist mir noch nie passiert.«

Die Dame zeigte mitleidsvoll auf eine silberne Säule, die mitten im Empfangsraum die Decke stützte.

»Kein Wunder, Sie sind einfach schnurstracks auf den Betonträger zugelaufen. Haben Sie Ihre Brille vergessen oder noch Restalkohol im Blut? So etwas hat bisher niemand fertiggebracht.«

Tatsächlich, mitten im Raum befand sich eine 20 Zentimeter dicke Säule, die eigentlich unübersehbar war. Der Pflanzenalptraum musste mich abgelenkt haben. In diesem Moment entdeckte ich am Fußpunkt der Säule im Betonboden vier Haarrisse, die in alle Himmelsrichtungen verliefen. Sollte ich mit meinem Dickkopf die Statik des Gebäudes beeinträchtigt haben? Jäh wurde ich aus meinen Gedanken gerissen.

»Zu wem wollen Sie eigentlich?«

»Mein Name ist Reiner Palzki, ich bin Kriminalhauptkommissar und würde gerne den Geschäftsführer Marco Fratelli sprechen.«

Die Frau zuckte erschrocken zusammen. »Um diese Uhrzeit? Haben Sie einen Termin?«

»Nein, ich bin spontan und terminlos hier.« Ich blickte

auf meine Uhr. »Es ist kurz vor elf, ist das zu früh für Herrn Fratelli?«

»Wie man's nimmt«, antwortete sie schulterzuckend.

»Können Sie aufstehen? Dann begleite ich Sie ins Besprechungszimmer.«

Ich konnte, und wir gingen gemeinsam durch eine Tür, die sich nur wenige Meter neben der Ungeheuerpflanze befand. Die Dame wies mir einen Platz an dem etwa zehn Personen fassenden Tisch zu.

»Herr Fratelli wird gleich bei Ihnen sein.« Sie schaute mich zum Abschied an, so wie man jemanden anschaut, den man mutmaßlich zum letzten Mal im Leben lebendig sieht. Ich besann mich, konnte aber keinen Fehltritt, von der Säule mal abgesehen, ausmachen, den ich begangen hatte. Vielleicht hatte ich irgendwelche Riten verletzt, die beim Betreten dieses Gebäudes erwartet wurden? Ich kam zu keinem abschließenden Ergebnis. Schließlich betrachtete ich, um mich von allem etwas abzulenken, die mächtigen Regale, in denen Dutzende Jahresbände des ›Pilgers‹ standen. Ich wollte gerade einen aktuellen Band herausziehen, da öffnete sich die Tür und der mir bekannte Fratelli kam herein.

»Hallo, Herr Palzki«, begrüßte er mich überschwänglich, aber mit einer auffälligen Portion Nervosität. »Ich hätte mich im Laufe des Tages bei Ihnen gemeldet, um mich für Ihre gute Tat zu bedanken. Es freut mich trotzdem, dass Sie vorbeigekommen sind. Leider ist der Zeitpunkt äußerst ungünstig, denn ich habe im Moment wenig Zeit. Wir haben ein schwerwiegendes technisches Problem im Haus. Es ist unvorstellbar, was passiert ist.«

Ein technisches Problem? Mist, die haben die Risse entdeckt. Ob das Gebäude bereits evakuiert wurde?

»Kann man das nicht einfach wieder zuspachteln?«

Fratelli sah mich an, als käme ich direkt vom Mond.

»Zuspachteln? Ich bitte Sie. Hier geht es um die nackte

Existenz. Ich hoffe, dass es kein Totalschaden ist und nur das Stromnetz überlastet ist. Ein Elektroniker und ein Mechaniker sind gerade angekommen. Hoffentlich finden die den Fehler, sonst ist der Tag gelaufen.«

Aus dem Kontext heraus hatte ich erkannt, dass mein Fauxpas anscheinend nichts mit der momentanen Situation zu tun hatte. Aber welches technische Problem sollte ein Verlag haben, der den ›Pilger‹ herausbringt und dessen Jahrhundertarbeit hier im Regal stand? Man konnte schließlich davon ausgehen, dass ohne Computer gearbeitet und alles mit mechanischen Schreibmaschinen getippt wurde. Ob die Texte dieser Kirchenzeitung noch mit Bleilettern gesetzt wurden? Ich bemerkte, dass Fratellis Hände zitterten.

»Wir können gerne zu der Quelle Ihres Malheurs gehen und uns dort weiter unterhalten.«

Fratelli sagte sofort zu.

»Das wäre super, kommen Sie mit. Es geht um Minuten.« Der Geschäftsführer raufte sich besorgt die Haare.

Ich folgte ihm nach hinten durch das langgezogene Gebäude. In manchen Büros saßen Mitarbeiter, die verdächtig ihre Köpfe einzogen, als ich mit dem ›Pilger‹-Chef vorbeiging. War er so ein Tyrann? Waren es Mitarbeiter, die gestern ihren Chef im Dom beseitigen wollten? Insiderwissen dürfte auf jeden Fall vorhanden sein.

Fratelli bog in einen größeren Aufenthaltsraum ein.

»Wir haben den Fehler gefunden«, meinte jemand in einem Kundendienstoutfit. »Die Brühgruppe war verstopft. Dabei ist die noch gar nicht so alt. Trinken Sie viel Kaffee?«

»Viel Kaffee?« Fratelli schrie fast, dennoch schien er erleichtert. »Bevor ich morgens nicht meine fünf Tassen Pilger-Kaffee getrunken habe, darf mich niemand ansprechen. Ich muss hier jeden Tag höchste Kreativleistung vollbringen, das geht nur mit einer anständigen Dosis Koffein. Und meine Mitarbeiter trinken natürlich auch ganz schön was weg. Kaffee ist neben den Gehältern und Sozialausgaben unser größter Ausgabenblock. Noch vor den Druckkosten.«

Der Kundendienstler nickte. »Die Maschine ist für solch einen Durchlauf nicht ausgelegt. Irgendwann fällt die Ihnen komplett auseinander. Für Großmengen sollten Sie auf ein Gastronomiegerät umsteigen.« Er packte seine Tasche und verabschiedete sich.

»Möchten Sie auch eine Tasse?«, fragte mich Fratelli.

Ich nickte.

»Sind Sie eigentlich mit Steinbeißer oder Wagner verwandt?«, fragte ich, weil meine Kollegen einen ähnlich hohen Kaffeeverbrauch hatten. Just im gleichen Moment verschluckte ich mich an dem äußerst starken und brennendheißen Kaffee.

Der Geschäftsführer schaute irritiert und schüttelte den Kopf. »Behauptet das jemand?«

Ich winkte ab. »Nein, ist auch nicht wichtig.«

Fratelli stürzte in einem wahnsinnigen Tempo zwei Tassen Kaffee hinunter, und im gleichen Zeitraum nahm seine Nervosität ab. Er wirkte nun viel ausgeglichener. Eine jüngere Frau mit leuchtend braunen Augen und ebensolchen Haaren kam mit einem angebissenen Nutellabrot in den Aufenthaltsraum. Sie zuckte stumm in Richtung des Geschäftsführers mit dem Kopf nach oben, was nicht nur in der Pfalz ›Und, was gibt's?‹ bedeutete. Fratelli zeigte ihr seine rechte Hand, an der alle fünf Finger ausgestreckt waren. Aha, ein Geheimcode.

Fratelli bemerkte, dass ich mir über diese, für einen Außenstehenden seltsam wirkende, Geste Gedanken machte.

»Herr Palzki, keine Angst, wir sind kein Geheimbund. Meine Assistentin Nina Mönch, hat sich nur vergewissert, ob ich endlich meine fünf Tassen Kaffee getrunken habe. Drei, bevor die Maschine kaputtging und zwei gerade eben.«

Frau Mönch gab mir die Hand und lachte. »Es freut mich, Sie kennenzulernen, Herr Palzki. Herr Nönn hat mir vorhin von der blöden Geschichte im Dom erzählt.«

48

Sie deutete auf Fratelli. »Mit unserem Chef ist das so eine Sache. Bevor er nicht seinen Mindestkoffeinspiegel erreicht hat, sollte man ihn besser nicht ansprechen. Vorher ist er der unmöglichste Chef auf Erden, danach, von ein paar Macken abgesehen, der umgänglichste. Mich hat es da besonders schlimm erwischt. Als seine Assistentin und Marketingleiterin bin ich seinen Launen tagtäglich ausgesetzt.«

Sie rollte mit den Augen und lachte. Die Ironie in ihren Sätzen war deutlich zu spüren.

»Die Kaffeemaschine ist nun mal das wichtigste Gerät bei uns im Verlag«, setzte Fratelli noch eins drauf, und es klang, als meinte er es ernst.

»Kommen Sie, gehen wir in mein Büro.« Zu Frau Mönch sagte er: »Holen Sie bitte Herrn Nönn, und kommen Sie nach.«

Fratellis Büro war ein kreatives Chaos. Sein halber Schreibtisch, der recht groß, aber natürlich nicht mit KPDs Dimensionen vergleichbar war, war mit Computer und jeder Menge anderen technischen Gerätschaften vollgeräumt, von denen ich gerade noch einen Drucker erkennen konnte, der allerdings zur Hälfte mit einem Tuch bedeckt war. Die Rückseite seines Schreibtisches, dort, wo mehrere Besucherstühle standen, war mit einem extremen Kabelwirrwarr behangen.

»Ich bin noch nicht zum Aufräumen gekommen«, entschuldigte er sich und bot mir Platz an. »Möchten Sie noch einen Kaffee?«

Ich verneinte. Nach einer zweiten Tasse würde ich wahrscheinlich unter der Decke schweben.

»Sie haben Computer?«, fragte ich verdutzt.

»Wir sind ein Verlag, Herr Palzki. Haben Sie bei der Polizei keine?«

Er blickte auf sein technisches Inventar und entdeckte das Tuch auf dem Drucker. Fast liebevoll strich er es glatt und bedeckte den Drucker komplett. Er vergewisserte sich, dass

49

das Tuch auf allen Seiten in etwa gleich lang überhing. Mit verträumtem Blick schaute er mich an.

»Gefällt Ihnen das, Herr Palzki?«

Da ich während meiner kurzen Anwesenheit im Verlag bereits mehrere verrückte Dinge erlebt hatte, beschloss ich, so zu tun, als handle es sich um eine normale Vorgangsweise.

»Ich finde das Tuch äußerst praktisch. Damit staubt der Drucker nicht so schnell ein.«

Fratellis Augen blitzten. »Da haben Sie ja vollkommen recht, mein Lieber. Das ist ein ganz neuer Aspekt. Bei meinem nächsten Termin mit Manfred Wolfnauer vom Dombauverein werde ich das Argument vorbringen.« Er blickte mir in die Augen. »Dass Sie als Mann auf solche Sachen kommen?«

»Ich habe einige Zeit alleine gelebt. Da lernt man, mit einer Staublunge umzugehen.«

Die Tür ging auf, und Nina Mönch kam mit Robert Nönn herein.

»Guten Tag, Herr Palzki. Ich freue mich, dass ich Ihnen nochmals persönlich danken kann. Meine Frau würde sich gerne bei Gelegenheit ebenfalls bei Ihnen bedanken.«

»Meine Frau hat nur mit den Schultern gezuckt, als ich ihr davon erzählte«, entgegnete Fratelli.

Wir glotzten ihn an.

»War nur ein Witz. Trotzdem, einen gewissen Gewöhnungseffekt kann man inzwischen nicht mehr abstreiten.«

Ich verstand überhaupt nichts. »Sind im Dom schon öfter Sachen auf Besucher herabgefallen?«

»Herr Fratelli meint etwas anderes«, erklärte Nönn. »Auf uns beide wurden in den letzten Tagen mehrfach Anschläge verübt.«

Der Geschäftsführer goss sich während dieser Erklärung eine weitere Tasse aus der Kanne ein, die er vorhin vorsorglich mit frisch gebrühtem Kaffee aufgefüllt hatte, und ergänzte die Ausführungen seines Chefredakteurs: »Wobei man aber sagen muss, dass es nie so knapp wie gestern ausgegangen war. Die anderen Sachen waren eigentlich harmlos.«

»Harmlos?« Nönn schien zum ersten Mal seine Fassung zu verlieren.

»Jemand hat die Bremskabel meines Autos durchgeschnitten, als wir zu unserem Vortrag ins Kloster Hornbach fuhren. Und nur einen Tag später entdeckten wir das Kontaktgift.« Fratelli schien dies wenig zu beeindrucken. »Man schwebt ab dem Tag seiner Geburt ständig in Lebensgefahr, mein Guter. Außerdem war das alles stümperhaft gemacht. Die Lache mit der Bremsflüssigkeit sahen wir, bevor wir losfuhren. Und das leuchtend blaue Gift war viel zu auffällig. Da war der italienische Kaffee, den ich letztes Jahr in Neapel getrunken habe, weitaus gemeingefährlicher. Die Italiener können nun mal keinen guten Kaffee kochen.«

Nönn schüttelte den Kopf. »Aber gestern wäre für uns Schichtende gewesen, wenn Herr Palzki uns durch seinen sportlichen Einsatz nicht gerettet hätte, und da bin ich ihm sehr dankbar dafür.«

Sofort setzte ich mich gerade hin und drückte meine Brust heraus. Das hätte meine Frau hören sollen. Sie meinte immer, ich wäre so sportlich wie Franz-Josef Strauß Anfang der Neunziger Jahre. Erst später hatte ich in Erfahrung gebracht, dass er da nicht mehr lebte.

»Haben Sie wenigstens die Polizei informiert?«, fragte ich erschüttert. »Ich kann mich nicht erinnern, dass solche Sachen bei uns in der letzten Zeit zur Anzeige gebracht geworden sind.«

Nina Mönch mischte sich ein. Sie hielt immer noch ein Nutellabrot in der Hand. »Sie kennen den Dickkopf unseres Chefs nicht, Herr Palzki. Außerdem haben die beiden keine Ahnung, ob die Anschläge ihnen gemeinsam galten oder nur einem von ihnen.«

»Aber Sie müssen doch irgendwelche Anhaltspunkte haben«, bemerkte ich. »Haben Sie Feinde oder so etwas?«

»Ich komme mit allen klar«, konterte Fratelli und streichelte sein Druckertuch. »Jedenfalls, wenn mein diastolischer Koffeinwert stimmt.«

Nönn überlegte, ob er ebenfalls etwas sagen sollte. Schließlich überwand er sich: »Bei mir kann ich auch keinen Grund erkennen. Ich habe zwar seit einiger Zeit einen bizarren Nachbarschaftsstreit, aber Körperverletzung war bisher eigentlich kein Thema.«

Oje, dachte ich. Wenn es dumm lief, musste ich mich um solch eine Sache kümmern. Nachbarschaftsstreitigkeiten verliefen fast immer nach dem gleichen Muster. Sie begannen mit Bagatellen. Mal parkte der böse Nachbar seinen Wagen auf der Straße vor dem Nachbarhaus, dessen Bewohner der Meinung war, zur Wohnung, beziehungsweise zum Haus, gehöre auch das exklusive und alleinige Recht, vor diesem zu parken. Statt sich zu einigen, wurde dann meist sofort die juristische Keule geschwungen. Der Verlierer revanchierte sich dann mit dem Knallerbsenstrauch, der durch den Maschendrahtzaun wuchs. Und schließlich ging es weiter mit Drohungen, Körperverletzungen und ab und zu einem kleinen Totschlag.

»Fanatische Katholiken im negativen Sinn?«, fragte ich, um eine weitere Theorie in die Runde zu werfen.

»Fanatismus? Hier im Bistum oder gar bei den ›Pilger‹-Lesern? Aber Herr Palzki!« Fratelli verneinte aufbrausend meine These. »Wir bekommen zwar immer mal wieder kritische Leserbriefe, Gewalt wurde uns aber noch nie angedroht.«

Endlich hatte ich einen Angriffspunkt. »Würden Sie mir bitte alle Leserbriefe des letzten halben Jahres heraussuchen?«

»Wieso? Das ist doch kein Fall für die Polizei, oder?«

»Ich denke schon«, antwortete ich. »Ein Herr Dr. Alt vom Orient, äh Ordinariat hat bei meinem Vorgesetzten interveniert. Ich soll mich der Sache im Dom annehmen. Normalerweise untersuche ich zwar nur Todesfälle. Aber ohne meine sportliche Hochleistung hätte es gestern einen oder zwei gegeben.«

Nönn und Fratelli schauten sich entgeistert an. »Warum will sich unser Herausgeber da einmischen?«

»Wie bitte? Dr. Alt ist Ihr Herausgeber? Jetzt verstehe ich. Dann hat er wohl keine Angst um den Dom, sondern eher um seine Mitarbeiter. Das ist schön, einen Chef zu haben, der sich um das Wohlergehen seiner Untergebenen kümmert.«

»Ich glaube nicht«, sagte Nönn kurz und prägnant, ohne die Doppeldeutigkeit seiner Worte zu bemerken. »Dr. Alt hat keine Ahnung davon, dass es diese Attentate auf uns gab. Wir haben ihm bisher nichts von dieser Misere gebeichtet. Woher er von der Sache im Dom erfahren hat, ist mir unbekannt. Aber da sind die Wege recht kurz. Wahrscheinlich aus dem Domkapitel.«

»Das ist eher unwahrscheinlich«, antwortete ich spontan und ohne nachzudenken. »Die Tat ist erst gestern passiert. Aktuelle Dinge stehen in Zeitungen, aber nicht in Büchern.«

Stille.

Alle drei blickten mich mit offenem Mund an. Auf einmal fing Nina Mönch zu lachen an. »Ich hab's kapiert. Der Witz war gut, Herr Palzki.« Sie schaute ihren Chef und Herrn Nönn an. »Haben Sie es nicht verstanden? Domkapitel! Ein Kapitel aus einem Buch über den Dom. Herr Palzki hat uns auf den Arm genommen.«

Jetzt lachten auch die beiden anderen, und ich stimmte mit ein. Ich hatte keine Ahnung, was daran lustig war. Um dies nicht vertiefen zu müssen, stand ich auf. Ich musste mich unbedingt in der nächsten Zeit mit dem kirchlichen Vokabular näher befassen.

»Ich lauf dann mal rüber zu Ihrem Herausgeber. Darf ich bei Ihnen im Schulhof meinen Wagen stehen lassen?«

»Aber gerne«, sagte Frau Mönch. »Das passt gut. Wir drei

bekommen jetzt nämlich gleich Besuch. Wenn Sie von Dr. Alt zurückkommen, dürften wir ebenfalls fertig sein. Dann können wir uns nochmals zusammensetzen.« Zur Bekräftigung biss sie tief in ihr Brot.

4 IM AUFTRAG DER KIRCHE

Mit von der Ungeheuerpflanze abgewandten Blick verließ ich das Gebäude. Meine Gedanken kreisten um das gerade Erlebte. Irgendetwas stimmte nicht mit den Anschlägen auf die beiden. Ich hatte das dumme Gefühl, dass es ein Wettlauf mit der Zeit werden würde. Niemand konnte garantieren, dass nicht heute bereits das nächste Attentat folgen würde. Automatisch beschleunigte ich meine Schritte. Das Büro von Dr. Alt befand sich nur wenige 100 Meter entfernt. Frau Mönch hatte mir zum Abschied den Weg genaustens erklärt. Dummerweise lag der Domplatz dazwischen. Wie es der Teufel wollte, lief ich dem selbst ernannten Pilgerarzt Dr. Metzger in die Quere. Ich hatte keine Chance, ihm zu entkommen.

»Ah, da ist der Herr Palzki schon wieder. Werden Sie auf Ihre alten Tage religiös? Wollen Sie in den Dom? Schauen Sie mal, ich habe seit heute Pilgerbarbies im Angebot. Ihre Tochter würde sich darüber bestimmt freuen.«

»Ich bin nicht alt«, antwortete ich, ohne auf seine restlichen Fragen einzugehen. »Hat man Sie immer noch nicht von diesem Platz vertreiben können?«

Metzger machte eine unwirsche Handbewegung, die wie immer recht unkoordiniert aussah. »Vorhin war wieder einer von der Kirche hier. Er meinte, dass ich die Touristen belästigen würde.«

Erneut zelebrierte er sein satanisches Lachen, das sich anhörte, als wäre es nicht von dieser Welt. Ich wollte weiterlaufen, doch Metzger war noch nicht fertig.

»Ich habe mir überlegt, ob ich mit meinem Pilgermobil in die Vorhalle des Domes fahren könnte. Das ist zwar kein öffentlicher Parkplatz, aber ich wäre viel näher dran an den Kunden, auch bei schlechtem Wetter. Außerdem will ich nicht parken, sondern Geld verdienen. Eine kleine Rampe, um die

Treppenstufen hochzukommen, fällt bestimmt nicht auf. Was meinen Sie zu dieser grandiosen Idee, Herr Palzki?«

»Das wird so nichts«, entgegnete ich und deutete auf seinen ehemals weißen Kittel, der wie nach jahrelanger Arbeit auf einer Ölplattform aussah. »In den Dom dürfen Sie nur in geziemender Kleidung, das steht am Eingang auf einem Schild.«

Das löste bei Metzger die nächste Lachsalve aus. »Als ob ich mich um Schilder kümmern würde. Selbst Verkehrsschilder sehe ich nur als unverbindlichen Vorschlag an und Ampeln sind für mich reine Straßendekoration. Sie kennen doch mein Motto, getreu nach Noah: Nach mir die Sintflut.«

Ich hob die Hand zum Abschied. Hier war jedes Wort zu viel.

»Ach, übrigens«, legte Metzger nach, »Ihr Freund, der Student, ist auch gerade im Dom.«

Zur Salzsäule erstarrt stand ich da. Dietmar Becker. Seit mindestens einer Woche war er mir nicht mehr über den Weg gelaufen. Fast hätte ich ihn vergessen. Dieser Student der Archäologie mit seinem knabenhaften Gesicht, der Verbrechen geradezu magisch anzog und mir seit einem Jahr ständig bei meinen Ermittlungen über die Füße lief. Um seinen Unterhalt zu verdienen, arbeitete er als freiberuflicher Journalist für diverse Zeitungen. Sein Traum war allerdings, Schriftsteller zu werden. Dies hat er bereits sechs Mal verwirklicht und eine Krimireihe rund um einen skurrilen und etwas behämmert wirkenden Kommissar geschrieben. Alles wurde total unrealistisch beschrieben, doch den Lesern fiel das anscheinend nicht auf. Immer, wenn Becker in meinem Leben auftauchte, war ich mir sicher, dass er einem oder mehreren Verbrechen auf der Spur war. Durch seine unkonventionelle Art und Weise konnte er sich unter dem Mantel des Journalismus Vorteile bei der Recherche verschaffen. Wie auch immer, die richtigen Mordfälle wurden ausschließlich durch unsere Dienststelle in Schifferstadt gelöst. Nur mein Vorgesetzter KPD sprach nicht im Plural, wenn er von seiner Aufklärungsstatistik berichtete.

Dass Becker hier war, irritierte mich. Seit Kurzem hatte er zwar einen direkten Draht zu KPD, der immer etwas, na, sagen wir, medienaffin war, die Sache im Dom dürfte er aber normalerweise noch nicht mitbekommen haben.

»Becker ist nicht mein Freund«, konterte ich. »Was wollte er von Ihnen? Hat er Sie mit einer Knöcheloperation to go beauftragt?«

»Die OP-Geschäfte laufen im Moment nicht so gut. Vorhin hat mir jemand gesagt, im ›Pilger‹ und in der Speyerer Zeitung würde man vor Scharlatanen im Dom-Umfeld warnen. Eine typische Zeitungsente, sag ich Ihnen. Ich stehe hier jeden Tag, aber Scharlatane habe ich bisher keine gesehen.«

Er zeigte zum Domportal. »Da drinnen ist Ihr Freund vor einer Weile verschwunden, vielleicht ist er auch schon wieder rausgekommen. Mit einem Fotoapparat hat er sich bewaffnet. Soll wohl eine Tarnung als Tourist sein.«

Ich verdrängte Becker und verabschiedete mich. Vielleicht gelang es mir sogar, Metzger zu verdrängen.

Wenige Schritte später stand ich vor dem alten Gebäude mit dem Hinweis, dass sich in seinem Inneren das Bischöfliche Ordinariat befand. Ich versuchte, mir den Namen mit mehreren Eselsbrücken zu merken und ging hinein. Der Dame am Empfang meldete ich mein Begehr. Sie nickte höflich und sprach in eines ihrer Telefone.

»Toll, dass Sie schon Telefon haben«, sagte ich in einem hoffentlich ironischen Ton, als sie aufgelegt hatte.

Die Frau war auf Zack und konterte: »Das haben wir nur leihweise. Unsere normalen Telefone haben Morsetasten, das geht bei der Kirche alles über Kurzwelle.«

Wir lachten, und Sekunden später kam ein Mann mit riesigem Bauchumfang und einem Resthaaransatz wie bei meinem

Kollegen Gerhard. In anderer Kleidung könnte ich ihn mir durchaus als Mönch vorstellen.

»Kommen Sie bitte mit, Herr Palzki, Sie werden erwartet.« Zusammen nahmen wir eine knarzende Holztreppe ins Obergeschoss. Oben angekommen öffnete er die erste Tür auf der linken Seite.

»Normalerweise finden hier ausschließlich Besprechungen mit Beteiligung des Bischofs statt. Aber für Sie wurde eine Ausnahme gemacht.« Er lächelte listig.

Was hatte dies nun wieder zu bedeuten? Musste ich jetzt mein Malheur mit dem Deckenpfeiler beichten? Ich schaute mich um. Der Raum war futuristisch eingerichtet, fast wie die Kommandozentrale in einem James-Bond-Film. Da schien sich bei der Kirche in letzter Zeit wohl einiges getan zu haben. Statt Bond-Bösewicht Blofeld kam eine andere Person in den Raum, die an ihrer Kleidung unschwer als Geistlicher auszumachen war. Der Mönch meldete sich zu Wort: »Darf ich vorstellen, Herr Palzki: Dies ist der Herr Generalvikar.«

Verwirrt schüttelte ich die mir entgegengestreckte Hand und fragte: »Angenehm, Herr Vikar. In welcher Kaserne sind Sie stationiert?«

Der Angesprochene schaute mich fragend an, dies war mir heute bereits mehrfach passiert. »Was meinen Sie mit Kaserne, Herr Palzki?«

»Entschuldigen Sie bitte, vielleicht habe ich die Einzelheiten der letzten Bundeswehrreform nicht so mitgekriegt. Nach meinem Wissen ist ein General für bestimmte Kasernen zuständig.«

Der Mönch lachte kurz auf, entschuldigte sich aber sofort. »Herr Palzki, das ist Herr Dr. Alt, seines Amtes Generalvikar des Bistums Speyer. Oder wollten Sie nur einen Scherz machen?«

Da Spontanität schon immer meine Stärke war, nickte ich. Ich musste unbedingt und schnellstmöglich meine Defizite im kirchlichen Bereich ausräumen. »Entschuldigung, wenn mein Humor ein bisschen seltsam wirkt, Herr Dr. Alt. Selbstverständlich habe ich Sie sofort als Geistlichen erkannt. Sie stehen ja oft genug in der Zeitung.«

Ich hoffte inständig, dass das stimmte und er nicht seinen ersten Arbeitstag hatte.

Der Generalvikar schmunzelte. Er schien über ein gerüttelt Maß an Menschenkenntnis zu verfügen und hatte mich bestimmt ertappt. Es sprach für ihn, mich nicht bloßzustellen.

»Nehmen Sie doch bitte Platz, Herr Palzki.« Er deutete auf das riesige Besprechungsoval. Ich überprüfte kurz den mir am nächsten stehenden Stuhl auf Eigenschaften wie Schleudersitz oder Ähnliches und setzte mich nach erfolglosem Suchen.

Der Generalvikar, der mich freundlich betrachtete, setzte sich mir schräg gegenüber.

»Herr Diefenbach hat sich bei mir telefonisch entschuldigt, da er wegen größeren Umbauarbeiten unabkömmlich sei. Wegen Personalengpässen könne er leider nur einen normalen Sachbearbeiter vorbeischicken.«

Diese Aussage wunderte mich inzwischen überhaupt nicht mehr. Statt jetzt ein paar böse Worte über KPD zu verlieren, taktierte ich mit strategischen Hintergedanken.

»Herr Diefenbach hat diese Gründe nur vorgeschoben. In Wirklichkeit hat er mit dem Thema ›Kirche‹ nicht viel am Hut. Im Vergleich zu anderen Berufsgruppen ist bei den Geistlichen der Anteil an Mördern nämlich viel geringer. Und das ist schlecht für KPDs Statistik.«

Dr. Alt schluckte. »Und was ist KPD?«

Mist, dachte ich. Das hatte ich nun davon. »KPD ist eine interne Dienstbeschreibung und unterliegt der Geheimhaltung. Tut mir leid, das ist mir eben so rausgerutscht.«

»Kein Problem«, antwortete der nach wie vor verwirrte Generalvikar. »Bei mir sind Geheimnisse gut aufgehoben.«

»Ich weiß, dass man sich auf Sie und Ihre Kollegen verlassen kann«, schmeichelte ich mich ein. »Deswegen habe ich mich auch für die Aufklärung der Sache im Dom freiwillig gemeldet. Ich bin nämlich sehr kircheninteressiert und war schon mehrmals im Dom, gerade gestern wieder.«

Dass das vorletzte Mal Jahrzehnte zurücklag, brauchte ich ihm ja nicht zu verraten.

»Sehr angenehm«, antwortete Dr. Alt. »Dann kennen Sie ja das kirchliche Vokabular. Das macht die Sache gleich viel einfacher. Mich hat vor ein paar Minuten Herr Fratelli angerufen und die Sache mit den Anschlägen gebeichtet. Er sagte, dass Sie gerade losgegangen sind. Warum haben Sie eigentlich so lange für den kurzen Weg benötigt? Sie haben sich doch nicht verlaufen, oder?«

»Nein, nein«, wiegelte ich ab, da es schließlich stimmte. »Ich habe nur einen alten Bekannten vor dem Dom getroffen. Da konnte ich nicht gleich weitergehen.«

»Auch vor dem Dom scheint im Moment einiges im Argen zu sein. Ein Domkapitular hat mir gestern berichtet, dass da merkwürdige Gestalten rumlungern und den Pilgern das Geld aus den Taschen ziehen würden.«

»Vorhin ist mir da nichts aufgefallen, Herr Dr. Alt. Ich werde aber meine Augen offen halten, so geht das ja schließlich nicht. Aber zurück zum Thema. Hat Ihnen Herr Fratelli auch von den anderen Anschlägen berichtet?«

Er nickte. »Ich wusste bis zu seinem Anruf nicht einmal, dass es die Herren Fratelli und Nönn waren, die gestern beinahe erschlagen wurden.«

»Ich habe heute Morgen ebenfalls erst erfahren, dass die beiden im Dienst der Kirche stehen.«

Dr. Alt wirkte betroffen. »Die Sache hat nun eine ganz andere Dimension erreicht. Bis zu dem Telefonat bin ich von einem zufälligen Unglück ausgegangen. Ich war sogar der Meinung, mit meinem Anruf bei der Polizei überreagiert zu haben. Nun bin ich aber froh, dass Sie hier sind.«

»Bisher weiß ich allerdings recht wenig, Herr Dr. Alt. Die Herren Fratelli und Nönn sind sich nicht einmal darüber einig, ob die Anschläge sie beide betreffen, nur einen von ihnen oder gar komplett zufällig sind. Doch meine Polizistenerfahrung sagt mir, dass die Geschichte erst ihren Anfang genommen hat. Der nächste Anschlag könnte gelingen.«

Dr. Alt nickte.

Da weder Jutta noch mein Kollege Gerhard dabei waren, blieb mir nichts anderes übrig, als mein noch jungfräuliches Notizheft aus der Tasche zu ziehen und mir selbst Notizen zu machen.

»Ich sag's offen, Herr Dr. Alt. Ich weiß nicht, wie ich Ihnen helfen kann. Wenn eine Morddrohung vorliegen würde, dann müssten wir prophylaktisch ermitteln. Aber so wie die Sachlage aussieht, kann ich wahrscheinlich nichts anderes machen, als Protokolle aufnehmen. Die Vorgaben durch meinen Vorgesetzten sind da ziemlich scharf formuliert. Trotz der großen Gefahr, die ich sehe, ja erahne.«

Zack, wieder hatte ich den Ball in Richtung KPD gespielt.

»Das lassen Sie mal meine Sorgen sein, Herr Palzki. Das kläre ich mit Herrn Diefenbach ab. Ich muss da sowieso mal ein persönliches Wörtchen mit ihm reden. Mir ist nämlich gerade eingefallen, wo ich den Namen Diefenbach schon einmal gehört habe. Hat er nicht letztes Jahr in Ludwigshafen gearbeitet?«

Ich nickte und hätte dabei beinahe herausgelacht.

»Dann muss diese scheußliche Expertise von ihm stammen, die wir in der Bistumskonferenz als Tischvorlage diskutieren mussten.«

»KP- äh, Diefenbach hat manchmal ungewöhnliche Ideen«, sagte ich und goss damit weiteres Öl ins Feuer. »Aber selbst wenn Sie meinen Chef von der Sache überzeugen werden, muss ich Ihnen leider mitteilen, dass ich kurz vor meinem Urlaub stehe. Nicht, dass ich mich vor dem Job drücken möchte, im Gegenteil. Aber meine Frau, äh, meine Ehefrau, steht kurz vor der Niederkunft.«

Der Generalvikar strahlte. »Jetzt verstehe ich, warum Sie die ganze Zeit so nervös wirken. Na, dann mal meinen herzlichen Glückwunsch, Herr Palzki. Was wird's denn geben?«

»Ein Junge wird's höchstwahrscheinlich. Ganz genau kann man es leider noch nicht erkennen.«

Der Glaube versetzt bekannterweise Berge, dachte ich mir.

Mein Gegenüber überlegte einen Moment.

»Ich habe eine gute Idee. Mit Ihrem Chef werde ich ganz bestimmt einig, da habe ich Mittel und Wege. Keine Angst, die Zeiten der Inquisition sind längst vorbei.«

Bei KPD noch nicht, dachte ich gehässig.

»Es wäre mir recht, wenn Sie die Ermittlungen in dieser Angelegenheit übernehmen würden, Herr Palzki. Dazu stelle ich zusätzlich eine hohe Person des Ordinariats ab, die mit Ihnen zusammen ermitteln kann. Dann haben Sie nämlich den Zugang zu allen Angestellten, da ja jemand von der Bistumsseite dabei ist. Mit dieser Konstellation kann sich keiner querstellen und die Ermittlungen behindern. Ich will nämlich eine schonungslose Aufklärung. Außerdem kann diese Person dann mit einem Ihrer Kollegen weiterermitteln, wenn Sie Vater werden. Damit kann es übergangslos weitergehen. Und ich weiß auch, wer aus dem Ordinariat dafür infrage kommt.«

Dr. Alt griff zu einem Telefonhörer, der im Besprechungstisch eingelassen war, und wählte eine Kurzwahlnummer.

»Herr Wolf, würden Sie bitte mal zu uns in den Sitzungssaal kommen?«

Nachdem er aufgelegt hatte, klärte er mich über den eben Angerufenen auf.

»Joachim Wolf ist unser Kanzleidirektor, das ist die höchste nichtgeistliche Position im Bistum Speyer. Er ist unter anderem für die Organisation und Verwaltung, technische Dienste sowie das kirchliche Meldewesen zuständig. Des Weiteren wird er auch für spezielle Aufträge eingesetzt, das wissen aber nur sehr wenige.«

Er bemerkte, dass er mir noch nichts zu Trinken angeboten hatte.

»Ich bin untröstlich, Ihnen keinen Kaffee anbieten zu können. Wir lassen die Bestellungen des gesamten Ordinariats über den Peregrinus Verlag laufen, weil die fair gehandelten Pilgerkaffee zu günstigen Konditionen erhalten. Leider gibt es gerade einen Lieferengpass. Herr Fratelli betonte, dass es ihm leidtue, seine Mitarbeiter und er selbst hätten nur noch kleine Restmengen vorrätig.«

»Macht nichts«, sagte ich und dachte an die Riesenpakete mit Kaffeebohnen, die ich im Pausenraum des Verlags gesehen hatte. »Ich bin nachher zum Pizzaessen verabredet, da muss es jetzt kein Kaffee sein.«

Er nickte ein weiteres Mal mit gütiger Miene. »Dann bin ich beruhigt. Uns im Ordinariat macht der Engpass schwer zu schaffen. Sonst gibt es bei uns nämlich nur Wein, eigentlich eher Brot und Wein.«

Ich wunderte mich, das waren ja Zustände wie bei KPD. Na ja, dass nicht nur in unserer Dienststelle, sondern auch in anderen Unternehmen einiges schief lief, wusste ich längst.

Dr. Alt lachte. »Sehen Sie, jetzt habe ich auch einen Witz gemacht. Auch Geistliche können durchaus Humor haben.«

Als ich nicht reagierte, ergänzte er: »Bei uns verwandelt sich das Wasser nicht automatisch in Wein, Herr Palzki.«

»Jetzt bin ich aber beruhigt, ich trinke nämlich lieber Bier.«

»Damit kann ich Ihnen leider auch nicht dienen. Privat trinke ich aber ab und zu gerne mal abends beim Fernsehschauen ein kräftiges Räuberbier.«

Ich kam nicht mehr dazu, ihm zu sagen, dass ich Pilsener bevorzugte, denn es klopfte an der Tür und Herr Wolf trat ein. Wir standen auf, und der Generalvikar stellte uns gegenseitig vor.

»Herr Palzki, das ist Herr Wolf, Herr Wolf, das ist Herr Palzki von der Kripo Schifferstadt.«

Herr Wolf war ein Mensch, dem der Schalk im Nacken zu sitzen schien. Er gehörte zu der seltenen Spezies Mensch, die immer freundlich aussah. Das lag daran, dass bei den allermeisten Menschen im Alltag ihre Mundwinkel nach unten hängen und die Mimik dadurch eine ernst, oft auch bös dreinblickende Note erhält. Doch ab und an war mal jemand dabei, der ständig ein fröhliches Gesicht zur Schau trug, bei dem dies wahrscheinlich auch zur Lebenseinstellung passte.

Früher, als ich meine Umwelt noch ohne psychologische Bildung, die ich mir im Übrigen selbst beigebracht hatte, betrachtete, war ich mir sicher, dass diese Leute entweder professionelle Büttenredner waren oder permanent unter Ecstasy standen.

»Herr Wolf«, begann der Generalvikar, »ich hätte einen Spezialauftrag für Sie. Wir haben da eine Sache, die wir noch nicht richtig einschätzen können. Auf die Kollegen Fratelli und Nönn wurden verschiedene Anschläge verübt, letztmalig gestern im Dom. Und niemand weiß, was heute noch passiert.«

»Von der Sache im Dom habe ich gehört, Herr Dr. Alt«, unterbrach Wolf und blickte dabei mit einem flüchtigen Blick auf zwei verschiedene Handys, die er vor sich auf den Tisch gelegt hatte.

»Prima. Wir vermuten inzwischen, dass kein Zufall im Spiel war, sondern der Metallrahmen samt Glaseinsatz mit Absicht zu dem Zeitpunkt gelöst wurde, als die beiden unten vorbei gingen. Der Schaden wird zurzeit vom Domkapitel untersucht, das Ergebnis erwarte ich für morgen. Ich weiß nur, dass man den Dom für die Touristen nicht sperren musste. Es besteht kein allgemeines Sicherheitsrisiko.«

»Das wäre schlecht gewesen«, meinte Wolf. »Wir haben Osterferien und mehr als doppelt so viele Touristen wie normalerweise. Von den Pilgern ganz zu schweigen.«

Eines seiner Handys fing an zu piepsen. Schnell drückte Wolf auf eine Taste, dann las er die Anzeige im Display und schüttelte stumm den Kopf.

Dr. Alt fuhr fort. »Der Dom ist die eine Sache. Die andere Sache ist, dass auch an anderen Orten Anschläge auf Fratelli und Nönn verübt wurden. Befragen Sie zusammen mit Herrn Palzki die beiden Herren, damit man sie schützen kann. Herr Palzki wird dann zusammen mit seinem Vorgesetzten entscheiden, ob ein Personenschutz sinnvoll ist.«

Der Generalvikar machte eine kleine Gedankenpause, bevor er weitersprach.

»Der zweite Teil des Auftrags ist die Suche nach einem Motiv. Versuchen Sie herauszufinden, was da los ist. Will jemand die beiden ermorden oder ihnen nur einen Schrecken einjagen? Da muss es irgendetwas geben, etwas wirklich Brisantes, sonst macht das alles keinen Sinn. Dummerweise wissen wir nicht einmal, ob die Anschläge beiden galten oder nur einem der Herren.«

Wolf lächelte auch während dieser Eröffnung. »Was ist während dieser Zeit mit meiner normalen Arbeit? Sie wissen ja, ich habe 1.000 Projekte gleichzeitig laufen.« Er drückte auf einem Handy herum.

»Ich bitte Sie, Herr Wolf! Wenn Sie drei Wochen Urlaub haben, läuft der Laden auch weiter. Irgendwie kriegen Sie das bestimmt geregelt. Ihre Sekretärin ist schließlich auch noch da. Delegieren Sie Dinge an Abteilungen, die im Moment nicht so ausgelastet sind, Sie sind doch sonst auch so ein findiges Kerlchen und voll organisiert.«

65

Wolf fühlte sich durch die Worte des Generalvikars geschmeichelt.

»Dann soll es so sein.« Er gab mir die Hand. »Ein bisschen Abwechslung im Job soll ja sehr anregend sein. Ich wollte immer mal Detektiv spielen.«

»Haben Sie mit so etwas Erfahrung?«, fragte ich unsicher.

»Natürlich«, war seine Antwort. »Ich habe beispielsweise alle sechs Pfalzkrimis gelesen, die in der Vorderpfalz spielen. Dieser Autor, Dietmar Becker heißt er, schreibt genau auf meiner Wellenlänge. Und nebenbei lernt man so manches über die Eigenarten der Pfälzer. Dass es in unserer Gegend so viele kriminelle Elemente gibt, war mir bis vor kurzer Zeit überhaupt nicht bewusst.«

Das hatte mir gerade noch gefehlt. Statt Dietmar Becker selbst hatte ich nun einen Fan des Studenten an der Backe. Das musste schiefgehen.

»Da muss ich Sie enttäuschen, Herr Wolf. Diese Pfalzkrimis sind so etwas von unrealistisch geschrieben, sie haben nicht das Geringste mit der tatsächlichen Polizeiarbeit zu tun. Die skurrilen Figuren, die dieser Becker beschreibt, insbesondere die Beamten, wären im Job nicht mal einen einzigen Tag überlebensfähig.«

»Ab, – abe –, aber, dieser Becker schreibt doch immer im Nachwort, dass er seine Informationen aus erster Hand von der Polizei erhält und er mit dem Polizeichef Diefenbach persönlich das Manuskript durchspricht.«

»Alles Fiktion, Herr Wolf. Dieser Dietmar Becker spielte in unserer Ermittlungsarbeit bisher überhaupt keine Rolle.«

Das müsste genügen, um ihn in dieser Hinsicht zu desillusionieren. Ich musste meinen neuen Partner an der kurzen Leine halten, alleine schon aus Sicherheitsgründen. Man wusste ja nie, ob es gefährlich werden würde.

»Dann hätten wir alles geklärt, meine Herren«, fasste Dr.

Alt zusammen. »Ich rufe jetzt Herrn Diefenbach an, um Ihren Auftrag offiziell zu machen, Herr Palzki. Am besten dürfte es sein, wenn Sie gleich gemeinsam zum Verlag gehen und Ihre investigative Tätigkeit beginnen.«

Ich schielte auf meine Uhr. So ein Mist, zum Pizzaessen würde ich nicht mehr rechtzeitig auf der Dienststelle sein. Wie abgesprochen, fing mein Magen in einer Lautstärke zu knurren an, die wahrscheinlich im Dom die neue Orgel übertönen würde. Dr. Alt und Wolf schauten mich erschrocken an, gaben aber keinen Kommentar ab.

5 ES GIBT VIEL ZU TUN

Unterwegs gab ich Herrn Wolf einen kurzen Lagebericht und erzählte von den anderen Anschlägen. Zur Sicherheit berichtete ich ihm auch von Stefanies Schwangerschaft und meiner möglichen kurzfristigen Abberufung von diesem Fall, der offiziell kein Fall war.

Vor dem Eingang des Verlags begann mein Magen erneut zu knurren.

»Hätten Sie vorhin etwas gesagt, dann wären wir in der Fußgängerzone etwas essen gegangen. Dafür ist immer Zeit. Ich kenne ein Etablissement, dort bekommen Sie eine vorzügliche Pilger-Pizza. Wenn Sie als Extrawunsch Käse, Paprika, Salami, Schinken und Tomaten bestellen, werden Sie pappsatt. Und dazu dann eine frische Orangensaftschorle. Den Apfelsaft können Sie vergessen.«

Diese gemeinsame Vorliebe für schmackhaftes Essen machte mir Wolf sympathisch. Meine Magensäure geriet in Wallung. Unter diesen Umständen konnte ich nicht vernünftig arbeiten. Ich wollte meinen Partner auf Zeit gerade davon überzeugen, zurück zur Fußgängerzone zu gehen, als die Eingangstür aufging und Dietmar Becker heraustrat. Der vorproduzierte Verdauungssaft ploppte in meinen Rachen und verließ mit dem Geruch von Buttersäure meinen Mund. Wolf, der neben mir stand, verzog angewidert sein Gesicht und trat einen Schritt zurück.

»Haben Sie Probleme mit dem Magen?«, fragte er mich nach einem wüsten Hustenanfall.

Ich starrte Becker genauso an, wie er mich anstarrte. Becker fand als Erster zur zwischenmenschlichen Kommunikationsform zurück.

»Kein Mord, Herr Palzki, kein Verbrechen. Ich bin hier, um Geld zu verdienen. Ich wünsche Ihnen einen schönen Tag, Herr Palzki.«

Er verließ den Hof in Richtung Dom.

»Wer war das?«, fragte mich Wolf, als ich nach einer Weile immer noch regungslos dastand. »Haben Sie den schon mal in den Knast gebracht?«

»Nein, die Beweise waren bisher immer zu dünn.« Endlich hatte ich mich wieder unter Kontrolle. »Lassen Sie uns reingehen.«

Nönn und Mönch saßen noch immer im Büro von Fratelli.

»Sie kommen wie gerufen, Herr Palzki«, sagte Frau Mönch zur Begrüßung und hielt statt eines Nutellabrotes einen Kugelschreiber in der Hand. »Wir sind gerade mit unserer Besprechung fertig, und der Besuch ist gegangen. Dr. Alt hat auch angerufen und den Einsatz von Herrn Wolf legitimiert. Zusammen können wir nun einen Projektplan skizzieren.«

Alle drei nickten dem Kanzleidirektor zu, es war allerdings kein allzu freudiges Nicken, eher ein pflichtbewusstes.

»Warum war Becker hier?« Ich fiel mit der Tür ins Haus.

»Sie kennen Herrn Becker?«, fragte Fratelli verdutzt. »Ach so, klar. Er hat ja vielfältige Kontakte zur Polizei. Daran hatte ich überhaupt nicht gedacht.«

Wolf bekam große Augen. »War das eben Dietmar Becker, der bekannte Krimiautor?«

»Ja, genau der war eben hier«, bestätigte der Chefredakteur.

»Mist, da habe ich ja eine prima Gelegenheit verpasst. Ich wollte ihn schon immer mal kennenlernen. Vielleicht hätte er mir meine Krimis signiert.«

Ihm fiel etwas ein. Er wandte sich mir zu. »Sie haben vorhin gesagt, dass Sie ihn nicht kennen?«

Dumm gelaufen, dachte ich, aber ich gab nicht auf. »Das habe ich so konkret nicht gesagt. Becker versuchte in der Vergangenheit das eine oder andere Mal bei unseren offiziellen Ermittlungen zu stören. Oft kommt er bei uns vorbei und spielt sich als Journalist auf, um an Informationen zu kommen.«

»Hat er damit Erfolg?«

»Ach, woher denn! Sie sollten nicht alles glauben, was er in seinen Krimis schreibt. Für uns Beamte ist er eine ziemliche Belastung.« Ich schwenkte meinen Blick von Wolf zu Fratelli. »Was hat Becker bei Ihnen gewollt? Mischt er sich wieder einmal in die Ermittlungen ein?«

Der Geschäftsführer drehte das Druckertuch um 90 Grad im Uhrzeigersinn und strich es wieder glatt. Ein seliges Lächeln huschte über sein Gesicht.

»Kein Grund, paranoid zu werden, Herr Palzki. Dietmar Becker war im offiziellen Auftrag bei uns, und das hat nicht das Geringste mit den Anschlägen zu tun. Seit ein paar Wochen haben wir eine Kooperation mit dem Krimiautor. Wir als Peregrinus GmbH planen, zusammen mit Herrn Becker einen Regionalkrimi herauszugeben, der im Bistumsmilieu spielt. Das ist aber noch *top secret*.«

»Das war ja nicht mal mir bekannt«, bemerkte Wolf.

»Da sehen Sie mal«, antwortete Fratelli. »Die Erlaubnis des Generalvikars liegt uns vor.«

»Und um was geht es da?«, fragte ich. »Geht es etwa um zwei Personen, die im Dom beinahe erschlagen werden? Gehört das alles zu einer Werbekampagne? Wollen Sie die Polizei zu Statisten degradieren und für Ihre Zwecke benutzen?«

Ich war hochgradig erregt. Auch dieses Mal musste dieser Dietmar Becker seine Finger im Spiel haben. Nina Mönch versuchte, mich zu beruhigen.

»Die Sache mit Herrn Becker ist bereits länger geplant. Es wird ein lustiger Krimi werden.«

Ich beschloss, der Sache später nachzugehen.

»Gut, Sie lassen Herrn Becker den Krimi schreiben, erwähnen aber nichts von unseren Ermittlungen. Das gilt auch für Sie, Herr Wolf, falls Sie sich Bücher von ihm signieren lassen.«

Da ich immer noch ohne Kollegen unterwegs war und Herrn Wolf schlecht darum bitten konnte, zückte ich wieder meinen Notizblock.

»Lassen Sie uns nun zunächst eine Bestandsaufnahme machen. Haben Sie die nächsten Tage Termine außerhalb des Verlagsgebäudes? Wo könnte Ihnen ein potenzieller Attentäter auflauern?«

Wolf stand auf. »Ich gehe mal schnell zur Küche und hole mir einen Kaffee. Soll ich jemandem eine Tasse mitbringen?«

Wir schüttelten die Köpfe, Fratelli hob als Zeichen seiner Vorratshaltung die Kanne hoch.

Wenige Sekunden später kam Wolf zurückgestürmt.

»Das ist ja die Höhe!«, schrie er. »Im Ordinariat wurde bereits der Kaffeenotstand ausgerufen, und bei Ihnen in der Küche stehen mehrere Dutzend Packungen.«

Fratelli lief rot an, Frau Mönch reagierte sofort. »Die Lieferung kam gerade vor einer Viertelstunde rein. Wir haben das Zeug wegen der Besprechung nur schnell zwischengelagert. Sie können gerne nachher die Bestellung des Ordinariats mitnehmen.«

Wolf schien nur wenig beruhigt. »Schon wieder so ein Zufall. Langsam denke ich, dass die Peregrinus GmbH das Ordinariat sabotiert.«

Ich bemerkte deutlich, dass es zwischen dem Verlag und Wolf Spannungen gab.

»Lassen Sie uns zum Thema zurückkommen«, mahnte ich.

Fratelli blickte auf seinen Bildschirm. »Ich bin die nächsten Tage nur wenig unterwegs. Morgen Abend bin ich mit Herrn Nönn in Otterberg anlässlich unserer Vortragsreihe.«

»Um was geht es da?«, fragte ich berufsbedingt.

»Erklären Sie es«, meinte Fratelli zu Nönn. Dieser nahm den Faden gerne auf.

»Wie Sie bestimmt wissen, Herr Palzki, war im letzten Jahr das Salierjahr.«

Ich nickte eifrig, schließlich kannte ich die Salierstraße in Schifferstadt, in der ich schon drei Mal geblitzt worden war.

»Anlässlich dieses Jubiläums hatten wir in Speyer im Museum eine viel besuchte Ausstellung. Außerdem haben wir viele Veranstaltungen rund um Konrad II. und die Heinrichs III. bis V. durchgeführt. Die meisten Veranstaltungen gab es in Speyer. Nun haben sich viele Pfarreien im ganzen Bistum gemeldet, die in ihren Gemeinden ebenfalls gerne etwas über die Salier machen wollen. Und da ich als Chefredakteur im letzten Jahr eine eigene Salier-Reihe für den ›Pilger‹ geschrieben hatte, gehen Herr Fratelli und ich gewissermaßen auf Lesetournee quer durchs Bistum. Und morgen ist Otterberg dran. Dort gibt's, wie Sie bestimmt wissen, die Abteikirche, die größte Kirche des Bistums nach dem Dom.«

Um meine Wissenslücke rund um Otterberg, das ich ungefähr in der Pfalzmitte vermutete. nicht zu offenbaren, stellte ich eine Zwischenfrage.

»Warum fahren Sie beide dorthin? Als Geschäftsführer schreiben Sie doch keine inhaltlichen Sachen, oder?«

»Natürlich nicht«, fiel mir dieses Mal Fratelli ins Wort. »Für so etwas habe ich überhaupt keine Zeit. Herr Nönn hat mich überredet, ihn zu begleiten und die Vorträge in einer Art szenischen Lesung anzubieten. Ich schlüpfe jeweils in die Rolle eines der Salierkaiser, während Herr Nönn als Sprecher Hintergrundinformationen liefert. Ab und zu gibt's auch Dialoge, dann übernimmt Nönn meine Frau. Ich meine, die Frauen der Kaiser.«

»Da fahr ich morgen Abend mit. Herr Wolf, ich glaube, da komme ich alleine zurecht.«

Wolf lachte. »Nein, den Spaß lasse ich mir nicht entgehen.«

Fratelli und Nönn schauten, als ob sie ein Pfund saure Gurken auf ex gegessen hätten.

»Weitere Termine?«, fragte ich.

»Am Gründonnerstag haben wir beide einen Auftritt im Frankenthaler Congressforum.«

Nönn ergänzte. »Wir haben seit Jahren eine Veranstaltungsreihe laufen: ›Der Pilger im Wandel der Zeit‹. In Frankenthal geht es um den ersten Teil eines neuen Zyklus, die Domrestaurierung in den 60er Jahren des letzten Jahrhunderts. Das ist zwar kein reißerisches Thema, gehört aber zur Reihe, zumal zurzeit über diese Sache im ›Pilger‹ eine Fortsetzungsgeschichte veröffentlicht wird. Ich habe gerade erst mit dem zweiten Teil begonnen.«

»Dann lassen Sie es doch sein«, sagte Wolf und schielte zum wiederholten Male auf seine Handyauswahl. »Warum schreiben Sie über etwas, was niemand lesen will? Wer es genau wissen will, kann es in den alten Pilgerjahrgängen nachlesen. Das alte Zeug interessiert doch niemanden mehr.«

»Wenn Sie sich da mal nicht täuschen«, konterte Nönn. »Der Spiegelsaal im Congressforum ist zu zwei Drittel ausverkauft. Das liegt daran, dass meine Referate nicht staubtrocken rüberkommen, sondern immer eine interessante Geschichte erzählen. Außerdem ist die Domrenovierung von vor 50 Jahren wissenschaftlich unvollständig aufbereitet. Da gibt es noch viel darüber zu schreiben.«

»Schreiben Sie doch, was Sie wollen«, sagte Wolf. »Ich lese den Mist ohnehin nicht. Ich lebe in der Gegenwart und für die Zukunft.«

Im Geiste ging ich die Termine durch. Abendveranstaltungen am Dienstag und Donnerstag. Vielleicht hatte ich Glück, und mein Junge kam vorher zur Welt. Dann müsste ein Kollege auf Bistumstournee gehen. Wenn nicht, müsste ich bei Stefanie ziemliche Überzeugungsarbeit leisten. Grundsätzlich hatte ich schließlich normale Bürostunden wie jeder Angestellte. Nur während Mordermittlungen musste ich auch mal außerhalb dieser Zeiten ran. Doch dieses Mal lag bisher überhaupt kein Mord vor. Oder vielleicht doch? Musste ich Beckers Anwesenheit ganz anders interpretieren?

Resigniert fragte ich weiter: »Haben Sie weitere Abendtermine?«

Fratelli schüttelte den Kopf. »Ne, über Ostern habe ich Urlaub. Ansonsten bin ich im Verlag. Den einen oder anderen Termin habe ich im Ordinariat oder mit dem Domkapitel oder Herrn Wolfnauer vom Dombauverein.«

»Wolfnauer?« Frau Mönch war hochgeschreckt. »Sie werden doch nicht…?«

Der Geschäftsführer setzte ein breites Grinsen auf. »Doch, genau.«

Seine Marketingleiterin seufzte. »Dann werde ich mir in Gottes Namen halt mal ein paar Gedanken darüber machen.«

»Tun Sie das. Es reicht vollkommen, wenn Sie das in unserem Namen machen.«

»Um was geht es?«, fragten Wolf und ich gleichzeitig.

Fratelli blieb unbestimmt. »Pilgerinterne Projekte. So was haben wir laufend.«

Der Kanzleidirektor wollte etwas erwidern, doch eines seiner Handys meldete sich mit einem Kirchenchor. Er blickte auf das Display, sagte hektisch und kurz angebunden »muss mal kurz raus«, und verließ das Büro.

Um mich nicht zu verzetteln, stellte ich meinen Plan für die nächsten Tage vor.

»Morgen Vormittag werde ich Sie zuhause besuchen, Herr Nönn, um Ihren Nachbarn unter die Lupe zu nehmen. Ich glaube zwar nicht, dass es etwas mit der Sache zu tun hat, daher geht es zunächst nur um eine Art Ausschlussdiagnostik.«

»Aber«, meldete sich der Chefredakteur, »ich habe morgen tagsüber frei und treffe mich mit Herrn Fratelli erst gegen 18 Uhr im Verlag.«

»Das ist doch prima. Ich werde morgen früh gegen 10 Uhr bei Ihnen sein, da sollte es längst hell sein. Brauchen Sie auch fünf Tassen Kaffee zur Menschwerdung?«

Wolf war inzwischen wieder zurückgekommen, und irgendwie funkelten seine Augen erregt.

»Da komme ich auch mit, Herr Palzki. Wir treffen uns hier um halb zehn, um mit meinem Wagen nach Hockenheim zu Herrn Nönn zu fahren. Dann können Sie mal ein richtiges Auto erleben.«

Mist, dieser Wolf hing an mir wie eine Klette. Wenn er mir auch vielleicht innerhalb der Kirche nützlich sein konnte, bei einem Nachbarschaftsstreit bestimmt nicht.

»Okay«, sagte ich. »Danach würde ich gerne die Strukturen des Bischöflichen Odina –, äh, Ordinariats kennenlernen. Und die Empore im Dom würde ich auch gerne sehen.«

»Kein Problem, ich habe Schlüssel für alle Türen. Nur für diesen Verlag nicht. Aber das wird sich auch ändern müssen.«

Ich bemerkte erneut die Spannungen zwischen Verlag und Wolf.

»Das wird ein langer Tag«, schloss ich. »Abends fahren wir dann zum Vortrag nach Otterberg. Können wir alle vier gemeinsam fahren?«

»Auf keinen Fall, lieber Herr Palzki. Fratelli und Nönn sollen ruhig getrennt fahren, dann können sie während der Fahrt nochmals ihre Dialoge durchgehen. Auf das Theater, ich meine auf den Vortrag, bin ich sehr gespannt.«

Ich verabschiedete mich und bekam am Rande mit, wie

Wolf ein paar Kaffeepakete in einer Plastiktüte verstaute. »Kurzfristige Erste-Hilfe-Maßnahmen«, nannte er dies.

Im Empfangsraum vermied ich das Anschauen der Ungeheuerpflanze. Im gleichen Moment kam der Mann zur Eingangstür herein, der mir nach meiner kleinen Pfeilereinlage das Glas Wasser gereicht hatte.

»Alles wird gut«, murmelte er vor sich hin und ging an mir vorbei.

Nina Mönch versprach mir, die einzelnen Termine in der nächsten halben Stunde, sobald sie den Projektplan in ihr Computerprogramm eingetragen hatte, zu mailen. Ich brummte etwas von momentanen Computerproblemen auf der Schifferstadter Kriminalinspektion und erbat eine Kopie per Fax.

Endlich konnte ich in meinen Dienstwagen, den ich durchaus in Ordnung fand, einsteigen und den ungewöhnlichen Verlag verlassen. Da mein Magen inzwischen in die Kniekehlen gesackt war, machte ich wegen meines ausgeprägten Überlebenswillens einen Zwischenstopp bei der ›Curry-Sau‹. Nach gut 2.000 Kilokalorien war ich einigermaßen satt und fuhr nach Schifferstadt zur Dienststelle. Es war wie die Ruhe vor dem Sturm. Wenn ich zu diesem Zeitpunkt bereits gewusst hätte, was in den nächsten Stunden auf mich zukommen sollte …

6 DER VERLORENE SOHN

Bereits vom Parkplatz aus hörte man das Dröhnen der Motoren, und das wurde keineswegs über den Wolken produziert. In KPDs Büro waren die Arbeiter offensichtlich fleißig zu Gange. Mir war das relativ egal, ich wollte sowieso nur eine Stippvisite machen und morgen war ich den ganzen Tag außer Haus.

Mein Kollege Gerhard Steinbeißer saß bei Jutta im Büro, und sie schienen wegen der Geräuschkulisse mehr als genervt zu sein.

»Hallo, Kollege«, begrüßte mich halb schreiend Gerhard. »Willst du kurz vor Feierabend noch ein bisschen deine Trommelfelle quälen?«

»Wieso? Ist da was?«, schrie ich wegen des Lärms zurück. »Ich höre nichts. Hast du dir vielleicht bei deiner neuen Freundin einen Tinnitus eingefangen?«

Gerhard genoss sein Leben. Trotz zurückweichenden Haarkranzes wechselten seine Lebensgefährtinnen regelmäßig. Spätestens dann, wenn das Thema Kinder und Kindererziehung zur Debatte stand.

Jutta lachte. »Das kann ihm eigentlich nur bei deiner Nachbarin, Frau Ackermann, passieren. Ich denke, dass da unser Gerhard eher weniger ambitioniert ist.«

»Ihr seid blöd«, reagierte Gerhard. »Überlegt euch lieber, wie wir den Krach überleben. Mir fallen bisher nur zwei Möglichkeiten ein. Entweder KPD verschwindet, wenn möglich für immer« – er deutete am Hals eine Schnittbewegung an – »oder wir sorgen dafür, dass wir einen erstklassigen Mordfall reinkriegen, bei dem wir den ganzen Tag im Außendienst sind und uns Zeit lassen können.«

Jutta legte eine dünne Akte auf ihren Besprechungstisch. »Wie ist es dir heute ergangen, Reiner? Was ist mit dem Verlag?«

Ich setzte mich zu den beiden an den Tisch. »Lauter skurriles Personal, kann ich euch sagen. Nicht so wie bei uns, wo alle normal sind und alles seinen geregelten Gang geht. Gut, halt ohne KPD, natürlich. Ich vermute, dass die Kaffee schmuggeln. Die sind da sehr ausgebufft.«

Gerhard fiel mir ins Wort. »Du, da kam heute eine Meldung rein, die auch mit der Kirche zusammenhängt.«

»Das ist bekannt, Kollege. Du meinst die Sache gestern im Dom. Ich war da zufällig Zeuge. Deswegen war ich ja in Speyer.«

Gerhard war beleidigt. »Das weiß ich längst von Jutta. Ich meine was anderes. Wenn du mich nur ausreden lassen würdest.«

Stumm nickte ich. Sollte er halt ausreden.

»Es ist eine anonyme Anzeige eingegangen, per E-Mail. Das ist das neumodische Zeug mit dem Computer, Reiner.« Er lächelte scheinheilig.

»Haha, ich lach mich tot.«

»Ich mein ja nur«, sagte Gerhard. »Weil da grad ein Fax reingekommen ist für dich. Eine Frau Mönch hat handschriftlich draufgeschrieben, dass das Fax für dich ist, weil du wegen Computerproblemen keine E-Mails empfangen kannst.«

Schlagfertig wie immer entgegnete ich: »Das habe ich aus einem ganz einfachen Grund gemacht, liebe Kollegen. Ich wollte nämlich nur ganz kurz hier ins Büro schauen und dann Feierabend machen. Und da habe ich keine Lust, erst minutenlang meinen Computer hochzufahren und 1.000 Programme zu öffnen. Mit einem simplen Fax ist das Leben manchmal einfacher, als man denkt. Gib mal her, Jutta.«

»Du hast in den nächsten Tagen volles Programm«, sagte Jutta, als sie mir den Projektplan von Nina Mönch reichte. »Lustig ist, dass du nach Otterberg musst. Von dem Ort ist nämlich in der anonymen Anzeige die Rede.«

Jetzt wurde ich neugierig. »Um was geht es da überhaupt?«

Gerhard verzog einen Mundwinkel. »Das übliche Gequatsche eines Verrückten. In dem anonymen Schreiben geht es um Weltverschwörungstheorien und so Zeug. In Otterberg soll es eine Zisterzienserverschwörung geben.«

»Zisternen-was? Und wo liegt dieses Otterberg überhaupt?«

»Deine Allgemeinbildung ist wirklich beschämend. Der Zisterzienserorden, das sind Mönche und Nonnen, wie du vielleicht weißt, ist durch Reformen aus dem Benediktinerorden entstanden, Einzelheiten werden dich wohl weniger interessieren. Und Otterberg liegt in der Nähe von Kaiserslautern. Das solltest du aber wissen, wenn du morgen Abend dorthin musst.«

»Ich werde mitgenommen«, antwortete ich knapp und freute mich darüber, dass ich mit meiner Vermutung, dass Otterberg mitten in der Pfalz lag, recht hatte.

»Weißt du was?«, frohlockte Jutta. »Gerhard und ich werden dich morgen den ganzen Tag begleiten. Jürgen kann bei diesem Krach die Stellung im Büro halten, in dieser Woche passiert bei uns in der Vorderpfalz bestimmt nichts. Um was geht es bei dieser ominösen Kirchensache überhaupt? Gerhard und ich sind da überhaupt nicht richtig informiert. Ein schwerer Gegenstand hat beinahe zwei Personen erschlagen, die für die Kirche arbeiten und deiner Meinung nach Kaffeeschmuggel betreiben. Ist das so richtig?«

Ich kämpfte mit meinem inneren Schweinehund. So sehr ich die beiden mochte, diese Sache würde ich gerne, sofern die Schwangerschaft Stefanies es zuließ, alleine klären. Im aktuellen Fall konnte ich bestimmt noch den einen oder anderen Seitenhieb in Richtung KPD platzieren.

»So in etwa stimmt das schon«, antwortete ich zögernd. »Ich kann euch trotzdem nicht mitnehmen, tut mir leid.«

»Da ist doch was im Busch!« Jutta schöpfte sofort Verdacht, ohne jedoch etwas Konkretes vorlegen zu können.

»Werde nicht gleich paranoid. Meine Ermittlungen sind ganz weit oben angesiedelt. Wir recherchieren sogar in Kooperation mit dem Bistum und dem Generalfakir, äh, -vikar.«

»Wer ist *wir*?« Juttas schneidende Stimme unterbrach mich scharf.

»Ich arbeite mit Herrn Wolf, dem Kanzleidirektor des Bistums Speyer, zusammen. Also, genauer gesagt, ich muss mit ihm zusammenarbeiten. Das hat KPD mit dem Generalvikar so vereinbart. Bei der Kirche geht's halt um ein heikles Thema, da will man schon vorsichtig sein. Kann ich ja irgendwie verstehen.«

Gerhard hatte große Augen bekommen. »Weiß der Bischof von der Sache?«

»Nein, bisher noch nicht. Anschläge auf den Geschäftsführer und den Chefredakteur hat es nämlich zuvor bereits mehrere gegeben. Jetzt habe ich diesen Wolf am Bein und kann keinen Schritt mehr alleine machen. Ich hoffe, dass ihr einseht, dass wir da nicht zu dritt anmarschieren können. Im Übrigen wurde vereinbart, dass ein noch zu bestimmender Beamter meine Rolle übernimmt, sobald ich wegen Stefanie ins Krankenhaus komme. Also, wegen der Geburt, meine ich.«

Mir fiel etwas ein. »Was habt ihr mit der anonymen Anzeige gemacht?«

»Was wohl?«, sagte Gerhard. »Ich habe sie an die zuständige Polizeibehörde weitergeleitet, wir sind für Otterberg nun wirklich nicht zuständig, das muss sogar unserem Chef einleuchten.«

»Was muss mir einleuchten?«

Wir schraken hoch und sahen KPD im Türrahmen stehen. Wegen der Hintergrundgeräusche und der meist offenstehenden Tür hatte keiner von uns die nahende Gefahr rechtzeitig erkannt.

Unser Chef steckte nach wie vor in seiner Schutzkleidung. Wenn es gelänge, ihm passend zu seiner Bekleidung eine Dr. Metzger-Maske zu verpassen, könnten wir ihn bis zum Lebensende in einer hochgesicherten Anstalt unterbringen.

»Eine Anzeige aus Otterberg bei Kaiserslautern«, antwortete Gerhard betont gelangweilt. »Die ist irrtümlich an uns geschickt worden, ich habe sie an die Kollegen weitergeleitet.«

KPD setzte sich polternd zu uns an den Tisch. Eine Staubwolke umgab ihn.

»Ich kann das Zuständigkeitsgequatsche nicht mehr hören«, tadelte unser Chef. »Seit Jahren predige ich das First-In-Prinzip, leider erfolglos. Die Regierung täte gut daran, mich als Berater mit guten Ideen zu akzeptieren. Ich kann wenigstens noch über die Kirchtürme nachdenken.«

Das falsch benutzte Sprichwort fiel ihm, wie so häufig, nicht auf.

»Die Anzeige ist nicht ernst zu nehmen, Herr Diefenbach, sie stammt offensichtlich von einem Verwirrten.«

»Herr Steinbeißer! Ich muss Ihnen zwar zugutehalten, dass Sie nicht über die gleiche Erfahrung wie ich verfügen, aber die Bewertung, ob ein Anzeigenerstatter verwirrt ist oder nicht, ist zunächst absolut nebensächlich. Die meisten Bürger sind heutzutage verwirrt. Wir müssen wieder lernen, die Bevölkerung ernst zu nehmen. Egal wie wirr eine Aussage ist, ein Körnchen Wahrheit lässt sich immer extrahieren.«

Oha, unser Chef warf nun auch mit Fremdwörtern um sich. Ob er auf einem Lehrgang war?

»Um was ging es in der Anzeige?«

Gerhard stieß sichtlich ein gedachtes Stoßgebet in Richtung Zimmerdecke. »Eine Verschwörung bei den Zisterziensern in Otterberg.«

KPD war in seinem Element. »Ha! Da haben wir es wieder! Ein Glück, dass Sie mich haben. Ich bin wenigstens nicht mit Betriebsblindheit geschlagen. Erkennen Sie nicht die Zusammenhänge? Gestern das Attentat im Dom, in Otterberg eine Klosterverschwörung, und der Generalvikar des Bischöflichen Ordinariats ruft den ganzen Tag bei mir an und will meine neutrale Polizeiarbeit beeinflussen.«

Ich musste dringend Luft aus der Sache nehmen, sonst würde morgen die gesamte Kriminalinspektion in dieser Sache ermitteln müssen.

»Herr Diefenbach, die Lage ist absolut unter Kontrolle. Ich fahre morgen Abend mit dem Kanzleidirektor höchstpersönlich nach Otterberg, um die Verschwörung aufzudecken. Es gibt keinen Grund, beunruhigt zu sein. Kümmern Sie sich um Ihre äußerst wichtige Klimaanlage, und wir, äh, ich regle die Kirchengeschichte.«

KPD war noch nicht ganz zufrieden. »Vielleicht sollten Sie zu dritt als Team aufkreuzen, das verschafft Ihnen bei der Kirche wesentlich mehr Respekt.«

Mist, jetzt schoss KPD auch noch quer.

»Das geht nicht, Herr Diefenbach. Dr. Alt hat Ihnen bestimmt von seinem Wunsch berichtet, dass nur Herr Wolf und ich die Sache zusammen bearbeiten, damit es im Bistum nicht zu einer größeren Unruhe kommt.«

Seinem Gesichtsausdruck nach war unser Chef von den telefonischen Kontakten mit dem Generalvikar wenig begeistert.

»Ja, ich weiß«, antwortete er trübsinnig. »Als Stellvertreter des residierenden Bischofs und Verantwortlicher für die Verwaltung der Diözese hat er Kontakte bis in die höchsten Regierungskreise. Da kann zurzeit nicht einmal ich mithalten. Sein Netzwerk ist leider besser ausstaffiert, da muss ich erst nachrüsten. Also gut, auch wenn ich im Bistum sicherlich gute Ermittlungsansätze provozieren – äh – prophezeien könnte, lassen wir es mal gut sein. Herr Palzki, machen Sie das so wie abgesprochen, Ihre Kollegen Wagner und Steinbeißer halten Ihnen solange den Rücken frei. Wenn Ihre Frau sich noch ein paar Tage Zeit lässt mit der Entbindung, dann werde ich Sie, sobald die Klimaanlage eingebaut ist, höchstpersönlich bei den Kirchenermittlungen vertreten. Dann werden die dort mal sehen, was richtige Polizeiarbeit bedeutet!«

KPD stand auf, hob zum Gruß die Hand und verschwand.

»Das war die tägliche Begegnung mit der unheimlichen Art«, meinte Jutta, als er außer Hörweite war.

Ich stand ebenfalls auf. »Ich mach mal Schluss für heute, Kollegen. Morgen früh muss ich nach Hockenheim, das habt ihr bestimmt in dem Fax gelesen. Ich muss in einem Nachbarschaftsstreit vermitteln. Wird bestimmt eine spannende Sache.«

»Die Kirche hängt in einem Nachbarschaftsstreit mit drin?«, fragte Gerhard überrascht.

»Nein, aber der Chefredakteur des Verlags. Ich halte euch auf dem Laufenden, okay?«

Einigermaßen mit mir zufrieden fuhr ich heim. Ich versprach mir einen friedlichen und entspannten Abend und hoffte, dass es unser Familienneuzugang nicht gar so eilig hatte.

Normalerweise vermied ich es, auf der kurzen Strecke zwischen Parkplatz vor der Garage und Haustür auf das Grundstück unserer direkten Nachbarn, den Ackermanns, zu schauen. Doch irgendwie ging das heute nicht. Im Augenwinkel vernahm ich beim Aussteigen einen Schatten, der just im gleichen Moment hinter der Hausecke verschwand. Dieser Sekundenbruchteil hatte mir, als trainiertem Polizeibeamten, genügt. Bei dem Schatten handelte es sich um eine unbekannte Person. Jetzt konnte mir das theoretisch egal sein. Aber zum einen war ich Beamter und daher von Berufs wegen neugierig, zum anderen konnte es ein Einbrecher sein. Ich beschloss, dem Schatten zu folgen.

Der Einbrecher stellte sich sehr geschickt an. Ich sah, wie er am rückwärtigen Teil des Ackermann'schen Anwesens an das Wohnzimmerfenster klopfte. Damit prüfte er, ob das Haus bewohnt war. Ohne weitere Vorsichtsmaßnahmen ergriff ich, von hinten kommend, seine Schultern.

»So geht das nicht, Bursche!« Ich benutzte die autoritärste meiner Stimmlagen, die zwar bei meinen eigenen Kindern mittlerweile versagte, einem Fremden aber durchaus Respekt einflößen konnte.

Er erschrak fürchterlich und leistete keinerlei Gegenwehr. Ich hatte Gelegenheit, den Einbrecher zu studieren. Aus welchem Elternhaus musste so jemand stammen? Hier schienen sämtliche Erziehungsversuche fehlgeschlagen zu haben. Er war etwa 20 bis 25 Jahre alt und augenfällig der Punkerszene zuzuordnen. Seine löchrigen Jeans, das schmutzige T-Shirt mit eindeutig drogenverherrlichender Aufschrift und sein rot-grün gefärbter Irokesenschnitt passten zu dem mit zahlreichen Piercings verunstalteten Gesicht. Evolution ist relativ, dachte ich mir bei seinem Anblick.

»Wer sinn Se denn?«, brachte er, nachdem er sich beruhigt hatte, hervor.

»Polizei«, antwortete ich, und das war nicht einmal gelogen.

»Was wollen Se denn vun mir? Ich hab doch nix getan.«

»Nichts gemacht? Ich habe Sie in flagranti erwischt. Sie wollten gerade einbrechen.«

»Awer des stimmt doch garnet. Ich hab doch blos an die Scheiwe gekloppt, wescht, was ich mään?«

»Wollen Sie mich für dumm verkaufen? Sie wollten überprüfen, ob jemand zuhause ist!«

»Nadierlich wollt ich des, wescht? Iss des verbode oder was?«

»Sie können nicht einfach an die Fensterscheiben von fremden Häusern klopfen.«

»Awer ich bin doch des erschte Mol do, wescht, was ich mään?«

Sein ›wescht, was ich mään‹, was auf Hochdeutsch dem

›weißt du, was ich meine‹ entsprach, ging mir deutlich auf den Senkel.

»Das wäre ja noch schöner, wenn Sie mehrmals im gleichen Haus einbrechen wollten.«

»Mensch, Sie verstehe mich falsch, ich will garnet eibreche.«

»Aha, dann sind Sie bestimmt von der Fensterbaufirma und überprüfen die Qualität.«

»Quatsch, ich will nur in des Haus vun de Ackermanns, wescht?«

So langsam hatte ich genug, wir drehten uns im Kreis.

»Und warum wollen Sie da rein? Doch wohl nur, um einzubrechen.«

Er schüttelte energisch den Kopf, dabei klimperten ein paar Piercings.

»Ich war schunn drei Johr nimmi däheem, wescht, was ich mään?«

»Wenn ich Sie mir so anschaue, wäre ich als Vater ganz froh, wenn Sie nicht zuhause auftauchen. Was soll das aber mit Ihrem Einbruchsversuch zu tun haben?«

»Awer do wohne doch mei Alte, wescht net?«

Ich benötigte einen Moment, um seinen Satz zu übersetzen und die Tragweite zu verstehen.

»Meinen Sie mit ›Alte‹ Ihre Eltern? Die wohnen hier bestimmt nicht. In diesem Haus wohnt ein älteres Ehepaar ohne Kinder.«

»Ne, ewe nett. Ich bin de Gottfried Ackermann, do drin in dem Haus wohne mei Alte, wescht, was ich mään?«

Die Situation überstieg meine Vorstellungskraft. Dieser Punker sollte der Sohn meiner gefürchteten Nachbarin sein? Das wäre so abstrus, als würde die Bundesregierung ein neues Gesetz herausbringen, um Weihnachten in den Sommer zu verlegen, mit der Begründung, die Feiertage gleichmäßiger übers Jahr zu verteilen.

»Noch mal, ganz langsam. Sie wollen der Sohn dieses netten Ehepaars sein, das in diesem Haus wohnt? Warum habe ich Sie dann noch nie gesehen?«

»Des ist doch klar, ich war schunn ä paar Johr nimmi dehääm. Domols hänn mei Alte wuanerscht gewohnt, wescht, was ich mään?«

Grundsätzlich konnte er recht haben. Wir befanden uns schließlich in einem Neubaugebiet. Vor wenigen Jahren waren hier Mohrrüben-Äcker.

»Und warum suchen Sie jetzt Ihre Eltern? Haben Sie vorher angerufen?«

Wieder klimperten seine Piercings. »Ich bin doch pleite. Vun Berlin bis doher bin ich schwarz gfahre. Die hänn mich a blos dreimol erwischt, die Bulle, wescht?« Schlagartig wurde er rot. Ihm war sicherlich eingefallen, dass er einem Polizisten gegenüberstand. Doch mit solchem Kleinkram wollte ich mich wirklich nicht befassen.

»Anscheinend sind Ihre Eltern nicht zu Hause. Kommen Sie später wieder.«

»Wu soll ich dann hi? An eierm Bahhof gibt's jo ned ämol ä Szen. In de Kneip hännse zwar Bier, awer die wolle Geld defier hawe, wescht, was ich mään?«

»Am besten, Sie warten vorne an der Straße auf Ihre Eltern. Dann sehen Sie sie gleich und umgekehrt. Nicht, dass Ihre Eltern erschrecken, wenn sie Sie in ihrem Garten herumlungern sehen.«

Meine Neugierde trieb mich zu einer weiteren Frage.

»Kennen Ihre Eltern eigentlich Ihr momentanes Outfit?«

Er schaute oberflächlich an sich herunter. »Stimmt domit ebbes net? Die Hosse hab ich schon seit ä paar Monat a. Mei dolle Frisur is awer noch net so alt. Ich hab amol ä Glaz ghabt. Ich bin vor ä paar Johr vun deheem fortgegange, weil mein Vatter mich uffgeregt hot. Ich soll endlich mol eegenes Geld verdiene, hot er gmeent. Alla hopp, do hab ich dann in Berlin ä Lehr als Gärtner agfange. Des war ma dann awer noch ä paar Woche zu schwer, dess ganze Bicke do de ganze Tag, wescht, was ich mään?«

Während seiner Rede waren wir nach vorne gegangen. Er setzte sich auf die Eingangsstufen seines Elternhauses, und ich verabschiedete mich, nicht ohne ihm zu sagen, dass ich ihn weiter beobachten werde, solange Ackermanns nicht da wären.

Das konnte heiter werden. Frau Ackermann und ihr Sohn, der Punker. So was hatte die Welt noch nicht gesehen. Ich öffnete meine Haustür, und mit einem Schlag landete etwas in meinem Bauch.

»Geil, dass du da bist!«

Es war Paul, der mit einem Sprung angeflogen kam. Eine tolle Begrüßung, fand ich, von den Schmerzen mal abgesehen.

»Papa, ich hab das Monopoly aufgebaut. Wenn nachher mein Bruder kommt, dann kann ich gleich mit ihm zocken. Mit dir zu spielen macht einfach keinen Spaß mehr. Meine Schummeltricks sind so einfach, und du raffst nie etwas. Das will ich alles meinem Bruder beibringen. Darf ich solange aufbleiben, bis er da ist?«

Um Himmels willen, lag Stefanie bereits in den Wehen? Ich schob meinen Sohn beiseite und ging ins Wohnzimmer. Meine Frau saß auf der Couch und las eines ihrer Frauenmagazine.

»Alles in Ordnung, mit dir?«, fragte ich. »Paul hat so ein paar Andeutungen gemacht.«

Stefanie lachte und streichelte sich über den Bauch. »Ja, ich weiß, der nervt schon den ganzen Tag. Er ist von der fixen Idee besessen, dass sein Bruder jeden Moment als Sturzgeburt geboren wird und er ihn sofort in sein Kinderzimmer mitnehmen kann. Du ahnst nicht, was er alles mit seinem Bruder machen möchte.«

Sie wurde eine Spur ernsthafter. »Du, Reiner, wenn er statt eines Bruders eine Schwester bekommt, wird es wohl zu einem Eklat kommen. Dann kümmerst du dich bitte um ihn, schließlich hast du ihm diese Flausen in den Kopf gesetzt.«

Wie hatte ich diese Bemerkung zu interpretieren? Meine Frau wusste schließlich, welches Geschlecht unser Nachwuchs haben würde. Wenn es ein Junge werden würde, hätte sie diese Feststellung erst gar nicht treffen müssen. Oder hatte sie es getan, um mich damit zu ärgern? Oder wusste sie es selbst nicht? Vielleicht wurden es sogar Zwillinge, denn ihr Bauch war dieses Mal recht groß. Ich zügelte meine Neugier und sagte, dass ich mit Paul bestimmt klarkommen würde.

Melanie kam aus der Küche ins Wohnzimmer gestürzt.

»Mensch, Papa, draußen sitzt vielleicht ein geiler Typ, ich habe ihn durchs Küchenfenster gesehen. Darf ich vor dem Essen noch ein bisschen raus?«

»Nein!«, schrie ich und Stefanie schaute mich verwundert an.

»Warum soll unsere Tochter nicht noch ein bisschen raus gehen dürfen, Reiner? Es ist noch früh, und außerdem leben wir nicht in einem Kloster.«

»Geh ans Küchenfenster und schau raus.«

Meine Frau legte ihr Magazin auf den Tisch und ging neugierig in die Küche. Zwei Sekunden später kam sie genauso schnell wie vorhin unsere Tochter wieder herausgestürzt.

»Melanie! Du gehst auf gar keinen Fall nach draußen! Es ist schon viel zu spät, außerdem gibt es gleich Essen.«

Während Melanie beleidigt in ihr Zimmer ging, fragte mich Stefanie: »Hat der vorhin schon dort gesessen? Hast du wenigstens deine Kollegen von der Schutzpolizei angerufen? Der hat doch bestimmt irgendwas ausgefressen.«

»Ach was«, entgegnete ich. »Der sieht nur etwas merkwürdig aus. Was soll jemand schon ausgefressen haben, wenn er Gottfried heißt.«

»Gottfried? Du kennst sogar seinen Namen? Wo kommt der her, wo will er hin?«

Sie setzte sich neben mich auf die Couch.

»Du musst jetzt ganz tapfer sein, Stefanie. Dieser Gottfried mit seinem, na, sagen wir es mal, zerrütteten Aussehen ist der verlorene Sohn der Ackermanns. Ja, du hast richtig gehört.«

Meine Frau starrte mich mit großen Augen an. Hoffentlich löste mein Kommentar keine Wehen aus. Mit hungrigem Magen hatte ich keine Lust, die Nacht in der Klinik verbringen zu müssen.

»Ist das wahr?« Stefanie schüttelte den Kopf. »Ich hatte bisher vermutet, dass unsere Nachbarin überhaupt nicht aufgeklärt sei. Das muss ein Fall für das Jugendamt gewesen sein.«

Ich versuchte, sie zu beruhigen. »Morgen lass ich das mal durch den Computer laufen. Natürlich könnte ich auch Frau Ackermann fragen, aber das würde viel, viel länger dauern.« Ich rollte wissend mit den Augen.

Meine Frau war noch nicht beruhigt. »Was will der Kerl? Warum sitzt er vor dem Haus?«

»Weil Ackermanns ausgeflogen sind. Vielleicht sind sie einkaufen. Ist es dir lieber, wenn ich ihn mit reingebracht hätte?«

»Um Gottes willen! Mir hat es gereicht, wie Melanie den Dr. Metzger angehimmelt hat. Ich glaube, ich muss mal ein ernstes Wort mit unserer Tochter reden.«

Sie lächelte listig. »Obwohl, wenn ich bedenke, was für einen Kerl ich damals mit heimgeschleppt habe …« Ihre Augen blitzten schelmisch, und sie gab mir einen Kuss.

Der Rest des Abends verlief mehr oder weniger harmonisch. Das mit Sicherheit äußerst gesunde Abendessen wurde vom Rest der Familie zwar nicht gerade gelobt, aber ohne größeres Murren vertilgt.

Zum Abschluss des Tages durfte sich meine Frau über eine längere Massage freuen, und wir staunten, zu welchen bauchwandübergreifenden Bewegungen unser Fastneugeborenes schon fähig war.

7 MASCHENDRAHTZAUN

Während der Massage hatte ich meiner Frau die beiden Abendtermine gebeichtet. Sie war wenig bis überhaupt nicht begeistert, doch ich hatte ihr hoch und heilig versprochen, mein stets komplett aufgeladenes Handy jederzeit eingeschaltet zu haben, mit mir herumzutragen und beim Einsetzen der telefonisch mitgeteilten Wehen sofort nach Hause zu kommen. Egal, ob ich gerade eine Horde Verbrecher verfolgte oder nicht.

Mit diesem Versprechen verließ ich am nächsten Morgen die Wohnung. Kein Punker und keine Nachbarin hinderten mich daran, in meinen Wagen zu steigen und nach Speyer zu fahren. Die Dienststelle umfuhr ich weiträumig, um keinen Diefenbach-Kontakt zustandekommen zu lassen. Ich hoffte, dass der heutige Ermittlungstag einigermaßen in geordneten Bahnen verlief und ich keine skurrilen Dinge zu erleben hatte. Es würde auch so schwierig genug werden, die Anschläge aufzuklären und vor allem dafür zu sorgen, dass es keine weiteren gab.

Meine Hoffnung war vergebens. Als ich in den Schulhof fuhr, sah ich die erste Verrücktheit. Fratelli stand auf einer Anstellleiter vor dem einstöckigen Bürogebäude und versuchte, mit vier oder fünf weiteren Helfern eine gigantische Plane über das Gebäude zu ziehen. Seit Tagen gab es weder Regen noch Sturm, was sollte das? Als er mich sah, lachte und winkte er und zeigte anschließend seine geöffnete Hand mit fünf gespreizten Fingern.

»Mit meinem Koffeinspiegel ist alles in Ordnung«, rief er mir zu. »Guten Morgen, Herr Palzki. Ich komme gleich zu Ihnen runter.«

Ich lehnte mich an meinen Wagen und sah der schweißtreibenden Tätigkeit zu. Doch wie sie es auch anstellten, die

Plane schien ausgeprägt störrisch und vor allem schwer zu sein. Sie rutschte immer wieder teilweise von dem flachen Satteldach herunter. Schließlich gaben sie auf, die Plane wurde in den Hof fallen gelassen.

Fratelli stieg die Leiter herunter und befahl seinen Helfern: »Legt die Plane ordentlich zusammen, morgen wagen wir einen neuen Versuch.«

Fröhlich kam er auf mich zu gelaufen.

»Ich hoffe, Ihnen ist nicht langweilig geworden, Herr Palzki. Leider hat's beim ersten Versuch nicht geklappt, aber morgen geht's mit frischem Elan wieder dran. Wie gefällt Ihnen das eigentlich?«

Da ich keine Ahnung hatte, was er mit dieser Aktion bezwecken wollte, antwortete ich salomonisch: »Finde ich toll, so wird das Dach wasserdicht. Da kann man sich glatt die Neueindeckung mit teuren Ziegeln sparen.«

Fratelli schaute mich begeistert an. »Na klar, das geht natürlich auch«, jubelte er. »Herr Palzki, Sie haben mir schon wieder ein neues Argument an die Hand gegeben. Das muss ich gleich nachher mit Herrn Wolfnauer diskutieren.«

Den Namen hörte ich nun zum zweiten Mal. Im Geiste notierte ich ihn mir. Jürgen würde zu dieser Sache in seinen Datenbanken bestimmt etwas finden.

Ein sanftes Brummen ließ mich aufhorchen. Zur Toreinfahrt kam ein Auto herein gefahren. Es war kein gewöhnlicher Wagen. Ich musste zugeben, dass ich mich trotz meines Berufes sehr schwer tat, die einzelnen Fahrzeugtypen zu erkennen und auseinanderzuhalten. Einen VW-Käfer, eine Ente oder seltsame Vehikel wie Smart kannte ich durchaus, bei dem eben angekommenen Wagen wusste ich nur, dass er mit einem normalen Gehalt unmöglich zu bezahlen war. Er schien zwar schon älter zu sein, war aber tipptopp gepflegt.

Fast erwartete ich, dass auf der Fahrerseite ein Chauffeur heraussprang, um die Luxuslimousine rannte und einer vornehmen Person die Beifahrertür öffnete. Umso erstaunter war ich, als Joachim Wolf fröhlich pfeifend ausstieg.

»Guten Morgen, die Herren«, begrüßte er unsere Runde. Er deutete auf die Helfer, die gerade die Plane zusammenlegten. »Was soll das mit der Plane?«

»Das Dach ist undicht«, meinte Fratelli und zeigte unbestimmt nach oben. Ohne weiteren Kommentar ging er ins Gebäude.

Wolf sah mich fragend an. »Haben wir noch Zeit für einen Kaffee?«

Ich nickte, so hatte ich einmal mehr Gelegenheit, den Verlag von innen zu sehen und meiner Kaffeeschmuggelvermutung neue Nahrung zu geben.

Wir gingen in den Pausenraum, und Fratelli sowie Nina Mönch gesellten sich dazu. Na ja, ein bisschen Small Talk konnte nicht schaden. Und eines musste man ihnen lassen: Die Kekse, die mir serviert wurden, hatten Premiumqualität. An der Mitarbeiterverpflegung wurde nicht gespart. Besonders bemerkenswert fand ich, dass der Chef die gleichen Kekse aß und den gleichen Kaffee trank wie seine Mitarbeiter. Solche demokratischen Ansätze sozialen Umgangs waren bei KPD generell ausgeschlossen.

Der mir bereits bekannte Mann, von dem ich nichts wusste, außer, dass er ständig »Alles wird gut« brummelte, kam in den Raum. Er zuckte kurz mit dem Mundwinkel, nickte uns stumm zu und sagte zu Fratelli: »Ich bin dann mal weg. Meine Frau weiß, wo ich bin, wenn was wäre.«

Nachdem er den Raum verlassen hatte, bemerkte Fratelli meinen fragenden Blick.

»Entschuldigen Sie bitte, dass ich Sie nicht vorgestellt habe. Das eben war Mathias Huber, ein ›Pilger‹-Redakteur. Er ist ein guter Mann, aber extrem wortkarg. Zumindest, wenn er keine Selbstgespräche führt. Außerdem ist er ein Technikmuffel. Stellen Sie sich einmal vor: Er hat kein Handy, obwohl er ständig unterwegs ist. Nur seine Frau weiß dann, wo und wie man ihn erreichen kann.«

Über diese Aussage wunderte ich mich keineswegs. Die Mitarbeiter waren zwar allesamt nett und freundlich, aber halt nicht so normal wie wir in der Schifferstadter Polizeiinspektion. Ich schaute mich um. Nina Mönch aß wieder ihr Nutellabrot, und Fratelli stürzte Tasse für Tasse seines schwarzen Getränkes hinab. Wolf stand dabei und lächelte wie stets.

Nun schaute er auf seine Uhr und meinte: »Wir sollten so langsam los. Wir haben zwar ein paar schöne PS unterm Hintern beziehungsweise vor den Beinen, die allgemeine Verkehrssituation ist um diese Zeit aber eher schlecht.«

Wir verabschiedeten uns von den Verlagsleuten und gingen nach draußen. Im Empfangsraum schielte ich am Pfeiler nach unten. Die Risse hatten sich nicht vergrößert, vielleicht hatte sie noch niemand bemerkt.

Wolf war euphorisch, als wir an seinem Wagen ankamen.

»Na, Herr Palzki, was sagen Sie zu meinem Fahrzeug? Der Wagen wurde bis hin zur Handbremskontrolleuchte in Handarbeit zusammengebaut. Mit diesem Auto fahren Sie nicht, Sie schweben über den Asphalt. Steigen Sie ein und fühlen Sie sich wohl. Das ist besser als ein Wellnessurlaub.«

Mit einem leisen Klick öffnete sich die Beifahrertür wie von Geisterhand. Das war ja noch widerwärtiger und dekadenter als in KPDs Luxuswagen.

»Oh, da liegt ja meine Aktentasche.« Er bückte sich und nahm sie vom Beifahrersitz. Die prall gefüllte Tasche, die er gestern bereits die ganze Zeit mitgeführt hatte, reizte mich zu einer Frage.

»Was schleppen Sie da eigentlich immer für Zeug mit sich herum, Herr Wolf?«

»*Zeug* nennen Sie das? Da drin befindet sich meine komplette Kommunikations- und IT-Anlage. Neben meinen drei Handys ein Laptop, ein Satelliteninternetzugang, externe

Datenspeicher und noch einiges mehr an spezieller Hard- und Software. Damit kann ich jederzeit mit sämtlichen Rechnern des Bistums bis hin nach Rom und sogar noch weiter Kontakt aufnehmen. Ich habe alles optimal organisiert und vernetzt. Nur die Leute von der Peregrinus beharren auf ihrer eigenen Lösung, die Frau Mönch zurzeit umsetzt. Aber über dieses Thema bin ich mit dem Generalvikar bereits im Dialog.«

Vorsichtig legte er seine High-Tech-Tasche auf den Rücksitz. Kurz darauf fuhren wir los, und ich wunderte mich, dass ich so gut wie kein Motor- oder Fahrgeräusch wahrnahm.

Wolf lächelte, was wegen seiner ständigen Grundlächeln-Mimik nur schwer zu unterscheiden war. »Der Wagen wurde nachträglich hochgedämmt, Herr Palzki. Da hören Sie nicht einmal eine Polizeisirene. Aber das braucht man hier drinnen auch nicht, wir sind sowieso schneller als Ihre Kollegen mit den Streifenwagen.«

Tolle Sprüche hat der drauf, dachte ich mir. Ich als einfacher Polizeibeamter musste fast jedes Mal 30 Euro zahlen, wenn ich in Schifferstadt in der Salierstraße 60 km/h oder in der Herzog-Otto-Straße mit den gefühlten 1.000 rechts-vor-links Einmündungen 40 km/h fuhr. Ihn schien das wohl weniger zu stören. Vermutlich galt sein Fahrzeug laut Straßenverkehrsordnung als leicht bodenberührendes Flugzeug.

»Verdient man im Bischöflichen Ordinariat so gut, dass man sich so einen Luxusflitzer leisten kann?« Irgendwie hatte ich bei der Sache ein ungutes Gefühl.

Wolf prustete los. »Ach, wo denken Sie hin! Als Kanzleidirektor werde ich zwar außertariflich bezahlt, aber mit den Gehältern in der freien Wirtschaft ist das absolut nicht zu vergleichen.«

Zu gerne hätte ich gewusst, welche Geldquellen er für sein Wägelchen angezapft hatte. Mir fielen einige Möglichkeiten ein: reiche Heirat, Erbschaft, Lottogewinn, aber auch illegale.

Als hätte er es gerochen, ergänzte er seine Rede. »Der Wagen ist ein Erbstück meines Patenonkels, der war ein bekannter Architekt.«

Die Fahrt nach Hockenheim ins badische Ausland, wie ich es gerne spaßeshalber nannte, war kurz und in den hochgepolsterten Sitzen äußerst angenehm. In der Nähe des überregional bekannten Spaßbades Aquadrom hielten wir an. Hier standen vorzugsweise Einfamilienhäuser mit meist größeren Gärten und überraschend viel Grünzeug wie Büschen und Bäumen.

Wolf stieg aus und schnappte sich seine Tasche, was mich zu einer Frage veranlasste. »Wozu brauchen Sie bei Herrn Nönn Ihre Computeranlage? Er hat doch bestimmt selbst ein Telefon und einen Computer, wenn's mal fürchterlich pressieren sollte.«

»Ich erwarte wichtige Daten, Herr Palzki. Bis jetzt habe ich im Büro nicht einmal Zeit gehabt, um einen Stellvertreter einzuarbeiten. Mein Einsatz kam ja, wie Sie wissen, sehr überraschend. Also lassen Sie mir meine Tasche, Sie müssen sie ja schließlich nicht tragen.«

Wo er recht hatte, hatte er recht.

Wolf zeigte auf zwei Einfamilienhäuser aus den 70er Jahren des letzten Jahrhunderts. »Im linken wohnt der Chefredakteur, ich war zwei oder drei Mal bei ihm zu Hause. Daneben wohnen die bösen Nachbarn, sie heißen Lipkowitzki. Das hat Nönn einmal erwähnt. Um was es bei dem Streit genau geht, weiß ich nicht. So sehr hat mich das bisher nicht interessiert.«

Das Gelände war wegen des bereits erwähnten Grünzeugs schwer zu überschauen. Teils überwucherte Jägerzäune trennten die Grundstücke.

»Okay, dann klingeln wir zuerst bei Herrn Nönn.«

Wolf war anderer Meinung. »Ja, gehen Sie mal vor. Ich sondiere zunächst das Gelände.«

Bevor ich etwas sagen konnte, war er über den Jägerzaun gestiegen und verschwand im Garten von Nönn. Mist, musste er ausgerechnet jetzt mit dem Detektivspielen anfangen? Wir hatten bisher weder einen Plan noch mit den beteiligten Personen gesprochen. Wie wollte Wolf da irgendetwas finden, das für die Nachbarschaftsstreitigkeiten verantwortlich sein konnte? Ich schüttelte über soviel Unkenntnis den Kopf und ging Richtung Nönns Anwesen.

»Hallo, Sie da!«

Die schrille Stimme kam vom Haus der Lipkowitzkis. Ich drehte mich um und sah eine frauenähnliche Gestalt, die mich an eine zwei Meter große Catcherin im Rentenalter erinnerte. Wie eine Kämpfernatur hatte sie sich aufgeblasen, um mir diese drei Begrüßungsworte zuzurufen. Kurioserweise stand vor ihr ein kleines Männlein, schätzungsweise höchstens ein Fünftel ihrer Körpermasse wiegend und ihr größenmäßig bis zur Brust reichend.

»Na, geh schon, Marcel«, herrschte sie ihn an. »Sag, was du zu sagen hast.«

Sie sprach den Namen des zerbrechlich wirkenden männlichen Wesens nicht ›Marcel‹ aus, sondern ›Makel‹. Das erinnerte mich an ein TV-Interview, das ich vor einigen Jahren gesehen hatte. Hier sprach ein Gast den ebenfalls anwesenden Literaturkritiker Marcel Reich-Ranicki vehement mit ›Makel Reich‹ an. Schließlich platzte diesem, wie so oft, der Kragen. »Mein Name ist Reich-Ranicki«, polterte er. Der andere Gast meinte daraufhin staubtrocken: »Entschuldigen Sie bitte, das wusste ich nicht. Da können Sie mal sehen, wie schnell ich den Fernseher ausschalten kann, wenn Sie auf Sendung sind.«

Das Männlein kam zögernd aus dem Vorgarten herausgelaufen und stand schließlich vor mir auf dem Gehweg. Hinter ihm stampfte die Dame des Hauses nach, wahrscheinlich kam es dadurch zu einer messbaren Unwucht der Erdrotation.

»Verzeihen Sie bitte, mein Herr«, begann er mit einer Fistelstimme. »Sie parken mit Ihrem Wagen vor unserem Haus.«

»Ja, und«, entgegnete ich und ahnte Übles.

Ihr dauerte die Diskussion zu lange. »Du sollst ihm sagen, dass er seinen Karren wegfahren soll, aber schnell!« Das Kerlchen zuckte zusammen. »Ja, das wollte ich Ihnen sagen«, bestätigte er die Aufforderung in meine Richtung.

»Und warum sollte ich das tun? Wollen Sie mit Ihrer Frau erst Rücksprache halten oder dürfen Sie mir diese Frage alleine beantworten?«, sprach ich zu der armen Sau.

»Ja, ich…«, er sah sich kurz um. »Also, das ist so –«.

»Schluss jetzt!« Ihre Stimme überschlug sich. »Mach's kurz Marcel. Tritt ihm eine Delle in seinen Karren und fertig. Wir lassen uns nicht provozieren.«

Oha, das konnte heiter werden. Das war ja schlimmer als Frau Ackermann nebst Punkersohn.

»Mal langsam, mein Herr und meine –«, ich sah sie etwas schräg an und ergänzte: »Dame. Klären Sie mich, bitte, mal auf. Stehe ich mit meinem Wagen auf Ihrem Privatparkplatz?«

»Der regt mich auf, Marcel. Mach was, damit er verschwindet.« Sie trat mit ihrem Fuß heftig auf, und ich war mir sicher, dass in Süddeutschland die Seismografen ausschlugen.

So kam ich nicht weiter. Ich zückte meinen Dienstausweis und machte auf förmlich.

»Ihre Personalien, bitte!«

Der kleine Marcel zuckte zusammen, und fast hatte ich den Eindruck, als würde er einem Kreislaufzusammenbruch erliegen.

»Reiß dich zusammen, mein Männel«, schalt ihn seine Begleiterin. »Wir haben uns nichts zu Schulden kommen lassen.«

Sie blickte in Richtung Nönns Anwesen. »Den da drüben müssen Sie verhaften und einlochen, Herr Inspektor! Wir sind die Guten!«

»Inspektor gibt's nicht mehr«, antwortete ich in Kottan-

Manier. »Und verhaften dürfen nur Richter. Ihren Nachbarn knöpfe ich mir später vor. Zunächst sind Sie dran.«

Ich zückte, um mich noch wichtiger zu machen, meinen Notizblock.

»Wie sind Ihre Namen?«

Kleinlaut antwortete der männliche Part dieser seltsamen Symbiose: »Marcel Lipkowitzki. Und das ist meine Ehefrau Brunhilde.«

»Reicht Ihnen das jetzt, Herr Polizeibeamter?« Sie spuckte auf den Gehweg.

»Das Ordnungsamt wird Ihnen dies mit fünf Euro Verwarnungsgeld in Rechnung stellen.« Damit erhöhte ich meine Autorität weiter. Bevor ich zum Thema Nachbarschaft kam, wollte ich etwas anderes wissen.

»Wo waren Sie am letzten Sonntagmittag?«

»Da waren wir –«.

»Halt's Maul, Männel«, fuhr ihm sein Weib über den Mund. »Warum wollen Sie das wissen?«

»Für die Akte«, antwortete ich, um etwas Zeit zu gewinnen. Glücklicherweise gab sie sich damit zufrieden. Anscheinend besaß sie eine genügende Portion Obrigkeitshörigkeit.

»Wir waren in Speyer, ich wollte mir die neue Orgel im Dom anschauen. Ich hoffe, dass dies nicht verboten ist.« Sie schaute mich feindselig an. Ich trat vorsichtig und hoffentlich unbemerkt einen halben Schritt zurück. Ein Schlag von ihr, und es dürfte um mich geschehen sein.

»Nein, wahrscheinlich ist das erlaubt«, antwortete ich möglichst locker. »Haben Sie Zeugen für Ihren Ausflug?«

Sie schob ihr Männlein beiseite und kam einen Schritt näher. Damit stand sie nur noch in ungefähr einem Meter Abstand vor mir.

»Wenn ich gewusst hätte, dass wir welche bräuchten, hätte ich meine Mama mitgenommen.« Verächtlich spuckte sie erneut auf den Gehweg.

»Zehn Euro«, murmelte ich. »Niemand, den Sie kennen und in Speyer getroffen haben?«

Auf einmal schien ihr etwas einzufallen. »Doch klar, Diefi, die alte Sau!«

»Können Sie diese Person etwas näher beschreiben?«

»Wenn's der Sache dient. Als wir ankamen, steckten wir in einem Riesenstau. Und dann erkannte ich in einem der Polizisten, die den Verkehr regelten, einen alten Klassenkameraden von mir. Eben diesen Diefi.«

Natürlich hatte ich sofort kombiniert. Diese Nahkampfwaffe war in der gleichen Klasse wie KPD gesessen. Das musste eine herrlich schräge Schule gewesen sein.

»Wie heißt dieser Diefi mit vollständigem Namen?« Vielleicht konnte ich in dem Zusammenhang etwas herausfinden, was ich gegen KPD verwenden konnte.

»Das weiß ich doch nicht mehr. Wir nannten ihn Diefi oder Sonnengott nach Ludwig XIV., weil er sich immer so absolutistisch aufgespielt hat. Den Rest müssen Sie selbst herausfinden. Er muss ja ein Kollege von Ihnen sein, ein Speyerer Bulle.«

»Okay, das werde ich überprüfen. Waren Sie beide den ganzen Tag zusammen?«

»Ja, klar«, antwortete der Mordsbrocken, ohne zu zögern. »Ich lass doch mein Männel nicht allein.«

Der kleine Marcel meldete sich, wohl unter Lebensgefahr, zu Wort.

»Du warst doch im Dom mal längere Zeit verschwunden, Liebste.«

Das war's wohl, dachte ich. Nun wird sie ihm das Genick brechen und sich danach auf mich stürzen. Trotz Chancenlosigkeit ging ich in Verteidigungsstellung. Ich hatte mich geirrt, ihre Waffe schien allein ihr Mundwerk zu sein.

»Wer hat dir die Erlaubnis zu sprechen gegeben, Marcel? Misch dich nie wieder ein, wenn sich Große unterhalten.«

Das gab mir die Möglichkeit, relativ gefahrlos nachzuhaken.

»Wenn ich es jetzt schon mal weiß, können Sie mir bestimmt sagen, wo Sie in dieser Zeit waren, oder?«

»Bullen wollen es wohl immer genau wissen.« Sie spuckte erneut auf den Gehweg, dieses Mal reagierte ich nicht.

»Ich hab aufs Klo gemusst, das war alles. Da gab's ein Mordsgedrängel, und ich musste warten. Als ich mit meinem Geschäft fertig war, war alles abgesperrt. Da soll irgendwo im Dom etwas heruntergefallen sein. Hat mir jedenfalls ein Souvenirhändler, der mit seinem Reisemobil vor dem Dom stand, erzählt. Ich habe eine Weile gebraucht, um mein Männel wieder zu finden. Reicht Ihnen das als Erklärung? Dann können Sie ja endlich Ihren Wagen wegfahren.«

»Gut, dass Sie mich daran erinnern. Kommen wir zum nächsten Thema. Was stört Sie an meinem Wagen? Er parkt vorschriftsmäßig auf der Straße, ich blockiere nicht einmal den Gehweg für einen Kinderwagen.«

»Er versperrt uns die Sicht!«

Verwundert schaute ich über Wolfs Wagen rüber zur anderen Straßenseite. Außer weiteren Einfamilienhäusern konnte ich nichts Interessantes entdecken.

»Können Sie das vielleicht präzisieren? Da drüben gibt es rein gar nichts, was als schöne Aussicht bezeichnet werden könnte. Bei Ihnen in Hockenheim gibt's weder Berge noch ein Meer.«

»Da geht's ums Prinzip«, bellte sie. »Dieser Nönn, der Gauner von nebenan –«, sie zeigte auf das Nachbargrundstück, »lässt sein Grundstück zuwuchern, ohne Rücksicht auf uns zu nehmen. Da kann ich wohl verlangen, dass wenigstens die Straße frei bleibt.«

Ich muss zugeben, dass ich mich mit dieser Erklärung sehr schwer tat. Vorsichtig hakte ich nach: »Ich weiß zwar nicht, was eine freie Sicht zur Straße mit den Büschen und Bäumen auf dem Grundstück Ihres Nachbarn zu tun hat, ich sehe aber, dass Ihr Grundstück ebenfalls bewachsen ist.«

Harsch unterbrach sie mich. »Das ist ganz was anderes, Herr Inspek äh, Herr Polizist. Unsere Flora schneidet mein Männel immer rechtzeitig zurück, damit die Kameras freie Sicht haben. Aber was nützt das, wenn die Nachbarn nicht mitspielen oder fremde Leute ihren Wagen vor unserem Haus auf die Straße stellen?«

»Sie haben Kameras auf Ihrem Grundstück?« Mit dieser Lösung hatte ich nicht gerechnet. »Warum das denn? Wenn Sie Wertsachen haben, sollten Sie die besser in ein Bankschließfach geben.«

»Papperlapapp«, schnitt sie mir erneut das Wort ab. »Meine Medaillen und Pokale stecke ich in kein Schließfach. Die wollen jeden Tag bewundert werden, stimmt's, mein Männel?« Marcel nickte demütig und traute sich daraufhin, erneut einen kleinen Redebeitrag zu leisten.

»Meine Liebste war im Ringen mehrfach Deutsche Meisterin und sogar Vize-Europameisterin im Freistil. Fast das ganze obere Stockwerk ist mit ihren wertvollen Ehrenzeichen angefüllt.«

»Halt's Maul, Männel! Feind hört mit.«

Das, was ich da hörte, übertraf meine Erwartungen eines bizarren Nachbarschaftsstreits um ein Vielfaches. Ich wusste nicht, wen ich mehr bedauern sollte: Nönn oder das Männel Marcel.

»Noch mal langsam zum Mitschreiben: Sie verwahren in Ihrem Haus Ihre Auszeichnungen. Zum Schutz gegen Diebstahl haben Sie rings um das Haus Kameras installiert, ist das so richtig? Um einen guten Überblick zu haben, fordern Sie von Ihrem Nachbarn, die Büsche zu schneiden. Außerdem verjagen Sie Autofahrer, die draußen auf der Straße parken.«

Sie brachte das erste Lächeln zustande. »Siehste, Männel,

jetzt hat es der Herr Polizist auch kapiert. Warum hast du es ihm nicht gleich so gesagt?«

Ich kritzelte ein paar sinnlose Zeichen auf meinen Block, nur damit es so aussah, als würde ich etwas schreiben.

»Sehr geehrte Frau Lipkowitzki«, sagte ich schließlich. »So geht das nicht. Unser BGB gilt bereits seit 1900, und da drinnen gibt es keine einzige Passage, die das Faustrecht legitimiert. Sie dürfen keine Kameras installieren, die aufs Nachbargrundstück gerichtet sind und bis auf die öffentliche Straße schon gar nicht. Für solche Sachen gibt's meine Kollegen von der Schutzpolizei, dein Freund und Helfer, wenn Sie wissen, was ich meine.«

Ein schallendes Lachen in Turbinenstärke wehte meine Haare nach hinten. Zumindest hatte ich diesen Eindruck. Meine Ohren schmerzten.

»Das war der Witz des Tages! Ich will Ihnen mal was sagen, Herr Polizist. Ich weiß zwar nicht, wo Sie herkommen, aus Hockenheim aber anscheinend nicht. Die Bullen hier kümmern sich einen Scheißdreck um uns Anwohner. Im letzten Jahr wurde in unserem Wohngebiet ein Dutzend Mal eingebrochen. Was macht die Polizei? Die nimmt den Schaden für die Versicherung auf und damit basta. Meine Wertsachen lassen sich nicht versichern, es sind persönliche Erinnerungsstücke für mich und mein Männel. Da es der Polizei nicht gelingt, diese Bande zu schnappen, muss sich der mutige Bürger selbst helfen, notfalls mit Kameras und Waffengewalt.«

»Waffengewalt? Haben Sie auch Waffen im Haus?«

»Aber sicher, Herr Polizist. Einbrecher lassen sich mit Kameras zwar entdecken, aber nicht verjagen.«

Ich wollte auf das Thema Waffenschein zu sprechen kommen, als Nönn und Wolf auf uns zukamen und mich von der Sache ablenkten.

Die Meisterin fast aller Klassen bauschte ihren Körper weiter auf, was aufgrund der bereits vorhandenen Fülle eigentlich nicht notwendig gewesen wäre. Niemand würde es wagen, sich mit ihr anzulegen.

»Da kommt er ja, der Gauner«, blökte sie und spuckte zum wiederholten Mal auf den Gehweg. »Können Sie ihn nicht gleich mitnehmen?«

»Hallo, Herr Nönn«, begrüßte ich den Chefredakteur.

»Guten Morgen, Herr Palzki«, antwortete dieser. »Ich sehe, Sie haben sich bereits mit meinen Nachbarn bekannt gemacht.«

»Was?« Die Catcherin fühlte sich nicht mehr Herrin der Lage. »Sie kennen sich? Wollen Sie gegen mich intrigieren? Männel, mach doch was!«

Sie schob ihren Marcel an den Schultern nach vorne.

»Äh, also, ich soll sagen, dass –«

»– dass er seine Büsche absägen soll. Mein Gott, Männel, ist das denn so schwer?«

Robert Nönn meldete sich zu Wort. »Verstehen Sie jetzt, Herr Palzki? Damit Frau Lipkowitzki freies Sichtfeld hat, soll ich meinen Garten umgestalten. Ich liebe es halt etwas urwüchsiger und ins Schlafzimmer will ich mir auch nicht schauen lassen.«

»Ihr Schlafzimmer geht in die andere Richtung, Nönn. Ich kann Ihnen nur in die Küche und das Wohnzimmer sehen. Jedenfalls, wenn Sie endlich das Zeugs abgeschnitten haben. Mein Sicherheitsbedürfnis ist schließlich wesentlich höher einzustufen als Ihr störendes Unkraut.«

Wolf stand stumm daneben. Auch er schien mit dieser außergewöhnlichen Rechtsauslegung überfordert zu sein.

Mir lag nichts daran, die Sache im Moment eskalieren zu lassen.

»Sehr geehrte Frau Lipkowitzki, die Rechtslage kann ich spontan auch nicht beantworten. Ich bin nur ein einfacher Polizist und für so schwierige Fälle nicht ausgebildet. Haben Sie es mal im Guten versucht und sich mit Herrn Nönn zusammengesetzt? Vielleicht kann man einen Kompromiss finden?«

»Mit dem kann man nicht vernünftig Tacheles reden«, antwortete sie. »Auf meine Argumente geht der überhaupt nicht ein.«

Nönn wurde es zu bunt. »Welche Argumente? Sie haben mir eine Fensterscheibe eingeschmissen und den Briefkasten demoliert. Und ein paar andere gemeine Sachen gemacht.«

Sie zuckte mit den Schultern. »Wenn mein Männel ab und zu etwas wild zu mir ist, kann ich mich nicht immer beherrschen, das liegt in meinem Naturell.«

Sie schnappte ihren Marcel am Arm und beendete unser Treffen.

»Komm, wir gehen rein, Männel. Ab sofort wird eine härtere Gangart eingelegt. Dass sich unser Nachbar mit der Polizei verbündet, ist eine Kriegserklärung!«

Nachdem die beiden verschwunden waren, erzählte Nönn: »Meine Frau geht alleine gar nicht mehr aus dem Haus, Herr Palzki. Helfen Sie uns bitte, was können wir gegen diese Person unternehmen?«

»Ich werde mir etwas überlegen«, tröstete ich ihn und wandte mich an den Kanzleidirektor. »Watson, haben Sie im Garten etwas entdeckt oder können wir zurückfahren? Ich denke, unsere Mission ist erst mal erfüllt.«

Wolf schüttelte den Kopf. Ich nahm die Gelegenheit wahr, uns zu verabschieden. Herr Nönn arbeitete die nächsten Stunden zu Hause im Home-Office und würde erst heute Nachmittag in Speyer zur gemeinsamen Fahrt nach Otterberg erscheinen.

Wolf lief zweimal um seinen Wagen und kontrollierte jeden Millimeter seines heiligen Bleches.

»Dieser Frau traue ich alles zu.«

Nach der zum Glück erfolglosen Suche, bei der er an der einen oder anderen Stelle Mückendreck von der Motorhaube gewischt hatte, fuhren wir los.

8 ENDLOSE FLURE

Unterwegs erzählte ich ihm von dem Gespräch mit Nönns Nachbarin.

»Glauben Sie, Herr Palzki, dass sie es war, die Nönn und Fratelli im Dom aufgelauert hat?«

»Möglich ist alles«, antwortete ich. »So ein Weib kann auf die tollsten Ideen kommen. Vielleicht hat sie Nönn zufällig im Dom gesehen und das Attentat spontan geplant? Ich weiß es nicht. Dann wäre Fratelli nur ein Zufallsopfer gewesen. Das würde aber nicht die anderen Anschläge erklären. Ich kann mir eigentlich kaum vorstellen, dass diese Frau unseren Chefredakteur mit Absicht verfolgt, nur um eine günstige Gelegenheit abzuwarten, um ihm eins auszuwischen.«

»Oder ihn umzubringen.«

»Oder das«, bestätigte ich. »Aber warum sollte sie diesen großen Aufwand betreiben? Sie scheint mir geistig eher einfach gestrickt zu sein. An ihrer Stelle würde ich dem unliebsamen Nachbarn am Gartenzaun auflauern und ihm eins auf die Mütze geben.«

Wolf erschrak. »Was? Das würden Sie machen?«

»Natürlich nicht, ich habe mich nur fiktiv in diese Frau hineinversetzt.«

Ich sah aus dem Fenster und war überrascht.

»Warum fahren wir eigentlich die A 61 über den Rhein? Wenn Sie vorhin auf die B 39 abgebogen wären, hätten wir es näher gehabt.«

»Verlassen Sie sich auf meine Menschenkenntnis, Herr Palzki. Sie sehen aus, als würden Sie in der nächsten halben Stunde an Unterernährung sterben. Ich kenne in Speyer Nord ein schönes Café, da können wir eine Kleinigkeit essen.«

Ich notierte ihm im Geiste ein paar weitere Sympathiepunkte. »Das kommt mir in der Tat sehr gelegen, dann habe ich in Zukunft eine Alternativanlaufstelle, falls die ›Curry-Sau‹ mal wieder zu hat.«

Wolf lachte. »Hätte mich gewundert, wenn Sie den Kultimbiss nicht kennen würden.«

Kurz darauf parkte mein Fahrer in Speyer-Nord, das auch die ›Siedlung‹ genannt wird. In dieser Nebenstraße war ich noch nie. Das Café machte von außen einen gepflegten Eindruck. Neben dem Eingang hing die mittlerweile obligatorische und gemischtsprachliche Ankündigung ›Kaffee to go‹, die mit dem Zusatz ›Neu: Jetzt auch zum Mitnehmen‹ ergänzt war.

Für die Mittagszeit war erstaunlich wenig los. Während ich die Karte studierte, überprüfte Wolf seine Handys und checkte auf seinem Notebook mindestens 148 E-Mails. Vielleicht konnte er damit die Welt retten. Ich prüfte ebenfalls mein Handy und stellte erleichtert fest, dass Stefanie sich bisher nicht gemeldet hatte. Bei günstiger Gelegenheit würde ich später mal anrufen.

Da es in dem Café auch kleine warme Speisen gab, bestellte ich reichlich.

»Sind Sie öfter in Speyer?«, begann Joachim Wolf den unvermeidlichen Smalltalk.

»Nicht sehr häufig. Ich kenne auch nur ganz wenige Kneipen. Wenn man verheiratet ist, lässt das alles ein bisschen nach. Früher, ja, da war das was anderes. Da gab es ein paar wirklich urige Kneipen in Speyer.«

»Sie meinen nicht zufällig Fräulein Liesel?«

Ups, was musste ich da hören? In der Tat war mir dieser Name geläufig, auch wenn ich ihn nach 25 Jahren das erste Mal wieder hörte.

»Wie kommen Sie da drauf, Herr Wolf? An Fräulein Liesel kann ich mich nur zu gut erinnern, ihre Kneipe war doch in der Nähe des Bahnhofs oder? Hm, der Name fällt mir leider nicht mehr ein.«

»Haus Weidenberg«, klärte er mich auf. »Fräulein Liesel
Jester, so ihr kompletter Name, feierte übrigens im letzten
Jahr ihren 85. Geburtstag.«

»Wahnsinn«, sagte ich. »Das war eine Kneipe. Die Wände
vollgehängt mit alten Bildern und Zeitungsartikeln, dazu das
Fräulein Liesel, die immer im Dirndl herumlief.«

»Und am Ende die Rechnung mit Kreide in Pfennigen auf
ein Tablett schrieb.«

Mir fielen weitere Dinge ein. »Dann hatte sie in der Ecke
ein schräg klingendes Orchestrion, das sie zu später Stunde
den Gästen immer tischweise vorführte.«

Ich lachte über eine weitere Erinnerung. »Und manchmal
war der arme Schorsch in der Kneipe. Der muss ein Bäcker
gewesen sein und war mit dem Fräulein Liesel befreundet.
Dafür durfte er dann vor den Gästen seine Arien singen.
Schräger ging's nicht, Herr Wolf. Einmal hat sie uns nach
einer Gesangsvorstellung rausgeworfen, weil zwei von uns
sich das Lachen nicht verkneifen konnten.«

Wir sahen uns eine Weile stumm an und schwelgten, jeder
für sich, in Erinnerungen.

»Die Kneipe gibt's noch, Herr Palzki. Fast im Original-
zustand.«

Ich bekam große Augen. »Ne, das kann nicht sein. Stimmt
das wirklich? Da muss ich hin.«

»Ganz so einfach ist das nicht. Sie müssen schon nach
Bruchsal fahren. Fräulein Liesel hat ihr Orchestrion und das
Kneipeninventar einem Museum hinterlassen. Im Bruchsaler
Schloss hat man das Innere des Hauses Weidenberg rekons-
truiert.«

Es tat gut, mit jemandem über alte Zeiten plaudern zu können. Wolfs und meine Vergangenheit hatten einige Parallelen,
wie wir im Laufe unserer Unterhaltung entdeckten. Spontan
lud ich ihn zu mir nach Hause ein, sobald sich unser Fami-
lienzuwachs ein paar Tage eingelebt hatte. Bestimmt würden

wir noch einige Gemeinsamkeiten bei ein oder zwei Pilsner entdecken können. Inzwischen hatte ich mich ganz gut an ihn gewöhnt, auch wenn ich mindestens genauso gerne mit Gerhard oder Jutta unterwegs war. Ich musste nur darauf achten, dass Wolf sich beim Detektivspielen nicht ernsthaft in Gefahr brachte.

Ein Blick auf seine Uhr brachte das Ende der Idylle.

»Ich glaube, wir sollten langsam aufbrechen. Sie wollen sich schließlich ein wenig im Ordinariat umsehen und erste Verdächtige ausmachen.« Sein permanentes Grinsen wuchs um mehrere Lachfalten.

»In den Dom will ich auch noch mal. Insbesondere auf die Empore mit der Orgel.«

Wolf lehnte meinen Vorschlag, auf dem ehemaligen Schulhof des Verlags zu parken, ab.

»Wozu das denn? Hinter dem Ordinariat haben wir eigene. Es reicht mir völlig, wenn ich Fratelli und Nönn heute Abend sehen muss.«

In einer ruhigen Minute musste ich den Kanzleidirektor unbedingt fragen, welche Probleme er mit dem Verlag hatte. Dass sich die beiden Parteien nicht gerade wie Freunde benahmen, hatte ich bereits mehrfach erlebt.

Er fuhr die Auestraße bis zum Rhein und bog am Technik Museum in Richtung Dom ab, dann nach links zur Herdstraße.

»Wir müssen einen ziemlichen Umweg fahren, um hinter das Gebäude auf den Mitarbeiterparkplatz zu kommen. Bis jetzt hat sich noch kein Stadtrat für eine Flurbereinigung der Altstadt begeistern können. Wenn man alles abreißen würde, könnte man locker die vier- bis fünffache Bevölkerungsmenge unterbringen. Man müsste nur etwas mehr in die Höhe bauen. – Natürlich nicht so hoch wie der Dom«, ergänzte er schnell.

Kurz darauf bog er unmittelbar vor dem Museum, in dem

sich der Domschatz befand, links ab. Ja, Speyer konnte stolz auf seine Einbahnstraßenregelungen sein. Er fuhr durch die Engelsgasse, die ausnahmsweise keine Einbahnstraße war, sondern eine künstliche Sackgasse, und beides zusammen vertrug sich nicht besonders. Am Ende bog er links ab und fuhr durch ein Hoftor. Wir gelangten auf einen größeren Parkplatz. Nach dem Aussteigen konnte ich das Bischöfliche Ordinariat von seiner südlichen Rückseite bestaunen. Zur Straßenfront hin bestand es aus drei langgezogenen Gebäuden, die aneinander gebaut waren, aber in der Tiefe leicht versetzt zueinander standen. Am linken Ende ging ein weiterer Anbau westlich im rechten Winkel ab.

»Da sind Sie ja eine Viertelstunde unterwegs, wenn Sie von einem Ende ans andere müssen.«

»Nicht nur das«, antwortete Wolf. »Die früher getrennten Gebäude haben leicht unterschiedlich hohe Geschossdecken. Daher gibt's nur wenige Übergänge. Wenn Sie zum Beispiel von dem oberen Stockwerk dieses Gebäudes –«, er zeigte auf das mittlere, »zum rechten wollen, was Luftlinie nur ein paar Meter sind, müssen Sie zuerst ins Erdgeschoss runter, einen langen Flur an der Poststelle vorbei und ein anderes Treppenhaus nach oben nehmen. Wir haben mal ein Skelett gefunden, wahrscheinlich von einem Praktikanten, der sich verlaufen hatte.«

Ich glotzte doof, und er lachte. »War nur ein Witz. Aber neue Mitarbeiter brauchen schon eine Weile, um sich in diesem Irrgarten zurechtzufinden.«

Wolf ging mit mir eine kleine Freitreppe hinauf und öffnete mit einem seiner zahlreichen Schlüssel eine Tür. Nach einem oder zwei Richtungswechsel trafen wir auf einen quer verlaufenden Flur. Wir gingen links, und wenige Meter später entdeckte ich rechter Hand in einem offenen Raum eine Dame, die mir bekannt vorkam. Da ich im gleichen Moment die verglaste Durchreiche zum Flur des Haupteinganges entdeckte, wusste ich, wo ich und wer sie war.

»Hallo«, begrüßte ich sie und winkte. »Haben Sie inzwischen Ihre Morseapparate wieder in Betrieb oder steigen Sie im Bistum endgültig auf modernes Teufelswerk wie Telefon um?«

Die Dame war schlagfertig wie beim letzten Mal. »So schnell geht das bei der Kirche nicht, mein Herr. Wir werden es erst mal mit Rauchzeichen und Flaggenalphabet versuchen.«

Wir lachten, und Wolf stand belämmert daneben. »Das muss ich jetzt nicht verstehen, oder?«, fragte er verwirrt.

»Ich bin heute zum zweiten Mal hier, Herr Wolf. Ein wenig kenne ich mich im Ordinariat bereits aus.«

»Ach so, dann brauche ich Sie gar nicht mehr herumzuführen. Ich dachte, Sie wollten sich alles ansehen.«

Mit einem freundlichen Handzeichen verabschiedete ich mich von der Empfangsdame und wandte mich dem Kanzleidirektor zu.

»Genau deswegen sind wir hier. Ich kenne bisher nur den Haupteingang, das Fräulein vom Empfang und das James-Bond Konferenzzimmer einen Stock höher.«

»James Bond? Meinen Sie unser neues Sitzungszimmer?« Er überlegte. »Sie haben recht, das sieht in der Tat sehr futuristisch aus.«

Er deutete mit der Hand in Richtung Treppenhaus.

»Lassen Sie uns zunächst in mein Büro gehen, um die weiteren Schritte zu besprechen.«

Wir liefen die hölzerne Wendeltreppe einen Stock nach oben. Direkt hinter dem Eingang zum Sitzungszimmer begann ein endlos langer Flur. Es sah wie in einem Museum aus. Ein antik aussehender Läufer lag auf dem Boden, und an den Wänden hingen riesige Gemälde von anscheinend wichtigen Personen der länger zurückliegenden Vergangenheit. Fast alle Porträts strahlten Autorität und eine gewisse Wohlhabenheit aus. Wahrscheinlich waren es allesamt Könige und Kaiser, die irgendetwas Historisches bewegt hatten.

Wolf ging in das zweite Büro auf der gegenüberliegenden Flurseite. Es war ein funktional eingerichtetes Amtszimmer mit Computer und Kaffeemaschine. Auf beiden Querseiten befanden sich offenstehende Türen, die in benachbarte Büros führten. Im Hintergrund war ein großes Fenster mit Blick auf den Hof zu sehen. Eine Frau wechselte gerade den Toner eines Kopierers aus.

»Das ist Sandra Hollmann«, stellte er mir die Frau vor. »Sie ist als Chefsekretärin für mich zuständig –«, er zeigte in das rechte der benachbarten Büros, »und für den Generalvikar Dr. Alt.« Er zeigte auf die andere Seite.

Wie aufs Stichwort trat Dr. Alt aus seinem Reich.

»Guten Tag, Herr Palzki. Ich freue mich, Sie zu sehen.«

Was jetzt passierte, ließ mich zum wiederholten Mal an meinen Sinnen zweifeln. Erlebte ich das wirklich oder war alles nur ein verworrener Traum? Dr. Alt ging zu einem Sideboard, auf dem die Kaffeemaschine stand, die der im Peregrinus-Verlag ähnelte. Vielleicht war sie eine Nuance kleiner, aber sei's drum. Der Generalvikar öffnete wie selbstverständlich den Plexiglasdeckel des Kaffeebohnenbehälters, schnappte sich zwei oder drei Kaffeebohnen und steckte sich diese genüsslich in den Mund. Dass jemand Tabak kaute, okay, Schnupftabak in die Nase steckte, auch okay. Ich kannte sogar jemanden, der Kiwis mit Schale aß. Das alles konnte man mit einem bisschen guten Willen tolerieren oder aus demokratischen Gründen einem fiktiven Minderheitenschutzprogramm zuordnen. Aber Kaffeebohnen essen?

»Wie weit sind Sie inzwischen, meine Herren? Falls es Sie interessiert, ich habe inzwischen das Gutachten von der Domsache vorliegen. Es steht zweifelsfrei fest, dass der Metallrahmen absichtlich gelöst wurde. Man hat die Befestigungsschrauben gefunden, die unversehrt waren. Diese Person muss irgendwie zur Orgelempore gelangt sein. Ohne Schlüssel käme man da nur mit einem Dietrich rein. Ich habe mit

Herrn Diefenbach vereinbart, die Sache zunächst nicht offiziell an die große Glocke zu hängen. Daher können wir auch nicht nach Zeugen suchen.«

Wolf kratzte sich am Kopf. »Herr Generalvikar, ich hatte Sie in der Vergangenheit öfter darauf hingewiesen, dass die alten Buntbartschlösser im Dom keine ausreichende Sicherheit darstellen. Vor allem, wenn man bedenkt, welche wertvollen Sachen im Kaisersaal stehen.«

Als Polizeibeamter wurde ich hellhörig. »Stehen da oben Wertsachen? Hat man überprüft, ob noch alles da ist?«

Dr. Alt holte sich Nachschub an der Kaffeemaschine.

»Selbstverständlich, Herr Palzki. Die Gegenstände sind aber sehr groß und schwer. Die trägt man nicht einfach ungesehen fort.«

Wolf unterbrach ihn. »Können Sie sich erinnern, wie jemand im Ordinariat den großen Getränkeautomaten aus dem Aufenthaltsraum geklaut hat? Der oder die Diebe müssen diesen am helllichten Tag an allen Büros vorbei zum Ausgang geschleppt haben.«

Dr. Alt winkte ab. »Ich bitte Sie, Herr Wolf. Ein Getränkeautomat ist ein Klacks gegen die schweren Steinfiguren im Kaisersaal. Ohne Flaschenzug geht da überhaupt nichts.«

»Ich schaue mir das nachher mit Herrn Wolf an«, schloss ich, um die Diskussion zu beenden. Der Generalvikar wollte noch etwas sagen. »Ich habe inzwischen mit Herrn Diefenbach telefonieren können. Ihr Chef hat Sie bis zu Ihrem Urlaub freigestellt, damit Sie sich ausschließlich um unser Problem kümmern können. Er meinte, dass sowieso niemand bemerken würde, wenn Sie im Dienst abwesend wären.«

Der Generalvikar verabschiedete sich, schnappte sich noch eine Handvoll Kaffeebohnen und ging in sein Büro. Ich folgte Herrn Wolf in das andere. Meine Erwartungen bezüglich der Ausstattung seines Reiches wurden nicht erfüllt. Ein Schreibtisch in normaler Größe, ein kleiner Besprechungstisch sowie ein normaler Computer. Es waren weder ein großer IT-Schrank noch 1.000 elektronische Kästen wie bei Fratelli vorhanden. Wir setzten uns an den Besprechungstisch.

»Soll ich uns einen Kaffee bringen lassen?«

Ich verneinte aus Sicherheitsgründen. »Mir hat vorhin der afrikanische Kaffee gereicht.«

»Afrikanischer Kaffee? Wie kommen Sie auf so etwas, Herr Palzki?«

»Ich meine den Kaffee aus Togo, den wir getrunken haben.«

Wolf verstand das Wortspiel und wir lachten. Er sah sich in Zugzwang und erzählte ebenfalls einen Witz.

»Als ich mal vor ein paar Jahren nach Italien in Urlaub gefahren bin, hat der Zollbeamte mich durch das offene Wagenfenster gefragt: Alkohol, Zigaretten? Da habe ich geantwortet: Nein danke, zwei Kaffee mit Milch und Zucker, bitte.«

Wir wurden wieder ernst. Wolf schaute auf die Uhr. »Allzu viel Zeit bleibt uns für die Führung durch das Ordinariat nicht. Was wir heute nicht schaffen, zeige ich Ihnen morgen. Ich glaube, wir fangen im Westflügel an.«

Ich war einverstanden und folgte ihm den langen Läuferflur entlang. Überall hingen die riesigen Königs- und Kaisergemälde.

»Das sind alles frühere Bischöfe«, erklärte mir Wolf.

»Das dachte ich mir«, antwortete ich.

Am Ende des Flures mussten wir ein paar enge Kurven und ein paar Stufen nehmen und erreichten weitere Flure. Mir fiel auf, dass an zahlreichen Türen die Griffe fehlten. Welche Geheimnisse sich wohl dahinter verbargen? Ob dort die Inquisition tagte? Die sollte es laut offizieller Verlautbarung zwar nicht mehr geben, aber sicher war man ja nie in seinem Leben.

Wir gingen an Abzweigungen vorbei, und nach kurzer Zeit hatte ich die Orientierung verloren. Ich wusste nur noch halbwegs, wo oben und unten war. Und erneut ging Wolf eine Treppe hoch. Oben angekommen, landeten wir auf einer Dachterrasse.

»Hier können die Mitarbeiter ihre Pause verbringen.« Er zeigte auf den überquellenden Aschenbecher. »Hier ist auch eine der wenigen Möglichkeiten, zu rauchen.«

Der Ausblick war schön. In den meisten Himmelsrichtungen endete er an anderen Dächern. Hin und wieder konnte ich weitere Dachterrassen ausmachen, die von der Straße aus unsichtbar waren. Auf einer sonnte sich trotz aprilhaftem Wetter eine Frau im Liegestuhl. Von der Südseite der Terrasse konnte ich auf die gläserne Überdachung des Judenbads blicken.

Das ist ja alles sehr interessant, dachte ich mir. Doch wie soll ich hier einen Anhaltspunkt finden, der mit den Attentaten auf Fratelli und Nönn zu tun hatte? Langsam glaubte ich, dass die Besichtigung verlorene Zeit war. Mein Führer ließ sich nicht beeindrucken.

»Jetzt zeige ich Ihnen was ganz Besonderes.«

Wir gingen einen Stock tiefer, durchquerten einen Aufenthaltsraum und standen dann vor einem gläsernen Durchgang.

»Das ist unser Bistumsarchiv, Herr Palzki. Dort befinden sich uralte und wertvolle Dokumente. Ich selbst bin ab und zu im Archiv, um ein paar Sachen nachzuschlagen.«

Ich wunderte mich. Hatte er sich bei dem Chefredakteur nicht darüber lustig gemacht, weil er über altes Zeug schrieb?

Wolf schien die Diskrepanz ebenfalls bemerkt zu haben.

»Der Bruder meines Patenonkels war Domkapitular. Manchmal wandle ich auf seinen Spuren. Natürlich nur literarisch.«

Er hing kurz seinen Gedanken nach, bevor er weitersprach.

»Das Archiv wird streng bewacht, steht aber als Präsenz-
bibliothek jedermann gegen Voranmeldung zur Verfügung.
Es gibt im Vorraum einen kleinen Leseraum.«

»Hallo, Herr Wolf.«

Wir drehten uns um und standen einer jüngeren Frau gegenüber, die auf mich sofort einen forschen Eindruck machte.

»Ah, hallo, Frau Knebinger. Wie geht es Ihnen? Darf ich
Ihnen Herrn Palzki vorstellen? Herr Palzki, das ist Anna
Knebinger. Sie ist verantwortlich für die Innenrevision. Sie
ist eine Frau der Tat und hat im Ordinariat alles im Griff. Wir
beide arbeiten eng zusammen und haben sogar unsere Terminkalender miteinander vernetzt.«

»Guten Tag, Herr Palzki«, begrüßte sie mich in einem
angenehmen Ton, der allerdings keinen Widerspruch dul-
dete. »Ich habe bereits gehört, dass die Polizei im Hause ist.
Seit die Inquisition abgeschafft wurde, benötigen wir anscheinend fremde Hilfe.«

Wolf lachte kurz auf. »Dafür haben wir doch Sie, Frau
Knebinger. Niemand ist gründlicher, wenn es um Überprü-
fungen geht. Und irgendwie ist das doch so etwas wie eine
moderne Variante der Inquisition, oder?«

Frau Knebinger schien Humor zu haben. »Sie haben vollkommen recht, Herr Wolf. Ich richte mir in meinem Büro
gerade eine Ecke für peinliche Befragungen ein. Wollen
Sie demnächst mal auf eine Daumenschraube vorbeikom-
men?«

»Da sollten Sie lieber Herrn Fratelli mitnehmen.«

Die Innenrevisorin veränderte schlagartig ihren Gesichtsausdruck. Rote Flecken erschienen spontan an ihrem Hals.

»Erwähnen Sie am besten nie mehr den Mar-, äh, Herrn
Fratelli. Mit dem hab ich noch ein Hühnchen zu rupfen, vielleicht auch mehrere.«

Knebinger und Wolf unterhielten sich eine Weile über
interne Angelegenheiten, die mich nicht weiter interessier-

ten. Ich schaute gelangweilt aus dem Fenster und wunderte mich über ein längliches Gebäude, das auf der südöstlichen Hofseite stand. An einigen Fenstern hingen die Rollläden schief, insgesamt machte der Bau einen extrem heruntergekommenen Eindruck. Aber gerade hier, in exponierter Lage in unmittelbarer Nähe zum Dom und fast gegenüber dem Historischen Museum der Pfalz mussten die Immobilienpreise doch unerschwinglich hoch sein.

»Was ist das für ein Bauwerk?«, fragte ich die beiden, die sofort neugierig zu mir ans Fenster traten.

»Sie meinen das Haus da drüben? Das hat keinen bestimmten Namen, wir nennen es immer das ›Haus in der Engelsgasse‹. Es war früher ein Altersheim«, sagte Frau Knebinger. »Nachdem man die heutigen Standards in der Altenpflege in dem alten Gebäude nicht mehr gewährleisten konnte, hat man das Altersheim geschlossen.«

»Steht das leer? Das könnte man doch vermieten?«

Frau Knebinger zog eine Augenbraue hoch. »Sie wollen es aber genau wissen, das gefällt mir.« Sie zeigte auf das ebenfalls reparaturbedürftige Dach. »Da müsste man so viel investieren, das lohnt sich kaum. Bis jetzt haben wir keine Idee, wie wir den gesamten Bau nutzen könnten.«

Ich war in Höchstform und hatte den versteckten Hinweis entdeckt.

»Wenn ich Sie richtig verstanden habe, nutzen Sie zurzeit nur einen Teil des Gebäudes. Ist das richtig?«

Die Innenrevisorin war noch mehr überrascht. Auch Wolf schien über meine Fragen erstaunt.

»Dort befindet sich das Planarchiv des Bistums. Den Mitarbeitern dieser Abteilung ist der Zustand der Büros egal, da sie sowieso die meiste Zeit im Bistum unterwegs sind. Und im Keller lagert dieser Marco Fratelli alte Plastikplanen. Angeblich hat er eine persönliche Genehmigung des Generalvikars. Das steht auch noch auf meiner Überprüfungsagenda.«

»Da will ich hin«, entschied ich spontan. Ein altes herunter-
gekommenes Gebäude, ein Keller, in dem seltsame Dinge
lagerten und eine Abteilung, der der Zustand der Büros egal
war: Dass da etwas nicht stimmen konnte, hatte ich bereits
als Viertklässler bei der Lektüre von Enid Blytons Jugend-
krimis gelernt.

9 ORGELKLÄNGE

Wolf versuchte eindringlich, mir diese Idee auszureden, doch ich ließ nicht locker. Wir verabschiedeten uns von Frau Knebinger und stiegen in einen Aufzug, der sich in der Nähe des Archivs befand. Im Hof des Ordinariats angekommen, überquerten wir diesen der Länge nach und gelangten so zur Engelsgasse.

Der Kanzleidirektor zeigte auf eine kleine Kapelle neben dem Tor.

»Die Kapelle ist immer noch in Betrieb. Einmal im Monat gibt es hier einen Mitarbeitergottesdienst.«

Direkt dahinter befand sich das ehemalige Altersheim. Auch auf der Vorderseite sah es ziemlich heruntergekommen und teilweise baufällig aus. Eine kleine Außentreppe führte zu einem Eingang. Wolf schloss auf.

»Die Mitarbeiter schließen sich immer ein. Zum einen haben sie keinen Kundenkontakt, zum anderen müssen sie so nicht ständig aufpassen, ob sich jemand unbefugt ins Gebäude schleicht.«

Ich folgte ihm ins Innere. Verwundert registrierte ich hinter der Eingangstür auf Bodenhöhe eine Lichtschranke, die jemand dilettantisch zu verstecken versucht hatte. Da Wolf nichts darüber sagte, wahrscheinlich hatte er sie nicht mal bemerkt, behielt ich die Entdeckung zunächst für mich.

Es roch nach feuchtem Altbau und es sah auch so aus: Zerrissene und nikotinvergilbte Tapeten wellten sich von den Wänden, früher reichlich vorhandene Stuckelemente waren nur noch bruchstückhaft zu erkennen. Alles war total verstaubt, was bei mir sofort einen heftigen Niesreiz auslöste. Blicke in offenstehende, nicht genutzte Räume ließen erahnen, dass anscheinend Sperrmüllmessies am Werk waren. Wolf ging zügig auf die einzige geschlossene Bürotür am Ende des Flures zu.

Ein menschenunwürdiger Mief aus mindestens 1.000 Jahren schlug uns entgegen, als wir den Raum betraten. Die Einrichtung wirkte wie ein krasser Verstoß gegen die Genfer Konventionen. Wer hier arbeiten musste, hatte entweder mit dem Leben abgeschlossen oder musste ziemliche Reichtümer verdienen, um in diesem Raum freiwillig zu malochen.

In dem Büro, Modell ›Amtsstube Fünfziger Jahre‹ befanden sich drei Schreibtische, bei denen sich selbst Müllwerker weigern würden, diese als Sperrmüll anzuerkennen.

An einem der drei Tische, der einzige, der in den letzten 20 Jahren einmal abgewischt worden war, saß ein Mittfünfziger in Jogginghosen und fleckigem T-Shirt. Sein roter Kopf und die zerzausten Haare gaben meiner Meinung Nahrung, dass er vor wenigen Sekunden aus einem gesunden Büroschlaf hochgeschreckt war. Auf dem Schreibtisch lagen Aktenstapel und ein paar Ordner, die aufgrund der Staubschicht schon etwas länger der Bearbeitung harrten. Eine Bild-Zeitung, die auf den staubigen Akten lag, schien das einzige Schriftstück aus diesem Jahr, vielleicht sogar Jahrzehnt, zu sein.

Der Mann stand auf. »Hallo, Herr Wolf«, begrüßte er den Kanzleidirektor unsicher. »Schön, dass Sie uns mal wieder besuchen. Gibt es etwas Wichtiges, weil Sie Ihren Besuch nicht angekündigt haben?«

Wolf stellte uns vor, was den Mann noch mehr verunsicherte.

»Sie sind also Herr Browinkel, ein Sachbearbeiter des Planungsarchivs. Wo sind denn Ihre Kollegen?« Eigentlich war es mir schnurzpiepegal, ich wollte nur raus aus dem Mief. Da ich bei Wolf auf den Besuch des Gebäudes gedrängt hatte, musste ich wenigstens für kurze Zeit Interesse heucheln.

»Meine drei Kollegen sind alle im Außendienst. Frau Schmitz, Herr Wolfinger und Herr Adamzinski müssen viel innerhalb des Bistums herumreisen.«

Um mein Interesse authentischer zu gestalten, notierte ich mir die Namen der Mitarbeiter.

»Kommen Ihre Kollegen täglich in dieses Büro? Wann kann ich sie sprechen?«

Browinkel reagierte übernervös. »Das kann man nur selten im Voraus sagen. Die meiste Arbeit wird in den Pfarreien gleich komplett fertiggestellt. Wir sind ja für sämtliche Besitztümer des Bistums zuständig. Da gibt es immer viel zu tun.«

Genauso sah es in diesem Büro aus. Hier hatte wahrscheinlich seit dem Dreißigjährigen Krieg niemand mehr gearbeitet.

»Und welche Tätigkeiten fallen bei Ihnen im Büro an? Oder bewachen Sie nur das Telefon?«

Browinkels Telefon machte einen speckigen Eindruck. Wenigstens dieses schien benutzt zu werden.

»Die Aktenarbeit macht nur einen kleinen Teil unserer Arbeit aus. Wir müssen die ganzen Pläne und Karten verwalten und registrieren. Die befinden sich nebenan im Planarchiv.«

Die Erklärung erschien mir einleuchtend. Drei Mitarbeiter vor Ort und einer im Backoffice, der sich die meiste Zeit langweilt und ab und zu mal eine Karte einsortiert. Trotzdem, mit Browinkel wollte ich nicht tauschen. Ich leitete den Rückzug ein.

»Würden Sie mir bitte noch kurz Ihr Planarchiv zeigen?«

Browinkel zeigte auf eine Seitentür.

»Gehen Sie ruhig rein. Passen Sie bitte auf, ich bin in dieser Woche nicht zum Aufräumen gekommen.«

Wahrscheinlich wurde hier noch nie aufgeräumt, dachte ich, als ich den Raum betrat und erneut einen Niesanfall bekam. Davon abgesehen, entsprach er meinen Erwartungen. Rund 40 Quadratmeter waren mit Schränken, Hängeregistraturen und Papprollen gefüllt.

Zum Abschluss stellte ich noch eine Wissensfrage.

»Warum sind die Pläne hier und nicht im Bistumsarchiv drüben im Ordinariat?«

Wolf antwortete für Browinkel.

»Da gibt es mehrere Gründe. Der erste ist historisch begründet. Die Pläne der Bistumsbesitztümer werden seit Ewigkeiten getrennt vom Bistumsarchiv aufbewahrt, das ist so etwas wie eine Tradition. Der zweite Grund ist der Raummangel im Bistumsarchiv. Dann gibt es noch einen dritten, wichtigen Grund: Im Bistumsarchiv darf jeder frei recherchieren. Die Pläne der Bistumsbesitztümer sind aber Geschäftsgeheimnisse. Da darf nicht jeder Einsicht nehmen.«

Ich fand, dass ich genug nachgefragt hatte. Dass Browinkel arbeitsmäßig nicht sonderlich ausgelastet war, konnte ein Blinder nur anhand des Miefes erriechen. Doch diese Sache konnte und musste mir egal sein. Ich bedankte mich bei dem Hüter der Karten und sagte zu Wolf: »Können wir uns jetzt die Planen von Fratelli anschauen?«

Der Kanzleidirektor kratzte sich am Kopf. »Wenn ich nur wüsste, wo die sein sollten. Ich habe vorhin durch Frau Knebinger selbst das erste Mal von dieser bizarren Geschichte erfahren.«

»Da kann ich Ihnen weiterhelfen«, mischte sich Browinkel ein. »Herr Fratelli war in den letzten paar Wochen öfter hier. Er brachte jedes Mal riesige Säcke mit. Wenn Sie in den Keller gehen, finden Sie in der Mitte rechts den großen ehemaligen Heizungsraum. Da hat er alles abgestellt.«

Wir bedankten uns, und ich ging Wolf nach. Im Keller roch es sogar noch muffiger, was ich erst gar nicht glauben wollte. Doch dann wurde meine feinfühlige Nase abgelenkt. Ich blickte auf schätzungsweise fünf Kubikmeter unordentlich hingeworfene Plastikplanen. Mein Begleiter schritt zur Tat und untersuchte das Zeug.

»Kaum zu glauben, Herr Palzki, das sind alles gebrauchte LKW-Planen.«

Ich dachte nach. Der Goldpreis war gestiegen, und auch der Kupferpreis. Fast jede Woche stand in der Zeitung, dass Diebe Regenfallrohre oder Kabeltrommeln geklaut hatten. Ich glaubte mich zu erinnern, dass auch normales Altmetall, wie Schrott, zurzeit Höchstpreise erzielte, und bisweilen der Marktpreis für Altpapier stark schwankte. Doch einen Gebrauchtmarkt für alte LKW-Planen, so etwas hatte ich noch nie gehört.

»Was kann er damit nur wollen?«, fragte Wolf mehr sich selbst. »Das Zeug ist doch total alt, rissig und verschmutzt.«

Auch ich konnte mir auf diese Sache keinen Reim machen.

»Da bleibt uns wahrscheinlich nichts anderes übrig, als Fratelli direkt zu fragen«, schloss ich. »Zunächst behalten wir diese Information bitte für uns, Herr Wolf. Wir warten mit unserer Frage eine passende Gelegenheit ab. Auf die Schnelle wird er das Zeug wohl nicht abtransportieren können.«

Der Kanzleidirektor schloss sich meiner Empfehlung an. Ihm ging es wie mir: nur schnell raus an die frische Luft.

Der Weg zum Dom war kurz, aber nicht ereignislos. Der verrückte Dr. Metzger saß hinter seinem Pilgermobil vor einem mittelprächtigen Bruchsteinhaufen. Eine ungefähr zwei Dutzend Personen zählende Menschenschlange stand ihm in Reih und Glied gegenüber. Unfassbar, der Notarzt hatte seine Drohung wahr gemacht. In dem Steinhaufen, bestimmt hatte er sich diesen von einer Deponie liefern lassen, steckte ein Werbeschild. ›Original Domsteine in diversen Größen‹ stand darauf zu lesen. Und in etwas kleinerer Schrift ›5 Euro bis 25 Euro – je nach Gewicht und Qualität‹.

Wir schlichen an dem Pilgermobil vorbei in Richtung Dom. Dr. Metzger bemerkte uns nicht.

In der Vorhalle gingen wir nach links zu einer unscheinbar wirkenden Tür. Der Kanzleidirektor zog seinen Schlüsselbund aus der Tasche und benutzte einen der wenigen Buntbartschlüssel, die sich daran befanden.

»Mit diesem Schlüssel kann ich sämtliche Räume im Dom öffnen, selbst die Sakristei.«

Wieder so ein kirchlicher Begriff, dachte ich. Gehört hatte ich ihn schon öfter, aber so richtig zuordnen konnte ich ihn nicht. Ich beschloss, mir keine Blöße zu geben und Jungkollege Jürgen danach recherchieren zu lassen. Der würde dazu bestimmt ein paar Informationen bei Wikipedia oder Google finden.

Es ging eine steinerne Wendeltreppe mit erstaunlich niedrigen Stufenhöhen nach oben.

»Tut mir leid, hier gibt's keinen Aufzug.«

»Ja, ja, machen Sie nur Witze«, antwortete ich. »Als ob es im Dom einen Aufzug geben würde. Warum nicht auch einen Mobilfunkmast auf einem der Türme?«

Wolf blieb abrupt stehen. »Sagen Sie das mal lieber nicht Herrn Fratelli, der nimmt das für bare Münze. Aber es gibt tatsächlich einen Aufzug im Dom, Herr Palzki. Hinten in der Sakristei. Die ist dreistöckig und seit 40 Jahren mit einem elektrischen Lift verbunden.«

Irgendetwas Wichtiges musste sich in den Räumen mit dem komischen Namen befinden. Ich nahm mir vor, bei Gelegenheit auch dieses Geheimnis zu lösen.

Nach ein paar Umdrehungen auf der Wendeltreppe, ich kam nur unwesentlich ins Schwitzen und hatte Seitenstechen, hatten wir ein Podest erreicht, von dem mehrere Türen abgingen. Wolf öffnete die rechte und ließ mich hineinschauen. Ich blickte in einen riesigen Saal, der die Größe der Vorhalle haben musste. Überall lagen Baumaterial und Gerüste herum.

»Das ist der Kaisersaal«, sagte Wolf, und Stolz klang aus seiner Stimme. Ende des Jahres wird er für die Öffentlichkeit zugänglich sein.«

»Ich dachte, hier sollen wertvolle Sachen herumstehen?«

Wolf nickte. »Die hat man ganz hinten in der Ecke zusammengestellt und gut verpackt. Die sind ja so schwer, die kann man nicht schnell mal woanders hin bringen. In ein paar Monaten stehen sie wieder an den richtigen Stellen. Aber kommen Sie, wir wollen uns ja die Orgel anschauen.«

Wir verließen den Kaisersaal, und der Kanzleidirektor schloss die linke Tür auf. Ein etwa fünf Meter langer Gang verbarg sich dahinter, der am Ende durch eine Glastür abgetrennt war.

»Das ist eine Schallschutztür«, erklärte Wolf. »Wenn die Orgel gespielt wird, hören sie hier keinen Ton. – Solange die Tür zu ist«, ergänzte er.

Er öffnete die Glastür, und wir kamen in einen sonderbaren Raum. Der Holzboden sah aus wie eine Tribüne. Auf drei Seiten des Raumes gingen mehrere Stufen nach unten zu einer ebenen Fläche. Die vierte Seite des Raumes wurde durch eine Brüstung begrenzt. Und über der Brüstung bot sich eine fantastische Aussicht. Wie magisch angezogen ging ich darauf zu und stolperte fast über die Stufen. Ich stand hinter der Brüstung und konnte das komplette Dominnere des Langhauses überblicken. So gewaltig der Dom bereits aus der Bodenperspektive wirkte, hier zeigte er seine wahre Größe. Ergriffen starrte ich in Richtung Altar, und mir lief ein kalter Schauer den Rücken hinunter. Solch eine Perspektive, solch ein gewaltiges Raumvolumen. Und das alles von Menschenhand geschaffen. Dieser Ausblick gehörte zu den schönsten meines Lebens.

Ich wusste nicht, wie lange ich in den Dom starrte, irgendwann wurde der Kanzleidirektor ungeduldig.

»Wir wollen doch zur Orgel, oder?«

Widerwillig drehte ich mich zu ihm um. Wolf zeigte auf eine enge Metallwendeltreppe in der gegenüberliegenden Raumecke.

Was nun kam, toppte den gerade gewonnenen Eindruck erneut. Einen Stock höher standen wir wie in einer anderen Welt. Alles war voller Spiegel und Glas. Im ersten Moment dachte ich an die Spiegellabyrinthe, die man manchmal auf einer Kirmes sieht. Hinter raumhohen Glasflächen standen und hingen Orgelpfeifen in riesiger Anzahl und allen denkbaren Größen. Manche Gruppen sahen aus wie Sektkelche, andere bestanden aus langen Röhren. Wolf nahm einen schmalen Gang, der kurz darauf einen Linksknick machte. Nun sahen wir mehrere Dinge gleichzeitig. Links von uns stand eine Art Klavier mit Hunderten kleinen Kippschaltern, rechts von uns konnte man durch eine Wandöffnung wieder in das Langhaus des Domes schauen. Statt einer Brüstung hatte man ein paar breite Bretter provisorisch angeschraubt. Von hier musste anscheinend das Absturzgitter stammen, das Fratelli und Nönn beinahe erschlagen hatte.

Auch wenn ich meine Blicke am liebsten sofort wieder in das Dominnere wandern lassen wollte, gab es noch etwas Interessanteres zu sehen: Neben der Orgel standen dicht gedrängt vier Personen, die höllisch erschraken, als wir um die Ecke bogen. Einer zog neben der Orgel schnell eine raumhohe Tür zu, die vermutlich einen Schrank verbarg. Auch hier war alles verspiegelt, was die Menschengruppe noch unheimlicher wirken ließ. Auch der Kanzleidirektor hatte nicht damit gerechnet, hier oben auf weitere Personen zu treffen.

»Ah, die Herren von der Dommusik«, meinte er ebenfalls überrascht.

Der älteste der vier Männer antwortete: »Wir, äh, ja also, äh, das ist so, äh, wir haben uns zu einer Besprechung getroffen.«

Die anderen wirkten nervös und nickten zustimmend, was ich sehr verdächtig fand.

Ich mischte mich ein. »Das ist aber ein ungewöhnlicher Ort für eine Besprechung, finden Sie nicht? Warum haben Sie sich eingeschlossen?«

»Das machen wir immer so«, antwortete einer der Männer, dessen Frisur in etwa der meines Kollegen Gerhard Steinbeißer entsprach. »Damit keiner der Besucher unbefugt nach oben kann.«

»Als Domorganist muss man da schon aufpassen, nicht wahr, Herr Tannenzapf?«, bestätigte ihn Wolf.

Mir gefiel die Aussage nicht. Irgendetwas hatten diese Herrschaften auf dem Kerbholz. Planten sie vielleicht bereits das nächste Attentat auf Fratelli und Nönn?

Der Domorganist mit dem seltsamen Namen Tannenzapf schaute Wolf verlegen an. Überhaupt, was organisiert ein Domorganist mit der Dommusik? Irgendwelche musikalischen Veranstaltungen oder vielleicht die Renovierung des Kaisersaales, der sich ja auch hier oben befand? Ich war erneut verwundert über die manchmal seltsamen Berufsbezeichnungen.

»Wie geht's Ihnen, Herr Caspari?« Wolf schaute den rechten Nachbar von Tannenzapf an.

Caspari antwortete. »Sie wissen ja, als Domkapellmeister hat man immer viel zu tun.«

Der Rest der Gruppe nickte, und ich war erneut verwirrt. Mit Musik hatte ich noch nie viel am Hut und mein diesbezügliches Fachwissen war äußerst begrenzt. Man konnte schließlich nicht in allen Bereichen glänzen. Aber was machte ein Kapellmeister im Dom? Kapellen waren doch kleine Kirchen, oder? Wenn ein Kapellmeister folglich so eine Art Hausmeister einer kleinen Kirche war, was machte er hier oben bei der Orgel? Gab es vielleicht einen unerklärlichen Zusammenhang zur Dommusik? Ich war schon sehr gespannt, welche Berufe die anderen beiden Herren ausübten.

Einer, der bisher noch nichts gesprochen hatte, nutzte die Gelegenheit und trat vor. Ich durchschaute sein Ablenkungsmanöver sofort.

»Vielleicht sollten wir uns erst einmal Ihrem Gast vorstellen, Herr Wolf.« Er drehte sich zu mir und gab mir die Hand. »Mein Name ist Alex Mauer, ich bin der Domkantor.«

Bevor ich über diesen neuen Begriff nachdenken konnte – hatte das nicht etwas mit einem Schweizer Bundesland zu tun? –, schüttelte er mir heftig die Hand. Fast im Reflex nannte ich ihm meinen Namen und fügte an, dass ich Kriminalkommissar sei.

Schlagartig hörte das Händeschütteln auf, und für ein paar Sekunden hing eine unheimliche Stille im Raum.

Tannenzapf, der Organisator fasste sich als Erster und fühlte vor. »Sind Sie wegen des bedauerlichen Unfalls hier oder wegen einer anderen Sache?«

Da ich, ich erwähne es gerne, hochgradig psychologisch geschult bin, erkannte ich den Trick sofort.

»Wie man's nimmt, Herr Tannenzapf. Ein Polizist interessiert sich stets nicht nur für den einzelnen Fall, sondern er hält die Augen offen, und nicht selten gibt es dramatische Zufallsfunde. Was haben Sie eigentlich zurzeit zu organisieren?«

Tannenzapf stand sichtbar ein Fragezeichen im Gesicht. »Was meinen Sie damit?«

»Na ja, als Organist gibt es doch bestimmt immer was zu organisieren, oder?«

Das Fragezeichen vergrößerte sich. Es sah aus, als fragte er sich gerade, ob ich ihn veräppelte.

»Dass ein Organist ein Orgelspieler ist, wissen bereits kleine Kinder.« Mist, wieder mal war ich unverhofft in ein Fettnäpfchen getreten. Doch meine Spontanität war fast grenzenlos.

»Natürlich weiß ich das, Herr Tannenzapf, das war nur ein kleiner Spaß. Auch Polizeibeamte haben mitunter Humor.«

Pflichtbewusst fielen alle in ein Gelächter ein.

»Dann machen wir mal weiter in der Vorstellungsrunde. Ich bin Mark Tannenzapf, der Orgelspieler, wenn Sie so wollen. Er zeigte auf den älteren Herr und sagte: »Das ist Kristoffer Kirchenhof, mein Stellvertreter.«

Beide schüttelten mir die Hand.

»Und ich bin Mark Caspari, der Domkapellmeister.«

Um einem weiteren Fettnäpfchen zu entgehen, fragte ich nicht nach der Bedeutung seiner Berufsbezeichnung.

Joachim Wolf hatte in der Zwischenzeit den provisorischen Bretterverschlag untersucht.

»Der Generalvikar sagte, dass man die Befestigungsschrauben gefunden hat«, meinte er. »Damit steht eindeutig fest, dass der Metallrahmen mit Absicht in die Tiefe gestürzt wurde.«

Ich betrachtete mir die Sache ebenfalls und beugte mich über die Bretter.

Unten liefen die Besucher wie Ameisen durch das Gebäude.

Im Hauptschiff stand Dietmar Becker und hob gerade einen Fotoapparat vor sein Gesicht. Sein Objektiv richtete er direkt auf uns, und ich sah, wie er zusammenzuckte, als er mich durch die Linse erkannte. Fast wollte ich winken, doch ich tat, als würde ich ihn nicht bemerken. Becker war auf meiner Spur, das war mir klar, seit ich ihn das erste Mal gesehen hatte.

Doch im Moment war nicht Becker mein Problem, sondern die vier Herren. Es roch förmlich danach, dass sie einen Bezug zur Tat hatten.

»Wie stehen Sie eigentlich zur Herrn Fratelli, dem Geschäftsführer der Peregrinus?«, fragte ich allgemein in die Runde.

Dass der Kanzleidirektor sein Gesicht verzog, hätte ich vorhersagen können. Doch er schien nicht der Einzige zu sein, der offenbar Probleme mit Fratelli hatte. Dies zeigten mir die Mienen der Anwesenden mehr als deutlich.

»Sagen wir es mal so«, sagte Alex Mauer. »Wir haben mit unseren jeweiligen Tätigkeiten wenige Berührungspunkte zu Herrn Fratelli. Er bringt ständig die neuesten und wildesten Ideen ein, zurzeit wickelt er alle möglichen Gegenstände ein.«

Caspari fügte an: »Kürzlich hat er versucht, verschiedene große Orgelpfeifen mit Bettlaken zu verhüllen. Natürlich, ohne uns darüber zu informieren. Da wir die Laken nicht schnell genug entfernen konnten, hat ein wichtiges Konzert erst mit deutlicher Verspätung beginnen können.«

»Ich verstehe«, sagte ich. »Verraten Sie mir zum Abschluss, warum Sie sich wirklich hier oben getroffen haben?«

Die Frage war eigentlich nur noch rhetorisch, hatten sie inzwischen mehr als genügend Zeit gehabt, sich eine einigermaßen plausible Story einfallen zu lassen.

»Das ist eigentlich schnell erklärt«, antwortete Kristoffer Kirchhof. »Von Ostermontag bis hin zum zweiten Weihnachtstag wird Kollege Tannenzapf auf den Domorgeln über das ganze Jahr verteilt alle zehn Orgelsymphonien von Charles-Marie Widor aufführen. Darüber hinaus haben wir weitere hochrangige und internationale Organisten eingeladen. Und einer dieser Organisten ist nicht schwindelfrei. Wir befinden uns immerhin 19 Meter über dem Fußboden des Doms. In unserer Besprechung haben wir uns Gedanken darüber gemacht, wie wir die Öffnung verkleiden könnten, damit auch Nichtschwindelfreie ohne Probleme die Orgel spielen können.«

»Das ist doch schön«, sagte ich und glaubte kein Wort. »Haben Sie schon Ergebnisse?«

Alex Mauer schüttelte den Kopf. »Wir haben gerade erst angefangen, als Sie kamen.« Ich beschloss, die Besichtigung zu beenden. »Dann lassen wir Sie mal wieder alleine. Ich habe genug gesehen.« Zusammen mit dem Kanzleidirektor ging ich nach unten. Wolf sagte mir zu, dass er uns ein paar Fotos mit Detailaufnahmen besorgen würde.

10 DIE
ZISTERZIENSERVERSCHWÖRUNG

Wir traten aus dem Dom. Damit war die folgende Szene unausweichlich. Na ja, auf eine weitere Skurrilität kam es heute wirklich nicht mehr an. Bei so vielen schrägen Sachen, die ich in den letzten Tagen in Speyer erlebt hatte, würde mich so leicht nichts mehr schocken können. Doch ich täuschte mich.

»Hallo, Herr Palzki«, grölte Dr. Metzger so laut, dass sämtliche Fußgänger im Umkreis seines Pilgermobils, und auch die Warteschlange vor den Domsteinen, erstaunt in unsere Richtung gafften. »Darf ich Ihnen eine Stammkundenkarte ausstellen? Dann bekommen Sie zum Beispiel jede zehnte Weihwasserampulle gratis und ein Schnürsenkelreparaturset nach Wahl dazu!«

Wolf starrte uns beide an und schüttelte den Kopf. Bei Gelegenheit musste ich ihn darüber aufklären, dass man sich als Polizeibeamter seine Bekanntschaften nicht immer selbst aussuchen kann. Um mich abzulenken, schaute ich mir sein Warenangebot an, das er auf einem Tapeziertisch neben seinem Mobil ausgebreitet hatte. Irgendwie sah es wie Flohmarkt aus. Ich stutzte, als ich ein riesiges Sortiment an Wanderschuhen entdeckte. An und für sich nicht ungewöhnlich, allerdings befanden sich auf vielen Schuhen kleine Hirschgeweihe aus Plastik. Ich nahm eines der Paare in die Hand, was der Notarzt sofort bemerkte.

»Die sind im Sonderangebot, Herr Palzki. Ohne Geweih 40 Euro, mit Geweih sagenhafte 80 Euro.«

»Würden Sie mir bitte verraten, was daran sagenhaft sein soll? Außer dem Preis, meine ich.«

Metzger trat näher an mich heran und flüsterte mir ins Ohr. »Sie sind ein helles Kerlchen. Die Plastikgeweihe bekomme ich im Großhandel für zehn Cent das Stück. Damit werden die Wanderschuhe veredelt, und ich kann sie für den doppelten Preis verkaufen.«

»Veredelt?« Ich verstand kein Wort, was auch Metzger auffiel.

»Herr Palzki, jetzt stellen Sie sich mal nicht so doof an. Die Schuhe verkaufe ich als geweihte Pilgerstiefel. Pilger und Touristen stehen auf Sachen, die geweiht sind! Da helfe ich halt ein wenig nach, der Kaiser ist schließlich Kunde, oder so.«

Da Metzger nun mit ein paar Japanern radebrechte, ergriff ich die Gelegenheit zur Flucht.

»Kommen Sie, Herr Wolf, wir haben Zeitdruck.«

»Gegen diesen Typen müssen wir unbedingt vorgehen«, meinte Wolf. »Der bringt uns total in Verruf mit seinen unseriösen Angeboten. Dabei haben wir einen eigenen Souvenirladen. Natürlich mit korrektem Warenangebot, nicht so einem Quatsch wie bei dem da.«

Er zeigte in Richtung Pilgermobil.

»Gerade gestern habe ich für meine beiden Nichten Bastelbögen der Kaisergruft gekauft. Sie müssen wissen, mein Patenonkel war Architekt und in den Sechziger Jahren des letzten Jahrhunderts zumindest teilweise für die Restaurierung des Doms zuständig. Damals hatte man beispielsweise den Fußboden im Mittelschiff wieder um einen knappen Meter auf das Niveau abgesenkt, das er ursprünglich mal hatte. Auch der Großteil der Fresken wurde während der Restaurierung entfernt.«

»Die Kaisergruft ist aber schon älter, oder ist die auch erst vor 50 Jahren gebaut worden?«

»Na ja, wie man's nimmt, Herr Palzki. Die Kaisergräber hat man vor gut 100 Jahren geöffnet, man hatte nur eine ungefähre Ahnung, wo sie liegen könnten. Die Gruft wurde dann um das Jahr 1900 herum gebaut, und die Gräber stehen etwa dort, wo sie vorher auch lagen. Nur früher halt ohne Kaisergruft.«

Wir erreichten den Peregrinus Verlag ohne weitere Widrigkeiten. Alles sah vollkommen normal aus, wenn man von den Rissen im Fußboden absah. Wolf und ich gingen durch zum Sozialraum. Dort saß der stille Redakteur Huber versunken in ein Heft auf einem Hocker.

»Alles wird gut«, murmelte er zur Begrüßung und vertiefte sich sofort wieder in seine anscheinend spannende Lektüre.

Wir stellten unsere Taschen ab, und Wolf bereitete uns zwei Tassen Kaffee zu.

Marco Fratelli und Nina Mönch kamen hinzu.

»Ich habe Sie von meinem Bürofenster aus kommen gesehen«, sagte der Geschäftsführer. Die Marketingleiterin kaute ihr obligates Nutellabrot. Mich würde brennend interessieren, wie sie es schaffte, so schlank zu sein.

»Haben Sie den Nachbarschaftsstreit beenden können?«, fragte diese, nachdem ihr Mund leer war.

»Wir arbeiten dran«, antwortete ich. »Ist Herr Nönn bereits da?«

Fratelli schüttelte den Kopf. »Gehen wir solange in mein Büro.«

Auf dem Weg dorthin reichte mir Frau Mönch ein Bündel Papiere. »Ich habe mir erlaubt, den Projektplan zu aktualisieren, es sind aber nur ein paar kleine Änderungen.« Sie schaute zu Wolf. »Ihnen habe ich den Plan gemailt.«

»Ich hab's mitverfolgt«, sagte dieser und versuchte, sie aufzuziehen: »Waren es heute fünf oder sechs Aktualisierungen? Einmal haben Sie nur ein Komma hinzugefügt.«

»Wir im Verlag sind halt genaues und penibles Arbeiten gewohnt, Herr Wolf«, entgegnete sie kalt. »Wenn drüben bei Ihnen im Ordinariat Laissez-faire herrscht, so ist das Ihre Sache.«

Fratelli, der den Dialog mitbekommen hatte, lächelte begeistert über Mönchs Schlagfertigkeit.

Nachdem wir in seinem Büro Platz genommen und die

beiden ihre Tassen gefüllt hatten, fragte mich der Verlagsgeschäftsführer: »Haben Sie inzwischen das Ordinariat und den Dom besichtigen können? Gibt es erste Verdächtige? Haben Sie ein Motiv gefunden?«

»Zum Motiv fallen mir spontan mindestens 95 Thesen ein.«

Ich musste grinsen. Die 95 Thesen hatten sich in meinem Leben unauslöschlich eingebrannt. In der vierten Klasse hatten wir einen uralten Religionslehrer, der ziemlich nuschelte und die Endungen von vielen Wörtern verschluckte. Hinzu kam, dass man früher Kindern unbekannte Wörter eher selten erklärte. Als die 95 Thesen drankamen, verstand ich die Welt nicht mehr. Was wollte Luther damit bezwecken? Erst Jahre später, ich war bestimmt schon 14 oder 15, las ich einen Artikel über die Sache, der den Irrtum aufklärte. Als Neunjähriger hatte ich den Lehrer nämlich so verstanden, dass Luther nach der Legende 95 »Thes« an eine Kirchentür nagelte. Und das war für mich der Buchstabe ›T‹. In meiner kindlichen Fantasie hatte Luther große, kleine, bunte und verschnörkelte ›T‹ an der Kirchentür befestigt.

Doch mit diesem Thesenmissverständnis wollte ich die Anwesenden nicht belästigen. Ich blieb beim Thema.

»Alle, die ich bisher kennengelernt habe, sind erst mal potenziell verdächtig, Herr Fratelli. Ob sie etwas mit den Attentaten zu tun haben, ist bisher nicht gesichert. Aus Zeitgründen konnte ich heute nur einen Teil des Orien…, äh, Ordinariats besichtigen. Dafür war ich mit Herrn Wolf auf der Orgelempore im Dom.«

»Dort hat man eine fantastische Aussicht«, erklärte Fratelli. »Übrigens, wenn Sie sich den Dom in Ruhe und völlig gefahrlos anschauen wollen, können Sie das im Internet unter der Adresse www.kaiserdom-virtuell.de tun. Da finden Sie hochauflösende 360-Grad-Aufnahmen des Doms. – Innen und außen«, ergänzte er.

»Gefahrlos ist nichts auf dieser Welt.«

»Aber, Herr Palzki, was soll dabei schon passieren? Im schlimmsten Fall verkanten sich Ihre Fingernägel in der Tastatur.«

»Haben Sie eine Ahnung. Manchmal können selbst zwölf Volt tödlich sein.«

»Zwölf Volt? Wie soll das denn funktionieren?« Fratelli lächelte herausfordernd.

»Lachen Sie nur. Wir hatten mal einen Fall, da ist jemandem eine zwölf-Volt-Autobatterie aus zehn Metern Höhe auf den Kopf gefallen. War sofort tödlich.«

Es klopfte, und Robert Nönn kam herein. Damit hatte sich unser Spannungsproblem vorerst erledigt.

»Guten Abend«, begrüßte er uns. »Es wurde leider etwas später, weil ich die Texte für Otterberg etwas umgeschrieben und aktualisiert habe.«

Wolf griff sich an den Kopf. »Auf das Theater heute Abend bin ich mehr als gespannt.«

Fratelli ignorierte ihn. »Kein Problem«, sagte er zu seinem Chefredakteur. »Ich bin da flexibel. Das lese ich mir während der Fahrt durch.«

»Wie gehen wir heute Abend vor?«, fragte ich, denn ich wollte endlich zur Sache kommen.

Der Geschäftsführer schaute auf seine Uhr. »Wir müssen jetzt gleich los. Wir sind mit Herrn Gregorius Lapa, dem Pfarrer von Otterberg, verabredet. Das Pfarrhaus liegt direkt neben der Abteikirche. Lapa hat die Veranstaltung vor Ort organisiert. Er wird uns durch die Abteikirche führen wollen, obwohl wir sie in- und auswendig kennen. Aber vielleicht ist es für Sie, Herr Palzki, interessant. Dann folgt im Kapitelsaal unser Vortrag. Und anschließend fahren wir wieder heim.«

Wolf machte ein paar Geräusche, die auf Unzufriedenheit schließen ließen. »Wollen Sie das wirklich machen? Die alten Themen interessieren doch keinen Menschen! Letztes Jahr, okay, da wurde das Salierjahr von der Presse aufgebauscht, aber jetzt?«

»Herr Wolf, der Vortrag ist fast ausverkauft.«

Bevor die beiden Parteien weiter streiten konnten, stand ich auf.

»Dann fahren wir mal los. Herr Wolf, wollen Sie zur Abwechslung bei mir mitfahren? Ich kann sogar den SWR zeitweise in Stereo empfangen.«

Er ließ sich nicht auf mein Angebot ein. Während wir zum Ausgang gingen, kam von hinten Mathias Huber angelaufen.

»Herr Wolf«, rief er. »Sie haben Ihre Tasche im Aufenthaltsraum liegen lassen.« Er übergab die Tasche an den Kanzleidirektor, der ziemlich perplex war.

»Das ist mir noch nie passiert, das gibt's gar nicht. Danke, Herr Huber. Aber draußen hätte ich es bemerkt. Ohne den WLAN-Sicherheits-Adapter in der Tasche lässt sich mein Wagen nicht starten. Das ist für mich eine zusätzliche Diebstahlsicherung.«

Draußen bemerkten wir, dass Wolfs Wagen noch hinter dem Ordinariat stand. Dennoch ließ er sich von mir nicht überreden, mit meinem Auto zu fahren. Er nötigte mich zu einem Spaziergang.

Wenig später saßen wir in seinem Wagen. Es war mir lieber, nicht selbst fahren zu müssen. Ich wusste ja auch gar nicht so hundertprozentig genau, wo wir hin mussten.

Ich schloss die Augen, und Wolf fuhr, oder vielmehr flog, die A 61 zum Frankenthaler Kreuz, wechselte auf die A 6 und fuhr bei Kaiserslautern ab in Richtung Otterberg. Kurz darauf parkten wir vor der Kirche. Sie war recht groß, größer als die fünf oder sechs Schifferstadter Kirchen, aber bei Weitem nicht so gigantisch wie der Speyerer Dom. Da wir in der Nähe des Eingangsportals parkten, konnte ich erkennen, dass sie wie der Dom in Kreuzform gebaut war. Allerdings fehlte

135

die Symmetrie, der rechte Seitenflügel war viel länger. Und genau dorthin lief Wolf. Die Asymmetrie wurde durch ein zweistöckiges Gebäude erzeugt, das an den Seitenflügel der Abteikirche angeflanscht war. Der Keller schaute zur Hälfte aus dem Boden, eine breite Treppe ging nach unten.

»Da unten ist der Kapitelsaal«, erklärte mir der Kanzleidirektor. »Die katholische Pfarrgemeinde nutzt ihn als Versammlungsraum. Heute wird dort der Vortrag stattfinden.« Er zeigte ein Stockwerk höher. »Da ist das Pfarrhaus.«

Ein junger Mann kam aus dem Keller und stellte sich vor.

»Guten Abend, mein Name ist Joachim Lemens, ich bin hier der Organist und helfe heute Abend beim Vortrag mit, ein äußerst interessantes Thema. Sind Sie die beiden Künstler aus Speyer?«

Wolf lachte. »Lebenskünstler sind wir irgendwie alle, oder? Wir sind nur die Vorhut, die beiden Vortragenden kommen gleich.«

»Herr Lapa meinte, Sie können Ihre Sachen bereits in den Kapitelsaal bringen. Er würde sich freuen, wenn Sie danach zu ihm ins Pfarrbüro kommen würden. Er hat ein paar Snacks für Sie vorbereiten lassen.«

Bei solch einem Reizwort musste ich reagieren. »Selbstverständlich kommen wir hoch zum Pfarrer«, sagte ich stellvertretend für uns beide. Von hinten kamen die beiden Verlagsleute angelaufen, sie trugen jeweils einen großen Koffer. Ich hatte sie zwar erst in frühestens einer Viertelstunde erwartet, musste mir aber eingestehen, dass ich den Fahrstil von Nönn nicht kannte.

Wir gingen nach unten in den Keller. Nönns Augen blitzten.

»Das muss man sich mal vorstellen. Dieser romanische Saal wurde 1185 gebaut, noch bevor die Abteikirche 1254 eingeweiht wurde. Schauen Sie mal da rüber, drei hochgotische Fenster, was für ein Stilmix.«

Robert Nönn war in seinem Element. Er schien jeden einzelnen Stein streicheln zu wollen.

Die drei Bistumsmitarbeiter stellten ihr Gepäck ab, und nachdem Nönn sich wieder beruhigt hatte, folgten wir Herrn Lemens nach oben. Bisher hatte der Abend vielversprechend angefangen. Ich hoffte, dass es so weitergehen würde. Wie so oft, täuschte ich mich.

Pfarrer Lapa war eine Seele von Mensch. Er begrüßte uns mit einer Wärme, als würden wir uns schon 2.000 Jahre kennen. Seine Freude war echt, hier war nichts, aber auch rein gar nichts gekünstelt. Dieser Pfarrer liebte und lebte seinen Beruf.

Als er nach einer mittellangen Begrüßung von einem kleinen Imbiss erzählte, knurrte mein Magen, und alle schauten mich an. Peinlich berührt antwortete ich, dass die Geräusche bei mir an der Tagesordnung seien, und die Ärzte auch nicht wussten, woran das lag.

Pfarrer Lapa lotste uns in ein Besprechungszimmer, dort traf mich der Schlag: An dem Tisch saßen zwei Personen, eine davon war Dietmar Becker.

»Guten Abend, Herr Becker«, begrüßte ich ihn. »Wir haben uns schon lange nicht mehr gesehen.«

Der Student der Archäologie spritzte auf. »Herr Palzki, was machen Sie hier? Ist das ein Zufall?«

»Es ist niemals ein Zufall, wenn wir uns begegnen, Herr Becker.«

Pfarrer Lapa erwachte aus seiner Sprachlosigkeit. »Sie kennen sich, meine Herren? Das wusste ich nicht.«

Joachim Wolf strahlte übers ganze Gesicht und ging auf den Krimiautor zu. »Hallo, Herr Becker, ich will nur sagen, dass ich von Ihren Büchern begeistert bin. Wann wird Ihr nächstes Werk erscheinen?«

Becker schien geschmeichelt. Angewidert sah ich weg und begutachtete die zweite anwesende Person. Der junge Mann, etwa in Beckers Alter, war in der Zwischenzeit ebenfalls aufgestanden. Seine Körpergröße von annähernd zwei Metern war zwar ungewöhnlich, aber weniger verdächtig als das Buch, das er in den Händen hielt.

»Wer sind Sie?«, fragte ich ihn.

Becker antwortete an seiner Stelle. »Das ist Felix, ein Freund und Studienkollege von mir, der mich nach Otterberg gefahren hat.«

»Was lesen Sie da für Literatur?« Diesmal musste dieser Felix selbst antworten.

»›Die Leiden des jungen Werthers‹ von Johann Wolfgang von Goethe«, antwortete er verschüchtert. »Warum?«

»Brauchen Sie das für Ihr Studium?«

Er schüttelte den Kopf. »Nein, das lese ich aus Privatvergnügen. Den ›Faust‹ habe ich gerade fertig.«

»So einen wie Sie hätte ich vor 30 Jahren noch verhaftet.«

Alle Anwesenden inklusive Felix starrten mich an.

»Aber, Herr Palzki«, meinte schließlich Becker, »sagen Sie nicht immer, dass nur ein Richter Personen verhaften darf? Polizeibeamte dürfen doch nur vorübergehend jemand festnehmen.«

Ich fixierte den Krimiautor. »Ja, heutzutage ist das leider so. Wir Polizisten sind nur die Marionetten von Staatsanwaltschaft und Richtern. Aber damals durften wir noch selbst entscheiden und in solch eindeutigen Fällen auch jemand verhaften.«

Ich seufzte bewusst extrem laut. Wer heutzutage in seiner Freizeit freiwillig Goethe las, musste irgendetwas auf dem Kerbholz haben. Allerdings muss ich zugeben, dass ich durch die Pflichtlektüre dieser sogenannten klassischen Literatur während meiner Schulzeit traumatisiert war. Ein Lehrer, der geistig und auch optisch in der Goethezeit lebte, hatte uns allen die Lust am Fach Deutsch genommen. In der Oberstufe war die Lehrerschaft dann darüber verwundert, dass mangels Teilnehmer kein Leistungskurs Deutsch zustande kam. Vor ein paar Jahren wollte ich meinen guten Willen zeigen und habe mir in der Bücherei einen Goethe ausgeliehen. Nach fünf Seiten war es mit meinem guten Willen wieder vorbei.

Während ich überlegte, hörte ich zwangsläufig, wie sich Wolf bei Becker einschleimte.

»Ihre Krimis finde ich so was von genial, die letzten beiden mit der Eichbaum-Brauerei und mit dem Serienmörder in der S-Bahn finde ich am besten. Und bei der Beschreibung der bizarren Polizeibeamten bekomme ich fast jedes Mal einen Lachkrampf. Hoffentlich ist unsere Polizei in Wirklichkeit nicht so.«

Becker wurde knallrot. Ich wusste, dass er normalerweise etwas Bissiges sagen würde, er sich das aber in meinem Beisein verkneifen musste.

»Sehen Sie es so«, wand er sich heraus, »ein bisschen Fantasie ist natürlich immer dabei. Im Großen und Ganzen versuche ich aber, möglichst authentisch zu schreiben.«

Dieser Lügenbold, dachte ich. Nichts, aber auch gar nichts haben seine Bücher mit der tatsächlichen Polizeiarbeit zu tun. Ich nahm mir vor, irgendwann selbst mal einen Krimi zu schreiben, um die arme irregeleitete Bevölkerung aufzuklären.

Ich ließ den beiden ein paar Minuten und begab mich zu dem exquisiten Buffet. Pfarrer Lapa verstand es, seine Gäste zu bewirten. Um von der Vielfalt möglichst wenig zu verpassen, stopfte ich mir die Häppchen tunlichst unauffällig im Akkord hinein. Bauchweh und Sodbrennen würden später kommen, jetzt war es Hunger, den es zu bekämpfen galt. Als ich hörte, wie die beiden sich über den ermittelnden Kommissar in Beckers Bücher lustig machten, intervenierte ich.

»Herr Becker, Sie wollen uns bestimmt verraten, warum Sie hier sind? Oder sind Sie nur wegen der Vortragsreihe gekommen? Sie schreiben für das Bistum einen Krimi, habe ich gehört. Gehört dazu auch das Fotografieren der Orgelempore im Dom? Würden Sie mich bitte mal aufklären?«

Der Student wurde ernst. »Da hat eins mit dem anderen nichts zu tun. Ich wusste zwar, dass heute Abend Herr Fratelli und Herr Nönn kommen, mein Hiersein hat aber andere Gründe. Im Dom war ich heute Mittag nur zufällig. Und über Sie, Herr Palzki, bin ich deswegen erstaunt, weil Otterberg ein gutes Stück außerhalb des Zuständigkeitsgebietes der Schifferstadter Kripo liegt.«

»Das sollten Sie mal Herrn Diefenbach sagen, der legt die Zuständigkeit etwas großzügiger aus.«

»Heißt das, Sie sind auch wegen dieser Zisterziensersache hier?«

Jetzt war es draußen. Zum zweiten Mal hörte ich von dieser seltsamen Sache. Da war die anonyme Anzeige, die Gerhard an die zuständige Polizeibehörde weitergeleitet hatte. Klar, KPD hatte das ja mitbekommen.

»Hat Herr Diefenbach Sie auf diese Sache angesetzt?«

Becker schaute erstaunt. »Weiß Herr Diefenbach von dieser Verschwörung?«

»Herr Becker«, ich holte tief Luft. »Die Polizeibehörden sind international und sogar weltweit vernetzt, ist Ihnen das als Krimiautor tatsächlich entgangen? Selbstverständlich sind wir Beamte immer im Bilde darüber, was sich in unserer geliebten Pfalz so alles abspielt. Also sagen Sie endlich: Was wissen Sie?«

Der Student zog ein gefaltetes Blatt Papier aus der Tasche und gab es mir. »Sie brauchen nicht aufzupassen, es sind keine fremden Fingerabdrücke drauf, das habe ich bereits in meinem kleinen Detektivlabor überprüft.«

Prima, dachte ich. »Wo haben Sie das Labor gekauft? Bei Toys»R«Us?«

Ich las den maschinengeschriebenen Zettel. In wirren Sätzen wurde vor einem Geheimbund gewarnt, der in Otterberg und Umgebung sein Unwesen treiben würde. Eines der Ziele des Geheimbundes sei der Wiederaufbau des 1143 gegründeten Zisterzienserklosters auf dem ursprünglichen Gelände. Dummerweise stand dort außer der Abteikirche ein beträchtlicher Teil der Otterberger Ortsmitte.

»Das hat ein Verrückter geschrieben«, meinte ich nach der Lektüre. »Von wem haben Sie das erhalten?«

Becker zuckte mit den Schultern. »Das wurde mir anonym zugeschickt. Auf einem beigefügten Zettel stand, dass der Schreiber des Briefes gerne meine Krimis liest und davon überzeugt ist, dass ich wohl kompetenter bin als die hiesige Polizei in Otterberg.«

Ich folgerte daraus, dass die Schifferstadter Kriminalpolizei aus ähnlichen Überlegungen heraus die anonyme Anzeige erhalten hatte.

»Und was wollen Sie damit anfangen, Herr Becker?«

»Ist Ihnen das nicht klar? Ich wusste, dass heute Abend der Vortrag stattfindet. Das ist eine gute Gelegenheit, die Lage vor Ort zu sondieren. Vielleicht gibt sich der anonyme Briefeschreiber zu erkennen?«

Pfarrer Gregorius Lapa mischte sich in die Diskussion ein.

»Was Herr Becker sagt, ist nicht so einfach von der Hand zu weisen, Herr Palzki. In Sachen Zisterzienser rumort es im Ort schon länger. Man kann es schwer packen, es sind Gerüchte, die in der Luft liegen. Dazu kommt, dass eine mysteriöse Immobiliengesellschaft bereits ein paar bebaute Grundstücke im Ortszentrum erworben hat, teilweise sogar über Strohmänner.«

»Vielleicht hat jemand Öl gefunden?«

»Das dürfte in unserer Lage ausgeschlossen sein«, meinte Lapa. »Außer, wenn jemand den Öltank seines Nachbarn angebohrt hat.«

Dass Gregorius Lapa auch Humor besaß, brachte ihm weitere Pluspunkte ein.

»Wie dem auch sei, Herr Becker. Diese Sache soll die Kaiserslauterer Polizei klären. Wenn es zum Mord kommen sollte, wird bestimmt mein Lauterer Kollege Tannenberg ermitteln. Der hat eine ähnlich hohe Aufklärungsquote wie wir in Schifferstadt.«

Ich drehte mich zu Nönn. »Sie sind doch Experte, wie beurteilen Sie die Situation?«

Herr Nönn schien darauf gewartet zu haben, einen Kommentar abgeben zu dürfen.

»Da muss man wirklich aufpassen und es nicht auf die leichte Schulter nehmen. Es gibt immer ein paar Ewiggestrige, die etwas so beibehalten wollen, wie es vor langer Zeit mal war.«

Marco Fratelli pulte in seinen Zähnen herum. Selbst schuld, dachte ich, hätte er den rohen Schinken besser mal liegen lassen.

Der Pfarrer schaute auf seine Uhr. »Uns bleibt nicht mehr viel Zeit bis zum Vortrag, und ich würde Ihnen gerne vorher unsere Abteikirche zeigen.«

Auch wenn dies die zweite Kirche war, die ich innerhalb kurzer Zeit von innen sehen würde, war es besser, als hier im Pfarrhaus über ein paar Verrückte zu debattieren.

»Das ist ein guter Vorschlag, Herr Lapa«, lobte ich ihn. »Die Snacks haben wir ganz gut dezimiert. Da tut es gut, noch ein paar Schritte zu gehen.«

Während wir in Richtung Kirchenportal gingen, nahm ich mir den Studenten zur Seite.

»Herr Becker, ich wünsche, dass Sie nachher während des Vortrages unauffällig im Hintergrund bleiben und auf keinen Fall Aufmerksamkeit erregen. Ich werde mich neben Sie setzen. Falls Sie glauben, den anonymen Briefeschreiber zu entdecken, geben Sie mir ein kleines Zeichen. Und das Gleiche gilt für Ihren seltsamen Bücherfreund. Haben Sie das verstanden?«

Becker nickte und hörte damit erst wieder auf, als wir in der Kirche waren und Pfarrer Lapa mit seinem Vortrag begann.

»Unsere Otterberger Abteikirche ist fast 70 Meter lang, da haben die Reinigungskräfte ganz schön was zu tun. Sie ist übrigens eine Simultankirche und wird von evangelischen und katholischen Christen gleichermaßen genutzt.«

Er ging mit uns nach vorne.

»Hier, schauen Sie, die Kirchenbänke im Querschiff dienen den katholischen Christen, die Einzelstühle im Langhaus den evangelischen Christen. Bis vor 40 Jahren waren die beiden Bereiche durch eine Mauer getrennt. Wir waren also fast 20 Jahre schneller als die DDR.«

Gregorius Lapa lachte, und zeitgleich kam Herr Lemens aus einer Tür des Querschiffes heraus.

»Herr Pfarrer, bitte, kommen Sie schnell, wir haben Probleme!«

»Bitte entschuldigen Sie«, sagte er ohne Hektik zu uns. »Mein Rat als Problemlöser ist gefragt. Aber, da fällt mir ein, kommen Sie doch gleich mit, die Tür führt direkt in den Kapitelsaal. Dann haben wir unsere Führung halt ein wenig verkürzt. Ich kann Ihnen später gerne eine Broschüre mitgeben, wenn Sie weitere Details interessieren.«

Zusammen mit Lapa kamen wir durch eine Seitentür und eine kleine Treppe in den Vortragssaal, der bereits recht gut mit Zuschauern bestückt war.

»S' wert doch Mengerabatt gewe, odder?«

Die laute und prägnante Stimme kam aus Richtung Eingang. Dort hatten fleißige Gemeindemitglieder an einem Tisch die Eintrittskasse aufgebaut. Verwundert rieb ich mir die Augen. Rund ein Dutzend wild tätowierter Rocker verlangte Einlass. Ich schätzte das Ensemble auf 100 bis 150 Jahre Freiheitsentzug.

So gut wie jeder Veranstalter würde sich in solch einer Situation in die Hose machen und die Polizei anrufen. Nicht so Pfarrer Lapa. Er ging direkt auf die Männer im Leder-Look zu und begrüßte sie.

»Guten Abend, meine Herren. Ich freue mich, dass Sie zu unserer Vortragsreihe kommen. Gibt es hier ein Problem, das wir lösen wollen?«

Fast erwartete ich, dass der vordere Rocker, der besonders kräftig und schlagerfahren aussah, seinen Totschläger auspackte.

»Des kriee mer schunn hi, Herr Parrer. Ich will doch nur de Rabatt fer Gruppe hawe, dann wird unser Vereinskass net so belascht.«

Lapa lächelte freundlich und antwortete. »Selbstverständlich erhalten Sie bei uns Vergünstigungen. Jeder zahlt, soviel er kann. Wenn Ihre Vereinskasse mal besser gefüllt sein sollte, freuen wir uns auf eine Spende.«

»Dess is jo subber, Herr Parrer. Des laaft bei Ihne wies Lottche. Mer sinn schunn ganz neigierich, was mer heit iwwer die Kaiser erfahre. Des is mordsinteressant.«

Pfarrer Lapa selbst kassierte den schrägen Verein ab, und die Rocker setzten sich in die erste Reihe. Ein paar gingen vorher zur Getränketheke und besorgten für sich und die Kollegen ein Serviertablett voll alkoholfreiem Weizenbier. »Mer misse jo nochert noch fahre«, war die Begründung.

In Schifferstadt hätte ich in dieser Situation unauffällig die Bereitschaftspolizei oder gar ein Spezialeinsatzkommando bestellt. Hier nahm ich mir nur vor, die Sache zu beobachten. Ich setzte mich mit Becker und seinem Freund in die letzte Reihe.

»Die könnten doch für die Briefe verantwortlich sein«, flüsterte mir Becker zu.

»Niemals«, antwortete ich. »Die sehen mir nicht danach aus, als würden sie Briefe schreiben, wenn sie ein Problem haben. Außerdem, was sollen diese Rocker mit einem Kloster?«

»Na ja, immerhin scheinen Sie sich für die Kaiser zu interessieren«, antwortete Becker ausnahmsweise schlagfertig.

»Warten Sie's ab. Vielleicht haben die nur was falsch verstanden und warten jetzt auf einen Liveauftritt von Franz Beckenbauer.«

Auf der anderen Seite hatte sich Wolf neben mich gesetzt. Seit wir das Pfarrhaus verlassen hatten, war er in eines seiner Handys versunken. Es war so ein neumodisches Ding mit großem Display. Ständig wischte er mit seinen Fingern darauf herum. In der Kirche hatte ich ihm ein Taschentuch angeboten, um die Anzeige richtig sauber zu bekommen. Jetzt steckte er sich sogar einen dieser Stöpsel ins Ohr. Wie meine Tochter Melanie, dachte ich. Und zack, da kam mir wieder Stefanie in den Sinn. Dumm gelaufen, ich hatte vergessen, sie anzurufen. Das wird mir wieder ein paar Punktabzüge einbringen. Sicherheitshalber testete ich mein Handy, die Empfangsbereitschaft war gegeben.

Der Vortrag begann. Pfarrer Gregorius Lapa begrüßte die knapp 100 anwesenden Personen und führte mit ein paar Sätzen ins Thema ein, bevor er Marco Fratelli und Robert Nönn vorstellte.

11 EIN KNALLEFFEKT

Die Rocker und der Rest der Zuhörer klatschten. Becker stieß mich in die Seite, was mich aufgrund seiner Grobmotorik fast vom Sitz warf.

»Da, schauen Sie mal da rüber«, forderte er mich auf.

»Haben Sie ihn auch schon bemerkt, guten Morgen, Herr Becker!«

Jener übernervöse Kerl mit den wirrsten abstehenden Haaren, die ich je gesehen hatte, war mir bereits vor Minuten aufgefallen. Der ungefähr Fünfzigjährige trug verwaschene Cordhosen, was an und für sich ein Hinweis auf einen traumatisierten Lehrer sein konnte. Das viel zu große rotgemusterte Holzfällerhemd schlotterte über seinem mageren Brustkorb, und seine ausgeprägten Backenknochen mahlten ohne Unterlass. Alles an ihm zitterte. Erst während der Begrüßungsrede von Pfarrer Lapa war er in den Saal geschlüpft. Zunächst setzte er sich in die fast leere zweite Reihe hinter die Rockergruppe, dann überlegte er es sich anders und rückte drei Reihen nach hinten. Er schien nur wenig auf den Vortrag zu achten. Wichtiger war ihm, Augenkontakt zu den beiden Protagonisten zu halten. Mal schaute er links an seinem Vordermann vorbei, um den Chefredakteur besser sehen zu können, mal blickte er rechts vorbei, um Fratelli anzustarren.

Ich hatte mich so sehr auf die Beobachtung dieses Individuums konzentriert, dass mir eine andere Sache erst jetzt auffiel: der Vortrag der beiden Peregrinus-Leute. Was diese zwei auf der Bühne im Stehen vorführten, war reine Schauspielkunst. Normalerweise blickte man bei solchen Vorträgen ein oder zwei Stunden auf die Halbglatze des Redners, der sich hinter einem Tisch mit obligatorischer Blumenvase und Mineralwasserflasche verschanzte. Solche Vortragenden verflossen mit ihren Texten, und das Publikum wurde neben-

146

sächlich. Es gab keine optischen Reize und Abwechslungen, keine akustischen Höhepunkte, einfach nur ein phonetisches Hineinwerfen des Manuskriptes in den Raum.

Hier war alles anders. Nur mit Stichwortzettel bewaffnet, lieferten sich Nönn und Fratelli Dialogschlachten, die bis aufs Feinste abgestimmt waren. Alles klang druckreif. Vielleicht hatten sie die Texte auswendig gelernt oder die Stichwortzettel sorgten für einen stringenten Redefluss.

Nönn stellte zunächst in einem Monolog die Gesamtsituation zur Zeit der Salier dar, dann folgten Darstellungen der vier salischen Kaiser in entsprechenden Kapiteln. Fratelli mimte den Kaiser, der in einer Art Selbstgespräch von den akuten Problemen seiner Zeit sprach. Ab und zu wurden die kaiserlichen Gedanken von Nönn unterbrochen, der die jeweilige Kaiserin zu Wort kommen ließ. Bisher war mir unbekannt, welchen hohen politischen und gesellschaftlichen Einfluss die Gemahlinnen auf ihre Männer nehmen konnten. Immer, wenn ein neues Kapitel oder ein neues Thema anstand, gab Nönn mit einer anderen Stimmlage, die wie aus dem ›Off‹ klang, einführende Worte.

Ich war hingerissen, der ganze Saal war begeistert, mehrfach gab es wilden Szenenapplaus. Einmal standen sogar die Rocker geschlossen auf und klatschten, was das Zeug hielt. Nur der nervöse Lehrertyp applaudierte nie. Er saß nur da und starrte auf die Akteure. Unterbrochen wurde dieser starre Blick ausschließlich von einem häufigen Glotzen auf die Armbanduhr.

Sogar Wolf vergaß zeitweise, sein Handy zu streicheln. Innerlich hatte er sich wohl auf einen peinlichen Auftritt der beiden eingestellt. Doch selbst er konnte sich der Gewalt der Worte nicht entziehen. Immer seltener wurde er von seinem Handy abgelenkt.

So hätte der Abend weitergehen können. Eine friedliche Idylle, selbst an die starken Männer in der ersten Reihe hatte man sich gewöhnt, überzog die spannungsgeladene Atmosphäre längst vergangener Epochen. Seit Tagen fühlte ich mich das erste Mal so richtig erholt und entspannt. Die ganze Hektik und die merkwürdigen Erlebnisse verblassten gegen diese Aufführung. Der Vortrag war in meinen Augen nur mit einem zu vergleichen: Einem windstillen Abend bei angenehmen Temperaturen auf meiner Terrasse mit einem Glas Weizenbier in der Hand. Ich bemerkte, wie mein Körper, ja sogar meine Seele, Kraft schöpfte, und die Sinne sich wohltuend auf Hören und Sehen konzentrierten.

Die Explosion war grauenhaft. Meine Trommelfelle schmerzten, meine Augen brannten aufgrund der enormen Rauchentwicklung. Ein Tumult brach los: Stühle fielen um, Leute stürmten nach draußen und schrien sich die Seele aus dem Leib. Wolf war ebenfalls aufgesprungen und rannte nach vorne zur Bühne. Becker und sein Freund Felix saßen wie erstarrt. Ich versuchte, Wolf nachzueilen. Da das gedimmte Saallicht offensichtlich keinen Schaden davongetragen hatte, war der Raum wie in einen gespenstischen Oktobernebel getaucht. Ich vernahm lautes Husten. Verdammt, Rauchgase.

»Fenster auf!«, schrie ich, so laut ich konnte. »Und so schnell wie möglich raus!«

Als Krisenmanager hatte ich so meine Erfahrungen, schließlich hieß mein Chef Diefenbach. Die beiden Studenten erwachten aus ihrer Lethargie und halfen mir, die wenigen, aber dafür riesigen, Fenster zu öffnen. Da mir schwindlig wurde, wusste ich, dass das Kohlenstoffdioxid eine kritische Menge erreicht hatte. Dennoch, es galt, den Saal zu evakuieren. Ich sah, dass manche der Rocker vor der Bühne knieten. War Nönn oder Fratelli etwas passiert? Die Explosion musste vorne in der Nähe der beiden geschehen sein. Ohne Rücksicht auf eigene Verluste zog ich ein paar Lederjacken auseinander, um einen Blick auf den Ort des Geschehens werfen zu können. Der Rockerchef lag auf dem Rücken und blutete an der Stirn. Er war bei Bewusstsein.

»Schafft ihn nach draußen«, brüllte ich. »Der Sauerstoff wird knapp.«

Seine Kumpels verstanden und gehorchten. Ich entdeckte Fratelli auf einem Stuhl sitzend. Sein Gesicht war rußgeschwärzt, und ein Büschel Haare sah ziemlich versengt aus. Er starrte apathisch ohne Ziel in die Luft. Von der Seite kam Nönn, er war äußerlich unverletzt aber ebenfalls geschockt.

»Ich habe zusammen mit Pfarrer Lapa die Feuerwehr verständigt«, sagte Nönn.

»Helfen Sie mir, wir schaffen Ihren Chef nach draußen.«

Glücklicherweise mussten wir ihn nicht tragen, sondern lediglich unter den Achseln stützen. Vor dem Kapitelsaal hatten sich die erschrockenen Besucher versammelt. Langsam schienen sich die meisten zu beruhigen. Ganz leise hörte man im Hintergrund Sirenen. In dem Moment sah ich ihn wieder, den Cordhosenträger und Verdächtigen Nummer eins. Er betrachtete zunächst mit großem Interesse Fratelli und war nun dabei, verdeckt hinter den Rockern zurück in den Saal zu schleichen.

»Bleiben Sie stehen«, rief ich ihm zu. Für einen Sekundenbruchteil starrte er mich an, lächelte reflexartig und rannte in den Saal. Ich scannte kurz die Lage: Wolf kümmerte sich um die beiden Vortragenden, Becker und sein Freund standen in meiner Nähe.

»Los, den schnappen wir uns«, brüllte ich lauter als ich wollte den Studenten an. Becker, sein Freund und ich rannten nach unten in den Keller, während mehrere Feuerwehrfahrzeuge an der Kirche angelangt waren.

Der Rauch im Kapitelsaal hatte sich nur wenig verzogen, ein verschmorter Geruch lag in der Luft. Der Täter, oder jedenfalls der, den ich dafür hielt, sprang trotz seiner Nervosität geschickt über umgefallene Stühle. Mit einem größeren

Vorsprung erreichte er die Tür zum Durchgang zur Abteikirche. Becker hob einen Stuhl auf und warf ihn olympiaver-
dächtig in seine Richtung. Einen knappen Meter neben der
Tür zersprang das Sitzmöbel in seine Einzelteile. Cordhose
war schneller: Noch bevor der Stuhl an die Wand krachte,
war er im Durchgang verschwunden. Es ging eine kleine
Wendeltreppe hinauf, die unbeleuchtet war. Da ich diese
erst vorhin hinabgelaufen war, wähnte ich mich im Vorteil,
was sich nicht bewahrheitete. Schließlich standen wir im Sei-
tenschiff der Kirche. Niemand war zu sehen. Becker und
sein Freund begannen, die Stuhlreihen abzugehen. Ich legte
mein Augenmerk auf die höher gelegenen Bereiche. Vielleicht
war er irgendwo hochgeklettert? Ich konnte nichts finden,
was dafür geeignet war. So blieb ich zentral in der Mitte des
Kirchenschiffs, und zusammen trieben wir ihn wie bei einer
Treibjagd in Richtung Kirchenportal. Unser Plan ging auf:
Wie ein Blitz schoss er aus einer Ecke und rannte Richtung
Ausgang. Dies war ein Fehler, was er aber nicht ahnen konnte.
Der komplette Rockerverein kam im gleichen Moment durch
das Portal herein, und die Vereinsmitglieder durchschauten
sofort die Situation. Cordhose hatte keine Chance. Ein Kerl
mit extremem Oberarmumfang hob das Männlein mit aus-
gestrecktem Arm in die Luft.

»Oho, wenn hawen mer denn do? Bischt du des Rumbel-
stilzsche, wo unserm Boss weh gedah hot?«

Bevor er den Täter ernsthaft verletzen konnte, wies ich
mich als Polizeibeamter aus.

»Des dud uns gut«, antwortete der mit den großen Ober-
armen. »Mer wollten schunn immer mol de Bulle bei ehm
Verbreche helfe. Alla hopp, mer trage dir denn Kerle noch
naus.«

Zu dritt und über Kopf beförderten sie den Cordhosenträger in liegender Position aus der Kirche. Gemeinsam gingen wir zum Vorplatz des Pfarrhauses. Neben der Feuerwehr

waren inzwischen auch Krankenwagen und Polizei angekommen.

Pfarrer Lapa kam zusammen mit einem Polizeibeamten
angelaufen.

»Herr Palzki, das ist ein Kollege von Ihnen.« Er stellte
mich dem Beamten aus Kaiserslautern vor.

Ich deutete auf unseren Fang. »Der könnte für das Ganze
verantwortlich sein. Wir haben seine Flucht gestoppt.«

»Und was sind das für Leute?«, fragte mein unbekannter
Kollege. »Die waren wohl kaum beim Vortrag.«

»Oh, doch«, widersprach ich. »Das ist ein ganzer netter
Verein, das Äußere ist manchmal sehr trügerisch. Wie sieht
es eigentlich drinnen im Saal aus?«

»Die Feuerwehr ist dabei, den Raum zu belüften. Demnächst können wir gefahrlos wieder rein.«

Pfarrer Lapa mischte sich ein. »Wollen Sie so lange zu mir
hoch kommen? Herr Fratelli und Herr Nönn sind bereits
oben, um sich etwas von dem Schock zu erholen. Es sind noch
ein paar Häppchen da. Den Verdächtigen können Sie gerne
mitnehmen, vielleicht bekommen Sie erste Hinweise zur Tat,
das würde mich nämlich brennend interessieren.«

Bereitwillig ging der Beamte zusammen mit Becker, seinem
Freund und mir nach oben. Zwei weitere Beamte legten dem
mutmaßlichen Täter Handschellen an und gingen uns nach.
Pfarrer Lapa kam, nachdem er bereits ein paar Treppenstufen nach oben gegangen war, wieder herab und trat vor die
Rocker. »Meine Herren, die Einladung gilt selbstverständlich auch für Sie. Sie haben schließlich geholfen, den Mann
zu fangen, wie ich gehört habe.«

Zusammen mit den Lederjacken kam auch Wolf hoch ins
Pfarrhaus. Der Besprechungsraum war viel zu klein für die
Menschenmenge, zumal das Buffet einen Teil des Raumes
einnahm. Geschickt, wie ich in solchen Situationen bin, ließ
ich mich durch das Gedrängel treiben und stand schließlich

151

wie zufällig vor dem Tisch mit den Häppchen. Es gab leider nur noch rohen Schinken. Da meine Magensäfte bereits kräftig in Wallung geraten waren und vorproduziert hatten, war ich gewissermaßen gezwungen, ihnen Arbeit zu verschaffen. Ich kämpfte mit den ersten Fettadern, die wie selbstverständlich die kleinsten Spalten zwischen Schneide- und Eckzähnen gefunden hatten und sich dort hartnäckig festsetzten, als Nönn mir leicht auf die Schultern klopfte.

»Und wieder ist es glimpflich ausgegangen, Herr Palzki. Stellen Sie sich vor, Fratelli hat deswegen nur gegrinst.«

»Der steht bestimmt unter Schock«, meinte ich.

»Das kann nicht sein«, antwortete sein Chefredakteur. »Der hat vor dem Vortrag eine ganze Kanne Kaffee getrunken. Ein solch hoher Blutdruck kann durch einen Schock unmöglich weiter erhöht werden.«

»Meinen Sie, er wusste von dem Anschlag?«

Nönn überlegte und schüttelte dann seinen Kopf. »Nein, das glaube ich nicht. Obwohl es mir langsam sehr seltsam vorkommt. Zwei Sekunden früher, und es hätte mich voll erwischt. Wir hatten ja gerade den Szenenwechsel, und ich trat ein paar Schritte zurück, um Herrn Fratelli Platz zu machen. Und in diesem Moment explodierte die Bühne.«

»Haben Sie gesehen, wo genau?«

»Das ging alles so schnell, Herr Palzki. Ich hatte den Eindruck, es kam von dem Tisch, den wir seitlich am Rand der Bühne stehen hatten.«

»Ist etwas Ungewöhnliches auf dem Tisch gestanden?«

»Nein, nur unser Zeug. Also, die Lautsprecheranlage, eine Box und unter dem Tisch unsere Koffer, in denen wir das Equipment hergebracht haben. Fremde Sachen sind mir eigentlich keine aufgefallen.«

Unauffällig pulte ich mit vorgehaltener Hand in meinen Zähnen.

»Vielleicht hat jemand etwas dazugestellt, als wir bei Pfarrer Lapa waren oder er uns die Abteikirche zeigte«, nuschelte ich.

»Möglich wäre das schon«, sagte Nönn und schaute mich mitleidsvoll an. »Ihnen hängt ein Streifen Schinken zwischen den Zähnen, Herr Palzki. Ein Tipp von mir: Niemals rohen Schinken essen, wenn man sich in der Öffentlichkeit bewegt. Nur eines ist schlimmer: Mohnbrötchen. Ich hatte mal eines in einer Vortragspause gegessen. In der zweiten Hälfte konnte ich mich fast nicht mehr richtig artikulieren, weil das Mohnzeug in meinem ganzen Gebiss hing. Der Veranstalter hatte sogar gemeint, ich hätte in der Pause dem Alkohol zu kräftig zugesprochen. Dabei trinke ich überhaupt nicht.«

Ich bedankte mich für diesen Tipp und freute mich, dass solche Dinge nicht nur immer mir selbst passierten. Doch mit meinen begrenzten irdischen Möglichkeiten konnte ich weder rohen in gekochten Schinken verwandeln noch Wasser in Bier.

Drei oder vier Rocker hatten ein paar Kästen Weizenbier aus dem Vortragssaal gerettet und verteilten die Flaschen unter den Anwesenden. Da es sich um alkoholfreies Bier handelte, haderte ich mit mir selbst. Doch mein Durst gewann mit einem Kantersieg. Selbst die drei Polizeibeamten genehmigten sich jeweils eine Flasche, was eigentlich nicht korrekt war. Aber seit KPD offiziell das Zigarrenrauchen in den Streifenwagen erlaubt hatte, wunderte ich mich über solche Dinge nicht mehr. Der Gefangene selbst erhielt nichts zu trinken. Er saß, völlig eingeschüchtert, auf einem kleinen Hocker. Ich kam zufällig in die Nähe des ermittelnden Beamten und stieß mit ihm mit der Flasche an, was das kohlensäurehaltige Weizenbier dazu veranlasste, in einem spontanen Schwall über den Rand der Flasche zu laufen. Es fehlte zwar die Musik, aber ansonsten sah es eher nach Party aus: Fast jeder hielt eine Flasche in der Hand, manche Unbelehrbare ein Häppchen mit rohem Schinken, und dazu die gnadenlose Enge. Hier fand der Spruch »Keiner steht abseits«, den die Kolpingfamilie Schifferstadt im Jahr 2011 zu ihrem 110. Geburtstag auf T-Shirts drucken ließ, seine Vollendung.

»Hat er schon gestanden, unser Lehrer?«, fragte ich den Kollegen in legerem Party-Ton.

»Wieso Lehrer?« Der Beamte stutzte, bis ihn der Aha-Effekt ereilte, und er sich mit der flachen Hand an die Stirn schlug. »Ach, Sie meinen wegen den Cordhosen?« Er lachte. »Guter Ansatz, trifft aber nicht immer ins Schwarze. Meine Tochter hat kürzlich einen neuen Lehrer bekommen, der steht die ganze Stunde vor der Tafel, spielt mit einem Kugelschreiber, den er in der Hand hat, und hält abgedrehte und unverständliche Monologe. Wissen Sie, was das bedeutet?«

»Alter Hut. Das ist ein Quereinsteiger, der vorher in einer Unternehmensberatung gearbeitet hat.«

»Respekt, Herr Palzki. In der Vorderpfalz scheint es gutes und psychologisch geschultes Personal zu geben.« Er zeigte auf die Cordhose. »Mit dem kommen wir nicht weiter. Der sitzt bloß da, zittert und brummelt an einem Stück ›Das waren die Signale!‹ Ich warte nur darauf, dass er die Internationale singt.«

Ganz klar, dies war wieder mal ein Fall für Kriminalhauptkommissar Reiner Palzki aus Schifferstadt. Wie mein Kollege bereits festgestellt hatte, zählte ich zu den psychologisch bestgeschulten Beamten der Vorderpfalz. Daher stand ich unter Erfolgszwang. Mit dem mir verinnerlichten Fingerspitzengefühl für die Feinheiten der Sprache, der Mimik und der Gestik, sprach ich den mutmaßlichen Täter an.

»Hallo, Verrück-, äh, hallo, Meister, wie geht's uns denn so?«

Er blickte kurz zu mir auf, mahlte mit seinem Kinn und nuschelte: »Das waren die Signale!«

»Ja, ich weiß«, konterte ich und versuchte, tiefer in sein Bewusstsein zu gelangen. »Die Signale waren recht deutlich.

Ich selbst bin mir auch darüber im Klaren, was sie zu bedeuten haben. Nur tue ich mich leider schwer, die Unwissenden hier im Raum zu überzeugen. Hätten Sie da vielleicht eine Argumentationshilfe für mich?«

Ein zaghaftes Lächeln huschte über sein Gesicht. »Niemand außer mir hat bisher die Signale erkannt.«

Ich schnappte mir einen Hocker, den jemand unter den Tisch geschoben hatte, und setzte mich neben ihn. Gleiche Augenhöhe war sehr wichtig.

»Jetzt sind wir bereits zu zweit, gemeinsam sind wir stark. Tut mir leid, dass ich etwas länger gebraucht habe als Sie. Was ist bisher passiert?«

Zögernd streckte er mir seine Hand entgegen. »Ich bin der Friedrich.«

Ich schlug ein. »Sag Reiner zu mir.«

Wir schauten uns ein paar Sekunden stumm in die Augen, sodass er Zeit hatte, mit der für ihn neuen Situation umzugehen.

»Die Zisterzienser sind wieder da«, flüsterte mir Friedrich zu. »Sie sind überall, sie werden immer mehr.«

»Ich weiß«, bestätigte ich. »Das ist wirklich sehr übel. Was haben die bisher alles angestellt? Vielleicht können wir bei der Polizei Strafanzeige erstatten?«

Er zuckte zusammen. Ob das Wort Polizei für ihn negativ besetzt war?

»Die helfen mir nicht, auch die Polizei erkennt die Signale nicht.«

Ich nickte verschwörerisch. »Du hast doch bestimmt einen Plan, oder? Lass mich dir helfen.«

Ich meinte den letzten Satz zwar anders, als er ihn verstanden hatte, doch der Zweck heiligte die Mittel.

»Es gibt keinen Plan«, flüsterte Friedrich weiter. »Sie sind zu schlau. Bald werden die Zisterzienser die Weltherrschaft erlangen. Wir können nichts dagegen tun.«

»Das habe ich bereits vermutet. Doch warum ausgerechnet hier in dem kleinen Otterberg?«

Er begann verstärkt zu zittern, seine Erregung wuchs. »Otterberg soll ihre Zentrale werden. Das Kloster wird in seiner alten Größe wieder auferstehen. Auch mein Haus wollen sie kaufen.«

Aha, ich war einen Schritt weiter. Dieser Friedrich wohnte anscheinend in Otterberg auf dem Gebiet des ehemaligen Klosters. Das würde helfen, seine Identifizierung voranzutreiben.

»Wann hast du dies das erste Mal mitbekommen? Hast du ein Gespräch belauschen können?«

Er nickte. »Ja, aber die haben natürlich eine Geheimsprache.«

»Und wie hast du die entschlüsselt?«

»Überhaupt nicht, ich weiß aber auch so, was die vorhaben. Das Internet wird auch abgeschafft, wenn die Zisterzienser an der Macht sind.«

Auf was hatte ich mich nur eingelassen. Unter normalen Bedingungen würde ich dieses Frage-Antwort-Spiel sofort beenden und ihn in die Geschlossene einweisen. Doch neben uns stand mein Kaiserslauterer Kollege, der hohe Erwartungen in die Vorderpfälzer Beamten setzte.

»Okay«, antwortete ich. »Das mit dem Internet kann ich verstehen, das gab's früher schließlich auch nicht.«

»Du hast es verstanden. Alles soll wie früher werden. Das ist das Hauptziel der Zisterzienser.«

»Und um das zu verhindern, hast du heute todesmutig die Bombe explodieren lassen.«

Erschrocken starrte er mich an. »Das war nicht ich! Die Bombe war ein Signal der Verschwörer. Ich habe es sofort verstanden.«

Das Einzige, was ich verstanden hatte, war, dass dieser Friedrich nichts mit der Explosion zu tun hatte. Seine Glaubwürdigkeit war in diesem einzigen Punkt gegeben. Der Rest

156

war hanebüchener Quatsch und selbst für eine Verfilmung auf RTL zu unglaubwürdig.

Eine Sache wollte ich noch abklären. »Hast du den anonymen Brief an diesen Kriminalschriftsteller geschrieben?«

Er brachte ein kleines Lächeln zustande. »Ja, das war das Einzige, was mir noch einfiel. Die Polizei will mich nicht ernst nehmen, und da fiel mir dieser Dietmar Becker ein, der diese tollen Krimis schreibt. Der schreibt auch über Dinge, die manchmal etwas übertrieben wirken und zunächst nicht jeder glaubt. Sein Kommissar, der in den Romanen ermittelt, ist zwar ein besonders schräger Vogel, aber mit viel Glück haben die Beamten aus Schifferstadt bisher alle Fälle gelöst, die Herr Becker beschrieben hat.«

Ich hakte nach: »Der Brief an die Schifferstadter Kripo geht also auch auf dein Konto?«

»Wieso? War das schlecht?«

»Nein, nein«, beruhigte ich ihn. »Das hast du ganz toll gemacht.«

Ich sah aus dem Augenwinkel heraus, wie zwei Feuerwehrmänner in den Raum kamen und meinen Kollegen aus der Mittelpfalz aufsuchten.

»Einen kleinen Moment, bitte«, sagte ich zu Friedrich und war froh, das nutzlose Gespräch beenden zu können. Ich bekam gerade noch mit, wie einer der Feuerwehrleute sagte: »Der Saal ist wieder begehbar, größere Schäden gab es nicht. Die Bombe wurde in einer Aktentasche unter dem Tisch auf der Bühne gezündet. In der Tasche muss ein tragbarer Computer und weitere Elektronik gewesen sein.«

Joachim Wolf, der in unmittelbarer Nähe stand, hatte diese Feststellung ebenfalls gehört.

»Mein Gott, meine Tasche! Das gibt's doch nicht!« Er wurde in Sekundenschnelle blass, und zum ersten Mal sah ich ihn ohne sein permanentes Grundlächeln. Wolf drängelte sich durch die Anwesenden zur Treppe. Nönn, Fratelli, ich und die beiden Feuerwehrleute gingen nach unten. Auch Pfarrer Lapa folgte uns in den Kapitelsaal.

Auf dem Tisch lagen, von einem weiteren Feuerwehrmann bewacht, die zerfetzten Reste von Wolfs Tasche. Ein paar Klumpen Elektronik hatte man gefunden und danebengelegt.

Mit ungläubigem Blick starrte er regungslos auf den verschmorten Haufen.

»Wer macht nur so etwas?«

Ich trat zu ihm. »Können Sie davon etwas zuordnen?«

Verstört blickte er mich an. »Meinen Sie das im Ernst, Herr Palzki? Schauen Sie sich diesen Haufen an. Man kann nicht einmal erkennen, ob es ein Notebook oder ein Laptop war. Und die ganze andere Elektronik! Unglaublich, zum Glück ist alles versichert, und die Daten sind stets mit denen auf dem Bistumsserver synchron.«

»Können Sie erklären, wie die Bombe in Ihre Aktentasche kam?«

»Ich werde sie wohl kaum selbst da rein gesteckt haben«, konterte er mit bissigem Unterton. »Ich hatte die Tasche unter dem Tisch deponiert, neben den Koffern von Nönn und Fratelli. Die Bombe muss jemand in der Zeit platziert haben, als wir bei Pfarrer Lapa waren. Vielleicht weiß er etwas?«

Der angesprochene Pfarrer zuckte mit den Schultern und verwies an Herrn Lemens, der ebenfalls anwesend war.

»Ich habe den Kapitelsaal nicht abgeschlossen, bei uns ist noch nie etwas geklaut worden«, meinte er betroffen.

»Geklaut wurde auch nichts«, sagte ich. »Wir müssen versuchen, einen Zeugen zu finden, der jemand Fremden in den Saal gehen gesehen hat.«

Fratelli, dessen Gesicht inzwischen wieder sauber war, zeigte in Richtung Tür zur Abteikirche. »Der Täter kann auch da vorne reingekommen sein. Die Tür ist jedenfalls auf, wie wir wissen.«

»Dann wäre er ja durch meine Kirche gekommen«, stellte Pfarrer Lapa erschrocken fest.

»Das wäre auch eine Möglichkeit«, meinte mein Kaiserslauterer Kollege. »Die Reste der Tasche und des Inhaltes nehmen wir auf jeden Fall mit für eine detaillierte Untersuchung. Obwohl, viel verspreche ich mir davon nicht.«

Wir sprachen noch eine Zeit lang über die Lage, ohne jedoch zu einer befriedigenden Lösung zu kommen. Der offensichtlich verwirrte Friedrich war bereits unterwegs in ein gepflegtes Einzelzimmer mit drei warmen Mahlzeiten und individueller 24-Stunden-Betreuung. Nönn und Fratelli verzichteten darauf, die Reste ihrer Koffer nebst zerstörter Lautsprecheranlage mitzunehmen. Wir verabschiedeten uns und versprachen Pfarrer Lapa, demnächst wiederzukommen. Ich schüttelte auch Herrn Lemens die Hand.

»Kennen Sie eigentlich Ihren Kollegen Mark Tannenzapf vom Speyerer Dom?« Lemens lachte. »Klar, ab und zu sehen wir uns bei einer Fortbildung. Erst gestern war er mit weiteren Mitgliedern der Dommusik hier bei mir zu Besuch.«

Es war kurz vor Mitternacht, als wir zu viert zu unseren Autos gingen. Wie aus heiterem Himmel fing Wolf völlig unchristlich an zu fluchen.

»Verdammter Mist, daran habe ich überhaupt nicht gedacht.«

»Was ist los?«, fragten wir im Chor und stellten uns auf ein größeres Problem ein.

»Meine Tasche ist zerstört«, stellte der Kanzleidirektor fest.

»Aha«, sagte ich sarkastisch. »Das ist ja eine ganz neue Situation.«

Er wirkte verärgert. »Ich meine doch etwas anderes. In der Tasche war mein WLAN-Sicherheits-Adapter. Ohne den komme ich nicht in meinen Wagen.«

Trotz des gerade erlebten Schocks mit der Explosion fingen die beiden Verlagsmitarbeiter zu lachen an. Ja, sie schüttelten sich regelrecht vor Lachen.

Kleinlaut fragte Wolf: »Herr Nönn, wären Sie so freundlich, uns mitzunehmen? Ich lasse mich morgen von einem Mitarbeiter wieder herfahren, um meinen Wagen abzuholen.«

»Na, dann will ich mal nicht so sein«, antwortete der Chefredakteur. »Haben Sie nicht irgendwann einmal gesagt, dass Sie um nichts in der Welt in meinen Wagen steigen würden?«

»Das war doch nur so dahingesagt«, murmelte Wolf beschwichtigend.

Kurz darauf wusste ich, was ihn zu diesem Spruch veranlasst hatte. Nönns Auto war ein ziemlich schrottreif wirkender Renault R4 mit der berüchtigten Revolverschaltung.

Nönn schloss auf, modernen Schnickschnack wie Zentralverriegelung gab es nicht, und sagte mit einem tiefen Bückling: »Bitte einzutreten, die Herrschaften.«

In diesem Moment passierte es: Ein Handy klingelte.

12 NACHWUCHSSORGEN

Im ersten Moment war mir gar nicht bewusst, dass es ein Telefon war. Zuerst hörten wir nur Glockengeläut, doch als Brian Johnson von AC/DC mit Hells Bells loslegte, wurde mir klar, dass es sich um mein Handy handeln musste. Den Klingelton hatte mir kürzlich meine Tochter Melanie installiert, nachdem ich ihr meine alte AC/DC-Plattensammlung gezeigt hatte, die sie mit ›langweilig‹ kommentierte.

Aufgeregt fummelte ich an dem Gerät herum, bis ich endlich die grüne Telefontaste gedrückt hatte. Zeitgleich stieg mein Puls ins Gigantische.

»Palzki«, meldete ich mich. »Bist du es Stefanie?«

Ein langgezogenes und tiefes Stöhnen war die Antwort, dann kam die gedrückte Antwort: »Ja, ich bin's. Wer sollte dich um diese Zeit sonst auf dem Mobiltelefon anrufen?«

»Geht's dir gut?«, fragte ich, obwohl ich die Antwort bereits kannte.

»Bist du auf dem Heimweg? Ich habe bereits den ganzen Abend Wehen, es wird immer schlimmer.«

Ich zitterte wie vorhin dieser verrückte Friedrich. Fast wäre mir das Telefon aus den Händen gefallen.

»Stefanie, ich komme auf dem schnellsten Weg heim, wie versprochen. Es dauert aber ein bisschen. Soll ich einen Krankenwagen rufen?«

Meine drei zuhörenden Begleiter starrten mich entgeistert an.

»Das könnte ich selbst machen. So weit ist es – oh –«.

Ich vernahm ein verkrampftes Stöhnen. »Ist wirklich alles in Ordnung?«

»Bitte beeile dich«, hörte ich noch und dann war die Leitung tot.

Ich reagierte unmittelbar. »Herr Nönn, bei meiner Frau

haben die Wehen eingesetzt. Würden Sie mich bitte direkt daheim absetzen?«

Fratelli und Wolf hatten die Situation längst erkannt und saßen bereits im Fond des R4. Nönn gab ordentlich Gas, glücklicherweise waren um diese Zeit die A 6 und die A 61 fast autoleer. Nichts tun zu können, das war eine schlimme Erfahrung. Was, wenn es unser Nachwuchs eilig hätte? Melanie und Paul als Geburtshelfer, das konnte nicht gut gehen. Ich zog mein Handy aus der Tasche und rief meine Kollegin Jutta Wagner an. Zunächst war sie über meinen späten Anruf wenig begeistert. Nachdem ich ihr von unserer Notlage erzählt hatte, versprach sie mir, sofort zu meiner Frau zu fahren und parallel einen Krankenwagen anzufordern, sicher sei sicher. Meinem Pulsschlag und meiner Aufgeregtheit nutzte das nur geringfügig. Hinzu kam, dass es Nönn zu gut meinte. Er quälte seinen R4 bis an die Grenzen von dessen physikalischer Belastbarkeit, vermutlich ein gutes Stück darüber hinaus. Ich rechnete jeden Moment damit, dass sich die Kotflügel und die Motorhaube selbstständig machten und davonflogen. Fratelli und Wolf im Fond stierten mit versteinerter Miene nach vorne. Sie fühlten sich bestimmt wie ein schutzlos ausgeliefertes Reserverad bei der Rallye Paris-Dakar. Wenn es heute Nacht auf dieser Strecke irgendwo eine Radarkontrolle geben sollte, würde ich größte Schwierigkeiten haben, diese Angelegenheit einigermaßen kostenneutral wieder aus der Welt zu schaffen. Ich befürchtete, dass unsere momentane Geschwindigkeit aus Unwahrscheinlichkeitsgründen im Bußgeldkatalog nicht enthalten sein würde. Ein todesmutiger Blick auf den Tacho brachte mich in die Realität zurück: Nönn fuhr gerade mal 160 Sachen. Anhand des Fahrgeräusches im Innenraum konnte man allerdings der Meinung sein, er würde die Schallmauer durchbrechen.

Dennoch zog sich die Strecke fürchterlich lange hin. Minütlich blickte ich auf die Uhr, sollte ich bei Stefanie anrufen?

162

Was, wenn sie nicht drangen? Andersrum gefragt, könnte ich an der Situation etwas ändern, wenn sie ans Telefon ging?

Ab der Abfahrt Schifferstadt lotste ich den Chefredakteur und war dabei so aufgeregt, dass ich zweimal rechts beziehungsweise links nur mit sehr viel Mühe auseinanderhalten konnte. Fünf Kilometer später kamen wir bei mir zuhause an. Ein Krankenwagen stand auf meinem Stellplatz vor der Garage, daneben parkte Juttas Dienstwagen. Kurz und hektisch verabschiedete ich mich von meinen drei Mitfahrern und rannte auf das Haus zu. Wenn mir meine Nachbarin über den Weg gelaufen wäre, hätte ich sie über den Haufen geschossen, wenn ich eine Waffe dabei gehabt hätte.

Stefanie lag auf der Couch, eine Sanitäterin maß ihr gerade den Blutdruck, ein weiterer Sanitäter unterhielt sich mit Jutta.

»Alles in Ordnung?«, schrie ich viel zu laut, als ich ins Wohnzimmer stürzte.

Die Anwesenden schauten mich überrascht an.

»Wie siehst du denn aus?«, fragte Jutta spontan. Sie hatte recht, ich sah erbärmlich aus. Ich war total verschwitzt, und ein Grauschleier überzog meine Kleidung und mein Gesicht. Die Explosion hatte auch Auswirkungen auf mein Äußeres gehabt.

Ich verzichtete darauf, meiner Kollegin zu antworten. Ich bückte mich zu Stefanie, die mir im Moment am wichtigsten war. Sie lächelte gequält.

»Es ist bald soweit, Reiner. Bis jetzt ist alles im grünen Bereich. Sei bitte nicht so laut, damit Melanie nicht wach wird.«

Auch wenn es im Moment nebensächlich war, der letzte Satz Stefanies forderte eine Rückfrage heraus.

»Und was ist mit Paul? Der ist doch hoffentlich nicht drüben bei Ackermanns?«

»Ach was. Der übernachtet bei einem Freund. Das haben

wir dir aber heute Morgen gesagt. Hast du mal wieder nicht richtig zugehört?«

Ich war mir sicher, von der Sache gerade das erste Mal gehört zu haben. Ich verzichtete auf Gegenrede, schwangere Frauen waren ja bekannterweise manchmal grundlos schwierig in der Handhabung.

Die Sanitäterin sprach mich an. »Ich gehe aufgrund der Situation davon aus, dass Sie der Ehepartner von Frau Palzki sind. Ihrer Frau geht es den Umständen entsprechend gut, der Blutdruck ist im Normbereich. Da die Wehen sehr unregelmäßig kommen und wir keine mobilen Möglichkeiten für gynäkologische Untersuchungen haben, fahren wir Ihre Frau ins Krankenhaus.«

Das hatte ich bereits vermutet. »Da fahre ich selbstverständlich mit. Ich lege unserer Tochter einen Zettel auf den Tisch, damit sie Bescheid weiß. Sie ist ja für ihr Alter recht selbstständig. Soll ich dir ein paar Sachen packen, Stefanie?«

»*Du*?« Nur dieses eine Wort erhielt ich zur Antwort. Am Tonfall war deutlich herauszuhören, dass sie mir solch eine Tätigkeit nie und nimmer zutrauen würde.

Sie deutete auf eine Tasche, die seit Wochen neben dem Wohnzimmerschrank stand und für deren Inhalt ich mich bisher nicht interessiert hatte. Man muss in seiner eigenen Wohnung nicht alles kennen. Schließlich gab es auch in der Küche bestimmt die eine oder andere Schublade, die ich noch nie geöffnet hatte.

»Mein lieber Reiner«, sagte die beste aller allerbesten Ehefrauen. »Im Vergleich zu euch Männern können wir Frauen vorausschauend denken. Die Schwangerschaft ist ja nicht so ganz plötzlich entstanden.« Sie machte eine kurze Pause, weil sie über ihren eigenen Satz stolperte. »Äh, also ich meine natürlich, dass sich die Schwangerschaft nicht von heute auf morgen entwickelt hat, du weißt, was ich meine. Dass irgendwann mal die Wehen einsetzen würden, war klar. Außerdem habe ich genügend Erfahrungswerte durch Paul und Melanie.«

»Ja, und jetzt?« Ich verstand kein Wort. »Was soll mir das jetzt sagen?«

Ich musste mich mit einer Antwort gedulden. Eine Wehe, wenn auch eine kurze, setzte meine Frau außer Gefecht. Als Mann konnte man in diesen Situationen nicht viel mehr tun, als mit betroffenem Blick danebenzustehen und die Klappe zu halten. Egal, was man sagte, es wurde falsch ausgelegt. Das waren meine Erfahrungswerte nach fast drei vollendeten Schwangerschaften.

»Die Tasche«, sagte Stefanie endlich. »Ich habe bereits vor Wochen alles für die Klinik gepackt.«

Ohne Worte schnappte ich mir die bleischwere Tasche, die man korrekterweise eher Schrankkoffer nennen musste.

»Willst du bis zur Einschulung unseres Jungen im Krankenhaus bleiben?«, fragte ich erschrocken und wusste zugleich, dass ich besser meine Klappe gehalten hätte.

Erfreulicherweise mischte sich die Sanitäterin ein. »Da Ihre Fruchtblase noch geschlossen ist, müssen wir Sie nicht liegend transportieren. Darf ich Ihnen beim Aufstehen helfen?«

Das hätte ich mal meine Frau fragen sollen. Aber diese höchstens 20 Jahre alte Sanitäterin, die durfte. Ich suchte einen Zettel und kritzelte für Melanie ein paar Worte drauf. Unter Strafandrohung verbot ich ihr, Ackermanns zu besuchen oder ihnen von der bevorstehenden Geburt zu erzählen. Die würden es fertigbringen und Stefanie im Krankenhaus besuchen.

Während wir uns alle ausgehfertig machten, bedankte ich mich bei Jutta und kündigte ihr an, dass ich heute früh, es war schließlich ein gutes Stück nach Mitternacht, im Büro alles erzählen würde.

»Untersteh dich und lass deine Frau alleine«, drohte sie

mit erhobenem Zeigefinger. »Wir kommen ganz gut ohne dich zurecht. Und wie du immer rumläufst.«

»Genau darum geht es, Jutta. In Otterberg sind wir knapp einem weiteren Anschlag entgangen. Da kann ich jetzt keinen Urlaub nehmen.«

»Oh doch, Reiner. Deinen Job wird Gerhard übernehmen. Wenn es dumm läuft, interveniert sogar KPD, dann wird wahrscheinlich das ganze Bistum restrukturiert.«

Auch in diesem Fall war es im Moment besser, die Klappe zu halten. Kurz darauf saß ich im Krankenwagen, und wir fuhren auf Wunsch meiner Frau nach Ludwigshafen ins Krankenhaus. Das Speyerer Diakonissenkrankenhaus wäre zwar einen Tick näher gewesen, aber Paul und Melanie waren in Ludwigshafen zur Welt gekommen, die Serie sollte nicht unterbrochen werden.

Im Kreißsaal war es angenehm ruhig. Sofort kam eine Schwester und geleitete uns in einen Untersuchungsraum. Da Stefanie sich vor Wochen angemeldet und ihre Daten hinterlegt hatte, ging alles recht schnell.

»So, jetzt werden wir ein CTG machen, um die Herztöne und die Wehen aufzuzeichnen«, sagte die freundliche Schwester. »Aber vorher machen wir einen Ultraschall.«

Stefanie grinste mich hämisch an. »Würdest du bitte so lange draußen warten, Liebster?«

Die Schwester entgegnete: »Ihr Mann kann ruhig dabeibleiben, er stört nicht.«

»Es geht um was anderes. Mein Mann kennt das Geschlecht unseres Nachwuchses nicht, er will sich überraschen lassen.«

»Ach, wenn das so ist«, entgegnete die Schwester und blickte in den Schwangerschaftspass.

Was sollte ich machen? Mit meiner Frau streiten? Das dürfte im Moment sinnlos sein. Ich beschloss, die Klappe zu halten. Lange würde das Geschlecht sowieso kein Geheimnis mehr für mich sein.

Ich machte mich auf den Weg, den Raum zu verlassen. Die letzten Worte der Schwester ließen mich aufschrecken.

»Dr. Metzger wird bald zu Ihnen kommen, Frau Palzki. Er ist im Moment im OP beschäftigt.«

Das musste ein Traum sein, anders war es unvorstellbar. Dr. Metzger hatte mir zwar unlängst angekündigt, auch in der Frauenheilkunde einsteigen zu wollen, aber hier in einer offiziellen und seriösen Klinik, noch dazu in der rechtschaffenen Pfalz? Stefanie hatte sich desgleichen erschrocken, was eine größere Wehe lostrat. Ich setzte mich neben Stefanie auf einen kleinen Holzstuhl, und sie krallte sich mit beiden Händen an meinem Unterarm fest. Bedingt durch ihre Fingernägel herrschte zwischen uns wahrscheinlich Schmerzparität. Auch diese Wehe war nicht von langer Dauer. Ich fasste mir ein Herz und fragte die Schwester: »Kann meine Frau einen anderen Arzt haben?«

»Warum?«, fragte diese irritiert. »Dr. Metzger ist ganz neu bei uns und sehr freundlich. Wir kommen alle mit ihm super zurecht, und es gab auch bei den Patienten noch nie eine Beschwerde.«

Das war mir klar. Seit der Gesundheitsreform wollten alle Krankenkassen Geld sparen. Dr. Metzger hatte dies erkannt und warb seitdem erfolgreich mit seinem Renommee als Billigarzt. Seine OP-Rabattkarte, die überdies vererbbar war, war der Renner. Nein, solch einen Arzt, wenn man bei Dr. Metzger überhaupt von Arzt sprechen durfte, wollte ich nicht an meine Frau lassen.

»Steh auf, Stefanie. Ich ruf ein Taxi. Wir fahren nach Speyer ins Krankenhaus. Auf Dr. Metzgers Bananen bin ich nicht scharf.«

Stefanie schien auf mich zu hören, auch ihr war die Sache nicht geheuer. Nur die Schwester war fassungslos.

»Was reden Sie da von Bananen? Dr. Metzger hasst Obst. Er ernährt sich fast ausschließlich von Bifi und Corned Beef.«

Jetzt war ich an der Reihe, überrascht zu sein. »Heißt das, dass Dr. Metzger gar nicht Dr. Metzger ist?« Schnell ergänzte ich zur besseren Verständlichkeit: »Ist sein Vorname nicht Matthias?«

»Dr. Metzger? Nein, er heißt Michael. Ist das so wichtig?«

Zwei tonnenschwere Steine, bildlich gesprochen, fielen zu Boden.

Stefanie entschuldigte sich bei der Schwester. »Verzeihung, da lag eine Verwechslung vor.«

Sie schaute mich an. »Gehst du jetzt bitte raus? Sonst ist er schneller auf der Welt, als mir lieb ist.«

»Er?« Ich hatte es sofort erfasst. Ein Junge, ich hatte es gewusst.

Stefanie schüttelte den Kopf. »Mit ›er‹ habe ich unseren Nachwuchs gemeint. Gehe solange runter ins Café. Da gibt's bestimmt einen Automaten.«

Ich machte mich auf den Weg. Es begegneten mir nur wenige Personen, die mich alle befremdet anstarrten. Manche rümpften die Nase und machten einen großen Bogen um mich. Im Aufzug, der an einer Seite komplett verspiegelt war, konnte ich mich in Lebensgröße bewundern. Ich stellte fest, dass ich mich sofort vorläufig festnehmen würde, wenn ich mir selbst über den Weg liefe. Ich sah schlichtweg verboten aus. Übermüdet, verschwitzt, unordentlich frisiert, verdreckt von oben bis unten schlurfte ich in Richtung Café, das um diese Zeit natürlich geschlossen hatte. Es war lange her, dass ich eine Nacht ohne Schlaf ausgekommen war. Die wilden Partys der Jugend- und frühen Erwachsenenzeit waren längst vorbei. Ich gähnte hemmungslos wie ein Nilpferd und stieß dabei so intensiv auf, dass mir von mir selbst schlecht wurde. Ich zog mir an einem Automaten eine Tasse Kaffee und war sehr darüber überrascht, wie einfach das funktionierte. Kein Vergleich zu unserem hypermodernen Gerät in der Dienststelle, das neben 148 Kaffeesorten auf Wunsch sogar die Aktienkurse oder Youtube-Videos anzeigte. Nachdem ich den Kaffee hastig getrunken hatte, plünderte ich den danebenstehenden Keksriegelautomaten mit sämtlichem Kleingeld, das ich dabei hatte. Das Sodbrennen, das ich mir damit einhandelte, war mit Sicherheit schmerzhafter als die Wehen, die Stefanie aushalten musste. Dummerweise hatte ich nun kein Kleingeld mehr, um mit einem weiteren Getränk meinen durch die Süßigkeiten bedingten Durst zu löschen. Das Sodbrennen war nicht von schlechten Eltern. Warum tat sich mein Freund Jacques Bosco, der meiner Meinung nach größte Erfinder der Welt, so schwer, ein geeignetes Mittel gegen Sodbrennen zu erfinden? Alles hatte er erreicht, nur bei solch einer trivialen Sache hatte er bisher versagt. In meiner Not suchte ich eine Toilette auf und hielt meinen Mund unter den Wasserhahn. Blöderweise waren es diese kleinen Wasserhähne, die zwischen Auslass und Becken nur knapp zehn Zentimeter Abstand haben. Zum Glück wurde ich nicht beobachtet. Es gibt Dinge im Leben, die behält man besser für sich. Niemand sollte sie je erfahren.

Mein Leiden wurde nur unwesentlich verbessert. Der Durst war fürs Erste gelöscht. Die Speiseröhre dagegen brannte so heftig, dass ich Angst hatte, dass die Rauchmelder anspringen würden, wenn ich zu fest ausatmete.

Wie aus dem Nichts standen plötzlich zwei Security-Leute vor mir und gaben mir unmissverständlich zu verstehen, dass ich in diesem Gebäude fehl am Platz wäre. Als psychologisch geschulter Beamter für besonders heikle Situationen, ich kann es nicht oft genug erwähnen, schaltete ich sofort auf Deeskalation. Bevor die beiden ihr Repertoire an Motivationshilfen wie Schlagstock und ähnlichem einsetzten, zückte ich meinen Dienstausweis.

»Guten Abend, beziehungsweise guten Morgen, meine Herren.«

Die beiden schauten auf meinen Ausweis und konnten mich anhand des Lichtbildes anscheinend erkennen.

»Hat Ihnen niemand von der geheimen Aktion heute Nacht erzählt? Wo waren Sie vorhin bei der Sonderbesprechung? Waren Sie wieder heimlich eine rauchen oder was?«

Da ich einen extrem zackigen und autoritären Tonfall gewählt hatte, standen die beiden stramm.

»Unser Boss hat uns nichts gesagt, als wir mit der Schicht begonnen haben«, meinte der kleinere der beiden, der dennoch bestimmt 1,90 Meter maß.

»Unglaublich«, sagte ich vorwurfsvoll. »Da planen wir eine konzertierte Aktion mit allen Beteiligten, und Sie wissen von nichts.«

Ich musste noch etwas mehr Pepp in die Sache reinbringen, außerdem hatte ich noch keine vernünftige Idee, um diese zwei zu beschäftigen.

»Können Sie sich überhaupt ausweisen? Es war eigentlich ausgemacht, dass wir alle in Zivil erscheinen. Warum tragen Sie Uniform?«

Mit dieser Finte hatte ich gleichzeitig meine Zivilkleidung erklärt. Sie zückten ihre Ausweise, und ich tat so, als würde ich mich dafür interessieren.

»Da haben Sie Glück gehabt, dass Sie bei mir gelandet sind und nicht bei Dr. Diefenbach. Der hätte Sie zur Sau gemacht.«

So langsam fing mir das Theater an, Spaß zu machen. Eine Idee hatte ich nun auch.

»Wie Sie wissen sollten, wollen wir heute die Diebesbande schnappen, die seit Wochen das Klopapier im ganzen Krankenhaus klaut.«

»Das Klopapier?«, fragten beide gleichzeitig und ungläubig.

Ups, hoffentlich hatte ich den Bogen jetzt nicht überspannt.

»Ja, was glauben Sie denn? Es gibt in dieser Klinik 18 öffentliche Toiletten und 148 in den Zimmern. Rechnen Sie sich mal aus, wenn jeden Tag auf jeder Toilette fünf Rollen geklaut werden. Das sind ganze Lastwagenladungen voll. Das schädigt nicht nur das Krankenhaus, sondern die ganze Volkswirtschaft. Wir haben seit Tagen eine Schleuserbande in Verdacht. Heute wollen wir sie schnappen.«

Ich ließ den beiden nur zwei Sekunden Verschnaufpause, sie durften nicht länger über die hanebüchene Story nachdenken.

»Sie sehen da vorne die Toilette neben dem Café. Diese wird für die nächsten fünf Stunden ihr Zielobjekt sein. Sie schließen sich jetzt in einer Kabine ein und warten ab. Jeder Toilettengang muss genau protokolliert werden. Haben Sie das verstanden?«

Sie nickten. »Und was ist, wenn uns unser Chef sucht?«

»Kein Problem«, antwortete ich. »Dem sage ich Bescheid. Ich muss ihm sowieso die Leviten lesen. Wie kann man vergessen, seine Mitarbeiter zu informieren!«

Jetzt schmunzelten sie. »Ja, sagen Sie unserem Chef knallhart die Meinung. Immer behauptet er von uns, wir wären so dumm wie ein Stück Schwarzbrot.«

»So etwas behauptet er von Ihnen? Das ist ja unglaublich. Ich verspreche Ihnen, die Sache richtigzustellen. Jetzt machen Sie sich aber bitte schleunigst auf den Weg zu Ihrem Einsatzort.«

So einfach war es, zwei Menschen glücklich zu machen, in dem man sie aufs Klo schickte.

Durch die geistige Anspannung der letzten Minuten übermannte mich wieder die Müdigkeit. Vielleicht konnte ich bei Stefanie ein bisschen dösen, solange es noch möglich war. Ich fuhr mit dem Aufzug nach oben in den Kreißsaal.

Meine Frau lag auf einer Liege und hing am CTG. Laute pulsartige Geräusche kamen aus einem Lautsprecher.

»Alles in Ordnung?«

Sie nickte. »Die Wehen werden wieder weniger. Dr. Metzger hat mich untersucht. Er ist wirklich sehr nett und in keinster Weise mit dem Bananenmetzger zu vergleichen. Er sagte, dass mein Muttermund erst sehr wenig geöffnet ist. Die Geburt wird voraussichtlich noch ein paar Tage dauern, wenn die Wehen nicht häufiger kommen. Das wären bisher nur ein paar Tests von ihm gewesen. – Von unserem Nachwuchs«, ergänzte sie schnell. »Die Schwester hat vor ein paar Minuten gemeint, ich könnte heute früh wieder heim, wenn die Wehen ganz aufhören würden.«

Ich schöpfte Hoffnung. Wenn unser Junge sich noch ein paar wenige Tage gedulden würde, könnte ich mit Sicherheit den Fall im Speyerer Bistum klären.

Die nächsten Stunden zogen sich wie Kaugummi. Das CTG tickerte vor sich hin, mal leiser, mal lauter, mal schneller und manchmal überhaupt nicht. Die Schwester hatte mich bei den ersten Aussetzern, bei denen ich sofort in Panik geriet, beruhigen können. Je nachdem, wie sich das Ungeborene bewegte, waren dessen Herztöne mal besser und mal schlechter zu hören.

Stefanie hatte es gut, sie konnte bequem auf einer Liege ruhen. Nur noch selten wurde sie durch Wehen gestört. Ich dagegen saß auf einem unbequemen Holzstuhl ohne Polsterung. Der Minutenzeiger auf der Wanduhr schien festzukleben, die Zeit stehen zu bleiben. Meine Augenlider strebten mit Gewalt dem Erdmittelpunkt entgegen. Ich hätte auf der Stelle, beziehungsweise im Sitzen, einschlafen können. Alles wäre so gut gewesen, wenn, ja wenn Stefanie kein Babbelwasser gehabt hätte. Als Babbelwasser verstanden wir Pfälzer die reine Lust am Reden, etwa so wie eine temporäre Frau Ackermann. Stefanie zählte mir alles auf, was sie uns im Kühlschrank und in der Gefriertruhe deponiert hatte für die Zeit ihres Klinikaufenthalts. Ich konnte keinem einzigen

172

Satz inhaltlich folgen. Nur mit sprachähnlichen Lauten wie ›hm‹, ›ähm‹ und ähnlichem kam ich die nächsten drei Stunden in dem kleinen Raum mit dem brutalen Neonlicht über die Runden. Stefanie schien nichts davon zu bemerken. In viertelstündlichem Abstand, der mir jedes Mal wie Tage vorkam, schaute die Schwester vorbei. Irgendwann schaltete sie das CTG ab und sagte zu meiner Frau: »Gegen 17 Uhr wird Dr. Metzger noch mal vorbeischauen. Wenn dann alles in Ordnung ist, können Sie wieder nach Hause.«

Nach meiner persönlichen Zeitrechnung waren mindestens zwei bis drei Jahre vergangen, als Dr. Metzger kam, meine Frau und die Schwester befragte, den mehrere Meter langen Streifen mit den vielen Kurven besah, die das CTG protokolliert hatte, und uns nach höchstens drei Minuten Untersuchungszeit entließ.

Erst vor dem Krankenhaus fiel mir ein, dass wir keinen eigenen Wagen dabeihatten. Das war nun wirklich blöd. Stefanie warf mir vor, dass ich genügend Zeit gehabt hätte, um eine Fahrgelegenheit zu organisieren. Sie drängte darauf, ein Taxi zu rufen. Als kostenbewusster Mensch, solange es nicht um die Nahrungsaufnahme ging, hatte ich eine bessere Idee. Ich rief Jutta an.

Ja, sie war etwas sauer, wahrscheinlich stinksauer. Doch ich hatte einen Plan. Ich nutzte die evolutionsbedingte Neugier aller Frauen und versprach ihr exklusive Vorabinformationen. Damit konnte man so gut wie jede Frau aus der Reserve locken.

13 LEHRER SIND AUCH NUR OPFER

Eine knappe halbe Stunde später fuhr meine Kollegin vor. Als Kavalier der Straße überließ ich Stefanie selbstverständlich den Beifahrersitz. Gleich nach der Begrüßung ging es los. Jutta wollte haargenau wissen, was ich in den letzten beiden Tagen in Speyer und Otterberg erlebt hatte. Ich tat ihr den Gefallen und rückte in dem Zusammenhang meine eigene Person etwas positiver ins Bild. Schließlich war ich der ermittelnde Beamte. Da Jutta fuhr, konnte sie sich keine Notizen machen. Erst als wir daheim ankamen, sah ich, dass sie unser Gespräch mit einem kleinen Diktiergerät aufgezeichnet hatte.

»Aber nicht, dass das morgen in der Zeitung steht!«

Jutta gab mir ironisch zu verstehen, dass nur der Student Becker und KPD Kopien erhalten würden.

Ich verabschiedete mich mit einem ›bis nachher‹, was Jutta nur ein Lachen abrang.

Der Fall kratzte an meinem Selbstwertgefühl. Trotz unendlicher Müdigkeit musste ich zum Dienst. Die Sache im Bistum war mir zu wichtig geworden. Aus Erfahrung wusste ich, dass hinter dem Ganzen eine riesige Schweinerei stecken musste, von der ich bisher nur die Spitze eines Eisbergs entdeckt hatte. Ich hoffte, dass sich unser Junge noch zwei oder drei Tage gedulden konnte.

Stefanie, die seit über zwei Stunden wehenfrei war, zog sich sogleich ins Schlafzimmer zurück. Ich selbst schaffte diese Wegstrecke nicht mehr. Im Wohnzimmer sah ich noch die Couch, und in der gleichen Sekunde war es um mich geschehen.

»Hilfe!«

Ein Schrei ließ mich hochschrecken. Melanie stand blass in der Wohnzimmertür.

»Mensch, Papa, musst du mich so erschrecken? Ich dachte, da wäre ein Einbrecher! Was machst du überhaupt auf der Couch?«

Sie kam einen Meter näher. »Bäh, du stinkst ja fürchterlich. Und wie du aussiehst! Hat Mama dich rausgeworfen, und du hast im Blumenbeet schlafen müssen?«

»Nicht frech werden, Kleine«, konterte ich und schaute auf die Uhr. Kurz nach sieben in der Früh.

»Warum bist du so zeitig auf?«, fragte ich. »In den Ferien stehst du nie vor 11 Uhr freiwillig auf.«

»Ich will nur in der Küche einen Schluck Cola trinken, Papa. Willst du auch was?«

»Wo hast du die Cola vor deiner Mutter versteckt?« Manchmal konnte man von seinen eigenen Kindern etwas lernen.

»Hinter den Kartons mit den Eiern«, verriet sie mir.

Mit mittelmäßigen Schwindelgefühlen stand ich auf, was bereits nach dem dritten Versuch klappte. Ich schwankte in die Küche. Melanie füllte zwei Gläser Cola. »Dafür krieg ich aber 'ne neue Flasche, wenn du mir ständig alles wegtrinkst.«

Geschäftstüchtig war sie, meine Tochter. Regelmäßig kam sie mit neuen Argumenten zwecks Erhöhung ihres Taschengeldes. Wenn ich jedes Mal nachgegeben hätte, würde es inzwischen mein Nettogehalt deutlich übersteigen. Cola war anscheinend teuer.

Das schwarze Getränk half nicht. Melanie rümpfte die Nase und hielt Abstand zu mir.

»Ja, ja, ich gehe gleich unter die Dusche. Ich bin nur so schmutzig, weil ich in deinem Zimmer etwas gesucht habe.« Das war genug Retourkutsche.

Kurz darauf schlurfte sie wieder in Richtung Bett und wünschte mir eine gute Nacht. Schlafen würde mir sicherlich gut tun, aber in einer Stunde wollte ich in der Inspektion sein. Ich wählte unter der Dusche das selbst erfundene Märtyrer-Programm ›Kneipp-Dusche-Extrem‹. Es half nicht. Ich stank zwar nicht mehr und hatte frische Kleider an, meine Müdigkeit war nichtsdestoweniger immer noch überirdisch. Wegen fehlender Alternativen aß ich zwei Bio-Bananen, einen bestimmt hochgesunden Biojoghurt mit undefinierbaren Brocken aus irgendeinem Öko-Anbau und gaumenverklebendes Vollkornbrot. Selbstverständlich mit mehreren Bio-Logos.

Verschärfend kam hinzu, dass ich zur Dienststelle laufen musste, da mein Wagen in Speyer oder sonst wo parkte.

»Mensch, Reiner, du siehst aber mal verboten aus!« Das waren die Begrüßungsworte meines Kollegen Gerhard, als ich in Juttas Büro trat, das sich als Treffpunkt mittlerweile etabliert hatte.

»Sorry, ich habe irgendwas im Bad mit der Dusche verwechselt«, konterte ich und war erstaunt über meine Schlagfertigkeit. Wahrscheinlich geschah es im Affekt.

Während Jutta und Jürgen mich ebenfalls mitleidsvoll begrüßten, schob mir Kollege Gerhard eine gefüllte Tasse hin. Ich wusste, dass es nur ›Sekundentod‹ sein konnte. Und im gleichen Moment hatte ich einen Gedankenblitz.

»Jürgen, kannst du später mal recherchieren, ob es Kaffee gibt, der besonders wertvoll ist und sich daher der Schmuggel damit lohnt?«

Nachdem meine Kollegen belämmert aus der Wäsche geschaut hatten, meinte Jutta: »Reiner, geh besser wieder heim. Wir haben alles im Griff. Anhand der Aufzeichnung können wir die weiteren Schritte alleine festlegen.«

»Nichts könnt ihr«, fuhr ich ihr über den Mund. »Ich meine keinen gewöhnlichen Kaffee. Eher eine Luxusversion.«

Gerhard reagierte ablehnend. »So was gibt es nicht. Kaffeebohnen kannst du überall in beliebiger Menge kaufen.«

Damit wollte ich mich nicht zufriedengeben. »Vielleicht

gibt es eine ganz bestimmte Sorte, die zum Beispiel aus dem nördlichen Osten von West-Papua-Neuguinea stammt, die ganz selten ist, einen eigenen Geschmack hat und für viel Geld gehandelt wird. Natürlich ohne den Kaffee zu versteuern.«

»Ich schaue gerne mal nach, Reiner. Bei Kaffee hab ich so etwas aber noch nie gehört«, sagte Jürgen.

Ich nickte. »Dann kannst du gleich mal nachschauen, was eine Sakristei ist und ein Domkapitel. Das muss irgendwie im Zusammenhang mit dem Dom stehen.«

»Ist das dein Ernst, Reiner?«, entfuhr es Jutta. »Kann es sein, dass dir ein paar Wochen Schlaf fehlen? Weißt du nicht, was eine Sakristei ist? Dass du nicht weißt, was das Domkapitel ist, versteh ich ja noch. Das ist die Bezeichnung für das leitende Gremium an katholischen Bischofskirchen.«

Ohne darauf einzugehen, fuhr ich fort. »Dann möchte ich, dass du alles über das Planarchiv des Bischöflichen Ordinariats herausfindest. Insbesondere über die Mitarbeiter. Und dann schau mal, was du über einen Manfred Wolfnauer in Erfahrung bringst.«

Ich öffnete mein Notizbuch und riss die Seite mit den Namen der Planarchiv-Mitarbeiter heraus.

In diesem Moment kam KPD zusammen mit dem Studenten Dietmar Becker durch die offen stehende Tür hereinspaziert.

»Guten Morgen, Mannschaft«, begrüßte uns unser Chef militärisch forsch. »Haben Sie gut geschlafen? Ich selbst habe eine fürchterliche Nacht hinter mir. Vielleicht war ja Vollmond. Wie mir Herr Becker berichtet hat, gab's gestern Probleme in Otterberg.«

Die beiden setzten sich zu uns an den Besprechungstisch. Becker war seit Kurzem so etwas wie der persönliche Draht von KPD zur Weltpresse. Jedenfalls dachte unser Chef in diesen Dimensionen.

»Die blöde Sache mit den Zisterziensern«, entgegnete ich

eher beiläufig. »Die Kollegen vor Ort haben die Ermittlungen aufgenommen. Da brauchen wir keine Kapazitäten aus Schifferstadt abzuziehen.«

KPD blickte mich an. »Sie sehen schlecht aus, Herr Palzki. Haben Sie Stress im Job? Wollen Sie mal eine Zeit lang Streife fahren oder in Speyer den Verkehr regeln, damit Sie sich erholen können? Mir liegt viel an der Gesundheit und Fitness meiner Untergebenen. Ich plane übrigens ab Sommer eine wöchentlich verpflichtende Sportstunde für alle Mitarbeiter unter meiner Leitung.«

»Mir geht es gut«, antwortete ich. »Mir machen ebenfalls diese Vollmondnächte zu schaffen. Alle vier Wochen der gleiche Mist.«

»Dann ist ja gut. Wer Burn-out bekommt, arbeitet nicht genug, sonst hätte er dafür keine Zeit.«

KPD wechselte das Thema. »Es gab in Otterberg eine Explosion? Herr Becker hat von dem dortigen Pfarrer erfahren, dass es der Täter offensichtlich auf die gleichen Personen abgesehen hatte, wie am Sonntag im Speyerer Dom. Stimmt das, Herr Palzki?«

Ich nickte. Jetzt half nur noch Ablenkung. »Was macht eigentlich Ihre Klimaanlage, Herr Diefenbach? Ist sie bereits in Betrieb? In den nächsten Tagen soll es ja richtig warm werden.«

Es klappte.

»Das läuft alles ein bisschen aus dem Ruder, Herr Palzki. Die gelieferte Technik macht Probleme. Im Testlauf kühlte sie nur auf zwölf Grad. Außerdem haben sich die Stromleitungen als zu schwach herausgestellt. In den nächsten Tagen werden deshalb neue Hauptleitungen im Gebäude gezogen. Leider geht der Hauptstrang durch Ihr Büro. Da Sie aber sowieso ständig im Außendienst sind und demnächst Urlaub haben, wird Sie der zusätzliche Dreck nicht stören. Sie haben Ihr Inventar bestimmt längst abgedeckt oder?«

Ich wollte gerade antworten, dass ich gerne übergangsweise für die nächsten paar Jahre auf Home-Office umsteigen würde, aber der Student hatte das Ablenkungsmanöver
durchschaut und kam zum eigentlichen Thema zurück.

»Was uns interessieren würde«, begann Becker und sprach
gleich in KPDs Namen mit, »ist mit dem Peregrinus Verlag
in Speyer alles in Ordnung? Ich hatte bei meinen Besuchen
nämlich den Eindruck, dass die Leute ein paar Leichen im
Keller haben. Irgendwie ist mir das alles suspekt.«

»Herr Becker, ich habe es überprüft: In dem Verlag war früher der Lehrertrakt einer Grundschule. Das Gebäude wurde
1832 erbaut und hat keinen Keller, folglich können dort keine
Leichen liegen. Auch die Statik des Gebäudes ist vollkommen ausreichend, ich habe es selbst überprüft.«

»Ja, aber das habe ich doch nur bildlich gemeint, Herr
Palzki. Ist Ihnen nicht aufgefallen, dass der Geschäftsführer
ein paar kleine Auffälligkeiten hat?«

»Sie meinen Herrn Fratelli? Nein, der ist genauso normal
wie ich. Das, was er gestern Abend zusammen mit dem Chefredakteur veranstaltet hat, war eine erstklassige Show.«

Ich schaute ihn an, als wolle ich ihn hypnotisieren. »Kann
es sein, dass Ihnen die Krimis zu Kopf gestiegen sind, Herr
Becker? Sie wittern Dinge, die es nicht gibt. Schreiben Sie von
mir aus weiter an Ihrer fiktiven Bistums-Geschichte, lassen
Sie aber von der Sache mit den Anschlägen auf Fratelli und
Nönn die Finger. Sie wissen, was ich meine?«

Der letzte Satz war eine hochdeutsche Variante von Ackermanns Sohn.

KPD hatte die ganze Zeit nur zugehört, was unüblich war.
Doch mit Ausnahme einer Wurst hatte alles ein Ende.

»Herr Palzki«, begann unser Chef. »Herr Becker war
Ihnen ja in der Vergangenheit bereits das eine oder andere
Mal sehr hilfreich –«

»Alles nur zufällig«, unterbrach ich ihn wütend.

»Nennen Sie es, wie Sie wollen. Der Zweck heiligt die Mittel. Ich denke, dass Herr Becker mit seiner offiziellen Tarnung als Krimiautor uns durchaus dienlich sein kann. Während Sie öffentlich ermitteln, kann Herr Becker das Umfeld erkunden. Warum soll er denn, wenn ich selbst am Schluss den Fall löse, nicht auch die Sache mit den Attentaten literarisch verwerten? Dann könnte man meine Person authentischer positionieren. Im Moment muss ich mich leider um meine Klimaanlage kümmern, aber gleich nach Ostern werde ich voll in den Fall einsteigen. Sie können dann beruhigt in Urlaub gehen, Herr Palzki. Es reicht, wenn Sie bis dahin das Geschehen im Rahmen Ihrer doch recht begrenzten Möglichkeiten sondieren.«

Klasse, dachte ich. Genauso, wie ich es eigentlich verhindern wollte. Jetzt hatte ich wieder diesen Studenten an der Backe. Mir kam eine Idee. Vielleicht könnte ich ihn, rein auf den Fall bezogen, mit dem Kanzleidirektor verkuppeln. Beide waren Hobbydetektive und ohne jegliche Ahnung von korrekter und effizienter Polizeiarbeit. Wenn ich die beiden mit trivialen Untersuchungen beschäftigen könnte, hätte ich freie Bahn und könnte den Fall in Rekordzeit lösen, ohne dass dieses Mal KPD die Lorbeeren kassierte.

»Einverstanden«, sagte ich, da ich sowieso keine Alternative hatte. »Aber, wir –«

Weiter kam ich nicht. Ein Schutzpolizist kam ins Büro gestürmt.

»Amokalarm in der Grundschule Nord. Alle Einsatzkräfte sind auf dem Weg.«

Jutta hatte den Fehler sofort erkannt. »Wieso Amokalarm? Es sind doch Ferien?«

Der Beamte zuckte mit den Schultern. »Mehr weiß ich auch nicht.«

KPD klatschte in die Hände. »Auf, meine Herren, solange Sie nicht tot sind, können Sie arbeiten. Und Frau Wagner natürlich auch. Regeln Sie diese Sache, damit wir wieder eine gute Presse bekommen. Herr Becker, wir gehen solange in mein Ersatzbüro, um die neue Lage zu besprechen.«

Widerwillig ging der Student mit ihm, lieber wäre er mit uns gefahren.

»Gerhard und Jürgen, ihr bleibt hier zur Koordination. Jutta, fährst du? Mein Wagen steht in Speyer.«

Jutta stand bereits im Türrahmen. »Wo du immer dein Zeug stehen lässt, tsts.«

Der Teil der Grundschule Nord, der früher die Hauptschule war und in dem sich jetzt die Säle der dritten und vierten Klassen befanden, war komplett mit Polizeiband abgesperrt. Die Beamten waren damit großzügig umgegangen. Recht wild hing es zwischen Türen, Fenstern, Bäumen und Hecken. Wahrscheinlich hatte alles sehr schnell gehen müssen. Wegen der Absperrung mussten wir einen kleinen Umweg gehen, um über die Elisabethenstraße zum Eingang des Pausenhofes zu gelangen. Auch hier sah es nach Polizeiabsperrbandorgie aus. Überall standen zahlreiche Schutzpolizisten, Bereitschaftspolizisten, Mitarbeiter des Roten Kreuzes, des THWs, Feuerwehr und einige andere. Warum waren wir so spät informiert worden, während alle anderen bereits hier waren? Zusammen mit Jutta ging ich zum in der Nähe stehenden Einsatzleiter der Feuerwehr und begrüßte ihn.

»Was können Sie uns über die Lage sagen?«

Der Einsatzleiter zeigte auf den Gebäudeteil, der in der Rehbachstraße stand und mit der Gymnastikhalle verbunden war. »Wir sind bisher so richtig noch nicht durchgestiegen. Da läuft alles ein bisschen durcheinander. Die Pädagogen im Lehrerzimmer sind vermutlich durchgedreht, als sie aus einem Fenster geschaut und das Polizeiband gesehen haben. Da muss also vor unserem Eintreffen etwas gewesen sein. Jedenfalls haben die Lehrer in ihrer Panik sämtliche Organisationen angerufen, deren sie habhaft werden konnten. Das hat das Chaos dann erst losgetreten. Fakt ist, dass wir nicht wissen, was los ist und wie viele Kriminelle sich in der Schule befinden. Außer den Lehrern meine ich, aber die haben sich verbarrikadiert.«

Das kam mir alles sehr verworren und seltsam vor.

»Warum sind überhaupt Lehrer in der Schule? Normalerweise verschwinden die am letzten Schultag unmittelbar nach der vierten Stunde in Richtung Autobahn.«

»Dieses Geheimnis haben wir inzwischen lösen können«, mischte sich ein leitender Beamter des Spezialeinsatzkommandos ein, der gerade hinzugekommen war. »Da es in der Vergangenheit so viele Beschwerden über die immense Freizeit der Lehrer gab, die sich angeblich in den Ferien auf den Unterricht vorbereiten, aber vom ersten bis zum letzten Tag in Urlaub fahren, hat der Schulleiter eine kleine Schikane eingebaut. Er hat für alle verpflichtend eine Lehrerkonferenz mitten in den Osterferien angesetzt. Wer nicht daran teilnimmt, wird mit doppelter Pausenaufsicht und Kaffeekochen für alle bestraft. Innerhalb des Kollegiums kommt das dem Teeren und Federn sehr nahe.«

Na endlich, dachte ich. Endlich mal jemand, der die Wahrheit erkannt hatte und einschritt. Doch das erklärte nicht die besondere Einsatzlage. Irgendjemand musste den Anfang gemacht haben. Ich überlegte und lief in Richtung Pfarrzentrum Sankt Jakobus, wo sich bereits zahlreiche Gaffer eingefunden hatten. Verwundert entdeckte ich meinen Sohn Paul, der mit einem Freund in erster Reihe stand. Gut, er war Frühaufsteher, aber wie hatte er von dieser Sache erfahren? Inzwischen hatte er mich ebenfalls bemerkt.

»Hallo, Papa, geile Sache, gell? Endlich kriegen die Lehrer mal ihr Fett ab.«

»Woher weißt du, dass da Lehrer drin sind?«, fragte ich scharf und schaute mich nach Jutta um, die erfreulicherweise mit dem Einsatzleiter des SEK in ein Gespräch vertieft war.

Paul druckste herum. »Die Tante von meinem Freund Michael ist Lehrerin. Sie sitzt auch im Lehrerzimmer und hat bestimmt eine Riesenangst.«

Mir dämmerte etwas. Etwas Böses. Ich zog Paul ein paar Schritte zur Seite.

»Warst du das mit dem Polizeiband?«

Er nickte sofort, ein Unrechtbewusstsein schien ihm unbekannt. »Hab ich alles richtig gemacht, Papa? Das ist das Band, das ich in Speyer organisiert habe.«

Meine Befürchtungen hatten sich bewahrheitet. Nun war Schadenbegrenzung angesagt. »Hast du von dem Band noch was übrig?«

Er schüttelte den Kopf. »Alles aufgebraucht, Papa, das hat voll lang gedauert. Ich will mit dem Michael nächste Woche das Rathaus absperren, weil du immer über die Leute vom Rathaus schimpfst. Kannst du mir eine neue Rolle aus deinem Büro mitbringen?«

Paul sah das alles als großes Spiel an. Zum Glück war er strafunmündig. Trotzdem, die Häme würde an mir hängen bleiben. Außerdem würde man behaupten, dass ich ihm das Band gegeben hätte.

»Paul«, ich sprach sehr eindringlich »das mit dem Band darf niemand erfahren, hast du verstanden?«

Eben noch euphorisch, nickte mein Sohn betrübt. »Schade, ich hätte darüber nach den Ferien gerne einen Aufsatz geschrieben. Unsere Lehrerin will ja jedes Mal wissen, was wir in den Ferien gemacht haben.«

»Nein, über diese Sache schreibst du auf keinen Fall einen Aufsatz. Schreib von mir aus über unseren Besuch im Dom am vergangenen Sonntag.«

»Auch gut«, meinte Paul. »Dann kann ich wenigstens schreiben, wo ich das Polizeiabsperrband organisiert habe.«

Auweh, die Geschichte würde mir in den nächsten Tagen einiges an väterlicher Autorität abnötigen. Im Moment hatte ich dazu keine Zeit. Ich musste die Welt retten – oder zumindest eine mittlere Ansammlung an verängstigten Grundschullehrern. Nachdem ich Paul eingeschworen hatte, den Pseudotatort zu verlassen und sich demnächst bei seiner Mutter einzufinden, ging ich zur Einsatzkräfteleitung, die sich in der Elisabethenstraße mehr oder weniger vollständig zusammengerauft hatte. Hinter einem Polizeitransporter hielten schwer bewaffnete Spezialeinsatzkräfte ihre letzte Besprechung ab.

»Alles unter Kontrolle«, meldete ich der Gruppe, in der sich die Leiter der Feuerwehr, des SEKs und weitere wichtige Personen befanden. Einige davon kannte ich.

»Ausgerechnet der Palzki spuckt mal wieder große Töne«, sprach mich ein mir namentlich unbekannter Schutzpolizist an. Ich prägte mir sein Aussehen ein, um ihn später mit einer fiesen Sache bei KPD anzuschwärzen.

»Während Sie debattieren und herumrätseln, habe ich längst das Geheimnis gelöst: Bei der ganzen Absperrung handelt es sich nur um einen Schlauen-Jungenstreich. Sehen Sie nur, wie dilettantisch abgesperrt wurde. Hat sich irgendeine Organisation, und wenn sie noch so geheim sein sollte, inzwischen dazu bekannt?«

»Herr Palzki«, sprach mich der Leiter des SEK an. »Ihr besonderer Ruf hat sich bis zu uns durchgesprochen.« Ich sah deutlich, wie er ein gehässiges Lachen unterdrückte. »Da Sie, wie wir inzwischen erfahren haben, von Herrn Diefenbach persönlich zu uns geschickt wurden, und Sie dummerweise formal zuständig sind, sage ich Ihnen, was unsere Debatte im Ergebnis gebracht hat: Wir vermuten auch, dass es sich um einen Dummen-Jungenstreich handelt. Trotzdem, wir sind nicht 100-prozentig sicher. Wegen des Restrisikos gehen jetzt unsere SEK-Beamten durchs Gebäude.«

Da ich über diesen unangebrachten Ton verärgert war, antwortete ich: »Was dieser Aufwand wieder unseren Steuerzahler kostet! Für nichts und wieder nichts. Und wenn es dumm läuft und irgendein Lehrer Held spielen will, läuft er Ihren SEK-Beamten über den Weg, und dann reagiert irgendeiner über. Nichts da, die Sache liegt im Zuständigkeitsgebiet der Schifferstadter Dienststelle. Daher gehe ich jetzt da rein, und zwar unbewaffnet. Basta.«

Ich ließ alle Anwesenden nebst Jutta verblüfft stehen, zerriss das Absperrband und ging gemächlichen Schrittes über den Schulhof zum Eingang des Gebäudes. Verschiedene Sachen wurden mir nachgerufen, die ich nicht verstand oder nicht verstehen wollte.

Im Gebäude angekommen, taten sich für mich zwei Alternativen auf. Ich konnte mich für eine Viertelstunde auf die Treppe setzen und danach an die Tür zum Lehrerzimmer klopfen, um die Versammelten zu befreien. Die zweite Möglichkeit war authentischer. Ich lief die Treppen hinauf und durch die Korridore. Hin und wieder ging ich in einen der Klassensäle, öffnete ein Fenster und winkte den Beamten, die nach wie vor in der Elisabethenstraße warteten, zu. Irgendwann erreichte ich Pauls Klassenzimmer. Im Nachhinein wusste ich nicht, warum ich gerade dieses ausgewählt hatte. Ich war nur froh darüber, es überhaupt betreten zu haben. Quer über der Tafel stand ›Paul ist unser Held‹. Die krakelige Schrift war zweifellos die meines Sohnes, darunter hingen in Form einer Girlande zwei Meter Absperrband. Leider musste ich die Bemühungen in der Verbesserung seines Ansehens bei den Klassenkameraden zunichte machen. Da der Klassensaal schwammlos war zog ich einen meiner Socken aus und befeuchtete ihn am Handwaschbecken. Irgendeine glaubwürdige Geschichte würde mir dazu später bei der Abschlussbesprechung schon einfallen. Nachdem die Tafel gereinigt und das Band entfernt war, ging ich mit meinem feuchten Socken, den ich in der Hand trug, in den benachbarten Saal, um wieder eine Winke-Aktion zu starten. Die unter der Tafel in einem Körbchen liegenden beiden Schwämme ignorierte ich geflissentlich. Mein Magen knurrte. Ein Zeichen, die Aktion zu beenden. Ich klopfte an das Lehrerzimmer.

»Hier ist die Polizei, Sie können aufmachen, die Lage ist unter Kontrolle.«

Ich hörte Getuschel hinter der Tür. Schließlich vernahm ich eine weibliche Stimme.

»Wie können wir sicher sein, dass Sie wirklich Polizist sind und kein Attentäter?«

Hm, dachte ich, an dieser Lehrerlogik war etwas dran.

»Wie kann ich Ihnen das beweisen? Soll ich mit meiner Dienstwaffe durch die Tür schießen, damit Sie mich anhand des Geschosses identifizieren können?«

»Wir machen nicht auf!«

»Gut«, antwortete ich. »Ich gehe jetzt, ich habe nämlich Hunger.«

Ich ging über den Schulhof zurück zu dem Einsatzleiterteam.

»Wie ich gesagt habe, es ist keiner drin im Gebäude. Außer den Lehrern natürlich. Aber die wollen nicht rauskommen.«

Kaum hatte ich fertig gesprochen, rannten mehr als 20 Einsatzkräfte auf das Hauptgebäude der Schule zu. Es sah fast so aus wie bei einer Schulstürmung der Abiturienten, nur halt mit älteren Personen.

Als Einzige war Jutta bei mir geblieben.

»Alles in Ordnung, du Held?«

Ob sie etwas ahnte?

»Sicher, was soll nicht in Ordnung sein? Die Sache war so etwas von eindeutig. Komm, lass uns gehen, bevor die Presse auftaucht.«

Jutta lachte. »Die ist bereits wieder weg. Du warst kaum in der Schule drin, da ist KPD vorgefahren und hat alle Presseleute zu einer Konferenz in die Dienststelle eingeladen. Mit den anderen Einsatzleitern hat er übrigens kein Wort gewechselt.«

»Und was will er den Journalisten sagen? Der weiß überhaupt nicht, was passiert ist.«

»Ist das für KPD ein Problem?«, entgegnete Jutta. »Wie oft referiert der über Sachen, von denen er absolut keine Ahnung hat? Irgendeine hanebüchene Geschichte fällt ihm bestimmt ein. Wahrscheinlich hat er die Attentäter auf der Herfahrt in flagranti erwischt.«

»Aber da gab es überhaupt keine Attentäter, Jutta. Das war nur ein Kinderstreich.«

Jutta zuckte mit den Schultern. »Was später in der Zeitung steht, hat nicht immer etwas mit der Realität zu tun, Reiner. Du kannst mit Sicherheit davon ausgehen, dass deine Heldentat mit keiner Silbe erwähnt wird.«

»Ist mir auch lieber so«, antwortete ich und war trotzdem ein bisschen eingeschnappt.

14 GEFÄHRLICHE ENGELSGASSE

Da die Temperaturen zu dieser Jahreszeit in unseren Breitengraden niemals die 40-Grad-Grenze überschreiten, war es obligatorisch, dass in Juttas Dienstwagen die Heizung auf höchster Stufe lief. Manchmal fragte ich mich, ob ihr Wagen als Sonderausstattung über eine zusätzliche Zehn-Kilowatt-Heizung verfügte. Während ich mich von meiner Kollegin nach Speyer fahren ließ, nutzte ich das 350-Tage-im-Jahr-Frauen-Frier-Axiom, um meine feuchte Socke zu trocknen. Jutta sah mich zwar fragend an, beließ es aber dabei. Hitze und Müdigkeit vertrugen sich im Allgemeinen weniger gut. Ich kämpfte mit dem Wachsein und gewann mit einem hauchdünnen Vorsprung. Mit meinen mehr oder weniger letzten geistigen Reserven konnte ich, nachdem wir am Verlag angekommen waren, Jutta überzeugen, zurück zur Dienststelle zu fahren. Im Nachhinein erwies sich das als richtig, auch wenn ich zu diesem Zeitpunkt noch nicht wissen konnte, wie gefährlich die nächsten Stunden werden würden.

Wohlwollend nahm ich zur Kenntnis, dass weder jemand auf dem Dach herumkrabbelte, noch sonst irgendwelche grotesken Aktionen liefen.

Im Verlag sagte man mir, dass der Geschäftsführer im Kloster sei. Dies verwirrte mich, da ich mich bereits auf dem Klostergelände befand. Das Verlagsgebäude war bis vor zwei Jahren der Lehrertrakt einer auf dem Klostergelände befindlichen Grundschule, die inzwischen unter anderem aus Raumnot einen Neubau an anderer Stelle in Speyer erhalten hatte. Im Rest des Klostergeländes vermutete ich ausschließlich geistliche Schwestern, wie ich sie bei meinen bisherigen Besuchen das eine oder andere Mal über den Hof laufen gesehen hatte.

»Kommt Herr Fratelli bald wieder zurück?«, fragte ich diplomatisch.

Die Dame zuckte nur mit den Schultern. »Das weiß man bei ihm nie. Gehen Sie doch zu ihm ins Kloster.«

»Und wie finde ich ihn?«

»Sie müssen rechts an der Klosterkirche vorbei, dann sehen Sie auf der linken Seite den Klosterempfang.«

Ich bedankte mich und verließ das Verlagsgebäude. Konnte ich wirklich einfach so ins Kloster laufen? Es gibt doch Schwestern, die ganz für sich alleine leben und keinen Besuch dulden. War ich überhaupt geziemend gekleidet? Ich schaute an mir herab. Gut, dass ich keinen Spiegel dabei habe, dachte ich mir. Mein Aussehen dürfte meiner geistigen Verfassung entsprechen: Katastrophal.

Direkt hinter der Kirche fand ich an einem dreistöckigen Anbau ein kleines Schild: ›Kloster‹.

Mutig ging ich hinein und befand mich an einer Pforte, die fast so wie bei uns in der Kriminalinspektion aussah. Hinter einer Glasscheibe saß eine Schwester und begrüßte mich freundlich.

»Herzlich willkommen im Kloster der Dominikanerinnen zur Heiligen Maria Magdalena. Womit darf ich Ihnen helfen?«

Ich nannte brav meinen Namen und sagte, dass ich Herrn Fratelli, den Geschäftsführer der Peregrinus GmbH, suche.

»Der ist vor zehn Minuten mit Schwester Amaranda zur Ausstellung gegangen.«

Ich stutzte. Warum fiel mir bei dem Wort Ausstellung immer sofort die Gemäldegalerie meines Vorgesetzten KPD ein?

Die Schwester lächelte. »Sie sind zum ersten Mal hier?«

»Ja, tut mir leid.«

»Das braucht Ihnen nicht leid zu tun. Wenn Sie wieder

rausgehen und nach links laufen, kommen Sie an einen Querbau. Dort finden Sie die Edith-Stein-Dauerausstellung.«

Ich bedankte mich für die Auskunft und fragte zum Schluss, ob ich mich ganz alleine auf dem Gelände bewegen dürfe oder vielleicht einen Passierschein benötige.

Dieses Mal lachte sie sogar. »Nein, wirklich nicht. Jeder ist bei uns herzlich willkommen. Wir freuen uns über jeden, der die Ausstellung besuchen möchte.«

Ich ging den beschriebenen Weg und war erstaunt über die vielen mehrstöckigen Gebäude. Den Wegweiser zur Ausstellung fand ich sofort. Zunächst schaute ich aber am Gebäude vorbei auf ein riesiges Areal, das zum Teil als Grünfläche, zum anderen Teil als Garten angelegt war. Insgesamt sah es unwirklich aus. Solch eine riesige Anlage mitten im Zentrum von Speyer? Das musste ich mir demnächst unbedingt mal als Luftbild ansehen.

Hinter der Eingangstür begann ein Flur. Gleich rechts stand eine Tür offen.

Der Raum hatte etwa die Größe eines Schulsaals. Unzählige Fotos und Bilder hingen an den Wänden oder lagen neben alten Büchern in den zahlreich vorhandenen Tischvitrinen. Dazwischen standen oder hingen andere Gegenstände, die ich spontan nicht zuordnen konnte.

In einer Ecke standen Fratelli und Schwester Amaranda.

»Hallo, Herr Palzki«, begrüßte mich der Geschäftsführer. »Haben Sie mich gesucht? Darf ich Ihnen Schwester Amaranda vorstellen?«

Die Schwester gab mir die Hand und begrüßte mich ebenfalls.

»Waren Sie schon einmal hier, Herr Palzki?«

»Nein, leider noch nicht.«

»Das muss Ihnen nicht leid tun. Die Edith-Stein-Ausstellung ist eben nicht sehr bekannt. Ab und zu kommen aber Vereine vorbei oder Firmgruppen.«

»Haben diese Ausstellungsstücke alle was mit Edith Stein zu tun?«, fragte ich ungläubig aufgrund der immensen Vielfalt.

»Selbstverständlich«, antwortete Schwester Amaranda. »Sie hat von 1923 bis 1931 bei uns im Kloster unterrichtet und wurde 1998 heilig gesprochen. Bei uns lebt sogar noch eine Schwester, die sich erinnern kann, wie sie als Schulanfängerin das ›Fräulein Doktor‹ gesehen hat, so sagte man früher zu den Lehrerinnen.«

»Das ist wirklich sehr interessant«, antwortete ich und wunderte mich, dass in diesem Kloster so offen mit Besuchern umgegangen wurde.

»Das freut mich. Schauen Sie sich gerne in Ruhe um. Ich kann Ihnen auch das ehemalige Zimmer von Edith Stein zeigen oder unsere Klosterkirche.«

»Bei Gelegenheit hole ich das bestimmt nach«, entgegnete ich und meinte es ernst. »Leider habe ich einen wichtigen Termin mit Herrn Fratelli.«

Schwester Amaranda schien darüber nicht traurig zu sein. »Kommen Sie gerne wieder Herr Palzki, wann immer Sie möchten.«

Dann wandte sie sich an den Geschäftsführer. »Es würde mich freuen, wenn es klappen würde. Sagen Sie mir bitte Bescheid?«

»Ich sehe da kein Problem«, antwortete dieser. »Ich muss jetzt leider mit Herrn Palzki rüber ins Büro.«

Nach einer kurzen Verabschiedung liefen wir gemeinsam zurück zum Verlagsgebäude.

»Was wollen Sie im Kloster machen, Herr Fratelli?« Ich war sehr neugierig geworden.

»Ach, nichts Besonderes. Für die Ausstellung haben die Schwestern sogenannte Sprachtonträger in verschiedenen Sprachen über das Leben von Edith Stein, die sie Besuchergruppen vorspielen. Die Schwestern haben erfahren, dass ich der italienischen Sprache mächtig bin. Deshalb hat mich Schwester Amaranda gefragt, ob ich den Text für italienische Besucher übersetzen und sprechen könnte. Selbstverständlich werde ich das gerne machen.«

Während wir in sein Büro gingen, schaute er mich an. »Sie sehen heute ziemlich übermüdet aus. Darf man Ihnen gratulieren?«

Oh, hatte es sich bereits herumgesprochen, dass ich im Alleingang die Grundschule gerettet hatte.

»Man tut halt, was man kann«, antwortete ich bescheiden. »Alles muss man heutzutage alleine machen. Es war zwar sehr gefährlich, was ich da gemacht habe, aber immerhin habe ich die Existenz der Grundschule gerettet.«

Fratelli lachte, und ich bediente mich an den Keksen. »Na ja, die Schule unterrichtet bestimmt nicht nur Ihre Kinder. Ist es ein Junge geworden?«

Ich bemerkte, dass wir aneinander vorbei gesprochen hatten.

»Ach so, Sie meinen die Geburt. Nein, die ist erst mal zurückgestellt. Die Wehen haben wieder aufgehört.«

Und wieder nahm ich eine Handvoll Kekse.

Der Verlagsgeschäftsführer war durch meine Kommentare komplett verwirrt. »Wie auch immer. Ich freue mich, dass Sie weiterhin ermitteln. Dieser Attentäter wird langsam wirklich lästig.«

Frau Mönch kam mit ihrem obligatorischen Nutellabrötchen herein, wahrscheinlich stand das Essen von Nutellabrötchen in ihrem Arbeitsvertrag. Sie begrüßte mich, teilte mir mit, wie schlecht ich aussehen würde, und überreichte mir ein Fax.

»Das ist vorhin von Ihrer Dienststelle gekommen, Herr Palzki. Streng vertraulich, steht darüber.« Sie sah mich seltsam an.

Das Fax von Jürgen hatte es in sich.

›Lieber Reiner, den ersten Teil der Recherchen habe ich

bereits erledigt. Du findest die Info anbei. Zu dem Thema Kaffee und den Mitarbeitern benötige ich noch etwas Zeit‹.

Darunter stand ein längerer Artikel:

›Sakristei – Quelle: Wikipedia‹.

Ich tat so, als würde ich mich wundern.

»Da muss in Schifferstadt wohl etwas schiefgelaufen sein. Keine Ahnung, was die Kollegen damit meinen. Vielleicht gehört es zu einer anderen Ermittlungssache.«

»Haben Sie in der Sakristei etwas entdeckt, Herr Palzki?«, fragte mich Frau Mönch und offenbarte damit, dass sie das vertrauliche Fax gelesen hatte.

Ich legte das Papier auf den Besprechungstisch.

»Dort waren wir überhaupt nicht. Ich habe keine Ahnung, was das soll.«

Es klopfte, und Robert Nönn trat ein.

»Hallo, Herr Palzki, wieso sind Sie hier? Hat mit der Geburt alles geklappt? Sie sehen überhaupt nicht gut aus, mein Lieber.«

Unter Verzicht auf die Geschichte meines Grundschulabenteuers erklärte ich dem Chefredakteur, dass es mit meinem Jungen noch etwas dauern würde.

»Macht nichts«, antwortete dieser. »Die Heimfahrt hat trotzdem viel Spaß gemacht.« Seine Miene verfinsterte sich. »Die Sache mit der Bombe allerdings nicht. Haben Sie inzwischen Anhaltspunkte bezüglich des Täters?«

Ich verneinte, und Herr Nönn sprach weiter, während er sich setzte.

»Es gibt mittlerweile einen weiteren Anschlag, Herr Palzki.«

Alle drei starrten wir ihn an. »Was ist passiert? Und wann?«

Nönn lehnte sich zurück und zog zwei prall gefüllte Lungenflügel Luft ein. »Vor zwei Stunden, bei mir zuhause. Ich wollte, bevor ich ins Büro fuhr, etwas in mein Gartenhäuschen bringen. Als ich die Tür öffnete, wurde ein kleiner Sprengsatz ausgelöst.«

»Gab es Verletzte?«

»Ich war alleine, Herr Palzki. Der Sprengkörper war an der Türzarge befestigt und fiel beim Öffnen der Tür direkt hinter die Biotonne, bevor er zündete. Die hat's kräftig zerfetzt. Ich bin mit dem Schrecken davongekommen, genauso wie gestern Abend in Otterberg.«

Ich kombinierte blitzschnell. »Dann müssen die Attentate Ihnen gelten, Herr Nönn. Das ist das erste Mal, wo Herr Fratelli nicht dabei war.«

»Sehr beruhigend«, antwortete er ironisch. »Ob meine Nachbarin hinter der Sache steckt?«

»Möglich wäre das schon, aber so recht will ich das nicht glauben. Haben Sie die Polizei informiert?«

Er nickte. »Sie werden sich mit der Dienststelle in Schifferstadt in Verbindung setzen, um das weitere Vorgehen zu besprechen.«

Es klopfte erneut, und Herr Wolf trat ein.

»Keine Geburt, bisher«, sagte ich als Erstes, doch auch er wollte weitere Hintergrundinformationen wissen und teilte mir mit, wie schlecht ich aussehen würde. Im Anschluss diskutierten wir über die beiden letzten Anschläge.

»Die Sache in Hockenheim könnte auch Verschleierungstaktik sein«, meinte Fratelli.

»Kein Täter denkt so raffiniert«, erwiderte ich bestimmt. »Komplizierte Motive gibt's nur in Kriminalromanen. In der Realität sind die Täter fast immer recht einfach gestrickt. Das Motiv hat mit Herrn Nönn zu tun, das dürfte inzwischen klar sein. Aber keine Angst, Herr Fratelli, wir werden auch Sie weiterhin beschützen, bis wir diesen raffinierten Täter gefangen haben.«

Niemand schien den ungewollten Widerspruch in meiner Tätereinschätzung bemerkt zu haben.

194

Wolf entdeckte das Fax. Für einen kurzen Moment zuckte er zusammen. »Was soll das, Herr Palzki? In der Sakristei waren wir überhaupt nicht. Dort gibt es nun wirklich keine Geheimnisse zu entdecken.«

Ich musste aus dieser Geschichte wieder herauskommen.

»Das weiß man nie, Herr Wolf. Manchmal liegt die Antwort im Unerwarteten. Lassen Sie uns heute Mittag, wenn wir mit der Ordia, – mit der Besichtigung bei Ihnen fertig sind, die Sakristei im Dom begutachten.«

»Wenn Sie meinen«, antwortete dieser und überlegte einen Moment.

»Ich muss Sie nachher im Ordinariat mal eine halbe Stunde alleine lassen, Herr Palzki. Ein Techniker installiert mir das neue Notebook und das restliche Equipment. Dann muss ich meine Daten mit denen von Frau Knebinger synchronisieren. Apropos, ich könnte Frau Knebinger bitten, Sie in dieser Zeit herumzuführen. Dann haben Sie keinen Leerlauf.«

Wolf stand auf. »Gehen wir, Herr Palzki?«

Wie auf Kommando standen alle auf.

»Ich werde den Projektplan aktualisieren und Ihnen zukommen lassen«, sagte Frau Mönch und trat als Erste aus dem Büro des Geschäftsführers. Im Flur lief gerade Mathias Huber vorbei, der aufgrund der sich öffnenden Tür zu uns hereinschaute und für einen kurzen Moment verblüfft wirkte. Mit offenstehendem Mund und ohne Begrüßung ging er weiter. Nicht einmal seinen Standardspruch bekamen wir zu hören.

Nönn bekräftigte, dass er den ganzen Tag im Verlag sein würde, da er mit seiner Artikelreihe über die Domrestaurierung im Verzug wäre. Fratelli ließ verlauten, dass er später ein kurzes Treffen im Dom hätte und den Rest des Tages zwischen seinem Büro und der Kaffeemaschine pendeln würde.

»Herr Wolf, können wir heute ausnahmsweise einen kleinen Umweg um den Dom nehmen, anstatt den kürzesten Weg über den Domplatz?«

»Von mir aus«, meinte dieser. »Gehen wir halt durch den Dompark spazieren. Wollen Sie sich das Gebäude von außen anschauen? Die Außenwände werden regelmäßig untersucht, da hat sich noch nie etwas gelöst.«

Ich ließ ihn in seinem Glauben, dass ich mich für den Dom interessierte. Meine Motivation für den Umweg war ausschließlich darin begründet, nicht über den selbsternannten Pilgerarzt Dr. Metzger zu stolpern.

Die frische Luft tat meiner Vitalität gut, der ungewohnte Fußmarsch eher weniger. Zudem legte Wolf ein flottes Tempo vor.

»Ich kann es kaum erwarten, mein Notebook zu bekommen, Herr Palzki. Übrigens, wissen Sie, was ich vorhin am Domplatz erlebt habe? Dieser Pilgerarzt, den Sie kennen, verkauft dort seit heute streng veganische Pilgerfrikadellen aus ökumenischem Anbau. Welch ein Wahnsinn!«

Ich blieb abrupt stehen.

Schlagartig war mir die Lust auf Frikadellen für die nächste Zeit vergangen. Veganische Fleischbrocken, welcher Affront gegen die menschliche Würde! Nein, mit Hardcore-Vegetariern konnte ich nichts anfangen. Meine Frau Stefanie lebte zwar ebenfalls fleischlos, aß aber wenigstens Eier und Milchprodukte. Obwohl, einmal hatte ich unwissentlich selbst für eine Verschärfung der häuslichen Esssituation gesorgt. Im Allgäu-Urlaub vor ein paar Jahren hatte ich meine Familie, naiv wie ich manchmal bin, zum Besuch einer Käserei überredet. Dumm war, dass der Führer ausführlich über die Zutat Lab referierte, die unabdingbar für die Käseherstellung ist und aus Kälbermägen gewonnen wird. Das war bei Stefanie zunächst das Todesurteil für Käse aller Art. Erst nach und nach konnten wir in Erfahrung bringen, dass mancher Käse nicht mit tierischem, sondern mit mikrobiellem, also im

Labor erzeugtem Lab, hergestellt wird. Seit dieser Zeit dauern unsere Familieneinkäufe bedeutend länger, da meine Frau die Zutatenlisten studieren muss. Ich wandte mich wieder an Wolf: »Das kann bei Dr. Metzger eigentlich nur eines bedeuten: Er klaut die Zutaten für seine Suizidburger in evangelischen und katholischen Pfarrgärten.«

Auch der längste Fußmarsch geht einmal zu Ende. Ich kam mir vor, wie auf einer anstrengenden Pilgeretappe. Vom Verlag um den Dom herum bis zum Ordinariat waren es bestimmt 1.000 Meter.

Die Dame am Empfang erkannte mich sofort. Ich hatte den Eindruck, als hätte sie auf mich gewartet. Sie hob zwei bunte Kinderfähnchen hoch und begrüßte mich: »Guten Morgen, das ist unser neues Kommunikationssystem. Wollen sie auch eins?«

Wolf blickte verstört. Der *Running Gag* zwischen der Angestellten und mir schien ihn zu überfordern.

»Später, ich brauche dafür erst eine Schulung.«

»Unser Schulungsraum wäre heute frei«, antwortete die schlagfertige Dame und lachte.

»Sie haben einen Schulungsraum?« Ich wusste nicht, warum, aber irgendwie assoziierte mein Gehirn ein unbestimmtes Gefühl. Ich wandte mich an Wolf.

»Den Schulungsraum würde ich gerne sehen.«

Der Kanzleidirektor wirkte in den letzten Minuten nachdenklich. Plötzlich schien er einen Einfall zu haben. »Ja klar, das kann Frau Knebinger erledigen, während ich mein neues Notebook bekomme.«

Ohne dem Generalvikar über den Weg zu laufen, gelangten wir in sein Büro. Wolf rief Frau Knebinger an, die wenige Minuten später zu uns kam.

»Das ist ein sehr ungünstiger Zeitpunkt, Herr Wolf«, sagte sie nach der allgemeinen Begrüßung. »Selbstverständlich führe ich Herrn Palzki gerne herum, aber ich erwarte einen wichtigen Anruf, der etwas länger dauern kann.«

Wolf überlegte. »Ich habe eine Idee. Sie zeigen Herrn Palzki unseren Schulungsraum. Wenn Sie dann schon mal oben sind, kann er gleich unser nettes Tonstudio begutachten. Frau Moritz ist heute Morgen mit der Vorbereitung eines Interviews mit dem Bischof beschäftigt. Während Sie Ihr Telefonat führen, kann sich Herr Palzki von der modernen Technik unseres Ordinariats überzeugen. Sonst glaubt er noch, wir würden hier Fähnchen schwenken.«

»Was sollen wir im Schulungsraum?«, fragte Frau Knebinger.

»Sie haben ein Tonstudio?«, fragte ich zeitgleich.

»Lassen Sie sich überraschen, Herr Palzki. Ja, Frau Knebinger, Herr Palzki besteht darauf.«

Die Sache mit dem Schulungsraum war mir inzwischen nicht mehr wichtig, es war vorhin ja nur ein nicht fassbarer Geistesblitz, der mich bewog, diesen Raum besichtigen zu wollen. Wahrscheinlich würde der heutige Rundgang genauso erfolglos verlaufen wie gestern. Selten hatte ich mich je so getäuscht. Doch zunächst hatte ich noch einen Einfall.

»Kann ich bei Ihnen mal kurz Herrn Fratelli anrufen? Ich habe vergessen, etwas Wichtiges zu fragen.«

Wolf verzog das Gesicht, und sein Grundlächeln verschwand für ein oder zwei Sekunden.

»Bitte schön.« Er reichte mir seinen Telefonhörer und drückte eine Taste.

Nachdem sich der Verlagsgeschäftsführer mit einem übellaunigen »Was gibt's denn, Herr Wolf? Müssen Sie mich schon wieder belästigen?« gemeldet hatte, klärte ich den Irrtum auf, bevor Fratelli weitere Nettigkeiten von sich geben konnte. Wolf hatte alles mitbekommen, da er den Apparat auf Lautsprecher geschaltet hatte.

Die einzige Frage betraf den Zeitpunkt, an dem er im Dom

sein würde. Mein Motiv war, den Sakristeibesuch mit seinem Termin abzustimmen. Schließlich war ich von Berufs wegen neugierig und wollte wissen, was er im Dom so trieb. Zum Schluss sagte ich Fratelli, dass die Uhrzeit hervorragend passen würde, da ich mir vorher noch den Schulungsraum und das Tonstudio anschauen würde.

»Da haben wir nicht sehr viel Zeit«, meinte Frau Knebinger, nachdem das Telefonat beendet war. Sie schaute zu Wolf. »Kommen Sie nach Ihrer Notebookübergabe hoch ins Tonstudio?«

Er nickte gedankenverloren. »Ja, so machen wir es. Ich möchte schon länger wissen, was Fratelli im Dom schafft. Das könnte auch für Sie interessant sein, Frau Knebinger.«

»Lassen Sie mich mit diesem Kerl in Ruhe.« Fast schrie sie. »Der bekommt seine Quittung noch früh genug.«

Ich ging mit der Innenrevisorin ins Erdgeschoss und in den Flur, der in den Gebäudeteil, der in Richtung Dom lag, führte. Schließlich nahmen wir ein anderes Treppenhaus nach oben.

»Es ist leider alles etwas verwinkelt bei uns«, entschuldigte sie sich.

»Solange wir kein Skelett finden.«

Sie schaute über die Schulter nach mir zurück. »Diesen Witz hat er bisher jedem erzählt.«

Wir kamen in einem ausgebauten Dachboden mit schrägen Wänden an. Frau Knebinger ging nach rechts und öffnete eine Tür.

»So, hier ist unsere ordinariatseigene Sauna.«

Sauna? Ich war erstaunt und trat ein. Es war ein Schulungsraum mit Tischen, Stühlen und Computern. Ich konnte nichts, aber auch wirklich nichts Aufregendes entdecken. Und Verdächtiges schon gar nicht.

»Aha, das ist also der Schulungsraum«, sagte ich sanftmütig. »Eine Sauna habe ich anders in Erinnerung.«

Frau Knebinger lachte. »Eine zweistündige Schulung im Sommer, und Sie wissen, dass dies eine Sauna ist.« Sie zeigte auf die Dachflächenfenster. »Die Temperaturen im Raum liegen dann nur geringfügig unter der der Glasschmelze.«

Ich zählte schnell die Anzahl der Schulungsplätze und merkte mir die Farbe der Tische. Das tat ich ausschließlich aus dem Grund, damit ich, falls mich später mal jemand über den Raum fragen sollte, mit meinem sensationellen Erinnerungsvermögen prahlen konnte. Ein gesundes Halbwissen war besser als gar kein Wissen.

»Jetzt gehen wir ins Tonstudio, Herr Palzki. Dann werde ich Sie für etwa zehn Minuten alleine lassen müssen.«

»Kein Problem«, erwiderte ich. »Ich war in meinem Leben bereits öfter allein.«

Sie lief zum anderen Ende des Dachbodens und öffnete eine schmale Tür. Der dahinter befindliche Raum war klein wie eine Kammer. Teile der Wand und der Decke waren mit zapfenförmigem Schaumstoff verkleidet, und auf der gegenüberliegenden Raumseite befand sich ein kleines Fenster. Die Hälfte der Kammer nahm ein Mischpult ein, wie ich es von anderen Tonstudios, die ich während meiner jahrelangen Beamtentätigkeit schon gesehen hatte, kannte. Hinter dem Mischpult saß eine jüngere Dame mit einem strahlenden Lächeln. Sie stand auf und stellte sich vor.

»Herr Wolf hat Sie telefonisch angekündigt, Herr Palzki. Mein Name ist Christiane Moritz.«

Frau Knebinger verabschiedete sich erleichtert, und ich war mit Frau Moritz allein.

»Was wollen Sie sehen, Herr Palzki?«

»Alles«, antwortete ich, weil ich spontan keine bessere Idee hatte. »Wozu dient das Tonstudio? Haben Sie einen kircheneigenen Radiosender?«

»Hier bei uns nicht, wir haben keine Sendeanlage. Der Herr Bischof ist beispielsweise manchmal bei mir im Studio, wenn er keine Zeit hat, um zu einem Radiosender zu fahren. Dann werden die Interviews in diesem Raum eingespielt und zu den Sendern übertragen.«

Frau Moritz zeigte mir die Funktionsweise der diversen Schaltmöglichkeiten. Ich verstand so gut wie nichts. Gelangweilt blickte ich aus dem Fenster auf ein gegenüberliegendes Dach. Trostlos, dachte ich, während ich mich wieder Frau Moritz zuwandte und Interesse heuchelnd zu ihrem Vortrag nickte.

Das Pfeifen und der Knall einer zerspringenden Scheibe kamen nicht aus den Lautsprechern. Das mir bekannte Pfeifen verfehlte mein rechtes Ohrläppchen um Millimeter. Im Affekt drehte ich mich um und sah das zersprungene Fensterglas. Trotz dieser Sichtbehinderung erkannte ich außerdem, wie sich hinter dem etwa zehn Meter entfernten Dachflächenfenster des Nachbardachs ein Schatten entfernte.

Frau Moritz hatte bisher nur die zersprungene Fensterscheibe wahrgenommen.

»Was ist denn hier passiert?«, fragte sie erstaunt und starrte erst das Fenster und dann mich an. »Sie bluten ja am Ohr!«

Meine Müdigkeit war wie weggeflogen. Ein Griff im Affekt an mein Ohr bescherte mir zwei blutige Finger. Für Extremsituationen wie diese wurde jedem Polizeibeamten eingeprägt, dass in der Ruhe die Kraft liegt. Blitzschnell sondierte ich die Lage. Da es sich bei dem verschwundenen Schatten wohl um den Schützen gehandelt hatte, schien mir die Gefahr eines weiteren Schusses gering. Schwerverletzte gab es keine, das Geschoss würde man später im Schaumstoff finden. Die dringlichste Aufgabe war folglich die Identifikation des Täters.

»Was ist das für ein Haus da drüben?« Ich deutete mit meiner Hand in die Richtung, aus der der Schuss gekommen war.

Frau Moritz hatte immer noch keine Ahnung, was passiert war.

»Das ist das Bischöfliche Bauamt und die Finanzkammer.«

In der Zwischenzeit hatte ich das größtenteils glaslose Fenster geöffnet. Zwischen dem Ordinariat und dem Bauamt befand sich die schmale Engelsgasse. Wäre dies jetzt ein James-Bond-Film, würde ich einfach auf das gegenüberliegende Dach springen und den Täter überwältigen. Da sich aber stets einige Krimileser darüber beklagten, dass manche Geschichten nicht sehr glaubwürdig waren, kam solch ein Einsatz für mich nicht infrage.

»Wie komme ich zum Bauamt?«

Frau Moritz reichte mir statt einer Antwort ein Taschentuch und zeigte auf den Boden. »Sie versauen mir mit dem Blut den ganzen Fußboden.«

Ich nahm das Taschentuch und wiederholte meine Frage eine Spur energischer.

»Da müssen Sie auf die Kleine Pfaffengasse. Der Eingang zum Bauamt ist auf der gegenüberliegenden Seite, also müssen Sie zuerst zum Domplatz. Da kommen Sie aber nicht so einfach rein, Sie brauchen eine Voranmeldung oder einen Schlüssel. Haben Sie gesehen, was passiert ist? Ist uns ein Vogel an die Scheibe geflogen?«

»Nicht mal ein schräger Vogel«, antwortete ich. »Rufen Sie die Polizei, die soll so schnell wie möglich zum Bauamt kommen. Auf mich wurde gerade geschossen. Dann geben Sie drüben Bescheid, dass ich komme, es ist Gefahr im Verzug. Alle Mitarbeiter sollen in Deckung gehen.«

Bevor ich mich auf den Weg machte, sagte ich abschließend: »Danach verlassen Sie bitte sofort diesen Raum. Die Spurensicherung wird Ihnen dafür dankbar sein.«

Ich verließ eine total verunsicherte Frau Moritz, die sich trotz der für sie verwirrenden Erlebnisse der letzten Minute sofort das Telefon schnappte.

Der Weg war lang, und ich hatte so gut wie keine Hoffnung, den Schützen zu finden. Warum wurde überhaupt auf mich geschossen? War ich der Wahrheit so nahe, ohne es zu wissen? Meine Grübelei nahm ein Ende, als ich im Flur des Erdgeschosses fast Frau Knebinger überrannte. Sie schaute mich mit großen Augen an.

»Frau Knebinger, aus dem Bischöflichen Bauamt heraus wurde auf mich geschossen. Gibt es Notfallpläne?«

Sie schüttelte sprachlos den Kopf. »Auf Sie geschossen? Wo? Im Tonstudio?«

Ich hatte keine Zeit für lange Erklärungen.

»Gehen Sie hoch und beruhigen Sie Frau Moritz. Ich muss rüber zum Bauamt.«

Die Innenrevisorin zog einen Schlüsselbund aus ihrer Tasche.

»Da komme ich mit, ich habe einen Schlüssel.«

Dies hatte für mich zwei Vorteile. Ich konnte mich nicht verlaufen und brauchte am Eingang des Bauamtes keine Schwierigkeiten zu erwarten. Während wir die Kleine Pfaffengasse entlangrannten, prägte ich mir die Lage von außen ein. Zuerst kam die Engelsgasse, die mit einer Metallabsperrung zur schikanösen Sackgasse gemacht wurde, dann folgten zwei alte aneinander versetzte Gebäude mit rechteckigem Grundriss, die mit einem Verbindungsgang im Obergeschoss verbunden waren.

Frau Knebinger rannte geradeaus auf den Kreisverkehr am Domplatz zu. Sie bog rechts ab in eine breite Hofeinfahrt. Das große Eingangsportal war geschlossen. Sie zückte ihren Schlüsselbund, und Sekunden später waren wir drinnen. Wir befanden uns in einer riesigen Eingangshalle. An den Wänden hingen überlebensgroße Gemälde von historischen Personen, ich vermutete ehemalige Bischöfe. Eine herrschaftlich breite Treppe führte nach oben.

»Machen Sie langsam«, schnaufte ich. »Vielleicht ist der Schütze noch oben. Warten Sie hier im Vorraum, bis meine Kollegen kommen.«

Ihr Mut schien sie verlassen zu haben, sie blieb abrupt stehen. Für mich stand viel auf dem Spiel. Wie immer war ich unbewaffnet, hoffentlich war dies dem Täter nicht bekannt. Der Schütze musste über Ortskenntnisse verfügen, soviel war mir klar. Wenn der Schuss auf mich im Zusammenhang mit meinen Ermittlungen zu sehen war, und davon war ich überzeugt, musste der Täter aus dem Umfeld des Ordinariats oder des Verlags stammen. Dies schränkte die Anzahl der Verdächtigen zwar drastisch ein, brachte mich aber zunächst nicht weiter. Sicherlich gab es in den diversen bistümlichen Organisationen einige 100 Mitarbeiter, von denen ich bisher nur eine gute Handvoll persönlich kannte. Zählte der Täter zu dieser Handvoll oder hatte er sich bislang stets im Hintergrund gehalten, um nicht in meinen Fokus zu geraten? Wie auch immer, es konnte gut sein, dass er – oder war es gar eine sie? – sich in diesem Gebäude versteckt hielt.

Am Treppenende angekommen, sah ich bereits den Flur, der den Übergang zu dem zweiten Gebäude, aus dem ich beschossen wurde, darstellte.

Der Flur machte einen Rechtsknick, und dann sah ich, wie aus der letzten Tür auf der rechten Seite eine Frau herauskam. Sie erschrak, als sie mich sah.

»Wer sind Sie?«

»Polizei. Haben Sie in den letzten Minuten auf diesem Stockwerk weitere Personen gesehen?«

»Was ist passiert? Ich habe gerade Geräusche aus dem Dachboden gehört.«

»Gehen Sie wieder in Ihr Büro und verschließen Sie die Tür«, sagte ich. In diesem Moment sah ich die enge und sehr steile Holztreppe, die nach oben führte.

»Wo geht's da hin?«

»Auf den Speicher«, antwortete sie. »Dort ist aber nix.«

Ich nahm die Treppe und musste höllisch aufpassen, nicht

204

abzurutschen. Solche Aufgänge würde die Berufsgenossenschaft heutzutage nicht mehr dulden.

Die Speichertür stand offen. Durch mehrere teils blinde Dachfenster fiel etwas Licht herein. Der Dachboden war im Rohzustand, und man sah ihm die Ungenutztheit der vergangenen Jahrzehnte an. Mühsam unterdrückte ich einen Niesanfall. Das zahlreich vorhandene Gerümpel, zwei Kamine und ein alter Stromverteilerkasten boten sich als Versteck an. Doch so blöd würde der Täter niemals sein. Ich entdeckte ein offen stehendes Dachfenster, das in Richtung Engelsgasse zeigte. Vorsichtig, um möglichst wenige Spuren zu verwischen, ging ich in Richtung dieses Fensters. Auf der anderen Straßenseite konnte ich Frau Moritz erkennen, die die zerschossene Scheibe betrachtete. Ich dachte nach. Ein Scharfschütze hätte auf diese Entfernung niemals danebengeschossen, zumal ich mich zum Zeitpunkt des Schusses nicht bewegt hatte. Ein leises Quietschen unterbrach meine Gedankengänge. Auf der gegenüberliegenden Traufseite entdeckte ich in der Dachschräge eine Metalltür, die sich leicht bewegte. Mir kam wieder ein James Bond Film in den Sinn. Ich vermutete hinter der Tür einen Hubschrauberlandeplatz. Die Realität war weniger spannend, aber trotzdem beeindruckend. Nachdem ich die Tür ruckartig geöffnet hatte, sah ich einen Fluchtweg, der oberhalb des Verbindungsflurs zum Dach des anderen Gebäudes führte. Der Steig bestand lediglich aus einem Gitterrost und einem angerosteten Handlauf. Für nicht Schwindelfreie war dieser Weg im Notfall ein Desaster. Ich setzte einen Fuß auf den Gitterrost, um die Statik zu prüfen. Der Test endete positiv, und so schlich ich langsam auf dem offenen Dachsteig in Richtung Nachbargebäude. Dort mündete der Weg an einer geschlossenen Tür. Ich befand mich etwa in der Mitte des Weges und stand somit frei im Feld, als ich von hinten angeschrien wurde.

»Hände hoch, und flach auf den Boden legen!«

Ich erschrak höllisch, doch mir war klar, dass der Attentäter mich hier oben auf dem Speyerer Präsentierteller nicht einfach abknallen würde. Und wenn doch, würde man in ein paar Jahren zufällig ein weiteres Skelett finden.

Sich mit erhobenen Händen auf den Boden legen, das klappt in jüngeren Jahren bestimmt ganz gut. Wenn sich mit reiferem Alter der Körperschwerpunkt ungünstig verändert hat, muss man bei solchen akrobatischen Übungen höllisch aufpassen, um nicht auf die Schnauze zu fallen. Dies passierte mir zwar nicht, dennoch war der Gitterrost alles andere als bequem.

Ich spürte einen Schuh, der sich mir auf den Rücken stellte. Eine Sekunde später wurden mir beide Arme nach hinten gezogen und dabei schmerzlich überdehnt.

15 FRATELLIS PLÄNE

Als die Handschellen klickten, traute ich mich, nach hinten zu schauen.

»Ihr Idioten«, fluchte ich. »Macht mich sofort los.«

Die jungen Polizisten waren mir unbekannt. Wahrscheinlich handelte es sich um Beamte der Speyerer Polizeiinspektion.

Sie ließen sich auf keine Diskussion ein. Sie zogen mich wehrlose Person an meinen im Rücken gefesselten Armen nach oben. Ich schwor mir, die beiden zu persönlichen Adjutanten von KPD zu befördern. Dagegen würde ein Disziplinarverfahren ein Kindergeburtstag sein.

Die steile Dachbodentreppe war für sie eine Herausforderung. Um mir weitere Genugtuung zu verschaffen, verweigerte ich jegliche Mithilfe. Es hatte schon etwas klamaukhaftes, als die beiden mich die Treppe hinuntertrugen, ohne sich dabei das Genick zu brechen.

Stolz wie Oskar schoben sie mich anschließend durch den Verbindungsflur und die breite Eingangstreppe hinunter. Dort hatte die Odyssee endlich ein Ende. Jutta stürmte mit weiteren Beamten das Gebäude.

Meine Kollegin kam auf mich zu, begutachtete die Handschellen und sagte: »So gefällst du mir, Reiner.«

Die zukünftigen KPD-Adjutanten erstarrten.

»Ja, ja, lasst ihn endlich frei, ihr habt einen Kollegen erwischt.«

Während die beiden mit hochrotem Kopf die Handschellen öffneten und sich tausendmal entschuldigten, fragte Jutta:

»Was ist passiert? Wir haben nur ein paar diffuse Hinweise erhalten.«

»Aus diesem Gebäude ist auf mich geschossen worden, während ich im Tonstudio war.«

Damit konnte Jutta nicht viel anfangen. Vermutlich dachte

sie, ich redete wirr. Bevor sie mir aus Sicherheitsgründen die
Handschellen wieder anlegen würde, klärte ich sie auf.

»Nebenan ist das Ordinariat. Im Dachgeschoss gibt es ein
kleines Tonstudio. Das Studio hat ein Fenster in Richtung dieses Gebäudes. Und von dort wurde auf mich geschossen.«
Ich zeigte auf das anschließende Gebäude.

»Im ersten Stock gibt es einen Verbindungsflur.«

Jutta schickte ein halbes Dutzend Beamte nach oben, was
wahrscheinlich zwecklos war.

»Hast du den Schützen erkennen können?«

»Ich sah nur einen Schatten, das ging viel zu schnell.«

Frau Knebinger, die sich im Hintergrund gehalten hatte,
mischte sich ein.

»Ein Fremder kommt unmöglich in diese beiden Häuser
rein. Es muss sich um einen Bistumsmitarbeiter handeln.«

»Oder um eine Bistumsmitarbeiterin«, ergänzte ich und
stellte die beiden Damen einander vor.

Ich sah, wie Joachim Wolf mit einer neuen Tasche angerannt kam.

»Um Himmels willen, was ist passiert? Drüben im Ordinariat gehen die seltsamsten Gerüchte um. Im Bauamt wäre
jemand erschossen worden, und die Polizei würde gerade
das Gebäude stürmen.«

Auch ihn stellte ich Jutta vor und kommentierte in zwei,
drei Sätzen die aktuelle Lage. Wolf blickte schockiert.

»Wer hat alles einen Schlüssel für diesen Komplex?«

Wolf überlegte. »Da gibt's schon ein paar. Etwa zwei Dutzend Mitarbeiter, die hier arbeiten, dann haben im Ordinariat
einige Personen einen Schlüssel, so wie Frau Knebinger und
ich zum Beispiel. Beim Empfang im Ordinariat hängt auch
einer, weil da immer mal jemand rüber muss, und sei es nur,
um die Post zu verteilen.«

»Der Peregrinus-Verlag hat bestimmt auch einen Schlüssel?«, fragte ich verzweifelt.

Wolf nickte. »Und drei oder vier weitere Bistums-Organisationen ebenso.«

»Das scheint mir ein ziemlich öffentlich zugängliches Gebäude zu sein. Kann man die Schlüssel auch im Andenkenladen neben dem Dom kaufen?«

Vordergründig war meine Müdigkeit wie weggeblasen, trotzdem fühlte ich mich alles andere als wohl und fit. Ich musste versuchen, den heutigen Tag möglichst früh abzuschließen. Ich gähnte herzhaft.

»Jutta, jetzt hast du die Gelegenheit, alles kennenzulernen. Würdest du bitte die Sache übernehmen? Ich habe noch einen kleinen Termin im Dom und würde danach gerne nach Hause gehen. Irgendwie fühle ich mich nicht wohl.«

»Kein Wunder, nach der letzten Nacht«, antwortete sie. »Du bist keine 20 mehr. Was hast du da eigentlich am Ohr?«

»Da muss was drangeflogen sein, ist nicht der Rede wert.«

»Willst du wieder Held spielen?«

»Aber Jutta, was soll an einem Kratzer heldenmäßig sein? Das ist ein Streifschuss, ich hatte ihn bereits wieder vergessen.«

Jutta verzog den Mund. »Okay, lassen wir das. Wie gehen wir weiter vor?«

»Frau Knebinger wird dir helfen, dich zurechtzufinden. Wahrscheinlich wird in Bälde auch Dr. Alt, der Generalvikar, auftauchen. Vielleicht findet ihr auf dem Dachboden brauchbare Spuren. Wenn was Wichtiges ist, kannst du mich in etwa zwei Stunden daheim erreichen. Ansonsten sehen wir uns morgen früh zur Lage-Besprechung auf der Dienststelle. Können wir das so machen?«

Frau Knebinger erklärte sich bereit und führte Jutta nach oben. Ich verabschiedete mich und verließ mit dem Kanzleidirektor das Gebäude. Viel lieber wäre er zwar vor Ort geblieben, doch ich brauchte ihn, um die Sakristei im Dom zu finden.

»Wollen Sie mit Ihrer Verletzung wirklich zum Dom, Herr Palzki?«

Dies war sein letzter verzweifelter Versuch.

»Wir Polizeibeamten sind hart im Nehmen«, antwortete ich. »Solange wir unseren Kopf nicht unterm Arm tragen, machen wir weiter.«

Ich schaute auf die Uhr und war zufrieden. Der Zeitplan war perfekt.

Wir sahen, wie Dr. Metzger gerade den Knöchel eines Pilgers begutachtete. Ich schauderte, als ich den offenen und verrosteten Werkzeugkasten neben Metzger entdeckte.

Im Dom im Bereich des südöstlichen Turms befand sich eine Tür. Wolf schloss auf, und dahinter befand sich ein Gang, der die Form eines Bogens hatte. Er zeigte nach rechts in einen offenen Bereich.

»Da sind nur Toiletten.«

Dies wunderte mich, da ich eigentlich den Aufgang zum Turm erwartet hatte.

»Und wie kommt man in den Turm?«

»Von hier unten überhaupt nicht. Als vor 50 Jahren die Sakristei renoviert wurde, hat man den unteren Eingang verschlossen, da die Treppe im Turm sehr baufällig ist. Man kann nur noch von oben rein oder durch eine kleine Tür im oberen Stock der Sakristei. Da gehe ich mit Ihnen aber nicht rein, das ist mir zu gefährlich.«

»Und wenn ich mir den Turm ansehen will?«, provozierte ich ihn.

»Dann holen Sie sich am besten eine Genehmigung vom Domkapitel. Und wenn Sie nicht lebensmüde sind, lassen Sie sich besser von oben von der Feuerwehr gesichert abseilen.«

»Gute Idee«, antwortete ich, auch wenn ich nicht im Geringsten Lust hatte, mir den Turm von innen anzuschauen.

Der bogenförmige Gang endete in einem quadratischen Raum. Zwei Wandseiten waren komplett mit Sideboards bestückt. Hinten links sah ich erstaunt den bereits von Wolf angekündigten Aufzug. Auf der anderen Raumseite, zum Turm hin, befand sich eine weitere Tür. Ansonsten war der Raum weitgehend leer.

»Das soll die Sakristei sein?«, fragte ich vorsichtig.

»Was haben Sie denn erwartet? Dass hier ein Roulettetisch steht oder ein Flipper? Das ist halt mal nur ein Vorbereitungsraum für Priester und Ministranten. Ansonsten werden hier die liturgischen Gewänder und Geräte aufbewahrt.«

»Und das befindet sich in diesen niedrigen Schränken?«

Wolf lachte. »Sie haben anscheinend eine recht naive Vorstellung über das, was im Laufe des Jahres im Dom so alles benötigt wird. Kommen Sie mal mit.«

Er ging zum Aufzug und drückte den Knopf für die Fahrt nach oben.

Der Raum über der Sakristei hatte den gleichen Grundriss, war allerdings mit riesigen Schränken geradezu vollgestopft. Da diese mitten im Raum standen, würde er aus der Vogelperspektive wie ein kleiner Irrgarten aussehen.

»Hier befinden sich Hunderte verschiedene Gewänder für alle Gelegenheiten«, erklärte Wolf stolz.

Erstaunt schritt ich die Schränke ab und entdeckte am gegenüberliegenden Raumende zwei Türen.

»Wo geht's da hin?«

»Die linke führt in den kleinen Sakristeiturm. Der wurde damals neben den großen Hauptturm gebaut und verbindet die drei Stockwerke. Das ist der zweite Fluchtweg, wenn mal der Aufzug nicht funktionieren sollte.«

»Und die andere Tür?«

»Das ist ein Revisionseingang zum großen Turm – der mit der baufälligen Treppe«, ergänzte er.

»Darf ich mir den Keller auch anschauen?«

211

»Wenn Sie das möchten, Herr Palzki. Dürfte ich erfahren, was die Sakristei mit unseren Ermittlungen zu tun hat?«

Diese Frage musste irgendwann kommen. Ich konnte ihm schlecht sagen, dass es reine Neugier war.

»Manchmal muss man sich von seinen Gefühlen leiten lassen, Herr Wolf. Verschlossene Türen hatten für mich schon immer einen außergewöhnlichen Reiz.«

Zum Glück gab er sich mit dieser hanebüchenen Aussage zufrieden.

Der Keller war eher ein Abstellraum. Hier wurde anscheinend alles gelagert, was man in den letzten Jahrzehnten mal gebraucht und wofür man seitdem keine Verwendung mehr hatte. Es roch muffig.

Rechts ging ein Gang ab, der von einem Gitter verschlossen war. Bevor ich etwas sagen konnte, schloss er auf und deutete mir an, vorzugehen.

Es ging ein paar Stufen hinab, und dann standen wir im östlichen Bereich der Krypta. Ein paar Touristen starrten uns an, als wir wie Geister aus der Wand traten. Schnell gingen wir wieder in den Keller zurück.

Auch hier befand sich ein Zugang zu dem Sakristeitürmchen.

»Könnte ich vielleicht einen Blick reinwerfen?«

Wolf schien langsam genervt. Dennoch schloss er auf. Die Wendeltreppe ging wie erwartet nach oben.

»Kann man da rein?«

»Gehen Sie vor, Herr Palzki. Es ist nicht weit.«

Tatsächlich, nach einer halben Umdrehung sah ich eine Tür, die ins Freie führte. Die Wendeltreppe verlief weiter nach oben.

Wolf trat aus dem Turm. »Gehen Sie ruhig hoch, wenn Sie wollen, die Treppe endet im Raum über der Sakristei. Ich warte solange hier unten.«

Da Treppenlaufen nicht gerade zu meinen Hobbys zählt,

verließ ich ebenfalls den Turm. Wir standen in einer kleinen Nische, die mit einem hohen Gitter verschlossen war, vor dem Dom. »Hier können wir direkt in den Dompark, wenn Sie wollen.« Er rasselte mit seinem Schlüsselbund.

Ich schüttelte den Kopf. »Wir müssen in den Dom zurück, Herrn Fratelli suchen.«

Wolfs Miene erhellte sich wieder. »Richtig, wir wollen ja sehen, was er mit seinen Planen plant.«

Wir gingen zurück in den Keller und fuhren mit dem Aufzug nach oben in die Sakristei. Wie zufällig kamen gerade Fratelli und zwei weitere Personen zur Tür herein. Eine davon war mir unbekannt, die andere war Dietmar Becker.

Beckers Kopf verwandelte sich in eine reife Tomate, als er mich sah. Fratelli dagegen winkte mir fröhlich zu.

»Hallo, Herr Palzki, wollen Sie auf Priester umschulen?«

Er stellte mir seinen Begleiter vor. Es handelte sich um den bereits mehrfach genannten Manfred Wolfnauer. Becker schwieg im Hintergrund.

»Herr Wolfnauer ist der Vorsitzende des Dombauvereins, Herr Palzki. Wir überlegen gerade, wo wir die Planen zwischenlagern könnten.«

»Nicht so schnell, Herr Fratelli«, entgegnete dieser. »Noch haben Sie mich von dieser Idee nicht restlos überzeugt. Die Zielaspekte haben Sie bisher nicht deutlich genug herausgearbeitet, außerdem benötige ich eine evaluierbare Zielvorgabe, um die Vereinsmitglieder und letztendlich auch die UNESCO von der Sache zu überzeugen.«

»Aber Herr Wolfnauer, die Staub- und Regenschutzargumente sind doch erstklassig. Denken Sie an die internationale Presse, die sich in Speyer einfinden wird. Das Projekt wird sogar unseren virtuellen Dom toppen!«

Wolfnauer wackelte langsam mit seinem Kopf. »Ich hoffe, Sie haben recht. Das kann sich nämlich leicht in eine negative Presse drehen. Muss es wirklich in Rot sein?«

Wolf ging es genauso wie mir: Wir verstanden nur Bahnhof.

»Da können wir ja noch einmal drüber diskutieren. Ich gebe aber zu bedenken, dass in Berlin alles weiß war. Mit einer knalligen Farbe hätten wir ein erstklassiges Alleinstellungsmerkmal. Und blutrot passt doch ganz gut zur Kirche, finde ich.«

Wolfnauer überlegte. »Das Projekt soll über vier Wochen laufen, oder? Und die Eingänge des Hauptportals bleiben offen?«

Fratelli nickte. »Ja, so hat es Christo zugesagt. Er benötigt eine Woche, um den Dom komplett sturmsicher zu verhüllen. Er wird weiterhin begehbar sein, müsste allerdings innen auch tagsüber beleuchtet werden.«

Nun war es heraus. Wolf schnappte nach Luft. »Sie wollen den Dom für vier Wochen mit blutroten Planen abdecken? Sind Sie wahnsinnig?«

Fratelli lächelte ihn süßsauer an. »Ich denke, sie haben das falsch verstanden. Nicht ich will den Dom verhüllen, sondern der bekannte Künstler Christo. Damit überzeugen wir sogar die UNESCO.«

»Ja, ja«, fiel Wolfnauer ein. »Wir dürfen auf keinen Fall den Status als Weltkulturerbe gefährden. Das wäre fatal.«

So, dieses Geheimnis wäre auch gelüftet, dachte ich. Ob der Dom verhüllt wird oder nicht, konnte mir relativ egal sein. Mit unseren Ermittlungen schien es nichts zu tun zu haben. Doch im gleichen Moment fiel mir eine Ungereimtheit auf.

»Herr Fratelli, warum lagern Sie im Keller des Hauses in der Engelsgasse kubikmeterweise alte Lkw-Planen?«

Fratelli schien nicht darüber erstaunt zu sein, dass ich sein Versteck kannte.

»Das Zeug habe ich für einen Feldtest besorgt. Sie haben selbst unseren erfolglosen Versuch gesehen, wie wir testweise das Dach unseres Verlages verhüllen wollten. Lkw-Planen

214

haben sich freilich als viel zu schwer herausgestellt. Ursprünglich wollte ich den Dom in Eigenregie verhüllen. Aber mir fehlt einfach das Know-how von Christo. Und zu guter Letzt muss ich jetzt auch noch die alten Planen im Keller entsorgen. Ich habe sie für einen Klicker und einen Knopf kaufen können, wenn ich sie aber offiziell entsorgen muss, kostet das ein Vermögen. Es gibt leider keinen vernünftigen Markt für gebrauchte Lkw-Planen.«

Ich wandte mich an den stummen Studenten. »Und was ist Ihre Rolle in dem Projekt?«

Becker schaute leicht beschämt zu Boden. »Ich bin neben meinem Studium Journalist, Herr Palzki. Vielleicht kann ich der hiesigen Presse Hintergrundinformationen über die Christo-Aktion verkaufen.«

»Vernachlässigen Sie dabei nicht Ihren Krimi?«

»Ich überlege, ob ich die Domverhüllung mit im Krimi aufnehme, das wäre mal was anderes. Vielleicht gibt's dabei sogar einen Toten, also im Roman, meine ich.«

Er zog einen Notizblock hervor. »Der Explosion in Otterberg werde ich auch ein Kapitel im Krimi widmen. Es wäre verrückt, darauf zu verzichten. Können Sie mir hierzu spontan ein paar Hintergrundinformationen geben, Herr Palzki?«

»Sagen Sie mal, für wie naiv halten Sie mich?«

Wolf mischte sich ein und gab Becker seine Visitenkarte. »Rufen Sie mich mal an, Herr Becker. Ich kann Ihnen bestimmt weiterhelfen.«

Als er meinen bösen Blick wahrnahm, ergänzte er sein Angebot in Richtung Becker: »Natürlich nur, damit das Ordinariat und das Bistum authentisch dargestellt werden. Wir wollen schließlich, dass die Öffentlichkeit kein falsches Bild von der Kirche erhält.«

Ich hatte genug von diesem Tag und verabschiedete mich. Mit Wolf und Fratelli vereinbarte ich, dass wir uns am nächsten Tag gegen Mittag im Verlag treffen würden, und bis dahin bestimmt Informationen zu den Anschlägen der letzten Stunden vorliegen würden.

Becker bekam wieder seine typischen afrikanischen Elefantenohren, da er bisher nur von Otterberg wusste. Er schaute daraufhin listig zu Wolf, der ihm diskret zunickte.

Fratelli konnte es nicht lassen und musste den Kanzleidirektor noch etwas aufstacheln.

»Wo steht eigentlich Ihr wertvolles Wägelchen?«

Wolfs Miene verfinsterte sich für einen Moment.

»Unser Hausmeister Johannes Kreuz wird mich nachher nach Otterberg fahren.«

Er blickte zu mir und wurde detaillierter. »Herrn Kreuz haben Sie bisher noch nicht kennengelernt, Herr Palzki. Niemand kennt sich in den Speyerer Immobilien des Bistums besser aus als Kreuz. Da er überall gebraucht wird, ist er schwierig zu erreichen.«

Ohne darauf zu antworten, prägte ich mir den Namen ein. Vielleicht war dies ja der oft erhoffte Zufallsfund? Jürgen würde das morgen für mich herausfinden.

Ich ließ die anderen in der Sakristei zurück und schlich mich aus dem Dom. Das Pilgermobil stand wie festgewachsen neben dem Domnapf, von seinem Besitzer war nichts zu sehen. Wahrscheinlich führte er in seinem Reisemobil gerade eine seiner kleinen Operationen durch.

Die Müdigkeit überkam mich wieder mit voller Wucht. Nur eines war stärker: mein Hunger.

16 LETZTE VORBEREITUNGEN

Nach einem mittellangen Zwischenstopp an einer hinläng-
lich bekannten Speyerer Imbissbude sowie einem kurzen
Telefonat fuhr ich mit gelockertem Gürtel endgültig heim.
Laut meiner Uhr hatte ich zwar noch keinen Feierabend, eine
ernsthafte Einsatzfähigkeit war aber nach den Erlebnissen der
letzten Nacht nicht mehr gegeben.

Es war fatal, ich lief direkt meiner Nachbarin, Frau Ackermann, über die Füße, die breitbeinig in ihrem Vorgarten stand
und offenbar Blumen zählte. Bei Gelegenheit musste ich mal
darüber nachdenken, ob ein unterirdischer Hauszugang im
Rahmen meiner finanziellen Möglichkeiten lag.

»Ah, hallo, Herr Palzki«, begrüßte mich der Traum meiner schlaflosen Nächte. »Sie sind heute aber früh zuhause,
haben Sie bereits Feierabend? Ja, ja, wer viel arbeitet, braucht
auch mal eine Pause. Bei meinem Mann stimmt das aber nicht.
Der macht nur noch Pause, seit er Frührentner ist. Um alles
muss ich mich alleine kümmern. Der hockt den ganzen Tag
auf der Couch und glotzt Fernsehen. Nur zum Essen steht
er manchmal auf und dann motzt er auch noch, wenn es
Rosenkohl gibt. Zum Glück ist jetzt unser Adoptivsohn wieder daheim, der Gottfried. In den nächsten Tagen laden wir
Ihre Frau und Sie mal zum Kaffee ein. Gottfried ist viel in
der Welt herumgekommen und erzählt interessante Sachen.
Ihre Tochter hat übrigens schon mit ihm gesprochen, Herr
Palzki. Mein Mann ist zwar nicht so glücklich darüber, dass
unser Adoptivsohn wieder da ist, aber ich freue mich. Er hat
ja auch grüne Hände, daher will er jetzt den Garten umgestalten und ein paar seltene Hanfgewächse anpflanzen. Er hat
mich auch überredet, die Kakteensammlung im Wohnzimmer aufzugeben, weil das so spießig wäre. Stattdessen will er
Pilze züchten. Gottfried meinte, da gäbe es sehr schöne und

lohnende Exemplare. Und dann will er ja bald auch Kostgeld zahlen, hat er gesagt. In der nächsten Woche will er ein paar Freunde einladen und eine kleine Begrüßungsparty feiern. Ach, da fällt mir ein, da muss ich ja noch einkaufen. Glauben Sie, Herr Palzki, dass sich Gottfrieds Freunde über einen Endiviensalat freuen würden?«

Die Millisekunde Pause, die ihrer rhetorischen Frage folgte, nutzte ich gnadenlos.

»Das wird bestimmt der Hammer, Frau Ackermann. Denken Sie auch an die Rahmenangebote. Topfschlagen, Blinde Kuh und die Reise nach Ganz-weit – äh, Jerusalem sind die Klassiker eines jeden Belustigungsprogramms. Entschuldigen Sie bitte, ich muss rein, das Essen wird kalt.«

Tatsächlich gelang es mir, die Flucht zu ergreifen. Als ich den rettenden Hausflur erreicht hatte, wollte ich sofort nach meiner Tochter rufen. Ein heftiger Magenschwinger kam mir zuvor.

Als ich wieder klar denken konnte, sah ich Paul in Boxhandschuhen vor mir stehen.

»Mein kleiner Bruder muss gleich am ersten Tag lernen, wie man sich zur Wehr setzt. Sonst ist er ja so hilflos. Papa, ist die Leber eigentlich links oder rechts?«

Ich nahm mir vor, meinem Sohn nachher ein paar Fotos von ihm als Baby zu zeigen, damit er endlich einsah, dass ein Neugeborener nicht die gleichen physikalischen und geistigen Möglichkeiten wie er hatte. Wahrscheinlich würde er aber auch dies mit seiner kindlichen Logik ignorieren.

Ich schluckte die Magensäure runter, schob Paul zur Seite und ging ins Wohnzimmer. Melanie saß in seltener Eintracht neben ihrer Mutter.

»Hallo, ihr beiden, macht ihr einen auf Familienidylle?«

Während Stefanie mich böse anfunkelte, streckte mir meine Tochter die Zunge raus.

»Hallo, Reiner. Du bist heute aber früh dran. Dann mach ich mich gleich mal ans Essen.«

»Wie geht's dir überhaupt?«

Stefanie streichelte sich über den Bauch, während sie aufstand. »Unser Nachwuchs hat sich wieder beruhigt. Ich habe bis heute Mittag am Stück durchschlafen können.«

Ich wollte gerade vor Neid erblassen, als Melanie sich einmischte.

»Was ist jetzt, Mama? Darf ich?«

»Von mir aus, um 21 Uhr bist du aber wieder daheim.«

Oha, da war etwas im Busch, was einer väterlichen Klärung bedurfte.

»Wo geht unsere Tochter bis 21 Uhr hin?«

Meine Frau schmunzelte. »Sei doch nicht immer so streng. Sie will morgen Abend mit ein paar Freunden Pizza essen gehen. Dafür ist sie doch wirklich alt genug.«

Ich fixierte Melanie. »Mit welchen Freunden triffst du dich? Hast du deiner Mutter eigentlich schon erzählt, dass du dich mit Gottfried Ackermann unterhalten hast?«

Wenn Blicke töten könnten, müssten Gerhard und Jutta den Fall in Speyer ohne mich zu Ende bringen.

Stefanie blieb abrupt stehen, blickte zu Melanie und hatte für einen kurzen Moment eine Maulsperre, bevor sie nachfragen konnte. »Was hast du?«

Unsere Tochter schnappte sich ein unschuldiges Sofakissen und warf es mir an den Kopf.

»Alte Petze«, schrie sie und verließ den Ort des Dramas.

Die Welt drehte sich weiter, und ich setzte mich an den Küchentisch und beobachtete meine Frau, wie sie das Abendmahl kreierte. Meine wirklich ernst gemeinte Hilfe schlug sie aus.

Hunger hatte ich keinen, das konnte und durfte ich aber nicht verraten. Und selbst wenn ich Hunger gehabt hätte, auf den Gemüseauflauf, den meine Frau liebevoll und fast schon künstlerisch zubereitete, wäre ich nicht sonderlich scharf gewesen. Manchmal gab es Situationen im Leben, die waren unabänderlich wie das persönliche Schicksal.

Während des Abendessens, ich genehmigte mir ein eiskaltes Pilsner, sprach Melanie kein Wort. Das machte aber nichts, schließlich gab es Paul.

»Mama, Papa, habt ihr schon einen Namen für meinen Bruder?«

Damit hatte er einen wunden Punkt erwischt. Wir hatten zwar eine zweimal fünf Namen zählende Liste, diese war sogar mit einer doppelten Rangreihenfolge versehen, aber die Reihenfolgen von Stefanie und mir unterschieden sich wie Tag und Nacht.

Ich setzte alles auf eine Karte und fragte unser momentan noch jüngstes Familienmitglied: »Hast du einen Vorschlag?«

Er nickte. »Klar, mein Bruder soll Paul II. heißen.«

Melanie prustete Karotten über den Tisch, Stefanie bekam einen spontanen Schluckauf und ich schaute unheimlich dämlich aus der Wäsche.

»Wie willst du deinen Bruder nennen? Man kann doch zwei Geschwistern nicht den gleichen Namen geben«, tadelte ihn seine Mutter.

»Soll er ja auch nicht«, meinte Paul. »Wir würden ihn Paul den zweiten rufen. Von diesen Benedikts gibt's in Rom ja auch 16 Stück.«

Ich lachte schallend. »Aber doch nicht gleichzeitig. Dort gibt es immer nur einen Benedikt.«

Paul gab nicht auf. »Wenn denen in Rom kein anderer Name einfällt, können wir auch den gleichen nehmen. Es gibt keinen besseren Namen als Paul. Wenn ich groß bin, werden meine Kinder alle Paul heißen.«

Jetzt lachte auch Stefanie. »Und was passiert, wenn du eine Tochter bekommst?«

»Da pass ich drauf auf, dass es nur Jungs werden. Was soll

ich mit einer Tochter? Es ist schlimm genug, dass ich eine Schwester habe.«

Eine Sekunde später hatte er eine dünne Scheibe Kohlrabi inklusive Käsesoße an seiner Stirn hängen, die Melanie mit ihrer als Schleuder eingesetzten Gabel abgeschossen hatte.

Stefanie gelang es, ein Blutbad zu verhindern. Melanie, die für den morgigen Abend zu Hausarrest verdonnert wurde, verließ murrend die Küche. Paul stand gleichfalls auf und meinte zum krönenden Abschluss: »Papa, die Tante von meinem Freund Michael möchte dich nach den Ferien sprechen. Die ist doch Lehrerin in der Parallelklasse. Die hat richtig böse geschaut, als wir ihr unseren Streich mit dem Absperrband erzählt haben.«

Stefanie sah mich fragend an, und mir blieb nichts anderes übrig, als ihr in wenigen Worten und unter Auslassung einiger wichtiger Details von der Polizeiaktion am Morgen zu erzählen. Nun würde auch Paul Hausarrest bis zu seinem 18. Geburtstag erhalten.

Immer öfter musste ich gähnen, und die einzelnen Gähnattacken dauerten von Mal zu Mal länger. Schließlich schickte mich meine Frau ins Bett. Von dem blöden Attentat in Speyer würde ich ihr morgen erzählen. Den Kratzer am Ohr konnte man nur noch erahnen.

*

Der Schlaf war sehr erholsam. Selbst für Albträume war ich zu müde. Irgendwann knallte mir die Sonne ins Gesicht. Kein Wecker, kein Paul'scher Torpedo, der ins Bett sprang, nur die Sonne weckte mich. Da dies äußerst selten passiert, wunderte ich mich sofort. Der Rollladen war hochgezogen, der Blick auf den Radiowecker brachte weitere Verwirrung, es war kurz nach 10 Uhr. Ich sprang erschrocken aus dem Bett. Was war passiert? Wo war Stefanie? Meine Suche blieb erfolglos, auch von meinen Kindern fand ich keine Spur. Ich wurde nervös und begann, mir Gedanken zu machen. Hatte ich im Schlaf geredet und fatale Dinge ausgesprochen, sodass meine Frau mit den Kindern wieder ausgezogen war? Nein, das konnte es nicht sein. Solche schrecklichen Dinge gab es in meinem Lebenslauf nicht. Lag sie vielleicht im Krankenhaus und sie hatte mich nicht wach bekommen? Aber wo waren Paul und Melanie? Sie würde sie doch nicht bei Ackermanns geparkt haben?

Meine Gedanken wurden immer verworrener, ich musste zur Ruhe kommen. Ich beschloss, nach schmackhaften Nahrungsmitteln zu suchen, die Melanie versteckt haben könnte. Außer einer Flasche Cola hinter dem Bio-Ketchup konnte ich nichts finden. Dafür fand ich einen Zettel auf dem Küchentisch.

›Guten Morgen, Reiner. Ich bin mit den Kindern einkaufen. Jutta hat angerufen, du kannst heute daheim bleiben‹.

Bezüglich Stefanie war ich beruhigt, auf Jutta dagegen sauer, da sie einfach über mich hinweg bestimmt hatte. Wie wollte sie entscheiden, ob ich einfach daheimbleiben konnte? Die Ermittlungen waren an einem schwierigen Punkt angekommen, und durch den gestrigen Anschlag war ich nun selbst direkt betroffen. Nein, die Ermittlungen würde ich niemandem überlassen. Vorausgesetzt, Stefanie konnte sich noch ein wenig gedulden.

Ich nahm eine ausgedehnte Dusche. Ich war gerade fertig, da hörte ich, wie die Eingangstür geöffnet wurde.

Paul und Melanie kamen zuerst. Sie trugen Einkaufstaschen und sparten sich die Begrüßung. Stefanie lachte mich strahlend an.

»Guten Morgen, du Langschläfer. Heute haben wir ein wunderschönes Wetter. Wollen wir auf der Terrasse essen? Ich hatte ganz vergessen, dass heute Gründonnerstag und morgen Feiertag ist. Deshalb haben wir noch schnell Fisch und Spinat besorgt.«

Fisch. Schon wieder war ein Jahr vorbei. Fisch aß ich ausschließlich in Stäbchenform oder selten mal als Burger. Von dieser Ausschließlichkeitsregel gab es nur eine Ausnahme: Am Karfreitag gab es immer Fisch. Mit Gräten und allem, was dazugehörte. Ich wusste, dass es nicht nur mir alleine so ging. Ich hatte mal gelesen, dass McDonald's und Co. am Karfreitag die meisten Burger im Jahr verkauften. Ganze Generationen waren an diesem Tag auf der Flucht vor Mutters Mittagstisch. Ganz so extrem musste das bei mir nicht sein. Ich war durchaus zu einem oder zwei Tagen mit Fisch oder vegetarischer Kost im Jahr bereit. Solange es keinen Rosenkohl gab. Da hörte bei mir jegliches Verständnis auf.

»Ich kann leider nicht dableiben, liebste Gattin«, flötete ich leicht übertrieben. »Jutta hat etwas falsch verstanden. Ich muss unbedingt in den Dienst und heute Abend nach Frankenthal zu diesem Vortrag.«

Stefanie war von meiner Mitteilung alles andere als begeistert.

»Das ist aber schade. Ich habe mich so sehr auf ein geruhsames verlängertes Osterwochenende gefreut. Bist du zumindest an den Feiertagen zuhause? Dann könnten wir nach Speyer ins historische Museum der Pfalz gehen. Die haben gerade eine Ägypten-Ausstellung.«

»Langweilig«, tönte es zweistimmig aus dem Hintergrund.

»Mal sehen«, sagte ich vorsichtig. »Wir waren erst letzten Sonntag in Speyer. Ich muss vorher herausfinden, was im Museum an gefährlichen Dingen passieren kann.«

Nach einem gesunden Frühstück und der Kontrolle meines Handys verließ ich das Haus. Ich kam nicht sehr weit.

»Ah, da is ja widder de Herr Bolizischt«, machte mich eine mir bekannte Stimme an. »Do im Neibaugebiet zu wohne, is ä scheni Sach, wescht, was ich meen?«

Ich nickte beiläufig und tat eilig. Punker Gottfried sah es anders.

»Mei Mutter hot gsagt, das se iwwer Oschtre die Palz-kis eilade will. Mol ä klennes Schwätzche halte, hot se gsagt, wescht.«

»Prima«, antwortete ich ohne Überzeugungskraft. »Mal schauen, ob wir Zeit haben.«

Gottfried trat näher. »Eijo, Bolizischte hänn immer was zu tu. In Berlin treiwe sich die Bulle in de Freizeit sogar in de Szen rum, wescht?«

Ich tat, als würde ich nichts verstehen und öffnete mein Auto.

»Awwer do in de Palz gfallts ma noch besser. Ich hab sogar schunn Kunde in Speyer gfunn, des ging ratzfatz. Wescht, was ich meen?«

Jetzt wurde ich hellhörig, versuchte aber, mir nichts anmerken zu lassen.

»Und was bieten Sie so alles an? Und wem?«

Gottfried stutzte. »Des is mei Gschäftsgeheimnis. Net dass mer des ähner nochmacht oder klaut.«

Ich stieg ein und ließ den Motor an. Um Gottfried konnte ich mich nächste Woche kümmern.

Jutta, Gerhard und Jürgen waren erstaunt, als ich ins Büro platzte.

»Was ist mit dir los, Reiner? Hast du was vergessen?«, fragte Jutta.

Ich setzte mich zu ihnen an den Besprechungstisch.

»Nein, meine liebe Jutta, ich habe nicht vergessen, dass ich Polizeibeamter bin. Wie habt ihr euch in meiner Abwesenheit die Arbeit aufgeteilt? Habt ihr ein Stück für mich übrig gelassen?«

»Sei mal nicht gleich beleidigt«, beruhigte mich Gerhard. »Jutta meinte, du hättest gestern Mittag erbärmlich ausgesehen. Außerdem hast du dir bestimmt einen Schock eingefangen, als auf dich geschossen wurde.«

»Aha, so sieht es also aus. Danke, dass ihr euch so viele

Gedanken um meine Gesundheit macht. Um es mit Dr. Metzgers Worten auszudrücken: Alles, was unter zwei Tage im Koma liegt, zählt als Simulant.« Ich schaute meine Kollegin an. »Was ist gestern in Speyer und in Hockenheim rausgekommen?«

Jutta wirkte resigniert. »Nichts, Reiner, überhaupt nichts. Wir haben Spuren ohne Ende gefunden, aber keine, die sich bis jetzt direkt mit der Tat verbinden ließen. Und die Kollegen in Hockenheim sind ebenfalls ratlos.«

»Das gibt's doch nicht. Im Speicher muss was zu finden sein.«

»Natürlich«, bestätigte Jutta. »Von dir, den beiden Polizeibeamten aus Speyer, dem Hausmeister, der regelmäßig nach dem Rechten schaut, und unbekannte Schuhspuren. Aber keine Fingerabdrücke am Fenster oder sonst wo.«

Ich wollte etwas sagen, aber sie unterbrach mich. »Übrigens, etwa zwei Drittel der Spuren hast du mit deinen Quadratlatschen verwischt.«

Ich zuckte mit den Schultern. »Bleibt ja immerhin ein Drittel übrig. Es musste schnell gehen, da konnte ich vorher schlecht die Spusi rufen. Wie viele Personen haben Zugang zu den Gebäuden?«

»Vergiss es«, meinte Gerhard. »Jeder, der irgendetwas im Ordinariat zu tun hat, könnte unbemerkt den Schlüssel neben dem Eingang zum Empfangsraum ausleihen und eine Kopie anfertigen. Einige weitere Bistumsorganisationen haben ebenfalls Schlüssel. Da kannst du genauso gut alle Speyerer Bürger unter Generalverdacht stellen.«

»Jeder hat seine Leichen im Keller, auch die Speyerer. Gerade wir als Polizeibeamte wissen das nur zu gut.«

»Was uns aber im konkreten Fall nicht weiterhilft«, konterte Gerhard.

»Lass mal gut sein, den Kerl erwische ich bald.«

Jutta schaute mich fragend an. »Bist du sicher, dass der Täter männlich ist?«

»Nein, natürlich nicht, das war nur so dahingesagt. Aber ich habe das unbestimmte Gefühl, dass er sich in die Enge gedrängt fühlt. Und das gilt es auszunutzen. Gibt es neue Informationen aus Otterberg?«

»Wegen des morgigen Feiertags liegen die Ergebnisse voraussichtlich erst am Samstag vor. Im Moment konzentrieren sich die Kollegen auf die Zusammensetzung des Sprengstoffs. Den Cordhosenträger hat man in die Psychiatrie gesteckt.«

Ich fluchte leise vor mich hin. Nirgendwo gab es einen greifbaren Hinweis.

»Was habt ihr bezüglich Frankenthal geplant?«

Jutta trank ihren Sekundentod leer. »Das Übliche, wir arbeiten teilweise verdeckt. Nönn und Fratelli werden ohne Unterbrechung bewacht. Etwa ein Viertel des Personals des Congressforums wird heute Abend Zivilbeamte sein.«

»Und wie erkenne ich diese, wenn es hart auf hart kommt?«

»Du willst doch nicht etwa nach Frankenthal?« Jutta klang wenig begeistert. »Weiß Stefanie davon?«

Vorwurfsvoll antwortete ich: »Meinst du, ich mache etwas, ohne vorher meiner Frau Bescheid zu geben?«

Ja, gut, es klang nicht sehr glaubwürdig. Was Besseres fiel mir aber nicht ein.

Jürgen überreichte mir ein paar Blätter.

»Die Recherche über Manfred Wolfnauer war sehr einfach, er ist der Vorsitzende des Dombauvereins. Die andere Sache war wesentlich komplexer.«

Ich bedankte mich und studierte die Akten. Die Recherche Wolfnauer hatte sich erledigt, die andere barg Sprengstoff.

»Das ist ja unglaublich«, kommentierte ich.

»Glaubst du, dass es mit unseren Ermittlungen zu tun hat?«, fragte meine Kollegin.

Ich schüttelte den Kopf. »Denke ich nicht. Aber Auflösen

will ich das schon, auch wenn es uns nur ein paar Punkte in der B-Note beim Bistum einbringt.«

»Haben wir immer noch Probleme in Speyer?«

Schon wieder wurden wir in dieser Woche von KPD kalt erwischt. Hinter unserem Vorgesetzten kam, wie sollte es anders sein, Dietmar Becker zum Vorschein. Sein häufiges Auftreten war mir ein weiteres wichtiges Indiz, dass die Ermittlungen ihrem Höhepunkt zustrebten.

Ich begann sogleich mit meiner Ablenkungstaktik. »Ist Ihre Klimaanlage funktionstüchtig, Herr Diefenbach? Gerade vor ein paar Minuten habe ich zu meinen Kollegen gesagt, dass es heute so angenehm ruhig ist im Büro.«

KPD machte keine allzu freundliche Miene. »Die Techniker kriegen das mit der Steuerung nicht hin und faseln irgendetwas von einer Funkkanalüberschneidung im Cosinusbereich. Jedes Mal, wenn ich über die Fernbedienung die Temperaturregelung der Anlage justiere, wird unten in der Zentrale Katastrophenalarm ausgelöst. Zweimal ist bereits die Feuerwehr ausgerückt und stand plötzlich vor unserer Dienststelle.«

»Das ist ja entsetzlich«, schleimte ich. »Wenn wir irgendetwas für Sie tun können?«

Hoffentlich kommt er jetzt nicht auf die Idee mit den Palmenwedeln, dachte ich mir.

Die Ablenkung war wenig dauerhaft. KPD wollte es heute genau wissen.

»Unser Pressevertreter Herr Becker hat mir berichtet, dass es gestern eine Schießerei in Speyer gab. Was ist da passiert?«

»Das würde mich auch brennend interessieren«, mischte sich der Student ein. »Der Kanzleidirektor hat mir zwar zugesichert, dass er exklusive Hintergrundinformationen für mich hätte, doch als ich ihn anrief, war er kurz angebunden und sprach von einer bedauerlichen Nachrichtensperre.«

Endlich mal ein Grund, mich zu freuen. Mein Anruf gestern auf dem Heimweg hatte sich gelohnt. Ich hatte Wolf mit sofortigen Konsequenzen wie Beschlagnahmung seines Führerscheins gedroht, wenn er auch nur eine einzige Kleinigkeit an Becker weitergeben würde. Im Prinzip waren es aber vergebliche Bemühungen, da der Student sich seine Informationen nun direkt an unserer Quelle besorgte.

»Das war nur eine Kleinigkeit, Herr Diefenbach«, versuchte ich die Tat zu bagatellisieren. »Ein Verrückter hat im Ordinariat herumgeballert. Es gab aber nur einen Leichtverletzten. Der Schütze ist leider unerkannt entkommen.«

»Ach so«, kommentierte KPD. »Dann ist es ja vernachlässigbar und berührt nicht einmal meine Kriminalitätsstatistik.« Er schaute zu Becker. »Sind Sie mit dieser Aussage zufrieden?«

Der Student nickte. »Wenn das so ist. Wie ist das eigentlich heute Abend, wenn die Herren Nönn und Fratelli in Frankenthal sind?«

KPD stand ein Fragezeichen im Gesicht. »Wer sind diese beiden?«

Typisch KPD, er hatte keine blasse Ahnung, was in den letzten Tagen passiert war. Wenn Becker nur seine Klappe halten könnte.

»Das sind die beiden Fast-Verletzten aus dem Dom vom vergangenen Sonntag«, erklärte ich meinem Chef. »Wir sind heute Abend alle im Congressforum und passen auf die zwei auf.«

»Ah, Sie gehen ins Congressforum! Wenn Sie das früher gesagt hätten, wäre ich mitgekommen. Jetzt habe ich leider einen Termin mit diesem Generalvikar Dr. Alt in Speyer. Er will mit mir ein paar grundlegende Dinge besprechen. Aber warum nehmen Sie nicht Herrn Becker mit? Dann haben wir gleich die hiesige Presse an Bord. Mit Frankenthal und dem Congressforum ist es nämlich so eine Sache: So gerne ich dort bin, weil es einfach ein tolles Veranstaltungsgebäude ist, liest man in der Zeitung so gut wie nie etwas darüber. Das liegt an diesen seltsamen Regionalzuschnitten der Rheinpfalz-Zeitung. Da hat Frankenthal nämlich eine eigene Ausgabe. Frankenthaler erfahren nur wenig vom Rest der Welt, und der Rest der Welt noch viel weniger über Frankenthal.«

Becker strahlte. »Ja, so machen wir es, Herr Diefenbach.«

KPD stand auf. »Dann hätten wir für heute alles geregelt. Ab morgen habe ich übrigens Urlaub, ich fahre übers Wochenende zu einem Wellnessseminar: Wasserkur nach Pfarrer Sebastian Kneipp. Passen Sie mir bitte in der Zeit auf Herrn Becker auf, damit er stets auf alle Informationen zugreifen kann.«

Wir nickten unserem Chef synchron zu, Hauptsache, er würde jetzt verschwinden. Ich half ein wenig nach.

»Dann wünschen wir Ihnen viel Spaß mit Ihrer Wasserkur, Herr Diefenbach. Über Ostern wird in unserer Region bestimmt nichts Tragisches passieren. Wir werden auf Notdienst umstellen.«

KPD nickte, und ich frohlockte. Ich hatte nun mehrere Tage Zeit, den Fall zu lösen, ohne dass mir mein Vorgesetzter wie sonst üblich die Lorbeeren stehlen konnte. Diese Chance galt es zu nutzen.

»Kommen Sie, Herr Becker.« KPD war noch einmal zurückgekommen und lugte zur Tür herein. »Ich habe in meinem Büro ein paar selbst entwickelte Konzeptpapiere für die Umgestaltung der Speyerer Altstadt. Das wird Sie bestimmt interessieren. Heute Abend zeige ich die Entwürfe dem Generalvikar, er wird mit Sicherheit begeistert sein.«

Becker rollte mit den Augen. Zu gerne wäre er bei uns geblieben. Ich bedankte mich gedanklich bei meinem Chef und war mir sicher: Heute war mein Glückstag.

»Wie soll das nur weitergehen«, dachte Jutta laut nach, als

die beiden verschwunden waren. »Laut Statistischem Bundesamt sind über 80 Prozent der Arbeitnehmer mit ihrem Chef unzufrieden. Aber eigentlich müsste man in dieser Statistik KPD doppelt oder dreifach zählen. Wie können wir ihn nur loswerden?«

»Vielleicht kompromittieren?«, meinte Gerhard. »Irgendeine faule Geschichte, die wir ihm andichten?«

»Das wäre aber äußerst unfein«, gab ich zu bedenken. »Und wie willst du das anstellen?«

»Ich könnte meine Schwester fragen. Doris Steinbeißer ist Moderatorin beim SWR4 Kurpfalzradio. Wenn wir das geschickt verpacken, und die Herkunft der Gerüchte nicht nachvollziehbar ist …«

Verschwörerisch lächelten wir um die Wette.

»Die Idee behalten wir uns für nach Ostern mal im Hinterkopf«, beschloss Jutta für uns alle gemeinsam.

»Können wir uns in dem Zusammenhang auch unseres Hilfspolizisten Dietmar Becker entledigen? Ich denke, die Metropolregion hat genug von seinen seltsamen Krimis. Irgendwann schreiben wir einen eigenen, aber absolut authentischen Thriller. Wie wär's mit ›Kommissar Palzki und die tödlichen Gefahren der Vorderpfalz‹.«

»Moooment mal!«, intervenierte Jutta. »So weit sind wir noch nicht. Und warum soll gerade dein Name im Vordergrund stehen?«

Wir diskutierten noch ein Weilchen, ohne zu einem Ergebnis zu gelangen. Bevor ich mich verabschiedete, hörte ich mir mit halbem Ohr die Einsatzpläne für den Abend an. Jutta hatte ein erhebliches ziviles Polizeiaufgebot organisiert. Ob das nicht ein bisschen zu viel des Guten war?

17 VIEL FREIZEIT

Die Fahrt nach Speyer verlief ohne Komplikationen. Ich erwähnte bereits, dass das mein Glückstag war? Dies sollte allerdings nicht so bleiben.

Nönn, Wolf und Mönch fand ich zusammen mit Fratelli im Sozialraum sitzend. Sie sahen wenig begeistert aus. Mathias Huber saß im Hintergrund und las vertieft in einer Zeitschrift.

»Guten Tag, meine Herren. Hallo, Frau Mönch«, begrüßte ich die Runde. »Warum diese Weltuntergangsstimmung?«

Fratelli deutete auf den Tisch. Dort standen Tassen und Kekse.

»Wollen Sie auch eine Tasse grünen Tee?« Nina Mönch sprach das Wort Tee fast verächtlich aus.

»Zum Glück habe ich rechtzeitig drangedacht und unterwegs in einem Café meinen Koffeinspiegel aufgefüllt«, meinte der Verlagsgeschäftsführer.

Ich verstand immer noch nicht. »Was hat das mit dem Tee auf sich?«

Alle sahen mich an, als hätten sie einen Deppen vor sich stehen.

»Verstehen Sie nicht, Herr Palzki? Es ist Gründonnerstag. Und da gibt es für alle Verlagsmitarbeiter nur grünen Tee zu trinken. Kaffee wird heute nicht geduldet.«

»Probieren Sie auch die tollen Kekse«, ergänzte Mönch nicht weniger verächtlich.

So etwas ließ ich mir niemals mehrfach sagen. Ich griff mir gleich zwei der gefüllten Doppelkekse und stopfte sie mir auf Ex in den Mund. Der Erfolg ließ nicht lange auf sich warten. Es würde gegen die guten Sitten und den Anstand verstoßen, die Sauerei zu beschreiben, die aufgrund der Mundflucht der

Kekse entstand. Sogar Huber funkelte im Hintergrund mit seinen dunklen Augen.

»Vergiftet?«, fragte ich hustend und spuckend, während mir Nönn eine volle Rolle Papiertücher reichte.

»So ungefähr«, antwortete Fratelli. »Zum grünen Tee gibt es einmal im Jahr grüne Kekse mit Rosenkohlfüllung.« Er hob eine Tüte hoch. »Elite-Qualität, mindestens vier Monate lang schock- und dauergefrostet.«

Zweimal in meinem Leben, zumindest seit ich mich erinnern kann, hatte ich Rosenkohl in meinem Mund gehabt. Beide Mal mit identischem Ergebnis. Doch dieses Mal war ich erwachsen und musste die Sauerei selbst wieder beseitigen. Frau Mönch öffnete das Fenster. »Kein Problem, Herr Palzki. Uns ging es beim ersten Versuch genauso, allerdings hat es noch niemand gewagt, einen Keks komplett auf einmal in den Mund zu stecken. Wir haben bereits Eingaben nach Rom geschickt und Petitionen an den Bundestag geschrieben: erfolglos. Rosenkohl wird vorläufig nicht auf die Liste verbotener Substanzen gesetzt.«

»Warum machen Sie das?«, fragte ich den Geschäftsführer und war auf die Begründung mehr als gespannt.

Dieser zuckte mit den Schultern. »Das gab's schon vor unserer Zeit und ist eine lange Verlagstradition. Bei den Kollegen in Norddeutschland soll es am Gründonnerstag übrigens ausschließlich Grünkohl geben. Das finde ich sogar noch eine Stufe heftiger.«

Auch dieses Abenteuer war irgendwann überstanden. Es roch zwar etwas säuerlich, aber ein bisschen frische Luft durch das offene Fenster hat noch niemandem geschadet. Es wurde Zeit, den ersten Höhepunkt des Tages einzuleiten.

»Herr Wolf, wären Sie bitte so freundlich, den Generalvikar anzurufen? Ich hätte da etwas für ihn.«

Vorhin hatten mich alle wie einen Deppen angeschaut, jetzt blitzte eher spontane Verwunderung durch.

»Haben Sie den Täter geschnappt?«, rief Fratelli.

»Wahrscheinlich nicht, aber ich habe eine andere besondere Entdeckung gemacht. Sie können gespannt sein.« Ich wandte mich an den Kanzleidirektor. »Vielleicht können wir Herrn Dr. Alt in etwa zehn Minuten im Ordinariat abholen. Ich würde dann mit ihm und Ihnen zum Haus in der Engelsgasse gehen.«

»Ist es wegen meiner Planen?« Fratelli langte sich mit einer übertriebenen Geste an den Kopf. »Die stören doch keinen Menschen, außerdem lasse ich sie demnächst abholen.«

Ich schüttelte den Kopf. »So einfach ist die Sache nicht. Ich kann Sie aber beruhigen, es geht nicht um Ihre Planen. Es hat wahrscheinlich überhaupt nichts mit dem Peregrinus-Verlag zu tun. Sie können also gerne hierbleiben.«

»Im Leben nicht«, tönte er. »Ich will sehen, was Sie herausgefunden haben.«

Nönn meldete sich zu Wort. »Wenn es nicht zwingend ist, würde ich gerne im Verlag bleiben, Herr Palzki. Ich bin gerade an einer diffizilen Stelle in meiner Reihe über die Domrestaurierung. Ich habe erste Hinweise gefunden, warum man vor 50 Jahren die Tieferlegung des Fußbodens im Mittelschiff veranlasst hat. Darüber gibt es bisher nur sehr wenige zuverlässige Quellen.«

Zusammen mit Wolf und Fratelli ging ich zum Bischöflichen Ordinariat. Den Weg kannte ich inzwischen auswendig, auch die Gefahren, die uns unterwegs auflauerten, waren mir bewusst.

»Hallo, Herr Palzki!«, schrie Metzgers Stimme über den Domplatz. »Gefällt es Ihnen in Speyer so gut, dass Sie jeden Tag hier sind? Ich dachte, echte Schifferstadter sind immer etwas neidisch auf die Speyerer. Ihre Heimatstadt hat halt nicht so viel zu bieten. Eine Leichenhalle aus den Siebzigern und dann noch, äh, ja, also mehr fällt mir da auf die Schnelle nicht ein.«

Metzger führte sein typisches Frankensteinlachen auf.

»Vorhin war so ein komischer Typ da. Der hat gemeint, dass er demnächst den Dom mit Folien zuhängt. Ja, hab ich gesagt, soll er machen und das Finanzamt gleich dazu. Wenn's geht aber luftdicht.«

Er zeigte grobmotorisch auf den Dom. »Als erster Werbekunde habe ich einen Superpreis bekommen. Direkt auf der Domvorderseite habe ich über dem Eingang 400 Quadratmeter Werbefläche gebucht. Da kann ich einen Monat lang meine Angebote platzieren. Gegen einen kleinen Aufpreis kann ich darauf sogar per Beamer Videos zeigen. Vielleicht zeige ich da mal eine Live-Übertragung einer OP.«

Während Metzger ins Schwärmen geriet, lief ich einfach weiter. Wolf und Fratelli folgten mir auf dem Fuß.

»Da muss ich nachher gleich mit Christo telefonieren«, meinte Fratelli. »Werbung auf dem verhüllten Dom, das geht überhaupt nicht. Das kann er mit der Zugspitze machen, die will er nämlich danach verhüllen.«

Dr. Alt wartete bereits in der Eingangshalle auf uns.

»Ich bin äußerst gespannt, was Sie uns zu zeigen haben, Herr Palzki.«

Gemeinsam gingen wir die paar Meter zum ehemaligen Altersheim. Ich ließ Wolf aufschließen und forderte meine Begleiter auf, über die Lichtschranke zu steigen. Mit einer schnellen Bewegung öffnete ich die Tür zum Büro. Es war, wie ich es vermutet hatte. Browinkel schlief zurückgelehnt in seinem Bürostuhl. Zwischen Kopf und Wand hatte er ein Kissen eingeklemmt.

»Mahlzeit!«, schrie ich, und der Schläfer erwachte mit einem Ruck. Entsetzt starrte er uns an. Nach zunächst hilflosem Herumgestottere fing er sich wieder.

»Guten Tag, Herr Dr. Alt. Was machen Sie hier?« Er schaute von einem zum anderen.

»Sagen Sie mal lieber, was Sie hier machen.«

234

»Mittagspause«, antwortete Browinkel. »Ich bleibe in den Pausen immer im Büro.«

»Das dürfen Sie selbstverständlich machen, wie Sie wollen«, bestätigte ihm der Generalvikar. »Lassen Sie sich in Ihrer wohlverdienten Pause nicht stören. Herr Palzki will uns nur etwas zeigen.«

»Ja, das will ich. Herr Browinkel, wo ist eigentlich Ihr Kollege Wolfinger?«

Browinkels Hände begannen zu zittern. Auch seine Stimme zitterte.

»Im Außendienst, irgendwo in einer Pfarrei. Ich weiß gar nicht so genau, wo er im Moment ist. Kann ich ihm was ausrichten?«

»Das ist nicht nötig«, sagte ich ruhig. »Wir haben ihn bereits gefunden.«

Browinkel, der während der Begrüßung aufgestanden war, ließ sich in seinen Stuhl fallen.

»Sie wissen, wo wir ihn gefunden haben? Auf Mallorca. Dort wohnt er seit drei Monaten ununterbrochen in seiner Finca.«

Dr. Alt wirkte für einen kurzen Moment überfordert. Fratelli und Wolf starrten Löcher in die Luft.

Browinkel blieb stumm. Gut, dann konnte ich zum nächsten Punkt kommen.

»Mein Kollege hat auch nach Adamzinski recherchiert.«

Browinkel wirkte wie ein Häufchen Elend.

Ich blickte zu Dr. Alt. »Ihr Bistumsangestellter Adamzinski ist vor über zwei Jahren gestorben. Seitdem kassiert seine Witwe das Gehalt und leitet vermutlich einen Teil an seine ehemaligen Kollegen als Schweigegeld weiter.«

Um die Sache nicht ausufern zu lassen, zog ich den Bericht von Jürgen aus der Tasche. »Die Vernehmung von Frau Schmitz hat ergeben, dass immer nur einer von drei, eigentlich vier, Mitarbeitern anwesend ist. So kam jeder auf etwa acht Monate Freizeit im Jahr. Vor Adamzinskis Tod waren es sogar neun Monate.«

Nachdenklich standen wir vor Browinkel. Schließlich fragte mich Wolf: »Wer könnte in den letzten Jahren die Arbeit dieser Abteilung gemacht haben?«

»Gute Frage«, antwortete ich. »Unter Umständen kann das Frau Knebinger herausfinden. Vielleicht gibt es im Planarchiv seit Jahrzehnten nichts zu tun. Oder es wurden externe Firmen beauftragt und die Kosten verschleiert.«

18 IM FRANKENTHALER CONGRESSFORUM

Ich hatte alle Joker gezogen. Mehr Informationen hatte Jürgen in der Kürze der Zeit nicht herausgefunden. Wie das Bischöfliche Ordinariat darauf reagierte, konnte mir egal sein. Die Sache war in den Grundzügen aufgeklärt, mehr hatte ich hier nicht zu tun. Allerdings gab es da einen blöden Gedanken, der mir seit einer halben Stunde durch den Kopf ging. Dieser Gedanke betraf das auf mich verübte Attentat. Was wäre, wenn der Schuss nichts mit der Ermittlungssache Fratelli Schrägstrich Nönn zu tun hatte, sondern von den Mitarbeitern des Planarchivs ausgeführt oder zumindest beauftragt wurde? Räumlich gesehen, befanden sich Ordinariat, Planarchiv und Bauamt in unmittelbarer Nachbarschaft. Befürchteten die Mitarbeiter zu recht, wie sich herausgestellt hatte, dass ihre Betrügereien auffallen könnten? Wenn dem so wäre, müsste ich die Lage neu bewerten. Trotz allem hatte ich ein weiteres unbestimmtes Gefühl: Heute Abend würde etwas passieren, und ich nahm mir vor, gut auf die beiden potenziell Gefährdeten und auch auf mich aufzupassen.

Dr. Alt bat, beziehungsweise befahl, Herrn Browinkel ins Ordinariat, um ein ordentliches Protokoll nach strengstem Kirchenrecht anzufertigen und weitere Schritte zu diskutieren. Ich nutzte die Gelegenheit, um mich auszuklinken. Herr Wolf hatte kein Glück. Seine Anwesenheit bei der kircheninternen Vernehmung wurde erwartet. Ich vereinbarte mit ihm, dass wir uns gegen 19 Uhr direkt im Congressforum treffen würden. Auf seine Frage, was ich in der Zwischenzeit mache, antwortete ich lapidar, dass noch ein paar Vermutungen zu verifizieren wären. Das entsprach zwar nicht der Wahrheit, machte aber neugierig.

Ich überlegte, was ich mit der unerwarteten Freizeit anfangen könnte. In den Verlag wollte ich nicht, da mich das dortige kulinarische Angebot nicht überzeugte. Heimfahren? Nein, da lief ich bestimmt Gottfried oder seiner schwatzhaften Mutter über den Weg. Und solange Stefanie sich nicht meldete, war auch bei ihr alles im grünen Bereich. Ich entschied mich für einen Bummel durch die Speyerer Maximilianstraße, wie die Hauptstraße offiziell heißt. An der Pilgerfigur blieb ich stehen. Sie hatte etwas Symbolhaftes an sich, das war klar, sonst würde sie hier nicht stehen. Der Pilger drehte dem Dom im Hintergrund den Rücken zu. Begann er gerade seine Reise? Ich schaute auf den Boden und suchte die fiktiven Fußspuren des Pilgers, so als sei er lebendig und gerade erst vom Dom aus gestartet. Über die gedachte Spur blickte ich zum Dom, der sich majestätisch zwischen der Speyerer Altstadt und dem Rhein erhebt, so als wolle er sagen: An mir kommt niemand vorbei. Hier begann am vergangenen Sonntag die Geschichte. Wo würde sie enden? Heute Abend in Frankenthal, oder befand sich die Lösung des Rätsels im Dom? Ich wurde das dumme Gefühl nicht los, als hätte ich etwas Wichtiges längst erkennen können. Welches Detail hatte ich übersehen?

So sehr ich auch grübelte, ich kam zu keinem Resultat. Ich stillte in einer Pizzeria meinen Hunger und ging zurück zum Peregrinus Verlag. Ganz in Gedanken versunken vergaß ich die Gefahr vor dem Dom. Dr. Metzger verabschiedete gerade einen Kunden.

»Da sind Sie ja schon wieder, Herr Palzki. Sind Sie nach Speyer ausgewandert? Oder wollen Sie mir Konkurrenz machen und ein Begleitschutzunternehmen für Pilger gründen?« Sein höllisches Lachen dröhnte über den gesamten Domplatz.

»Hat man Sie immer noch nicht vertreiben können?«

Metzger vollführte eine seiner grobmotorischen Handbewegungen.

»In 2.000 Jahren noch nicht, Herr Palzki. Bisher konnte mir niemand den Beweis erbringen, dass ihm der Dom gehört.«

»Kann man das nicht im Grundbuch nachlesen?«

»Wenn das so einfach wäre. Es gibt da sehr widersprüchliche Aussagen. Außerdem gibt es noch Urkunden von Napoleon.«

Ich schüttelte den Kopf. »Jetzt werden Sie bestimmt behaupten, der Dom gehört Napoleons Erben. Ich lache mich schief.«

»So weit von der Wahrheit liegen Sie gar nicht entfernt. Es gibt von Napoleon zwei Urkunden. Eine ist bekannt, aber von der zweiten, der wichtigeren, existieren nur Sekundärquellen. Wenn diese Urkunde irgendwann mal auftauchen sollte, wird es für Speyer alles andere als spaßig.«

Ich schaute ihn fragend an, und er fuhr fort.

»Damals ist der Dom in das Eigentum der Franzosen übergegangen. Das wurde nie rückgängig gemacht. Somit dürfte die Urkunde auch heute noch Bestand haben, wenn sie jemand findet.«

»Das ist doch alles hanebüchener Quatsch. Was sollen die Franzosen mit einem Dom, der in Speyer steht?«

Metzger sah mich scheel an. »Verkaufen? Vielleicht sogar an die Japaner? Die bringen es fertig und reißen den Dom ab und bauen ihn in Japan wieder originalgetreu auf. Inklusive der Kaisergräber.«

Jetzt konnte ich nicht anders, als laut herauszulachen. Den Notarzt störte das in keinster Weise.

»Die Japaner haben auch einen Plan B«, sagte Metzger und trat näher an mich heran. Er flüsterte: »Falls die Urkunde nicht gefunden wird, planen die Japaner, den Dom im Maßstab 3:1 nachzubauen.«

»Na und? Sollen sie doch. In Las Vegas gibt es einen Nachbau des Eiffelturms.«

»Hören Sie überhaupt richtig zu, Herr Palzki? Ich sagte,

im Maßstab 3:1 und nicht 1:3. Der Dom in Japan soll dreimal größer werden als das Original.«

Das wurde immer abstruser. Metzger war aber noch nicht fertig.

»Seit Tagen beobachte ich ganze Heerscharen von Japanern, die jeden einzelnen Stein im Dom fotografieren. Ich bin mir sicher, Heidelberg und Neuschwanstein sind nur Ablenkungsmanöver der Japaner. Die sind ganz allein am Speyerer Dom interessiert. Das Perfide daran ist, dass sie sich als Touristen tarnen, um ungestört spionieren zu können.«

In den letzten Tagen hatte ich viel erlebt, ohne Zweifel. Das, was ich gerade hörte, setzte dem Ganzen die Krone auf. Ostentativ blickte ich auf meine Uhr, simulierte ein Erschrecken und verabschiedete mich in Richtung Peregrinus.

Mathias Huber rannte mich fast um, als er zeitgleich mit meinem Betreten hastig den Verlag verlassen wollte. Statt einer Entschuldigung murmelte er lediglich ›Alles wird gut‹ und verschwand. Nina Mönch goss gerade die Ungeheuerpflanze.

»Ich hätte vermutet, dass das Ding Blut benötigt statt Wasser.«

Sie drehte sich zu mir um und lächelte. »Das Ding ist ein Bogenhanf oder wie man auch sagen kann: Schwiegermutterzunge. Wir haben leider kein frisches Blut mehr auf Lager. Hätten Sie Lust, ein paar Liter zu spenden?«

»Polizistenblut ist dafür überqualifiziert«, entgegnete ich und fand den Namen Schwiegermutterzunge mehr als passend. »Wo sind die Herren Fratelli und Nönn?«

»Ach, das wissen Sie nicht? Ich habe Ihnen doch den aktualisierten Projektplan gefaxt. Die zwei sind bereits vor einer halben Stunde gemeinsam nach Frankenthal gefahren. Es würde ein paar Änderungen wegen der Bestuhlung geben, da sich mehrere Nachzügler angemeldet haben.«

Das konnte heiter werden, dachte ich mir. Im Congressforum würden die beiden heute die am besten bewachten Personen der ganzen Pfalz sein, aber während der Anreise fuhren sie alleine und unbewacht.

Ich verabschiedete mich mit Ziel Frankenthal. Über die baustellenverwöhnte B 9 fuhr ich in den Frankenthaler Süden. Das Congressforum lag fast zentral in der Stadtmitte. Neben mehreren Kongressräumen und einem Restaurant gab es dort den großen Saal und den etwas kleineren Spiegelsaal. Im großen Saal war ich mit Stefanie bereits öfter bei verschiedenen Veranstaltungen gewesen. Über 1.000 Besucher passten in diesen mit Rundbogen atmosphärisch ausdrucksstark gestalteten Raum.

Ich parkte auf dem Jahnplatz und lief die paar Schritte über den Stephan-Cosacchi-Platz. Hier hatte das Congressforum seine Schokoladenseite. In einem leichten Bogen begrenzte ein Säulenarrangement den Platz. Fast auf voller Gebäudebreite führten vier Stufen zu den Sälen. Ich folgte der Beschilderung ›Kleiner Saal‹. Im großzügig gestalteten Foyer standen Stehtische, und überall wuselte Personal herum. Wandhohe Spiegel im Hintergrund ließen das Foyer noch mächtiger erscheinen. Es dauerte zwar noch mehr als zwei Stunden bis zum Beginn der Veranstaltung, aber niemand interessierte sich für mich. Weder am Eingang zum Foyer noch am Eingang des Spiegelsaals wurde ich kontrolliert. Wahrscheinlich hätte ich auch eine Kanone mit reinschleppen können, und niemand hätte sich daran gestört.

Im Spiegelsaal angekommen, blieb ich erst einmal stehen. Der Name des Saals war Programm. Der Märchenkönig Ludwig II. hätte diesen Raum nicht ansprechender gestalten können. Vielleicht war der Raum sogar nach alten Plänen des Königs erbaut worden.

Rund ein Dutzend Personen waren gerade dabei, Stühle herumzuschieben. Von hinten kam Fratelli anmarschiert.

»Hallo, Herr Palzki. So sieht man sich wieder.« Er sah erholt aus. »Ab morgen habe ich Urlaub.«

»Was wird mit den Stühlen gemacht?«

»Im Vergleich zum Planarchiv wird hier gearbeitet. Wir haben uns kurzfristig für eine Reihenbestuhlung entschieden. Dann passen knapp 300 Personen in den Saal. Ganz so viele werden es zwar nicht, aber es ist einfach gemütlicher.«

»Wissen Sie, wer alles zum Personal des Congressforums gehört und wer zur Polizei?«

Fratelli zuckte mit den Schultern. »Mir hat sich niemand vorgestellt. Glauben Sie wirklich, dass heute Abend etwas passiert? Bei so vielen Leuten?«

»Wir wissen es nicht, das ist das Problem. Auch ein Sprengstoffspürhund wird heute Abend im Einsatz sein.«

»Ach, deswegen«, fiel mir der Verlagsgeschäftsführer ins Wort. »Da ist vorhin ein Mann mit einem Riesenvieh rumgelaufen. Zuerst dachte ich, es sei ein Blindenhund.«

Wenigstens in den Grundzügen schien die Operation zu funktionieren. Ich musste schauen, dass ich Gerhard oder Jutta fand, damit die Eingänge endlich kontrolliert wurden.

»Guten Abend, Herr Palzki!«

Ich drehte mich um und stand Robert Nönn und Dietmar Becker gegenüber.

Nönn zeigte in eine Raumecke zu einer Säule. »Dort könnte sich ein Attentäter gut verstecken.«

»Aber, Herr Nönn, hier wimmelt es von Polizeibeamten. Niemals kann sich hinter der Säule jemand verstecken.«

»Ich meine ja nicht Sie, Herr Palzki. Herr Becker und ich suchen gerade Möglichkeiten für Anschläge, die er in seinem Roman beschreiben will.«

Becker war die Szene sichtlich peinlich.

»Herr Nönn, ich mache am besten ganz viele Fotos. Dann können wir uns nächste Woche einen geeigneten Ort aussuchen. Bis dahin habe ich mir Gedanken darüber gemacht, wo Sie der Attentäter am besten erwischt.«

Ich unterbrach den Dialog. »Ist das nicht ein wenig makaber, was Sie beide da anstellen?«

»Keine Spur«, antwortete Nönn. »Ihre Kollegen Gerhard Steinbeißer und Jutta Wagner haben mich bereits eingewiesen. Hier wimmelt es von Polizeibeamten. Keine Maus kommt ungesehen in den Saal.«

Ich dachte mir meinen Teil und ließ die beiden mit Fratelli zurück.

Möglichst auffällig flanierte ich durch das Foyer. Ich bückte mich sogar unter einen der Stehtische und tat so, als würde ich einen passenden Ort für eine Bombe suchen.

Plötzlich spürte ich an meinem Rücken einen spitzen Gegenstand.

»Hände hoch und zehn Kniebeugen machen«, befahl eine Stimme, die ich sofort erkannte.

»Mensch, Gerhard, musst du mich so erschrecken? Wo steckt ihr denn die ganze Zeit? Ich hätte eine ganze Kompanie einschleusen können, ohne dass jemand etwas bemerkt hätte.«

Gerhard grinste. »Das glaubst du wohl selbst nicht, du Möchtegernbombenleger. Selbstverständlich wurdest du beobachtet, als du dich unter den Tisch gebückt hast. Uns entgeht nichts.«

»Und warum hat mich niemand kontrolliert, als ich ankam?«

»Weil Jutta dich über den Platz stolpern gesehen und das Kontrollpersonal entsprechend instruiert hat.«

Er zwinkerte mir zu. »Dass du draußen auf den Stufen ohne Grund gestolpert und fast auf die Schnauze gefallen bist, wurde auf Video aufgezeichnet. Da werden wir nächste Woche auf der Dienststelle gemeinsam drüber lachen.«

Ich erinnerte mich an den blöden Ausrutscher, den ich am liebsten nie erwähnt wüsste. »Denk an den Datenschutz, Gerhard.«

Mein Kollege hatte dafür nur einen gehässigen Kommentar übrig: »Ich wusste gar nicht, dass du das Wort Datenschutz überhaupt kennst.«

Von der anderen Seite kam Jutta zu uns.

»Hallo, Reiner, deinen Ausrutscher draußen auf den Stufen habe ich gleich ins Intranet unserer Dienststelle geladen. Wir haben uns schief gelacht.«

»Könnt ihr nicht mal ernst bleiben?«, mahnte ich. »Was wäre gewesen, wenn mich auf dem Platz jemand abgeknallt hätte?«

»Sei mal nicht gleich beleidigt, Kollege. Als Polizeibeamter hat man von Berufs wegen ein kleines Restrisiko. Aber du hast recht, wir haben einen Auftrag.«

»Das ist richtig«, sagte ich und war froh, wieder beim Thema zu sein. »Dummerweise haben wir keinen Hinweis, wie unser Täter aussehen könnte, und ob er heute überhaupt einen weiteren Anschlag plant.«

»Hallo, Herr Palzki!«

Jetzt war auch Joachim Wolf angekommen.

»Haben Sie Ihre peinliche Befragung für heute beendet?«

»Das ist ein dicker Hund, Herr Palzki. Wenn es dumm läuft, kann das sogar Auswirkungen auf mich und Frau Knebinger haben. So eine Schweinerei hätte uns eigentlich längst auffallen müssen. Das wird natürlich alles ganz genau untersucht. Bis wir brauchbare Ergebnisse haben, wird es ein paar Wochen dauern.«

Wolf zögerte, er hatte noch etwas auf dem Herzen.

»Herr Palzki?«, fragte er in einer bittstellerisch süßen Stimmlage. »Werden wir auch über die Feiertage ermitteln müssen? Herr Fratelli hat doch Urlaub, und Herr Nönn wird ebenfalls nicht im Verlag sein.«

Ich nutzte die Gelegenheit, dem Hobbydetektiv die Grenzen aufzuzeigen.

»Wir Polizisten haben einen der schwersten Jobs der Welt. Eine geregelte Arbeitszeit kennen wir nur vom Hörensagen. Selbstverständlich ermitteln wir nicht nur werktags tagsüber, sondern auch nachts, am Wochenende und an den Feiertagen. Denken Sie, die vielen Gauner halten sich an die Arbeitszeitmodelle der Gewerkschaften?«

Wolf war eingeschüchtert. »Ja, dann soll es wohl so sein. Ich wollte Sie zwar fragen, ob ich mir über Ostern freinehmen kann, um zu meinen Nichten zu fahren. Wenn Sie aber darauf bestehen, werde ich Ihnen auch die nächsten vier Tage von morgens bis abends zur Verfügung stehen.«

So ein Mist. Ich war gerade dabei, mir selbst ein Ei zu legen. Stefanie würde mich mindestens umbringen, wenn ich über Ostern komplett unterwegs wäre.

»Ich mache Ihnen einen Vorschlag, Herr Wolf. Sie fahren ein paar Tage zu Ihren Nichten und hinterlassen mir Ihre Faxnummer. Sobald sich etwas von Bedeutung ergibt, melde ich mich bei Ihnen.«

Der Kanzleidirektor klang erleichtert. »Vielen Dank, Herr Palzki. Ich wusste, dass man mit Ihnen reden kann.«

Ich zog mich mit Gerhard und Jutta in eine Ecke zurück und besprach den kommenden Einsatz.

So langsam füllte sich das Foyer. Bedienungen liefen umher und boten Sekt oder Alkoholfreies an. Im Hintergrund sang leise ein gregorianischer Chor, wie mir Jutta auf Nachfrage erklärte. Überrascht nahm ich zur Kenntnis, dass auch einige jüngere Semester zu den Gästen zählten.

Ein dumpfer Gongschlag ertönte, und zeitgleich wurde der Spiegelsaal, den man vor einer Weile verschlossen hatte, wieder geöffnet. Diese Vorgehensweise entsprach zwar nicht der Regel, damit hatten aber die Zivilbeamten mehr Zeit gehabt, die Gäste im Foyer zu sichten und nach potenzieller Gefährlichkeit einzuordnen. Wir hatten vereinbart, uns im Saal zu verteilen und unter die Gäste zu mischen. Nach erstaunlich kurzer Zeit war der Spiegelsaal zu gut zwei Drittel gefüllt. Ich saß etwa im Mittelfeld mit gutem Sichtkontakt zu Nönn, der sich wohl aufgrund der zahlreichen Besucher sehr freute. Becker hatte sich neben Wolf in die zweite Reihe gesetzt. Meine Kollegen sah ich nicht.

Die Veranstaltung begann. Marco Fratelli trat vor und begrüßte das Publikum. Auch er schien sich über den Andrang zu freuen. Er kündigte an, dass der Verlag nach Beendigung der Vortragsreihe ein Buch über die Domrestaurierungsphase herausgeben würde. Er leitete über zu seinem Chefredakteur.

Nönn begrüßte ebenfalls die Zuhörer und lieferte zunächst einen Überblick. Heute würde er über die durch Bischof Dr. Isidor Markus Emanuel durchgeführte erste Phase der großen Dom-Restaurierung von 1957 bis zur 900-Jahr-Feier der ersten Domweihe 1961 sprechen. In diese Zeit fiel unter anderem die Entfernung fast aller Fresken und des Verputzes.

Im Herbst würde er hier im Congressforum über den zweiten Teil der Restaurierung sprechen. In dieser Phase wurde die Tieferlegung des Fußbodens im Langhaus veranlasst, sowie die Neugestaltung und Neueindeckung der Dächer des Langhauses, des Querhauses und des Ostchores durchgeführt.

Heute Abend gab es zwar keine szenische Lesung in Kombination mit Fratelli wie in Otterberg, dennoch war der Vortrag hochinteressant gestaltet. Nönn verstand es, auch das kleinste scheinbar unwichtigste Detail in einen Zusammenhang zu bringen, der die Vergangenheit lebendig werden ließ.

Wenn mir jemand sagen würde, dass sich während der Arbeiten schwerwiegende, durch Jahrhunderte entstandene Schäden im Mauerwerk der Pfeiler, Wände und Gewölbe zeigten, die durch Einspritzung von Mörtelmasse behoben werden konnten, würde ich nur mit den Schultern zucken. Nönn verpackte alles in eine spannende Rahmenhandlung und zitierte auch Personen der damaligen Zeitgeschichte. Dazu gab es auf einer Leinwand hinter seinem Rücken eine hervorragende Diashow mit teils atemberaubenden Aufnahmen. So einen Geschichtslehrer hätte ich mir in meiner Schulzeit gewünscht.

Schneller als vermutet gab es eine Pause. Ein Blick auf die Uhr verriet mir, dass bereits über eine Stunde vergangen war. Die Pause war heikel, weil fast alle Besucher gleichzeitig den Spiegelsaal verließen. Unauffällig postierten sich neben der Bühne mehrere Beamte, die darauf achteten, dass sich kein Unbefugter dort zu schaffen machte.

Nichts passierte, und auch die zweite Halbzeit verging wie im Flug. Der Schlussapplaus war beinahe endlos. Kein Schuss war gefallen, kein Messer war geworfen worden und keine Bombe war explodiert. Während die meisten Zuschauer innerhalb weniger Minuten das Gebäude verlassen hatten, blieben etwa 50 Personen übrig. Neben mehreren Zivilbeamten, die sich nicht als Personal verkleidet hatten, waren es vor allem sogenannte VIPs des Congressforums. Diese äußerst wichtigen Personen waren im Vorfeld vom Veranstalter zu einem Late-Night-Dinner im Culinarium eingeladen worden. Das Culinarium war das congressforumeigene Restaurant und befand sich direkt zwischen den beiden Sälen. Da alle geladenen Gäste bekannt und registriert waren, wurde, wie ich Juttas Einsatzplan entnommen hatte, die Anzahl der Zivilbeamten reduziert. Eine Handvoll würde, als Personal getarnt, im Restaurant und Foyer verbleiben, der Rest das Gebäude von außen sichern.

Das Culinarium, das laut Jutta bis vor einem guten Jahr noch unter ›Blaue Ente‹ firmiert hatte, war ein gemütlich eingerichtetes Restaurant. Wände und Decke waren in intensiven Blautönen gehalten. Mehrere schwarze Säulen und eine Lichtkuppel sorgten für Behaglichkeit.

Da sich die Frankenthaler Prominenz an dem Tisch von

Nönn und Fratelli drängte, setzte ich mich mit Jutta und Gerhard etwas abseits.

Jutta reichte mir verschwörerisch lächelnd die extra für den Abend kreierte Karte. Mir kam es gleich verdächtig vor, irgendetwas stimmte mit ihrem Lächeln nicht.

Nachdem ich die Karte überflogen hatte, wusste ich warum. Wegen der Osterzeit gab es neben Fisch nur vegetarische Kost. Das konnte ich verstehen und akzeptieren. Mich irritierte vielmehr die Überschrift, die über sämtlichen fischlosen Gerichten stand. ›Frankenthaler Rosenkohltage – Alle Gerichte mit obligatorischen Rosenkohl-Variationen‹.

Ich hatte die Wahl zwischen Pest und Cholera. Während meine Kollegen eifrig auswählten und über die besten Rosenkohlzubereitungen diskutierten, bestellte ich ein gemischtes Eis und ein Pils. Die etwas irritiert dreinschauende Bedienung klärte ich über meine schlimme Allergie gegen Gemüse und Fisch auf.

Dietmar Becker hatte nur kurz in das Restaurant reingeschaut und sich dann verabschiedet. Er wollte mit dem Zug heimfahren und unterwegs den Abend in Ruhe überdenken. Auch wenn es kein Attentat gegeben hatte, würde er diese geniale Location, wie er sich ausdrückte, als Tatort in seinem Roman nutzen.

Nachdem ich mein zweites Eis gegessen hatte, wollte ich rein interessenhalber nachschauen, wie Fratelli und Nönn sich um den Rosenkohl gedrückt hatten. Damit es nicht zu offensichtlich aussah, schlenderte ich möglichst unauffällig an deren Tisch vorbei. Fratelli entdeckte mich trotzdem, hob grinsend einen leeren Eisbecher in die Höhe und rief »Alles klar, Herr Palzki? Das war bereits mein vierter. Kollege Nönn liegt zurück. Er hat erst drei gepackt.«

Na denn. Beruhigt ging ich zu meinen Kollegen zurück und bestellte den nächsten Eisbecher.

Irgendwann verabschiedete sich Joachim Wolf.

»Und Sie melden sich ganz bestimmt, Herr Palzki, wenn ich Sie unterstützen kann?«

»Keine Bange«, antwortete ich. »Herr Becker ist schließlich bereits gegangen. Es kann heute Abend also rein statistisch gesehen nichts mehr passieren. Und über die Feiertage lassen es auch die meisten Ganoven ruhiger angehen.«

Wolf wollte darauf etwas antworten, ließ es dann aber bleiben. Er verabschiedete sich kurz von Fratelli und Nönn und verließ anschließend das Culinarium.

Trotz aller Widrigkeiten war es schön, mit den Kollegen Gerhard und Jutta in Ruhe zusammensitzen und plaudern zu können. Die Zeit verging in Windeseile, und mein Bauchgrimmen verstärkte sich mit jedem Eisbecher analog zu meinem Blasendruck. Die Kombination mit Bier war vielleicht doch nicht so ausgewogen. Ich schaute auf die Uhr: Es war bereits eine halbe Stunde nach Mitternacht. Noch immer waren bestimmt 40 Personen im Restaurant anwesend. Wegen der in Kürze zu erwartenden Unpässlichkeit entschuldigte ich mich bei meinen Kollegen. Während ich die Toilette suchte, sah ich, dass Nönn nicht an seinem Platz war. Erschrocken fragte ich Fratelli, doch der winkte nur lässig ab.

»Der ist mal für kleine Italiener.«

Da ich mit gleichem Ziel unterwegs war und inzwischen auch das Schild gefunden hatte, das in den Keller verwies, war ich schnell wieder beruhigt.

Ich nahm die Treppe nach unten und las verblüfft den Hinweis, dass es hier nicht nur zu den Toiletten, sondern auch zum Entensaal ging. Am Treppenende zeigte die Beschilderung nach links und gleich danach wieder rechts. Hier befand sich vor den Toiletten ein geräumiger Vorraum, der mit Bühnendekoration geradezu vollgestopft war. Insbesondere eine sperrige Weltkugel, die in zwei Hälften getrennt auf dem Boden lag und mit Styroporwolken gefüllt war, fiel mir auf. Ich war bereits im Begriff, die Tür zur Männertoilette zu öffnen, als ich ihn sah.

Robert Nönn lag inmitten der südlichen Erdhälfte, gut versteckt zwischen den Wolken. Während mir das Adrenalin einschoss, warf ich die Styroporwolken aus der Halbkugel. Doch zu diesem Zeitpunkt wusste ich bereits, dass alle Hilfe zu spät kam. Robert Nönn lag rücklings verkrümmt und offensichtlich ermordet vor mir. Auf seinem Kopf lag ein blutverkrusteter Metallpfosten, an dem ein Schild befestigt war. Ich las die Aufschrift: ›Kultursommer Rheinland-Pfalz 2012‹.

Eine mir unbekannte Frau kam aus der Damentoilette. Starr vor Schreck blickte sie auf den toten Nönn und dann zu mir. Es war mir klar, dass die Situation für sie eindeutig war.

»Schnell, rennen Sie hoch und alarmieren Sie den Notarzt und die Polizei.«

Sie tat, was ich sagte. Vermutlich war sie froh, mir, dem vermeintlichen Mörder, entkommen zu können.

Den Versuch, den Chefredakteur aus der Kugelhälfte herauszuziehen, musste ich abbrechen. Mir blieben nur noch wenige Sekunden bis zur innerlichen Explosion. Ich rannte so schnell ich konnte zur Toilette. Die Zeit war äußerst knapp bemessen, aber gerade noch ausreichend. Draußen hörte ich Stimmen, die schnell anschwollen. Kurze Zeit später kam jemand in den Toilettenvorraum.

»Da vorne ist verschlossen«, hörte ich jemand sagen. »Da könnte der Kerl stecken.«

Es klopfte. Ich war versucht, ›Herein‹ zu sagen, doch wegen der ernsten Lage unterließ ich dies.

»Ja, bitte?«, fragte ich stattdessen.

»Machen Sie auf!«

Über die mangelnde Höflichkeit ärgerte ich mich. »Nehmen Sie die Toilette nebenan, bei mir dauert es noch ein Weilchen.«

»Wer sind Sie? Machen Sie endlich auf!«

»Wer sind Sie überhaupt?«, fragte ich zurück. »Darf man nicht einmal in Ruhe auf die Toilette?«

Ich drückte die Spülung.

»Vor dem Klo ist was passiert, und wir müssen wissen, wer Sie sind.«

Ich vermutete, dass meine unsichtbaren Gesprächspartner Zivilbeamte waren. Trotzdem, ihre Vorgehensweise war nicht okay. Um die Sache nicht weiter eskalieren zu lassen, zog ich meinen Dienstausweis aus der Hosentasche und reichte ihn unter der Tür hindurch.

Ich hatte für wenige Sekunden Ruhe, während vor der Tür getuschelt wurde.

»Dann kommen Sie endlich raus, wenn Sie Polizeibeamter sind.« Die Stimme war energischer geworden.

»Sie müssen sich noch ein wenig gedulden. Auch Polizisten müssen mal aufs Klo. Vor allem, wenn sie Eis gegessen und Bier getrunken haben.«

Als Nachweis drückte ich ein weiteres Mal auf die Spülung.

Weitere Personen kamen in den Toilettenvorraum.

»Der da drinnen behauptet, ein Polizeibeamter zu sein und Reiner Palzki zu heißen.«

Es klopfte erneut an meiner Tür.

»Bist du es, Reiner?«

Na, endlich, das war Juttas Stimme.

»Wer denn sonst, Jutta. Schick bitte die beiden mit dem nächsten Zug nach Sibirien. Ich habe Durchfall.«

»Warst du das, der Nönn entdeckt hat? Der Beschreibung der Frau nach könnte das passen.«

»Ja, das war ich«, stöhnte ich. »Ich habe ihn erst Sekunden vorher entdeckt. Mehr kann ich dir nicht sagen. In ein paar Minuten komme ich raus.«

Der Toilettenvorraum leerte sich, und ich war wieder allein. Ich konnte mein Versprechen einlösen und nach knapp fünf

Minuten meine Sitzung für beendet erklären. Jetzt, da ich wieder klar denken konnte, überfiel mich eine endlose Traurigkeit. Der Fall nahm eine entscheidende Wendung. Der Täter hatte es trotz intensiver Bewachung geschafft, den Pilger-Chefredakteur zu ermorden. Das ›warum?‹ war nach wie vor nicht mal ansatzweise zu verstehen.

Manchmal hat man an ungewöhnlichen Orten einen Geistesblitz. Ich hatte einen beim Händewaschen. Während ich meine Hände unter den elektronischen Trockner hielt, machte es Klick. Einfach so, ohne Vorwarnung. Ich Trottel, schimpfte ich mich selbst. Darauf hättest du früher kommen können, vielleicht wäre dann Nönn noch am Leben. Ich hatte eine Idee, wie ich den Täter überführen konnte. Das würde helfen, ein Motiv zu finden. Außerdem musste dringend geklärt werden, ob Fratelli weiterhin gefährdet war.

Ich trat aus der Toilette heraus, und sofort zeigte eine Frau auf mich und rief: »Das ist der Mörder!«

Rund ein Dutzend Menschen befand sich in dem an für sich recht großen Raum. Wegen der vielen Deko war der Platz allerdings beengt. Während mich alle anstarrten, nahm Gerhard die Dame am Arm und klärte sie auf. Jutta kam auf mich zu und gab mir meinen Dienstausweis zurück.

»Alles wieder okay?«

Ich nickte kurz und schaute zu Robert Nönn, der gerade von zwei Sanitätern auf eine Trage gewuchtet wurde. Parallel dazu nahm ich die Infusionsflasche wahr und mehrere gebrauchte Spritzen, die auf dem Boden lagen.

»Er lebt?«, fragte ich unsicher aber mit erhobener Stimme den Notarzt, der kniend einen Koffer schloss. Er blickte über den Rand seiner Brille zu mir hoch.

»Gerade noch so«, sagte dieser. »Seine Chancen sind aber sehr gering. Wir werden ihn erst mal ins künstliche Koma versetzen.«

Marco Fratelli kam in mein Blickfeld, er hatte Tränen

in den Augen. »Glaube und Hoffnung sind zwei mächtige Gefährten, Herr Palzki. Finden Sie den Täter, ich fahre ins Krankenhaus. Nönn braucht mich jetzt.«

Die Spurensicherung kam. Die Aussicht, etwas Relevantes zu finden, dürfte gegen Null tendieren. Zu viele Personen hatten sich hier bewegt. Ich stand nur herum und wusste nichts mit mir anzufangen. Ich las erneut die Aufschrift auf dem Schild.

Jutta kam und erklärte mir den Zusammenhang.

»Am 4. Mai findet im Congressforum die Eröffnung des rheinland-pfälzischen Kultursommers statt. Das diesjährige Motto lautet ›Gott und die Welt‹. Heute Mittag wurden die ersten Requisiten geliefert. Aus Zeitgründen hat man sie in diesem Raum zwischengelagert.«

Jutta zeigte auf eine Tür, die mir vorhin bereits aufgefallen war.

»Das ist ein Zugang zu den Lagerräumen des Congressforums. Gerhard und ein paar Beamte durchsuchen gerade die Keller. Wahrscheinlich erfolglos. Hier unten ist alles sehr verwinkelt, und jemand, der sich ein bisschen auskennt, kann hinten im Künstlerbereich leicht unentdeckt verschwinden, zumal der Bereich heute ungenutzt war.«

Mit dieser Feststellung hatte Jutta den potenziellen Täterkreis wieder beinahe ins Unendliche vergrößert. Wenn man diesen Fluchtweg mitkalkulierte, konnte es eine beliebige Person gewesen sein, vorausgesetzt, sie kannte sich in den Katakomben des Congressforums aus.

»Was hat es mit dem Entensaal auf sich?« Auch diese Frage lag mir auf der Zunge.

»Das konnten wir ebenfalls klären«, meinte Jutta. »Nebenan im ersten Lagerraum, der übrigens riesengroß ist, wollte man nachträglich eine Kegelbahn nebst Kneipe einbauen. Aus Sicherheitsgründen wurde daraus aber nichts.«

Ich nickte. »Was machen wir jetzt?«

»Gehen wir nach oben ins Restaurant. Gerhard kommt später nach. Hier können wir nichts weiter tun.«

Fast die ganze Zeit saßen wir schweigend bei einem Kaffee beisammen, als Gerhard zu uns stieß.

»Nichts zu machen«, meinte er. »Da unten gibt's mindestens 1.000 Möglichkeiten, zu verschwinden. Theoretisch könnte es sogar jemand von den Gästen gewesen sein. Jemand, der mit uns zusammen im Culinarium gesessen ist.«

Ich überlegte. Auf dem Weg zur Toilette hatte ich Fratelli gesehen und an zwei, drei weitere Personen konnte ich mich ebenfalls erinnern. Aber selbst diese Möglichkeit brachte uns nicht weiter. Nönn könnte ja durchaus bereits mehrere Minuten in der Halbkugel gelegen haben.

Gerhard blickte auf einen Zettel. »Die erste Untersuchung ergab, dass dem Chefredakteur mit dem Metallpfosten frontal auf die Stirn geschlagen wurde. Man kann davon ausgehen, dass er den Täter gesehen hat.«

Ich zögerte einen Moment. »Gerhard, Jutta, ich habe eine Idee, wie wir den Täter finden können.«

Die beiden schauten äußerst überrascht drein.

»Das ist ja mal ganz was Neues«, kommentierte Gerhard. »Normalerweise machst du solche Sachen immer im Alleingang oder mit deinem Freund, dem Studenten.«

»Becker ist nicht mein Freund. Außerdem weiß ich nur, wie wir den Täter vielleicht entlarven können. Keine Ahnung, ob das wirklich klappt, und dann haben wir noch lange kein Motiv.«

»Dann mal raus mit der Sprache«, sagte Jutta und klang dabei sehr neugierig.

Ich tat ihr den Gefallen und erzählte von meiner Idee. Je mehr ich erzählte, desto hellhöriger wurden sie.

»Da hätte man aber früher draufkommen können«, meinte Gerhard lapidar.

»Was es aber nicht einfacher macht«, ergänzte Jutta. »Theoretisch ist das eine Chance, aber die praktische Umsetzung dürfte schwierig sein.«

Ich trank meinen Kaffee aus.

»KPD würde das ohne SEK oder Bundeswehr schaffen«, provozierte ich.

»Aber nicht mit legalen Mitteln«, konterte Jutta. »Wir werden es versuchen, Reiner. Ich lasse mir was einfallen.«

Für diesen Abend hatte ich genug erlebt. Es war bereits nach zwei Uhr, als wir die Runde auflösten und heimfuhren.

19 DEM TÄTER AUF DER SPUR

Es wurde eine unruhige Nacht. Ich träumte zwar dieses Mal nicht von einer Mehrfachgeburt und einem Frauenarzt namens Doktor Metzger, dafür schwirrten mir bunte Globen und Wolken um den Kopf. Mittendrin tanzte eine ganze Armada Diefenbach-Klons um einen Miniaturdom herum.

Jemand schüttelte mich.

»Alles in Ordnung, Reiner? Hast du wieder ein Gemüsebeet angelegt?«

Bevor ich richtig bei mir war und antworten konnte, flog etwas Schweres auf meinen Bauch.

»Papa, ich will heute Abend das Haus der Ackermanns mit Absperrband einwickeln. Hast du mir ein paar Rollen mitgebracht?«

Mit schmerzendem Unterleib lag ich da und konnte mir auf das Geschehen zunächst keinen Reim machen.

»Paul, was soll das?«, rief Stefanie wütend. »Kannst du deinen Vater nicht vorsichtiger wecken?«

»Wieso, er hatte doch die Augen auf.«

»Absperrband? Gemüsebeet? Ackermann?«, stammelte ich, nach wie vor hoffnungslos verwirrt.

»Ach, nichts weiter. Es ist alles in Ordnung. Komm in die Küche, das Frühstück ist fertig.«

Kurze Zeit später war mein Gehirn wieder auf Wachbetrieb eingestellt. In der Küche stand ein reichhaltiges Käsebuffet nebst mehreren Sorten Vollkorn-, Mehrkorn- und weiteren Kornbrotkreationen.

Ich erzählte Stefanie von dem Abend im Congressforum, da sie, als ich heimkam, längst geschlafen hatte.

Meine Frau war merklich erschüttert. »Und ihr habt wirklich keine Idee, warum dieser Mann umgebracht wurde?«

»Tot ist er ja bis jetzt noch nicht«, wiegelte ich ab, da unsere Kinder am Tisch saßen. »Wir haben bisher nur dürftige Anhaltspunkte, wir treten förmlich auf der Stelle.«

»Wie geht ihr weiter vor?« Stefanie klang interessiert.

Ich beschloss, mein Frühstück nach dem Genuss einer halben Scheibe Gouda als beendet zu erklären.

»Jetzt sind erst mal Spurensicherung und Labore gefragt. Über die Feiertage können wir ohnehin nur wenig tun. Das wird für meine Kollegen nach Ostern ein harter Brocken. Ich bin richtig froh, bald Urlaub zu haben.«

Meine Frau sah mich schräg von der Seite an. »Das soll ich dir glauben? Das wäre das erste Mal, dass du einen Fall ungelöst abgibst.«

Ich zuckte mit den Schultern und schwieg.

Sie versuchte, mich abzulenken. »Ruh dich heute Vormittag aus, ich räume auf, und um 12 Uhr gibt's dann unser jährliches Fischessen.«

Eben hatte ich noch mit den Schultern gezuckt, jetzt zuckte mein ganzer Körper. Es war Karfreitag, der Fischtag. Doch dieses Jahr hatte ich Glück, ich musste mir nicht mal eine Ausrede einfallen lassen.

»Das ist jetzt etwas blöd«, begann ich vorsichtig. »Jutta hat für Punkt 12 Uhr eine dringende Lagebesprechung angesetzt. – Soll auch nicht so lange dauern«, ergänzte ich schnell. Dass ich selbst heute Nacht den Termin vorgeschlagen hatte, verschwieg ich aus persönlichen Gründen.

»Ausgerechnet«, schimpfte Stefanie. »Könnt ihr nicht mal an den Feiertagen zuhause sein?«

»Aber Stefanie, wir müssen einen Mörder schnappen.«

»Es gibt bis jetzt keinen Mörder«, entgegnete sie bissig. »Okay, dann gibt's den Fisch heute Abend. Bist du da wenigstens daheim?«

Ich versuchte zu retten, was zu retten war.

»Mach dir keine Umstände. Warum sollst du wegen mir

deine Tagesplanung ändern? Esst ihr heute Mittag den Fisch, und ich esse später die Reste.«

»Fisch soll man nicht aufwärmen.«

»Das ist aber schade. Na ja, da kann man nichts machen. Ich esse dann die Beilagen, ein Diät-Tag wird mir bestimmt gut tun.«

Stefanie sah mich sprachlos an. Diese Worte aus meinem Mund? Hatte ich übertrieben, und sie ahnte etwas?

Ich hörte auf meine Frau und begann, mich auf der Couch auszuruhen. Mangels Zeitung schnappte ich mir eine von Stefanies Zeitschriften und blätterte lustlos darin herum. Mir fiel die ganzseitige Anzeige einer Engländerin auf, die behauptete, in wenigen Tagen zehn Pfund verloren zu haben. Warum suchte sie nicht das Fundbüro auf, anstatt kostspielige Anzeigen zu schalten? Ein paar Seiten weiter schwärmte Peter Maffay von der Sixtinischen Kapelle. War der bisher nicht mit einer Band unterwegs? Offenbar wurde auch Maffay älter.

Melanie kam und motzte mit mir herum, weil ich angeblich ihre Cola nicht richtig versteckt und ihre Mutter sie nun gefunden hatte. Und überdies hätten alle ihre Freundinnen einen kleinen Party-Kühlschrank in ihren Kinderzimmern, nur sie nicht.

Paul ließ sich nicht blicken, was schon an sich höchst verdächtig war. Doch darum konnte und wollte ich mich im Moment nicht kümmern. Meine Konzentration war äußerst mangelhaft, der Vormittag brachte keinesfalls die erhoffte Erholung. Mit gemischten Gefühlen verabschiedete ich mich kurz vor zwölf von meiner Familie.

Die Dienststelle der Kriminalpolizei war nur notdürftig besetzt. Auch die Personalstärke der Schutzpolizei war über die Feiertage reduziert worden. Was sollte über Ostern auch passieren?

Gerhard und Jutta waren längst da, auch Jungkollege Jürgen war im Dienst. Obligatorisch war mittlerweile die Anwesenheit Dietmar Beckers.

»Becker hat uns vor der Dienststelle aufgelauert«, meinte Gerhard nach der Begrüßung.

»Ich habe nicht gelauert, sondern gewartet«, verteidigte sich der Student. »Herr Diefenbach erwartet meine Anwesenheit. Leider habe ich gestern Abend vergessen, eine Uhrzeit zu erfragen.«

Ich setzte mich zu den anderen. Becker war mir inzwischen egal, wir hatten andere akute Probleme.

»Was gibt's Neues?«, fragte ich in die Runde.

Jürgen sortierte ein Bündel Papiere.

»Von dem Schuss auf dich im Ordinariat liegt ein erstes Zwischenergebnis vor: Nichts, was uns irgendwie weiterbringen könnte. Zwei der drei Mitarbeiter des Planarchivs wurden vernommen, streiten aber ab, etwas mit dem Schuss zu tun zu haben. Bei der Vernehmung waren sie extrem nervös, die haben bestimmt Dreck am Stecken. Der dritte, der auf Mallorca lebt, will vorerst nicht nach Deutschland kommen, was ich gut verstehen kann.«

Jürgen schnappte sich den nächsten Zettel.

»Robert Nönn liegt im künstlichen Koma. Seine Chancen sind nicht allzu gut, ein Detailbericht wird morgen oder übermorgen vorliegen.«

Das klang alles sehr unbefriedigend. »Gibt's auch positive Nachrichten? Jutta, hast du dir mal über meine Idee Gedanken gemacht?«

Becker wurde hellhörig, was auch meiner Kollegin auffiel. Daher sprach sie die Sache nicht im Detail aus.

»Klar, mein Junge. Darum kümmere ich mich heute Mittag zusammen mit Gerhard. Mit einem bisschen Glück wissen wir morgen, wer unser Gegenspieler ist.«

»Um was geht es da genau, Frau Wagner?« Dietmar Becker zappelte aufgeregt auf seinem Stuhl herum.

Jutta blieb nichts anderes übrig, als deutlicher zu werden und gleichzeitig unbestimmt zu bleiben.

»Es ist besser, wenn Sie es nicht wissen. Das, was wir vorhaben, ist ziemlich am Rande der Legalität, um es mal vorsichtig auszudrücken. Es wäre unvorteilhaft, wenn Sie dies in einem Ihrer nächsten Krimis schreiben würden. Dann würde die Bevölkerung das Vertrauen in die makellose Gesetzestreue der Polizei verlieren.«

»Und wenn ich schweige wie ein Grab?«

Gerhard, der gerade einen Schluck Kaffee zu sich genommen hatte, verschluckte sich und prustete die tiefschwarze Flüssigkeit über den Tisch. Gut, dass auch mal anderen so etwas passierte und nicht immer nur mir.

Jutta, die es innerlich vor Lachen fast zerrissen hatte, antwortete: »Wenn wir Erfolg haben, erfahren Sie morgen das Ergebnis, versprochen.«

Unser Krimiautor gab sich damit erfreulicherweise zufrieden. »Ich kann mir denken, was Sie vorhaben.«

»Was?«, riefen drei Personen, ich war eine davon, gleichzeitig.

»Na ja«, meinte Becker, »es ist nicht schwierig, auf diesen Grundgedanken zu kommen.«

»Von welchem Gedanken sprechen Sie?«

»Was sind Sie so aufgeregt, Herr Palzki? Es ist naheliegend, dass der Anschlag auf Nönn irgendetwas mit seinen Recherchen zu tun hat.«

Hm, dachte ich überrascht, dies war ein ganz neuer Aspekt und kein so abwegiger. Darauf hätten wir früher kommen können. »Das ist ja wohl ein alter Hut, Herr Becker«, konterte ich. »Ich dachte, sie bringen jetzt einen ganz neuen Ermittlungsansatz ein.«

Jutta schmunzelte, und auch Gerhard deutete es richtig.

»Darüber reden wir bereits seit Tagen«, bekräftigte mein Kollege.

Jürgen räusperte sich. »Dazu habe ich aber bisher nicht recherchiert.«

Ich blickte ihn böse an. »Da gibt's nichts nachzuschauen. Wir wissen, was Nönn gemacht hat.«

Jürgen kam zum nächsten Punkt und überreichte mir eine dünne Akte.

»Die Expertise aus Otterberg ist da. Inklusive der Analyse zum Sprengstoff.«

Ich schnappte mir die Papiere und überflog sie. Das Gutachten ging ins Detail. Alles wurde genauestens beschrieben: Wolfs Tasche, die darin gefundenen Elektronikreste und der Sprengstoff mit sämtlichen Inhaltsstoffen. Außerdem fand ich eine erste Einschätzung des Cordhosenträgers Friedrich.

Während ich das Gutachten durchblätterte, machte es zum zweiten Mal Klick, und mit einem Schlag wusste ich, wer der Täter war. Ich schlug mir mit der flachen Hand auf die Stirn. Das, was ich gerade in dem Gutachten entdeckt hatte, war ungeheuerlich.

»Was ist?«, fragte Jutta. »Steht etwas Interessantes drin?«

Ich schüttelte den Kopf. »Wann treffen wir uns wieder?«

Ich beschloss, mein Geheimnis bis zur nächsten Lagebesprechung für mich zu behalten. Mit einem bisschen Glück wurde dann meine Vermutung durch Gerhard und Jutta bestätigt. Wenn Becker nicht im Raum gewesen wäre, hätte ich meine Kollegen über meinen Gedankenblitz wahrscheinlich informiert. Vielleicht war es aber so besser, dann konnten sie unvoreingenommen an ihre Ermittlungen gehen.

»Morgen früh um zehn Uhr?«, schlug Jutta vor. »Dann sind wir voraussichtlich einen Riesenschritt weiter.«

»Okay«, sagte ich. »Herr Becker, werden Sie auch kommen? 10 Uhr ist ja für einen Studenten extrem früh.«

Becker lachte. »Sie immer mit Ihren alten Witzen. Seit die Bachelor-Studiengänge eingeführt wurden, ist es vorbei mit der Faulenzerei im Studentenleben. Jetzt muss man regelmäßig Leistung bringen, und die Anwesenheit wird kontrolliert.«

Gerhard stand auf. »Ist euch aufgefallen, wie leise es heute ist? Wir sollten KPD öfter in die Ferien schicken.«

»Da fällt mir ein, ich muss noch kurz in mein Büro.«

»Was willst du dort, Reiner? Du warst seit Jahrzehnten nicht mehr in deinem Büro.«

Ich lachte müde. »Muss nur kurz was nachschauen.«

Ich verabschiedete mich und suchte mein Büro auf. Alles war verstaubt und verdreckt. Niemand war auf die Idee gekommen, das Inventar abzudecken. An dem Übergang zwischen Wand und Decke lief das neue Luftzufuhr-Rohr für KPDs Büro. Mit Klimaanlagen kannte ich mich ein klein wenig aus. Das hatte ich aber nicht meinen Lehrern zu verdanken, sondern meinem Freund Jacques Bosco, dem Erfinder. Bereits als Kind hatte ich in seiner Werkstatt verstecken gespielt. Hin und wieder unterstützte mich Jacques während meiner Schullaufbahn mit der einen oder anderen Spezialität. Zeitweise hatte ich als Schüler den Ruf eines Zauberers, wenn ich den Lehrern mal wieder erfolgreich einen Streich gespielt hatte. Bei einem dieser Streiche ging es um die Klimaanlage, die im Lehrerzimmer stand. Jacques erklärte mir damals die Funktionsweise solcher Geräte. Klar, dass diese Anlage irgendwann eine nicht zu erklärende Fehlfunktion hatte. Morgens, während des Unterrichts, kühlte das Gerät noch einwandfrei. Doch nachdem der letzte Lehrer drei Minuten nach der sechsten Stunde das Gebäude verlassen hatte, schaltete die Anlage wie von Geisterhand betätigt um. Am nächsten Morgen war das Lehrerzimmer eine Saunalandschaft. Mir konnte damals nichts nachgewiesen werden.

Seit dieser Zeit wusste ich, dass es in den Luftkanälen Revisionsöffnungen gibt. So auch in meinem Büro, wie ich feststellte. Ich zog den kleinen Schraubendreher, den ich mir in weiser Voraussicht von Zuhause mitgebracht hatte, aus meiner Hosentasche und öffnete den Deckel. Die Angelegenheit war etwas wacklig, weil ich dazu auf den Drehbürostuhl steigen musste. Ein weiterer Griff, dieses Mal in meine Jackentasche, und ich hatte einen in Papier eingeschlagenen Gegenstand in der Hand. Ich packte ihn aus und legte den Limburger Käse, den ich am Frühstückstisch hatte mitgehen lassen, in das Lüftungsrohr und zerrieb ihn leicht zwischen den Fingern. Gehässig grinsend schraubte ich den Deckel wieder auf. Heute hatte ich mich nicht nur vor dem Fisch gedrückt, sondern auch vor dem Verzehr des Weichkäses, den ich ebenfalls nicht besonders mochte.

Ich fuhr heim. Ohne einem Mitglied der Ackermann-Sippe über den Weg zu laufen, konnte ich mein Haus betreten.

»Du bist ja schon wieder da!«, freute sich meine Frau. »Das ist neuer Rekord. Ich mach dir gleich den Fisch fertig, Reiner.«

»Wieso Fisch?«, fragte ich verängstigt. »Ihr habt doch bereits gegessen, und Fisch darf man nicht aufwärmen.«

»Eben drum, mein lieber Mann. Ich habe deinen Anteil einfach noch nicht zubereitet. Den mache ich dir jetzt ganz frisch und nur für dich.«

Es kam noch schlimmer.

»Ich habe gesehen, dass du den Limburger gegessen hast. Ich wusste gar nicht, dass du Weichkäse magst. Ich habe noch zwei Stück im Kühlschrank, den gibt's dann zum Abendessen.«

Ich ergab mich meinem Schicksal und wankte auf die Couch.

»Übrigens«, erzählte Stefanie weiter. »Frau Ackermann hat uns für Ostermontag zum Kaffee eingeladen. Kannst du sie vorher erschießen?«

Fassungslos blickte ich sie an. Das meinte sie nicht im Ernst, oder? Sie bemerkte meinen Blick.

»Unsere Nachbarin hätte man im Mittelalter als Folterinstrument verwenden können. Eine Stunde mit der zusammen in einem Zimmer ohne Fluchtmöglichkeit, und man gesteht alles.«

Melanie hatte die letzten Sätze mitgehört.

»Au fein, das wird bestimmt ein schöner Nachmittag bei den drei Ackermanns.«

Stefanie reagierte sofort. »Du bleibst zuhause und lernst für die Schule. Gleich nach Ostern schreibt ihr Religion.«

Melanie war sauer. »Papa sagt aber immer, dass Religion und Sport nicht so wichtig sind.«

O weh, jetzt musste ich mehr als die Welt retten. Eine Idee hatte ich bereits. Statt Verteidigung half manchmal nur eine Flucht nach vorne.

»Melanie, du musst mich vollständig zitieren. Ich habe auch gesagt, dass für Mädchen vier Schuljahre absolut ausreichen, da sie später sowieso heiraten.«

Bevor mich die beiden weiblichen Wesen steinigten, grinste ich und sprach weiter. »Selbstverständlich war das alles nur ein dummer Witz, Melanie. Eigentlich solltest du wissen, dass ich Schule für sehr wichtig erachte, und man niemals zu viel lernen kann. Das gilt auch für Mädchen beziehungsweise frühreife Gören.«

Mein privates Mittag- und auch das Abendessen sind keiner Berichterstattung würdig, es gab mittags Fisch und abends Weichkäse. Das Leben war nicht immer ein Paradies.

Ansonsten verlief der Rest des Tages ereignislos, und meine Frau freute sich über eine ausdauernde Massage. Unser ungeborener Nachwuchs verhielt sich ruhig und schien das Massieren gleichfalls zu genießen.

*

Zur Sicherheit hatte ich mir den Wecker gestellt. Im Regelfall war Paul aber schneller. So wie heute. Der Sprung auf die volle Blase war mittlerweile ebenso obligatorisch wie sein Ideenreichtum.

»Papa heute Mittag gehe ich zu meinem Freund, der hat

sturmfreie Bude. Dann können wir wieder heimlich einen James-Bond Film auf DVD anschauen.«

Wie alt war mein Sohn? Ich war immerhin zwölf, als ich samstagmittags zu meinem Freund ging und er bei sich zuhause das Gleiche sagte. Gemeinsam gingen wir dann heimlich ins Kino. ›Godzilla‹ war damals angesagt oder James-Bonds ›Moonraker‹. In Pauls Alter schaute ich noch ›Urmel aus dem Eis‹. So schnell ändert sich die Welt.

Stefanie, die durch Pauls erwarteten Angriff ebenso wach geworden war, machte ein gesundes Frühstück. Wenig später fuhr ich hungrig zur Dienststelle. Wie üblich, waren alle anderen bereits da.

Jutta und Gerhard sah ich an ihren zufriedenen Gesichtern sofort an, dass ihre Aktion Erfolg gehabt hatte.

»Rate mal, wer unser Täter ist«, fragte Jutta. »Da kommst du im Leben nicht drauf. Der Beweis ist absolut eindeutig.«

Gespielt gelangweilt nannte ich ihr einen Namen.

Gerhard glotzte mich an und Jutta stotterte. »Wi, – wie, wie, wie bist du darauf gekommen?«

»Ich bin einfach gut«, antwortete ich und schenkte mir eine halbe Tasse Kaffee ein, den ich mit ebenso viel Milch verdünnte.

Dietmar Becker saß stumm und ungläubig blickend da.

»Ist das Ihr Ernst, Herr Palzki? Oder machen Sie gerade einen Witz?«

»Sehe ich aus, als würde ich Witze machen, Herr Becker? Wie geht's eigentlich Herrn Nönn?«

»Nicht gut«, mischte sich Jürgen ein. »Seine Chancen verschlechtern sich fast stündlich.«

»Jetzt sag uns mal, wieso du den Namen erraten hast«, forderte Jutta.

»Ich habe ihn nicht erraten, liebe Kollegin.« Ich klärte die Anwesenden über meine Erkenntnisse auf.

20 ALTE ZEITEN

»Wie gehen wir weiter vor?«, fragte Jutta, nachdem wir uns wieder beruhigt hatten.

»Wir haben immer noch kein Motiv«, gab ich zu bedenken.

Unser Polizeireporter meldete sich. »Es liegt aber auf der Hand, dass es etwas mit Nönns Recherchen zu tun hat.«

»100 Punkte, Herr Becker. Und genau da setzen wir an. Jürgen, du hast bestimmt die Kontaktdaten des Generalvikars. Schau mal, ob du ihn erreichen kannst. Es ist Ostersamstag, da müsste er irgendwie zu greifen sein. Sag ihm, dass ich nach Speyer komme und seine Hilfe benötige. Aber bitte keine Details verraten.«

»Was hast du vor, Reiner?«, fragte Jutta neugierig.

»Das liegt auf der Hand, liebe Kollegin. Ich lasse mir im Bistumsarchiv die Unterlagen über die Eigentumsverhältnisse des Doms zeigen. Und wenn das nicht zum Erfolg führt, durchsuche ich das Büro von Nönn. Dr. Alt wird sicher einen Schlüssel für den Verlag haben.«

Während Jürgen telefonierte, spekulierte Gerhard: »Das hört sich alles sehr dünn an. Die ganzen Mordanschläge auf Nönn, nur weil er herausgefunden oder zumindest vermutet hat, wem der Dom wirklich gehört?«

»Du kannst kommen, Reiner«, unterbrach Jürgen. »Er wartet auf dich am Eingang des Ordinariats.«

Ich stand auf. Der Student tat es mir gleich. Er ließ sich diese Gelegenheit nicht entgehen.

»Kommen Sie halt mit, Herr Becker.« Ich schaute meine Kollegen an. »Ich melde mich, sobald ich was entdeckt habe. Bleibt ihr einstweilen im Büro?«

»Worauf du dich verlassen kannst!«

*

Irgendwie hatte ich das Gefühl, niemals alleine Erkundigungen einziehen zu können. Zuerst hatte ich tagelang Wolf als Partner, der über Ostern bei seinen Nichten weilte, und nun Dietmar Becker als studentischen Ersatzmann.

Ich parkte auf dem Messplatz, und wir eilten die wenigen Meter zum Ordinariat. Dr. Alt wartete bereits auf uns.

Ich stellte ihm meinen Kollegen Becker vor. Bei dem Wort ›Kollegen‹ rollte ich übertrieben mit den Augen.

»Sehr erfreut«, entgegnete der Generalvikar, und seine Stimme verdunkelte sich. »Wir sind alle sehr erschüttert über das Attentat auf Herrn Nönn. Womit kann ich Ihnen helfen? Haben Sie eine Spur?«

»Eine Spur ist zu viel gesagt. Nennen wir es eine bescheidene Vermutung. Wir müssten ins Bistumsarchiv. Können Sie uns aufschließen?«

»Ins Archiv?«, fragte Dr. Alt verwundert. »Was wollen Sie dort? Ich habe einen Schlüssel, bin aber kein ausgebildeter Bibliothekar.«

»Macht nichts, dann müssen wir improvisieren«, stellte ich klar und drängte ein bisschen.

»Dann kommen Sie mit.«

Wir gingen die mir bekannten verschlungenen Pfade in Richtung Archiv. Dr. Alt schloss die Glastür auf und bat uns hinein.

»Nehmen Sie bitte am Lesetisch Platz, meine Herren. Mit welchen Informationen kann ich Ihnen dienen?«

Becker zückte einen großen Notizblock, und ich antwortete: »Wir benötigen alle verfügbaren Unterlagen zu den Eigentumsverhältnissen des Doms.«

Dr. Alt starrte uns an. »Fängt das jetzt schon wieder an?«

Jetzt waren wir an der Reihe mit dem Gaffen. »Wieso? Was meinen Sie?«

»Im letzten Jahr hat jemand aus der Kirchengemeinde ausführlich über diese Sache recherchiert. Das Ergebnis war aber keineswegs überraschend, sondern allen längst bekannt.«

»Dann würden wir gerne die gleichen Unterlagen sehen.«

»Wie Sie wünschen.«

Dr. Alt holte aus einem Regal einen dicken Ordner, schlug ihn auf und notierte etwas in einer Liste.

»Was machen Sie da?«, fragte ich wissbegierig.

»Jeder, der Unterlagen aus dem Archiv möchte, muss sich hier eintragen. Ich erledige das für Sie. Neben Ihren Namen werden auch die gesichteten Unterlagen genaustens protokolliert.«

Er legte den Kugelschreiber beiseite. »Das dauert jetzt ein Weilchen. Ich muss die Dokumente erst zusammensuchen. Wenn Sie möchten, können Sie sich so lange an unserem Kaffeeautomaten bedienen.«

Als wir alleine waren, strahlte ich Becker an. »Das ist heute unser absoluter Glückstag.«

»Wieso denn das?«

Ich schnappte mir den Ordner und fing an zu blättern. »Weil wir hier genau nachvollziehen können, ob unsere Zielperson im Archiv recherchiert hat und wenn ja, was sie gesucht hat.«

Jetzt hatte es sogar Becker kapiert. »Na klar, darauf hätte ich selbst kommen können.«

Ich war erstaunt, wie viele Personen in den letzten Wochen im Bistumsarchiv geforscht hatten. Selbst der Generalvikar und der Hausmeister waren mehrfach eingetragen, und neben Nönn weitere Mitarbeiter des Peregrinus Verlags. Wir wurden fündig. Der Fall war so gut wie eindeutig, wir waren auf der richtigen Fährte. Vor Aufregung spendierte ich dem Studenten und mir einen Kaffee.

Nach einer knappen halben Stunde kam Dr. Alt mit etlichen Dokumenten und Büchern zurück. Bedächtig schaute er auf den Stapel.

»Legen Sie die Unterlagen auf die Seite, Herr Dr. Alt. Wir bräuchten auch noch Informationen über die Renovierung des Doms in den Sechziger Jahren, insbesondere über die Absenkung des Fußbodens.«

Dr. Alt erstarrte für einen Moment zur Salzsäule. »Das gibt es doch nicht«, sagte er, als die Erstarrung nachgelassen hatte. »Dass ich da nicht früher draufgekommen bin!«

»Wie bitte?«

»Entschuldigen Sie, Herr Palzki. Ich habe den Zusammenhang nicht erkannt. Robert Nönn hatte mehrfach wegen der Tieferlegung des Fußbodens im Hauptschiff recherchiert. Darüber habe ich sogar mal mit ihm gesprochen. Er war der Meinung, dass es damals nicht so ganz mit rechten Dingen zuging. Es gab da etwas, was er überprüfen wollte. Doch leider weiß ich nicht, um was es sich handelte. Wenn ich darüber nachdenke, wurden wir in dem Moment von jemandem unterbrochen und später fanden wir nicht mehr zum Thema zurück.«

Dietmar Becker schrieb mit, was mir recht war.

Ich war mir sicher, dass wir kurz vor der Auflösung standen.

»Würden Sie bitte dieselben Unterlagen zusammensuchen, die Herr Nönn gehabt hat?«

Dr. Alt schnappte sich den Ordner und suchte nach dem letzten Eintrag des Chefredakteurs. Wie Becker und ich bereits wussten, waren es mindestens zwei Personen, die sich mit diesem Thema befasst hatten.

Nachdem Dr. Alt die betreffenden Dokumente auf einem Zettel notiert hatte, bat er ein weiteres Mal um Geduld. Die Minuten quälten sich dahin. Ich erinnerte mich an den nächtlichen Klinikaufenthalt mit Stefanie.

Doch die Welt drehte sich auch heute weiter, und irgendwann konnten wir mit dem Aktenstudium beginnen. Becker war hierbei deutlich im Vorteil, da er sich als Archäologiestudent mit alten Dokumenten gut auskannte. Dennoch dauerte es eine halbe Ewigkeit, bis wir einen Hinweis gefunden hatten.

»Das muss es sein«, sagte ich mit aufgewühlter Stimme und zeigte auf ein Schriftstück.

»Wie kommen Sie darauf?« Becker und Dr. Alt betrachteten das Dokument.

»Da schreibt jemand ziemlich pauschal über irgendwelche Vermutungen. In dem Artikel steht wenig Konkretes«, meinte schließlich der Generalvikar.

»Genau darum«, antwortete ich. »Warum sollte Nönn das gelesen haben, wenn es nichts zur Sache tut? Es ist nur ein Protokoll, das wahrscheinlich niemals veröffentlicht wurde. Nehmen wir einmal an, dass es Hand und Fuß hat.«

Becker kapierte es sofort. »Dann hat der Dom ein wohlgehütetes Geheimnis.«

Ich nickte. »Und das bis heute. Sonst würde der Anschlag auf Nönn keinen Sinn ergeben.«

Ich ließ ein paar Sekunden verstreichen.

»Herr Dr. Alt, wir müssen in den Dom. Haben Sie einen Generalschlüssel?«

»Ja, durchaus. Was erhoffen Sie, im Dom zu finden?«

»Sein letztes Geheimnis«, antwortete ich und war mir sicher, dass es stimmte.

»Ich kann Herrn Wolfnauer vom Dombauverein anrufen. Der kennt wahrscheinlich jede Ecke im Dom.«

Bevor Dr. Alt telefonierte, bat ich ihn, Kopien des Berichtes anzufertigen.

Manfred Wolfnauer hatte Zeit, schließlich hatte ihn der Generalvikar mit unbestimmten Andeutungen neugierig gemacht. Er erwartete uns vor dem Hauptportal des Domes.

»Da bin ich aber mal gespannt«, meinte er aufgeregt. »Schließlich ist der Dom meine zweite Heimat.«

Wir machten einen Bogen um eine Horde Japaner, die

anscheinend wahllos den Dom fotografierten, und gingen ins Innere.

*

Keine Stunde später standen wir wieder in der Vorhalle. Wir hatten das Rätsel gelöst. Ungläubig hatten wir voller Ehrfurcht auf unsere Entdeckung gestarrt. Uns fehlten minutenlang die Worte. Erst langsam verstanden wir, welch bedeutender Tag heute war.

»Wer ist dafür verantwortlich?«, fragte Dr. Alt zum wiederholten Mal fassungslos.

»Wir wissen es noch nicht«, log ich ebenfalls zum wiederholten Mal. »Aber ich habe einen Verdacht. Es war dieselbe Person, die für die Anschläge auf Robert Nönn verantwortlich ist. Darum möchte ich Sie um Stillschweigen bitten. Vielleicht können wir dem Täter eine Falle stellen.«

Alt und Wolfnauer nickten. Was hätten sie in dieser Situation auch anderes tun können?

Wir verließen den Dom. Wie aus dem Nichts standen auf einmal Frau Knebinger in Begleitung einer weiteren Person vor uns.

Sie begrüßte uns der Reihe nach und stellte Becker und mir Herrn Johannes Kreuz, den Hausmeister des Ordinariats, vor.

»Was machen Sie gemeinsam im Dom?«, fragte sie.

Im gleichen Atemzug hatte ich eine Eingebung. Ja, so konnte es funktionieren. Ich musste sofort handeln.

»Wir haben im Dom gerade etwas sehr Wichtiges entdeckt. Jetzt müssen wir uns noch um ein paar Genehmigungen kümmern, dann werden wir morgen früh um 8 Uhr weitermachen.«

»Sie machen mich ja richtig neugierig, Herr Palzki«, antwortete sie, und der Hausmeister nickte dazu.

»Das lag nicht in meiner Absicht. Was machen Sie eigentlich vor dem Dom, Frau Knebinger?«

»Ich bin nur zufällig hier und habe gerade vor einer Minute Herrn Kreuz getroffen.«

Nach einer kurzen Unterhaltung verabschiedeten sich die beiden.

»Wollten Sie die Angelegenheit nicht geheim halten?« Wolfnauer klang vorwurfsvoll.

»Ich hab's mir anders überlegt«, hielt ich entgegen. »Wir werden den Übeltäter aus der Reserve locken.«

Ich vereinbarte mit dem Generalvikar und dem Leiter des Dombauvereins, dass wir sie auf dem Laufenden halten würden.

Auf der Heimfahrt löcherte mich Becker mit 1.000 Fragen, auf die ich keine zufriedenstellende Antwort wusste.

Das Staunen war groß, als wir Jutta, Gerhard und Jürgen unsere Geschichte erzählten. Nachdem wir ausgiebig diskutiert hatten, bat ich Jürgen, eine E-Mail an Frau Mönch zu schreiben.

»Schreib: Liebe Frau Mönch, im Auftrag von Herrn Kriminalhauptkommissar Palzki, nein, lass das Kriminalhauptkommissar weg, möchte ich Sie, halt, möchte er Sie bitten, den Projektplan zu aktualisieren. Als neuer Termin wird morgen, Ostersonntag, 8 Uhr angesetzt. Treffpunkt im Dom in Sachen Robert Nönn. Mit freundlichen und so weiter.«

Nachdem Jürgen die E-Mail abgeschickt hatte, bat ich ihn, sie auszudrucken. Auf den Ausdruck schrieb ich mit großen Buchstaben ›Vertraulich‹ darüber und gab es Jürgen zurück.

»Und das faxt du bitte an den Peregrinus-Verlag, für alle Fälle.«

Meine Kollegen und Becker lächelten verschwörerisch. Anhand dieser Vorgehensweise sollten es in ein paar Stunden alle wissen: im Verlag, im Ordinariat und mittels informellem Bistumsfunk noch ein paar mehr.

Ich stand auf.

»Wo willst du hin, Reiner?«

»Wir brauchen Jacques.«

Gerhard wunderte sich. »Das ist das erste Mal, dass du keinen Alleingang machst und von vornherein mit offenen Karten spielst.«

21 JACQUES IST WIEDER DABEI

Ich fuhr in den Kestenbergerweg, der im Schifferstadter Westen liegt. Hier wohnte seit Jahren Jacques Bosco, einer der letzten Universalgelehrten der Menschheit. Manche, die ihn nicht näher kannten, nannten ihn den Doktor Faust der Neuzeit.

Sein Labor, das sich hinter der Garage befunden hatte, bevor es vor ein paar Monaten einer Explosion zum Opfer fiel, wurde gerade wieder aufgebaut. Über Ostern ruhte die Baustelle, ich konnte mir aber gut vorstellen, wie werktags die Handwerker herumwuselten, und Jacques jeden ihrer Schritte penibel überwachte. Sein Heiligtum würde bald wieder in neuem Glanz erstrahlen.

Nach meinem Klingeln hörte ich schlurfende Schritte, und Jacques öffnete die Tür. Selbst an Ostern hatte er seinen obligatorischen Laborkittel an. Wahrscheinlich schlief er sogar darin.

»Hallo, Reiner«, begrüßte er mich freudig. Seit seine Frau vor ein paar Jahren gestorben war, lebte er recht einsam. Über Abwechslung in seinem eintönigen Forscherleben war er stets froh.

»Komm rein, junger Mann. Was führt dich zu mir? Ich habe in der Zeitung gar nichts über einen Mörder gelesen oder dass die Polizei einen mysteriösen Fall verfolgt.«

»Es ist Ostern, Jacques, da besucht man seine Freunde und Bekannten.«

Der Erfinder lachte, während wir in seine Wohnung gingen.

»Das wäre in den letzten 20 Jahren das erste Mal, dass du mich grundlos besuchst.«

Jacques hatte mich mal wieder ertappt. Er nahm mir das aber nicht übel, wusste er doch, dass sein Rat gefragt war.

Seit Jahrzehnten war die Inneneinrichtung des Hauses unverändert. Die psychedelischen Großmustertapeten, das vermutlich letzte Wählscheibentelefon Europas bis hin zu den Prilblumen an den Küchenfliesen zeugten von längst vergangenen Zeiten. Einen harten Kontrast dazu bildeten seine Laborgerätschaften, die er übergangsweise im Wohnzimmer aufgebaut hatte.

Jacques und ich gingen in die Küche, den einzigen Raum, in dem man gewöhnlich noch ein kleines Sitzplätzchen finden konnte.

Der Erfinder zappelte aufgeregt auf seinem Stuhl herum. »Was gibt's dieses Mal, Reiner? Wann geht's los?«

»Langsam, mein Freund. Woher willst du wissen, dass es etwas für dich zu tun gibt? Vielleicht wirst du gleich enttäuscht sein. An welchen Erfindungen forschst du eigentlich zur Zeit?«

»Ach, nichts Weltbewegendes«, winkte er bescheiden ab. »Gerade habe ich den Prototyp eines 4D-Nachfolgesystems für die Holografie fertiggestellt. Im Moment forsche ich nach lebensverlängernden Substanzen.«

»Lebensverlängernde Substanzen? Wie soll ich das verstehen? Funktioniert das?«

Er zuckte mit den Schultern. »Ich habe erst letzte Woche damit angefangen. Es gibt noch so viel für mich zu erfinden, da brauche ich noch das eine oder andere Jahrhundert Lebenszeit. Einen Stoff habe ich bereits extrahieren können, der sich positiv auf die Lebenszeit auswirken könnte. Vielleicht kann ich daraus Tabletten herstellen.«

»Ist die Substanz gefährlich?«, fragte ich neugierig.

»Ach was, den Grundstoff kann man in jedem Supermarkt kaufen.«

»Und? Welcher ist es?«

Jacques drehte sich um und zog einen Topf von der Herdplatte.

»Rosenkohl«, meinte er, und ich wusste schlagartig, was für ein unangenehmer Geruch schon die ganze Zeit in der Luft hing.

»Magst du mitessen? Schmeckt echt lecker.«

Unter Einsatz größter Körperbeherrschung verneinte ich sein Angebot. Jacques stellte den Topf zurück.

»Jetzt erzähl schon«, bettelte mein Freund. »Es sind gerade Ferien, da habe ich viel Zeit.«

»Ferien?«, fragte ich überrascht. »Du sprichst in Rätseln. Ferien kennen nur Lehrer.«

Jacques lachte kurz auf.

»Das A und O ist eine ordentliche Bildung. Dies habe ich schon seit Langem erkannt. Daher biete ich dem Schulzentrum in Schifferstadt meine Kurse an.«

»Du machst was?« Ich dachte an meine Schulzeit und die vielen Streiche, deren gelungene Durchführung ich ganz alleine Jacques zu verdanken hatte.

»Weißt du das nicht? Ich unterrichte seit Beginn des Schuljahres für die Schüler eine AG, immer donnerstagmittags. Jede Woche werden es mehr Schüler, daher darf ich meine Experimente inzwischen in der Aula machen.«

»Was für Experimente?«

»Was man halt in einer Physik-AG so macht. Zur Zeit baue ich mit den Schülern einen kleinen Atomreaktor.«

Machte Jacques einen Witz? Nein, das wäre untypisch für ihn.

»Ist das nicht ziemlich gefährlich?«

»Ach wo, ich muss nur aufpassen, dass immer zwei oder drei Eimer Wasser für den Notfall daneben stehen. Die gefährlichen Stoffe lagere ich ausschließlich im Lehrerzimmer zwischen. Außerdem messe ich regelmäßig die Strahlungen mit meinem Bosco-Meter.«

»Du meinst wohl Geiger-Zähler?«

»Mein Bosco-Meter ist eine Weiterentwicklung. Es gibt da

ein paar äußerst gefährliche Strahlen, die noch ihrer offiziellen Entdeckung harren, und die sehr schlecht für den menschlichen Organismus sind.«

»Und was bewirken diese Strahlen?«

»Sodbrennen«, antwortete Jacques knapp.

Boah, das war ja wirklich ein Ding.

»Dann kommt mein Sodbrennen gar nicht von den Süßigkeiten und dem Fast Food?«

»Davon kannst du ausgehen, die verdammten Strahlen sind schuld. Du kannst also wieder beruhigt zubeißen. Dass Magengeschwüre von Bakterien verursacht werden, weiß man auch noch nicht so lange.«

Mit einem Schlag wurde mir klar, warum Jacques vor ein paar Monaten ergebnislos nach einem Mittel gegen Sodbrennen geforscht hatte. Es war das erste Mal, dass er erfolglos geblieben war. Nach der Entdeckung der Sodbrennenstrahlen hatte er sich nun selbst rehabilitiert.

Langsam leitete ich auf mein Anliegen über und erzählte Jacques die ganze abstruse Geschichte, die sich in der letzten Woche zugetragen hatte.

Mein Freund hörte mit wachsender Begeisterung zu und machte sich eifrig Notizen.

»Das heißt, ihr wisst, wer es war und um was es wahrscheinlich geht. Euch fehlt nur noch der letzte Beweis«, resümierte er am Ende meines Monologs.

»Genau«, bestätigte ich. »Auch bezüglich des Anschlags auf den Chefredakteur haben wir keinen Beweis. Man müsste irgendwie ein Geständnis aus dem Täter locken können.«

»Und da hast du sofort an deinen alten Freund Jacques Bosco gedacht.«

»Ja, das muss aber unter uns bleiben. Das heißt, meine Kollegen wissen dieses Mal Bescheid. Aber bis zu KPD und dem Staatsanwalt Borgia darf das keinesfalls vordringen. Wenn wir den offiziellen Weg einschlagen, kommt der Täter aller

Voraussicht nach nur für ein paar Tage in Untersuchungshaft. Ein wirklich ernsthaftes Delikt können wir ihm nicht einwandfrei nachweisen.«

Jacques überlegte. »Dürfen wir in den Dom rein?«

»Uns wird wohl nichts anderes übrigbleiben. Nur damit können wir den Täter in eine Falle locken.«

»Diese Falle soll morgen früh zuschnappen, habe ich das richtig verstanden?«

Ich nickte. »Das habe ich spontan so in die Wege geleitet. Vielleicht war es unbedacht, auf alle Fälle müssen wir jetzt das Beste draus machen.«

Jacques stand auf. »Dann lass uns fahren. Ein paar Stunden brauche ich bestimmt für die Vorbereitungen. Dietmar Becker kann mir beim Transport der Sachen helfen. Doch zuerst werden wir mit deinen Kollegen einen Schlachtplan entwickeln, danach brauche ich eine vertrauenswürdige Kontaktperson im Dom.«

Ups, ich musste aufpassen, dass mir durch Jacques' Übereifer der Fall nicht entglitt. Gemeinsam fuhren wir zur Dienststelle.

22 PALZKIS DOMKAPITEL

Es war kalt. Die Windböen brausten wellenartig über den Platz, schnell dahinziehende dunkle Wolken kündigten ein Gewitter an.

*

Es war ruhig. Der urbane Hintergrundlärm war kaum zu hören, keine Kirchenglocken und kein Flugzeug störten die Stille des Augenblicks.

*

Es war früh. Die wenigen Fußgänger schlichen ahnungslos vorbei, selbst Doktor Metzger schlief noch tief und fest in seinem Pilgermobil, so wie die meisten Speyerer Bürger auch.

*

Es war gefährlich. Ich stand auf dem Präsentierteller neben dem Domnapf. Ein Schuss, und man würde meinen Namen ein paar Tage später groß in der Zeitung lesen können.

*

Der Plan war riskant, aber wohlüberlegt. Dieses Mal wusste ich meine Kollegen im Hintergrund. Wenn der Täter sich so verhielt wie vermutet, dann müsste es klappen. Doch wenn es anders kommen würde? Ich versuchte, diesen schrecklichen Gedanken zu verdrängen.

Stefanie wusste nur die halbe Wahrheit. Da aber Gerhard

und Jutta bei dieser Aktion mitwirkten, war sie einigermaßen beruhigt.

»Guten Morgen, Herr Palzki, frohe Ostern!«

Ich wirbelte herum und stand Dr. Alt gegenüber, der sehr grimmig und ernst wirkte. Er sprach leise. »Gehen wir? Sie wissen ja, wohin.«

Ich nickte.

Wir gingen in den Dom, der an Ostern fast rund um die Uhr geöffnet war. Außer einer Reinigungskraft, die den Generalvikar grüßte, trafen wir niemanden. Dr. Alt schritt, ohne ein Wort zu sagen, durch das Langschiff zum Eingang der Sakristei. Ich folgte ihm mit stark erhöhtem Puls. Die nächsten Minuten würden alles entscheiden. Angespannt folgte ich ihm in die Sakristei. Ich blickte mich um, es war auf den ersten Blick keine Veränderung festzustellen. War Jacques vor Ort oder hatte es Komplikationen gegeben? Seit gestern Abend gab es kein Lebenszeichen mehr von ihm oder Becker. Wir hatten zwar vereinbart, dass sich die beiden nur bei Problemen melden würden, doch eine gewisse Unsicherheit blieb.

»Und jetzt?«, fragte ich.

»Nehmen wir den Aufzug nach unten«, schlug der Generalvikar vor und ging erneut voraus. Ein Mann erwartete uns bereits im Keller.

»Da sind Sie ja endlich«, begrüßte er uns vorwurfsvoll. »Es ist saukalt hier unten.«

»Hätten Sie sich halt dicker angezogen«, provozierte ich ihn. »Wie gehen wir weiter vor?«

»Das müssen Sie mir schon selbst sagen, Herr Palzki. Ich bin im Moment nur so etwas wie ein Zaungast.«

Da ich keine Bewaffnung ausmachen konnte, antwortete ich möglichst gelassen: »Dann warten wir halt noch ein Weilchen, Herr Fratelli. Haben Sie Ihren Koffeinspiegel für heute bereits erreicht?«

»Aber sicher doch. Für solch eine Aktion muss man gut

vorbereitet sein. Haben Sie übrigens vielen Dank für die vertrauliche Nachricht, die Sie gestern in den Verlag gefaxt haben.«

»Es war mir ein Vergnügen«, entgegnete ich. Dr. Alt stand die ganze Zeit stumm neben mir und schien in Gedanken versunken.

Wir hörten, wie sich ein Schlüssel in einem Metallschloss drehte. Sekunden später kam aus dem Durchgang, der zur Krypta führte, Mathias Huber zum Vorschein. Er trug einen dicken Parka, nickte uns zu und schwatzte seinen üblichen Spruch: »Alles wird gut.«

Fratelli war verwirrt. »Was machen Sie hier, Herr Huber?«

»Fragen wir ihn«, mischte ich mich ein, bevor Fratelli überreagierte. »Warum sind Sie gekommen, Herr Huber?«

»Ich habe die Nachricht gelesen und will dazu für den Pilger recherchieren«, behauptete Huber.

Ich wollte gerade antworten, als der Aufzug ansprang, nach oben fuhr und kurz darauf wieder zu uns nach unten kam. Die Tür öffnete sich, und Frau Knebinger und Herr Wolf entstiegen dem Lift.

»Ein Hallo in die Runde und frohe Ostern«, begrüßte uns der wie immer lächelnde Kanzleidirektor. »Herr Palzki, wieso haben Sie mich nicht informiert? Ich habe von der Sache nur über meine Vernetzung mit Frau Knebingers Terminkalender erfahren.«

»Ach, Herr Wolf, dieses Treffen ist doch nur eine unbedeutende Nebensache. Warum sind Sie nicht bei Ihren Nichten geblieben? Nächste Woche hätte ich Sie über diese Bagatelle informiert.«

Joachim Wolf war mit meiner Begründung nicht zufrieden. »Herr Dr. Alt hat ausdrücklich gewünscht, dass wir zusammen ermitteln.« Er blickte zu dem Generalvikar, der ihm gütig zunickte.

281

Ich ging nicht weiter auf ihn ein.

»Guten Morgen, Frau Knebinger«, begrüßte ich den zweiten Neuankömmling. »Mit Ihnen habe ich fast nicht gerechnet. Wieso geben Sie uns heute so früh die Ehre?«

»Sie sind gut, Herr Palzki. Gestern Abend erzählen Sie großspurig, dass sich heute etwas im Dom tut, und da soll ich zuhause sitzen und abwarten? Als Leiterin der Innenrevision will ich Bescheid wissen, was innerhalb des Bistums passiert.«

»So wie im Planarchiv?«

»Kommen Sie mir doch nicht mit so etwas. Früher oder später hätte ich das auch ohne Sie herausgefunden.«

»Ist ja auch egal«, sagte ich und schaute auf die Uhr. Es war kurz nach acht Uhr.

»Fehlt noch jemand?«, fragte ich in die Runde und erntete Erstaunen. »Ah, ich sehe gerade, Frau Mönch ist noch nicht da.«

»Die habe ich vorhin im Verlag getroffen«, meldete sich Fratelli. »Sie hat etwas Wichtiges zu erledigen, sagte sie mir.«

»Dann dürften wir nun vollständig sein. Meine Damen und Herren, es freut mich, dass Sie meiner Einladung gefolgt sind.«

Wolf unterbrach mich. »Welche Einladung meinen Sie? Ich habe keine bekommen.«

»Doch, das haben Sie. Frau Knebinger habe ich den Termin persönlich mitgeteilt und da ich wusste, dass sie immer alles sofort in ihren Terminkalender schreibt und ich außerdem mit Ihrer Neugier rechnete, kommt das fast einer förmlichen Einladung gleich.«

»Sie haben mich hierhergelockt?«

»Hierhergelockt? Aber nein, ich wollte Sie nur dabeihaben, wenn wir heute Nönns Attentäter entlarven.«

Ich wandte mich an Fratelli und Huber. »Bei Ihnen hat ein Fax gereicht. Schade, dass Frau Mönch nicht da ist.«

Nun sah ich den Generalvikar an. »Um Sie brauchte ich mir keine Sorgen zu machen. Sie haben sogar geholfen, den Täter zu identifizieren. Zumindest teilweise.«

Schweißperlen standen auf dem Gesicht von Dr. Alt.

»Dann klären Sie uns endlich mal auf«, polterte Fratelli. »Hier unten ist es kalt.«

»Sie haben es wohl sehr eilig, Herr Geschäftsführer? Wie Sie meinen, dann beginnen wir mit unserer Geschichtsstunde.«

Ich räusperte mich und begann.

»Der Ursprung unserer Ermittlungen liegt über 50 Jahre zurück. Damals wurde im Dom der Fußboden des Langhauses abgesenkt. Robert Nönn, sein Gesundheitszustand ist übrigens nach wie vor äußerst bedenklich, entdeckte in einem alten Protokoll, dass während dieser Arbeiten wertvolle Gegenstände gefunden worden sind. Dies wurde damals noch am gleichen Tag seinem Vorgesetzten gemeldet, doch als man am nächsten Tag nachschaute, fand man nichts. Wenn man nun, hypothetisch betrachtet, diese Vermutung als wahr annimmt, gibt es nur eine Möglichkeit: Die Sachen wurden in der gleichen Nacht geborgen und innerhalb des Doms versteckt. Da der Dom während der Umbaumaßnahmen Tag und Nacht bewacht wurde, konnten die Sachen nicht weggebracht worden sein.«

»Über welche Sachen reden wir denn?«, fragte Fratelli.

»Wo sollte man im Dom etwas verstecken können?«, fragte Wolf zeitgleich.

»Sie werden erstaunt sein«, antwortete ich. »Jedenfalls die meisten von Ihnen.«

Ich schaute in die Runde, doch niemand reagierte außergewöhnlich nervös.

»Wenn da was war, wurde es bestimmt längst weggeschafft. Warum sollte man wertvolle Funde 50 Jahre lang im Dom verstecken?«

»Frau Knebinger, Sie haben genau den Punkt getroffen. Auf diesen Gedanken bin ich auch gekommen. Warum diese Anschläge auf Nönn, wenn die Funde längst aus dem Dom geschafft wurden? In dem Protokoll stehen weder Namen noch andere Details. Der damalige, von mir vermutete Unterschlager könnte sich beruhigt zurücklehnen. Das hat er aber nicht getan. Der einzige Grund der Attentate auf Nönn ist, dass sich diese Funde nach wie vor im Dom befinden.«

Ich machte eine kurze Pause.

»Wollen Sie die Sachen sehen? Ich habe sie gestern gefunden.«

Die Antwort war klar. Niemand wollte sich dies entgehen lassen.

»Dann bitte ich Sie, mir zu folgen. Es ist zwar etwas eng, doch es wird gehen. Wir müssen den Sakristeiturm hoch. – Bis ganz nach oben«, ergänzte ich.

Zuversichtlich ging ich vor, und alle anderen folgten. Die Tür zum Domgarten war verschlossen, und ich hoffte, dass sich dahinter hilfreiche Geister verbargen. Die nächste Tür, die wir erreichten, führte in die Sakristei. Nach zwei weiteren Runden auf der Wendeltreppe waren wir auf der Höhe des Raums über der Sakristei angekommen. Durch die hohen Stufen war ich bereits leicht außer Atem geraten. Es half nichts, wir mussten weiter nach oben. Am Ende der Treppe befand sich ein Raum in der Größe des Turmdurchmessers. Durch kleine schießschartenartige Fenster konnte man in den Dompark schauen. Eine schwere Metalltür führte in den Speicher der Sakristei.

»Gehen Sie nur vor«, animierte ich mein Gefolge. »Die Tür steht offen.«

Jacques hatte ganze Arbeit geleistet und den dunklen und fensterlosen Dachboden mit geheimnisvoll leuchtenden Minilämpchen mystisch illuminiert. An einer Seitenwand des Dachbodens standen große Platten, die mit staubigen Decken verhüllt waren.

»Bitte bleiben Sie in der Nähe des Eingangs stehen«, befahl ich den Anwesenden. »Ich weiß nicht, ob die Statik des Fußbodens einwandfrei ist. Normalerweise ist der Raum nicht zugänglich.«

Ich zog eine Taschenlampe aus meiner mitgebrachten Tasche und ging zu den Platten. Wie bei einer Denkmalenthüllung zog ich die vorderste Decke zur Seite.

Alle Anwesenden starrten in meine Richtung.

»Darf ich vorstellen, meine Damen und Herren: Dies sind die Original-Privilegien von Kaiser Heinrich V., wie sie im Jahr 1111 über dem Türsturz im Hauptportal des Doms angebracht wurden.«

Stille, kein Mucks war zu vernehmen.

»Ich habe es inzwischen verifizieren lassen. Die Lettern sind aus 24-karätigem Gold. Die Tafeln sind aus Bronze, insgesamt besteht die Inschrift aus zwölf Kreissegmenten. Des Weiteren lagen hier bis gestern ein paar Kronen und andere Sachen. Die haben wir mittlerweile sichergestellt.«

Ich ging zu den anderen zurück.

»Das ist ja unglaublich«, stöhnte Fratelli. »Wer hat das nur gemacht?«

Bevor ich antworten konnte, erregte ein kleiner aufspritzender Funken im nahezu dunklen Dachboden unsere Aufmerksamkeit.

Der Funke explodierte zu einer Wolke, mystisch gebrochenes Licht erschien in ihr. Die Wolke löste sich nicht auf, sondern schwebte frei im Raum. Konturen innerhalb der Wolke wurden deutlich, die immer mehr an Klarheit gewannen. Schließlich wurden die Umrisse eines Kopfes sichtbar und das verschwommene Antlitz von Robert Nönn festigte sich. Alle starrten das furiose Schauspiel an.

»Gerechtigkeit«, begann das Antlitz mit dunkler Grabesstimme zittrig zu sprechen. »Ich bin zurückgekommen, um die Sache zu Ende zu bringen. Mein Mörder muss büßen.

Komm, tritt näher, Joachim Wolf, denn du hast mich ermordet. Du hast mir den Pfeiler auf den Kopf geschlagen. Komm her zu mir ...«

Die zittrige Stimme erstarb, das Antlitz starrte uns weiterhin an.

Alle blickten auf den Kanzleidirektor, der nach einer Schrecksekunde nach vorne lief und versuchte, die Wolke zu fassen. Für einen Moment stand er mitten im Kopf von Robert Nönn, der dabei kurz aufstöhnte.

»Alles Lüge!«, schrie Wolf. »Das ist doch fauler Zauber!«

»Nein, ist es nicht«, entgegnete ich. »Sie haben die Anschläge verübt. Wir haben längst genügend Beweise.«

»Nichts haben Sie.« Wolf stand kurz vor einer Explosion.

»Die Analyse Ihrer Tasche aus Otterberg hat mich auf die richtige Spur gebracht. Ihre angeblich wertvollen Sachen waren nur billiger Elektronikschrott. Sie haben vorher Ihre Gerätschaften gegen altes Zeug ausgetauscht, um keinen persönlichen Schaden zu erleiden, Herr Wolf. Das hat Ihnen das Genick gebrochen.«

Der Kanzleidirektor hatte eine Waffe gezogen. Während er uns bedrohte, schloss er die Speichertür von innen ab.

»Tut mir leid, das ändert natürlich einiges.«

Er schlug auf das Antlitz von Nönn ein, was dieses nicht im Geringsten beeindruckte. Nach wie vor schwebte es im Dachboden herum.

»Machen Sie das weg, Palzki.«

»*Herr* Palzki, wenn ich bitten darf. Sie haben noch einen weiteren Fehler gemacht, Wolf. Und zwar die Bombe an Nönns Gartenhäuschen. Sie hatten es ja so eilig gehabt, Detektiv zu spielen. Glücklicherweise steht das Häuschen direkt im Blickwinkel einer Kamera der Nachbarn von Herrn Nönn. Es sind schöne Aufnahmen geworden, Wolf.«

Von Wolfs freundlichem Gesichtsausdruck war nichts übrig geblieben. Er war in die Enge getrieben und überlegte, wie er mit dieser Situation am besten umgehen sollte.

Jetzt war eine gute Gelegenheit, die Sache zu Ende zu bringen.

»Warum das alles? Wieso haben Sie die wertvollen Tafeln hier oben versteckt?«

»Das war ich ja gar nicht. Vor 50 Jahren war ich ein Kleinkind. Diese Geschichte habe ich meinem Patenonkel zu verdanken, der war einer der Architekten bei der Renovierung. Ein Arbeiter hatte damals kurz vor Feierabend die goldenen Lettern gefunden und meinem Patenonkel gemeldet. Dieser hat sie noch in der gleichen Nacht mit seinem Bruder, der damals Domkapitular war, in diesen Raum gebracht. Dass der Arbeiter ein Protokoll angefertigt hatte, war mir bis vor Kurzem unbekannt. Erst vor 20 Jahren hat mich mein Patenonkel eingeweiht und mich schwören lassen, dass die Lettern für immer unser Familien-Geheimnis bleiben würden, und sie niemals zu verkaufen. Dafür hat er mir den Wagen vererbt, das war sein ganzer Stolz. Nachdem mein Patenonkel gestorben ist, habe ich mir darüber nähere Gedanken gemacht. Im Jahr 2025 wollte ich die goldenen Lettern zufällig finden und mir damit selbst ein Denkmal setzen.«

»Warum ausgerechnet im Jahr 2025?«, fragte ich neugierig.

»Dann ist das 1.000-jährige Jubiläum der Grundsteinlegung des Doms, außerdem werde ich in dem Jahr pensioniert.«

»Und deswegen haben sie gemordet?«

»Ist Nönn also wirklich tot?«, fragte Wolf und betrachtete kurz das schwebende Antlitz. »Ich wollte das nicht. Am Anfang habe ich versucht, ihn von der Idee abzubringen, über die Renovierung zu schreiben. Mein Patenonkel hat erzählt, dass es damals ein paar Gerüchte gab, dass irgendetwas Wertvolles gefunden wurde, wahrscheinlich hatte der Arbeiter geplaudert. Ich wollte nicht, dass diese Sache nochmals diskutiert wird. Zufällig bekam ich mit, wie Nönn über seinen Fund im Archiv mit Dr. Alt diskutierte. Ich habe versucht, dieses Protokoll zu vernichten, doch es misslang. Außerdem ahnte Nönn bereits, um was es ging.«

»Das ist aber noch lange kein Grund, jemanden umzubringen.«

Wolfs Stimme bebte, noch immer bedrohte er uns mit seiner Waffe.

»Anfangs wollte ich ihn nur erschrecken. Im Dom wäre es das erste Mal beinahe schiefgegangen. Im gleichen Moment, als ich die Absturzsicherung löste, blieben Nönn und Fratelli einfach stehen. Der Metallrahmen sollte hinter den beiden auf den Boden krachen. Zum Glück waren Sie im Dom. Außerdem habe ich ihn mit anonymen SMS bedroht. Entweder hat er sie nicht gelesen oder einfach ignoriert.«

»SMS?«, unterbrach Fratelli. »Robert Nönn hat zwar ein Handy, das liegt aber meistens ausgeschaltet in seinem Auto.«

»Das wusste ich doch nicht«, versuchte sich der Kanzleidirektor zu rechtfertigen. »In Otterberg gab es eine Fehlfunktion. Die Bombe sollte erst in der Pause hochgehen. Ich habe mich ja selbst beinahe verletzt.«

»Sie Armer«, bemitleidete ich ihn sarkastisch. »Und in Frankenthal haben Sie ihn auch nur aus Versehen getötet, stimmt's?«

Wie ein Wilder schüttelte Wolf seinen Kopf. »Nein, nein, ich wollte das nicht. Ich habe ihn zur Rede gestellt. Ich hatte mich nach meiner Verabschiedung im Kellerraum, dort wo die Weltkugel steht, versteckt und auf Nönn gewartet. Als er kam, habe ich ihm gesagt, dass ich etwas Wichtiges mit ihm zu besprechen habe. Er ging mit mir nebenan in den großen Lagerraum. Ich hatte die Tür bereits vorher mit einem Nachschlüssel geöffnet.«

»Das soll Ihnen jemand glauben?«

»So war es aber!«, schrie er. »Ich bat ihn, nicht weiter über die Dom-Restaurierung zu recherchieren, aber er lachte mich nur aus. Er sagte mir frei ins Gesicht, dass er bereits ahne, dass damals eine Riesensauerei gelaufen sei und er die Sache bis zum Schluss aufklären werde. Er ließ mich einfach stehen und ging zurück in den Vorraum. Ich weiß nicht mehr, was in mich gefahren ist, ich muss von Sinnen gewesen sein. Ich schnappte mir den Metallpfosten und schlug auf ihn ein, aber nur ein einziges Mal. Als ich ihn bewusstlos liegen sah bekam ich Panik.«

»Damit haben Sie ihn umgebracht.«

»Das wollte ich nicht, ich muss weg«, sagte Wolf mit belegter Stimme. »Irgendwohin ins Ausland. Gehen Sie zur Seite, dann passiert Ihnen nichts. Ich werde Sie im Dachboden einschließen. Man wird Sie suchen und im Laufe des Tages bestimmt finden.«

Wolf wurde immer nervöser.

Die Wolke mit Nönns Antlitz, die sich hinter seinem Rücken befand, gab wieder Geräusche von sich.

»Mörder! Mörder!«, hallte es dumpf durch den Dachboden.

Wolf trat zwei oder drei Schritte in Richtung Wolke, und in dem Moment passierte es: Ein Netz fiel von der Decke direkt auf ihn drauf. Es musste sehr schwer sein, denn es drückte Wolf sofort in eine liegende Position.

Zeitgleich flammten mehrere starke Scheinwerfer auf, und wir sahen, dass Wolf fast bewegungsunfähig in dem netzartigen Gebilde gefangen war. Aus einer Ecke des Dachbodens winkte uns Jacques zu. Er war bisher in dem dunklen Raum nicht auszumachen gewesen.

Die Tür ging auf, und eine Reihe Polizeibeamte kam hereingestürmt und kümmerte sich um den Gefangenen.

Jacques kam freudestrahlend auf uns zu und begrüßte als Ersten den Generalvikar.

»Guten Morgen, Herr Dr. Alt. Es freut mich, Sie persönlich kennenlernen zu dürfen. Ich habe schon viel Interessantes von Ihnen gelesen.«

Dr. Alt schaute verdutzt, er kannte Jacques ja nicht. Der Erfinder wandte sich nun an mich.

»Reiner, ich habe die ganze Aktion als 4D-Hologramm aufgenommen. Das wird im Gerichtssaal der Knaller, wenn dieses Beweismittel zugelassen wird.«

Gerhard und Jutta kamen hinzu und baten uns, in die Sakristei zu gehen, damit hier oben mehr Platz für die Spurensicherung wäre.

Fratelli sagte jedem, der es wissen wollte und jedem, der es nicht wissen wollte, dass er schon lange geahnt hatte, dass mit Wolf etwas nicht stimmte. Frau Knebinger stand wie Mathias Huber nur stumm da. Dr. Alt war in ein Gespräch mit Jacques vertieft.

Ein Handy klingelte. Keine Minute später schrie Fratelli durch die Sakristei: »Alle mal herhören! Robert Nönn ist wieder bei Bewusstsein, er wird es überstehen!«

*

Der Generalvikar hatte es eilig. Bereits einen Tag nach dem Showdown in der Sakristei hatte er für den heutigen Ostermontag zu einer Pressekonferenz in das Sitzungszimmer des Bischöflichen Ordinariats eingeladen. Das war mir recht, da ich KPD noch im Urlaub wähnte. Freudestrahlend nahm ich von allen die Glückwünsche entgegen und vergaß nicht, die Gratulanten auch an meine Kollegen Gerhard und Jutta, sowie Dietmar Becker und Jacques zu verweisen, die mit mir gekommen waren. Auch wenn es für mich untypisch war, hatte ich mir einen kleinen Stapel Notizzettel zurechtgelegt, damit ich in meiner Rede vor den Journalisten ja nichts vergessen würde.

Fünf Minuten vor Beginn der Konferenz kam KPD atemlos angerannt.

»Das war knapp«, meinte er zu mir. »Fast wäre ich zu spät gekommen. Wie ist die Sache ausgegangen, Herr Palzki? Ach, lassen Sie mal, ich werde es gleich hören, kann ja nichts Kompliziertes gewesen sein.«

Ich setzte mich in Position und überließ Dr. Alt die einleitenden Worte. Gleich würde ich an die Reihe kommen und von den Ermittlungen erzählen können. In diesem Moment klingelte mein Handy. Voller Bestürzung verwünschte ich den Teufelsapparat. Alle Pressevertreter blickten mich neugierig an. Ich musste drangehen. Ein Stöhnen war das Erste, was ich vernahm. »Reiner, bitte komm schnell, es geht los.«

Es half nichts, ich schnappte mir meine Tasche, nickte ein paar Anwesenden zu und verließ den Raum. Kurz bevor ich die Tür von außen schloss, sah ich, wie KPD an meiner Statt aufstand und eine Rede begann: »Meine sehr verehrten Pressevertreter. Als Chef der Schifferstadter Dienststelle werde ich Ihnen nun einen detaillierten Überblick über diesen ungeheuren Fall geben.«

Mit Tränen in den Augen rannte ich die Treppe hinunter zu meinem Wagen.

Ich war mir sicher: Trotz allem würde es noch ein schöner Tag werden.

ENDE

EPILOG

Die Zeit heilt alle Wunden, wie der Volksmund sagt. Auch im Speyerer Bistum hat sich inzwischen die Aufregung wieder gelegt. Trotz vieler Leserbriefe wurden und werden die Originaltafeln der Privilegien weder ausgestellt noch veröffentlicht. Die Privilegien wurden damals zusätzlich in zwei Urkunden festgehalten. Diese sind nicht mehr erhalten. Vor dem Fund der goldenen Lettern war der Inhalt nur aus Sekundärquellen, also beglaubigten Abschriften, bekannt. Ein Vergleich mit den originalen Lettern ergab, dass bei diesen Abschriften ein paar entscheidende Passagen vergessen wurden. Da die fehlenden Textausschnitte für die Speyerer Bevölkerung alles andere als schmeichelhaft waren, wurde auf eine Veröffentlichung verzichtet.

Der Chefredakteur Robert Nönn erfreut sich bester Gesundheit. Seine Recherchen hat er inzwischen wieder aufgenommen. Wer weiß, was er noch alles findet. Der Clinch mit seinen Nachbarn ist nach wie vor akut. Joachim Wolf sitzt in Untersuchungshaft. Alles Weitere wird die Justiz entscheiden.

Kircheninterne Ermittlungen zu der vermuteten Zisterzienserverschwörung wurden nach kurzer Zeit für beendet erklärt, da keine hinreichenden Verdachtsmomente gefunden wurden.

Frau Knebinger befasst sich allerdings inoffiziell nach wie vor mit diesem Thema. Ein zweites Mal soll ihr so eine Schmach wie beim Planarchiv nicht passieren.

Der Kaffeeschmuggelverdacht gegen den Peregrinus Verlag stellte sich als haltlos heraus. Bei einer internen Untersuchung konnte neben Unmengen an normalem Kaffee und Nutellagläsern nichts Verdächtiges gefunden werden. Bei meinem Abschiedsbesuch gab ich Herrn Fratelli und Frau

Mönch Tipps zur rückstandslosen Vernichtung der Rosenkohlkekse. Sie bedankten sich dafür mit einem Ableger der Ungeheuerpflanze.

Doktor Metzger hat bei der Stadt Speyer einen mündlichen Bauantrag eingereicht, um direkt neben dem Domnapf einen bewirtschafteten Pilgerpavillon errichten zu dürfen. Der Bagger für das Fundament steht bereit. Vor dem Dom verteilt Metzger Flugblätter mit dem Titel ›Fakten schaffen‹.

Gottfried Ackermann befindet sich nach unbestätigten Meldungen wieder in Berlin. Er war in Speyer in eine undurchsichtige Geschichte geraten. Nur durch einen Nacht- und-Nebel-Umzug konnte er seine gepiercte Haut retten.

KPD ist wie immer stolz auf sich. In einer Artikelserie im ›Pilger‹ berichtet er zurzeit von seinen Ermittlungen bezüglich der Privilegien.

Dietmar Becker hat die Situation mal wieder gnadenlos ausgenutzt und einen seiner gefürchteten Krimis geschrieben. Wie immer kommen dabei die Polizeibeamten nicht sehr gut weg. Ich kann nur hoffen, dass niemand in der Bevölkerung Beckers Bücher für bare Münze nimmt.

Jacques ist wie ausgewechselt. Mit dem Generalvikar Dr. Alt hat er eine Art Seelenverwandten gefunden.

Ungeklärt blieb bis heute der Schuss auf mich im Tonstudio des Ordinariats. Man hatte zwar einen ehemaligen Mitarbeiter des Planarchivs in Verdacht, doch beweisen ließ sich dies nicht.

Ja, was gibt es noch zu berichten? Ach ja, am Ostermontag kam ich noch rechtzeitig nach Hause. Es lief fast alles glatt, doch davon erzähle ich Ihnen das nächste Mal.

NACHWORT

Ich hoffe, dass Ihnen ›Pilgerspuren‹ gefallen hat. Ich freue mich wie immer auf Ihre Meinung. Zum Schluss habe ich für Sie noch ein kleines Schmankerl:

Nachdem ich den Geschäftsführer der Peregrinus GmbH mit meiner Krimi-Idee begeistert hatte, und – dank seiner tatkräftigen Unterstützung – innerhalb kürzester Zeit ein positives Feedback des Bistums Speyer erhalten hatte, wollte und sollte ich zunächst die Menschen im Bischöflichen Ordinariat und auch den Dom als Bauwerk kennenlernen. Bereits die erste Dombesichtigung verlief anders als ich erwartet hatte.

Am Mittwoch, dem 29.06.2011, laut Kalender der Namenstag der Heiligen Peter und Paul, traf ich mich mit Klaus Haarlammert, der mir einen mehrstündigen Domrundgang bot, der es in sich hatte. Als Theologe und Kunsthistoriker – und zudem als ehemaliger, langjähriger Chefredakteur der Bistumszeitung »der Pilger« – ist Herr Haarlammert ein profunder Kenner des Doms und der Bistumsgeschichte. Auch zu scheinbar nebensächlichen historischen Begebenheiten und baugeschichtlichen Details weiß er spannende Geschichten zu erzählen. Es war äußerst interessant, und mit Sicherheit werde ich mein Wissen über das »Weltkulturerbe Kaiserdom zu Speyer« unabhängig von diesem Roman aus privatem Interesse inhaltlich vertiefen. Herr Haarlammert zeigte mir »Geheimnisse« des Domes und Orte, die nur wenige Menschen aus Sicherheitsgründen betreten dürfen. Dann, am Schluss der Führung, bemerkten wir vor dem Dom einen Menschenauflauf und hörten Lautsprecherdurchsagen. Wir schauten hinaus in Richtung Domnapf, und Herrn Haarlammert fiel es ein: »Das habe ich ganz vergessen, heute wird der Kirrweilerer Weinzehnt abgeliefert. Da vorne hat gerade der Bischof gesprochen. Kommen Sie mal mit, Herr Schneider.«

Sekunden später stand ich, völlig unvorbereitet, allerdings in geziemender Kleidung, vor Bischof Dr. Karl-Heinz Wiesemann, der gerade mit der Weinübergabe fertig war und von Herrn Haarlammert begrüßt wurde. Dann stellte er mich ganz spontan und locker als den zukünftigen Krimiautor des Bistums vor. Dies hatten auch der Weihbischof Otto Georgens und Generalvikar Dr. Franz Jung mitbekommen. Zu unserer Gruppe trat dann noch der Kanzleidirektor Wolfgang Jochim, Domdekan Dr. Christoph Kohl und Domkapitular Josef Damian Szuba hinzu. Und dann wurde es für mich komplett surreal. Wir standen im Kreis und diskutierten locker drauflos, wer sich im Krimi wohl am ehesten als Täter oder als Opfer eigne. Wir gingen im Geiste natürlich spaßeshalber diverse kriminelle Machenschaften durch und hatten viel zu lachen. Doch das war noch nicht alles. Am Rande stand eine Dame des SWR mit einem Mikrofon in der Hand und wollte eigentlich ein Interview mit dem Bischof oder dem Generalvikar durchführen. Da sie nicht eingeweiht war und sich offensichtlich über die plötzliche Heiterkeit in der Runde wunderte, stand sie nur mit offenem Mund da und verstand die Welt nicht mehr …

Ich kann mich nur bei allen Beteiligten bedanken. Es war eine tolle Zeit, eine prima Zusammenarbeit, und ich habe mal wieder viel lernen dürfen.

EXTRA-BONUS – RATEKRIMI

Reiner Palzki und die Sternsinger

Es hätte so ein schöner Tag werden können.

Heute war ich, wie in jedem Jahr, etwas neidisch auf meine Baden-Württemberger Kollegen. Bereits ein paar Kilometer ostwärts, direkt auf der anderen Rheinseite, begann das Eldorado der Feiertage. Deshalb fielen immer am Dreikönigsfest Massen von Baden-Württembergern in der Ludwigshafener Geschäftswelt ein. An den restlichen Geschäftstagen des Jahres war dies meist umgekehrt. Ein Vorderpfälzer dagegen vermied an solch einem Tag den Besuch der Pfälzer Metropole.

Nur wenige Menschen wissen, wie es zur Namensnennung des Dreikönigsfestes kam. Da ich während meiner Schulzeit einmal ein Referat über dieses Thema halten musste, war mir bekannt, dass im Neuen Testament Matthäus zwar die Weisen aus dem Morgenland beschrieben hatte, deren Anzahl und deren Namen allerdings mit keiner Silbe erwähnte. Genauso wenig wies er sie als Heilige oder Könige aus. Diese Details wurden erst im Laufe der Zeit hinzugedichtet. Selbst die Namen der Könige unterschieden sich je nach Region, und die Anzahl der mitgebrachten Geschenke variierte zwischen zwei und acht.

Heute war mein Arbeitstag am späten Nachmittag zu Ende. Um eine möglichst große Distanz zwischen mir und dem hektischen Treiben der Geschäftswelt zu schaffen, fuhr ich zu einem Bekannten nach Böhl, der mich zu einem kleinen Umtrunk eingeladen hatte.

Heinz, mein Bekannter, wohnt in der Friedrich-Ebert-Straße. Da Heinz als Prokurist in Mannheim arbeitet, hatte er im Gegensatz zu mir von der günstigen rechtsrheinischen

Feiertagsregelung profitiert. Ich erzählte ihm von meinem recht ereignislosen Arbeitstag im Innendienst. Heinz verstand meinen Wink mit dem Zaunpfahl auf Anhieb und brachte mir den ersehnten stärkenden Kaffee. Ich wollte gerade den ersten Schluck nehmen, da läutete es an der Tür. Nachdem Heinz die Tür geöffnet hatte, statteten uns vier verkleidete Jugendliche einen Besuch ab.

»Sieh mal, Reiner, wer da gekommen ist!«

Und schon begann der erste Kronenträger seinen Spruch aufzusagen: »Ich bin der König Balthasar und brachte Gold dem Kinde dar.« Während er weiter sprach, schaute ich mir die Jugendlichen etwas genauer an. Drei von ihnen hatten selbstgebastelte Kronen auf dem Kopf und trugen bunte Gewänder. Der vierte Jugendliche war mit einer Art Besenstiel ausgestattet, an dem ein mit Stoff bespannter Holzstern, in dessen Innerem ein elektrisches Birnchen flackerte, befestigt war. In der anderen Hand hielt er eine Spendendose mit der Aufschrift ›Protestantische Kirchengemeinde Böhl‹. In diesem Moment trat Balthasar zurück, und der nächste König, der ein rußgeschwärztes Gesicht besaß, begann: »König Caspar werde ich genannt. Ich brachte Myrrhe, wie ihr wisst.« Er kam kurz ins Stottern, hatte seinen Text aber sofort wieder parat. Nach diesem Auftritt folgte der dritte König, der sich als Melchior vorstellte und dem Kinde Weihrauch mitgebracht hatte. Heinz, der in seiner Freizeit selbst gern Theater spielt, saß auf seinem Sessel und hörte der Aufführung mit sichtlichem Genuss zu. Nun sang die ganze Jugendgruppe im Chor: »Die Heiligen Drei Könige mit ihrigem Stern, sie ziehen durch die Lande und suchen den Herrn.« Zum Schluss trat der Sternträger hervor und sprach: »Wir sammeln nun, ihr wisst es schon, viele Gaben für die Mission. Drum öffnet bitte eure Hände und gebt uns eine kleine Spende.« Heinz stand auf und applaudierte lautstark. »Bravo, das habt ihr echt gut gemacht. Hier habt ihr eine Belohnung.« Er öffnete sein Portemonnaie, holte einen Geldschein hervor und steckte ihn in den Schlitz der Spendendose. »Hier habe ich noch vier Tafeln Schokolade. Die sind aber für euch und nicht für die Mission«, lachte er.

Die Jugendlichen verabschiedeten sich höflich, und der Sternträger schrieb noch mit weißer Kreide ›20+C+M+B+12‹ über die Haustür.

»Das haben die aber wirklich gut gemacht«, meinte Heinz zu mir gewandt, als die Jugendlichen bereits zum nächsten Haus weitergezogen waren.

»Ja, schon«, antwortete ich. »Trotzdem bin ich mir sicher, dass die Mission von den Spenden keinen Cent bekommen wird, und die vier ausschließlich auf eigene Rechnung unterwegs sind. Rufe bitte meine Kollegen von der Polizeiinspektion an, damit sie schnellstmöglich kommen und sich mal mit den Schlawinern unterhalten.«

Frage: Woran erkannte Kriminalhauptkommissar Reiner Palzki, dass es sich nicht um echte Sternsinger handelte?

Lösung: siehe unter www.palzki.de

PIEFKES RACHE

Kommissar Palzki ermittelt in Österreich

Es hätte so ein schöner Tag werden können.

Das Drama mit den Österreichern begann, als mir mein Kollege Gerhard Steinbeißer von seinen Urlaubsplänen erzählte.

»Du, Reiner«, sprach er mich während eines unbedeutenden Einsatzes an.

»Im Sommer flieg ich mit meiner Freundin auf die Malediven.«

»Von mir aus«, entgegnete ich desinteressiert, »ist ja auch nicht so weit.«

Auf dem Heimweg machte ich mir über den eigenen Urlaub Gedanken. Einzig und allein ein erholsamer Strandurlaub an Nord- oder Ostsee kam infrage. Mit meiner Frau Stefanie konnte ich faul am Strand liegen, während unsere Kinder Melanie und Paul Sandburgen bauten oder schwammen. Die Bedingungen waren verlockend: Die Landschaft war eben, das Hotel und mehrere Restaurants lagen in Sichtweite, was wollte ich mehr. Ich sah sie schon vor mir, die saftigen Steaks und das frisch gezapfte Pilsener. Mehr brauchte ich nicht für einen gelungenen Urlaub, alles andere gab es in meiner geliebten Pfalz, in der ich lebte. Leider machte mir meine Frau ein paar Tage später einen Strich durch die Rechnung.

»So langsam sollten wir mal unseren Urlaub für den Sommer buchen«, begann sie den Unheil bringenden Dialog. »Ich denke, dieses Jahr sollten wir in die Berge fahren, irgendwohin, wo es ruhig ist und wenige Menschen sind. Dann könnten wir ein bisschen Bergwandern.« Sie fixierte meinen Bauch. »In letzter Zeit ist deine Taille leider etwas herausgewachsen. Lass uns in Österreich eine schöne Ferienwohnung buchen.«

»Österreich?«, schrie ich erregt, während ich heftigst

zusammenzuckte. »Das ist ja im Ausland! Weißt du, auf was du dich da einlässt, Stefanie? Ob die dort überhaupt vergleichbare Standards in Sachen Hygiene und Ernährung haben? Was ist, wenn einer von uns krank wird?«

»Jetzt übertreib mal nicht, die Österreicher sind doch in der EU. So schlimm wird's also nicht werden. Und außerdem kann ich uns jeden Tag gesundes Gemüse kochen, das wird es auch dort geben.«

Es kam, wie es kommen musste. Ich buchte eine Ferienwohnung in Österreich, und die Steaks lagen in unerreichbarer Ferne.

Irgendwann war er da, der Tag der Abreise. Stefanie warf einen letzten erstaunten Blick in den hoffnungslos überfüllten Kofferraum. »Was hast du da alles eingepackt?«, wunderte sich meine Frau.

»Nur ein paar Sachen«, spielte ich das Thema runter und schielte komplizenhaft zu meiner zwölfjährigen Tochter. »Ich weiß ja nicht, ob man dort alles kaufen kann.«

Glücklicherweise genügte ihr diese Erklärung. Ein paar Staustunden später, München und der Chiemsee lagen seit geraumer Zeit hinter uns, erreichten wir die Grenze. Minuten später sah Stefanie ungläubig zu mir rüber. »Warum fährst du von der Autobahn runter?«

»Salzburg«, antwortete ich knapp, »du wolltest doch nach Österreich.«

Ihr Unterkiefer klappte nach unten, sie war einen Moment sprachlos. »Salzburg ist eine Stadt. Ich wollte nach Österreich in die Berge«, sagte sie schließlich entsetzt.

Ich zeigte in südliche Richtung. »Da schau, da siehst du ganz viele von den hohen Dingern. Unsere Ferienwohnung hat sogar einen Balkon in diese Richtung.«

Ja, ich geb's zu, vielleicht war dies etwas unsensibel. Dummerweise lag unsere gemietete Wohnung zudem noch ziemlich zentrumsnah. Es war eng, laut und hektisch. Wie bei uns in Ludwigshafen. Hinzu kam, dass die Aussicht vom Balkon in 30 Meter Entfernung an einem mehrstöckigen Wohnblock endete. Wenigstens gefiel meiner Frau die geräumige Wohnung. Und selbst die Kinder waren zufrieden, da jedes der beiden Kinderzimmer einen eigenen Fernseher mit dialektfreiem deutschsprachigem Satellitenempfang hatte. Nachdem ich alle Koffer in die Wohnung getragen und meine Sachen ausgepackt hatte, ruhte ich mich ein wenig aus. Dies gelang mir ganze drei Sekunden lang, bis mich der Schrei meiner Frau aus der Erholungsphase zurückholte. Ich lief in die Küche und sah das Ungemach. Nein, ich meine damit nicht meine Frau, sondern die Flasche Pilsener, die sie in der Hand hielt.

»Was ist das?«, stotterte sie mir entgegen.

»Bier?«, fragte ich unsicher.

»Natürlich ist das Bier«, antwortete sie streng. »Das ist mir eben auf den Fuß gefallen, als ich den Kühlschrank öffnete.«

»Oh, entschuldige bitte. Dann habe ich das nicht richtig eingeräumt.«

Stefanie ließ sich davon nicht beruhigen. »Eingeräumt? Schau dir mal an, wie es im Kühlschrank aussieht!«

Aha, daher wehte also der Wind. Ich tat ihr den Gefallen und blickte in das Gerät. Bis zum letzten Eck war es ausnahmslos mit Bierflaschen gefüllt. Ich schaute Stefanie mit treudoofem Blick an. »Da ist noch mehr Bier.«

»Ja, mein lieber Mann, das sehe ich selbst. Wo soll ich jetzt das Gemüse und den Käse hintun?«

»Ich dachte, wir gehen jeden Tag essen, damit du etwas vom Urlaub hast und dich mal so richtig erholen kannst.« Mit dieser Finte würde ich Erfolg haben. Doch diese Einschätzung erwies sich als falsch.

»Damit deine Taille immer breiter wird? Außerdem macht mir das Kochen, im Gegensatz zu dir, viel Spaß. Aber jetzt sag mal, warum das viele Bier?«

»Na, na, so viel ist das auch wieder nicht, wir bleiben immerhin zehn Tage im Ausland. Abends trinke ich halt mal gerne mein geliebtes Pilsener. Und hier in Salzburg wird es bestimmt kein vernünftiges Bier geben. Ich habe keine Ahnung, ob sich in Österreich überhaupt so etwas wie ein Brauwesen durchgesetzt hat. Das Deutsche Reinheitsgebot wird hier sicher nicht gelten. Oder hast du schon mal von einem Österreichischen Reinheitsgebot gehört? Denke doch mal daran, als wir in Frankreich waren. Das Bier hat wie Wasser geschmeckt, weißt du das nicht mehr?«

»Nein«, entgegnete sie knapp. Sie wollte gerade zu weiterer Kritik ansetzen, als Melanie in die Küche kam. Auf ihren Händen trug sie eine Palette Coladosen.

»Papa, passt das noch in den Kühlschrank?«

Dieses Problem konnten wir gemeinsam lösen. Wir einigten uns nach längerer Diskussion auf maximal drei Flaschen Bier und zwei Dosen Cola im Kühlschrank.

Mein geliebtes Bier war gerettet. Vor ein paar Jahren wurde bei uns in der Pfalz auf der grünen Wiese eine neue Brauerei gegründet. Die Brauerei Globa braut ein vorzügliches Bier. Neben dem Pilsener schmeckt insbesondere das dreifach gegärte Lagerbier himmlisch. Es wird als dreilagiges Globa-Bier weit über die Region hinaus vermarktet.

Nachdem meine Frau einen Salzburg Prospekt entdeckt hatte, machten wir uns am nächsten Tag daran, das touristische Pflichtprogramm zu absolvieren. Mir war das allemal lieber, als unnötige Energie in das Besteigen von Bergen zu investieren.

»Mama, schau mal, das Pferd hat auf die Straße geschissen!«

Dafür wurde der neunjährige Paul sofort von seiner Mutter zurechtgewiesen. »Paul, unterlasse bitte diese Ausdrücke. Diese Kutschen nennt man übrigens Fiaker.«

»Die müssten wohl eher Vieh-Straße heißen«, versuchte

ich mich mit einem doofen Wortspiel, das niemand verstand. Vielleicht war es besser so.

Es herrschte ein Gedränge, fast wie in der Heidelberger Altstadt. Hin und wieder konnte ich sogar eine Bierwerbung an dem einen oder anderen Etablissement hängen sehen. Die Namen sagten mir nichts, es musste sich aber wohl um deutsche Importe handeln. Wo sollten die Österreicher in dieser Berg- und Tal-Landschaft Hopfen oder Getreide anbauen?

Meine Frau brachte ich zum Erstaunen, als ich einer Japanerin auf Englisch den Weg zum Mozarthaus erklärte. Zufälligerweise waren wir Minuten vorher daran vorbeigelaufen.

»Wie, du sprichst Englisch? Ich dachte immer, du sprichst nur pfälzisch, und deine einzige Fremdsprache wäre rudimentäres Hochdeutsch!«

»Meine liebe Frau«, entgegnete ich lächelnd, da ich wusste, dass sie mich auf den Arm nehmen wollte.

»Viele Polizisten haben heutzutage eine Schulausbildung genossen, die meisten haben sie sogar erfolgreich abgeschlossen. Bei einigen gehörte sogar das Erlernen einer Fremdsprache wie Englisch dazu.«

Meine Frau lachte, was mich glücklich machte. Da unsere Kinder wegen der bereits zurückgelegten Fußstrecke von mehreren hundert Metern motzten, intervenierte ich.

»Da schaut, da gehen wir jetzt rein und bestellen was zu essen.« Ich zeigte auf eine Wirtschaft, die ›vegetarische und nichtvegetarische Gerichte‹ auf einem großen Werbebanner auslobte. Oben drüber entdeckte ich erfreut ein Brauereischild: ›Schmarrn-Bräu‹. Stefanie ließ sich zum Gaststättenbesuch überreden.

»Da essen wir aber was typisch Österreichisches.«

»Von mir aus«, knurrte ich, »ich nehme dann ein Wiener Schnitzel mit Jägersoße und als Sättigungsbeilage ein Steak.«

Paul bot mir als Vorspeise eine Mozartkugel an, die er und seine Schwester zuvor von ihrer Mutter gekauft bekommen hatten. Da ich grundsätzlich Süßigkeiten, selbst wenn sie ausländischer Herkunft sind, nicht abgeneigt bin, biss ich hinein. Meine Güte, ich fühlte mich wie ein trockengelegter Drache, so stark blies mir sofort das Sodbrennen aus der Röhre. Obwohl man es bei dem Namen Salzburg nicht vermuten würde, das Zeug war unerträglich süß. Das wäre vielleicht noch zu überleben gewesen, wenn meine Frau nicht auf die Idee gekommen wäre, für alle Familienmitglieder den sogenannten ›Kaiserschmarrn‹ zu bestellen. Er sah irgendwie nach Resteverwertung aus, und dazu noch fleischlos, doch es gab kein Zurück. Zwei Bissen, mehr ging wirklich nicht. Ich hauchte Stefanie mit letzter Kraft ein »bin gleich zurück« entgegen und verließ das fremdländische Etablissement. Glücklicherweise erspähte ich vis-à-vis eine Apotheke. Ich stürmte das Gebäude und blies der Apothekenhelferin mit weit geöffnetem Mund einen Schwall heiße Luft entgegen.

Diese nickte sofort betroffen und fragte: »Mozartkugeln oder Kaiserschmarrn?«

Mit allerletzter Kraft hauchte ich ihr ein »Beides« entgegen. Die freundliche Verkäuferin zog die oberste Schublade unter der Theke heraus und legte sie obenauf. Sie war gefüllt mit Großpackungen gegen Sodbrennen. Ich fackelte nicht lange und riss eine der Packungen auf, schneller als die Apothekenhelferin reagieren konnte. Diese schüttelte den Kopf und meinte, mehr zu sich selbst: »Immer das Gleiche mit diesen Touristen.«

Von Mozarts Rache halbwegs erlöst, bedankte ich mich, bezahlte und zog mit der geöffneten Klinikpackung von dannen.

Dem fragenden Blick Stefanies entgegnete ich mit:

»War nur eine kleine Unpässlichkeit wegen des ungewohnten Essens, es ist wieder alles in Ordnung.«

Ich bestellte mir zum Trost etwas zu trinken. Der Ober brachte mir das gewünschte Schmarrn-Bier, und ich nahm einen tiefen und befreienden Zug. Es schmeckte vorzüglich. Da die Bedienung am Tisch stehen geblieben war, fragte ich: »Das Schmarrn-Bier schmeckt sehr gut, das kommt doch bestimmt aus Deutschland, oder?«

Der Mundwinkel des Obers zuckte einen Moment, bevor er sich wieder unter Kontrolle hatte. »Brauen tun wir inzwischen teilweise selbst, mein Herr. Die Zutaten kaufen wir drüben bei euch.« Er bückte sich zu mir runter und flüsterte mir ins Ohr. »Zweimal die Woche lassen wir einen Tanklaster zum Chiemsee fahren. Der pumpt nachts heimlich das Oberflächenwasser ab. Das ist ideal zum Bierbrauen. Wir Österreicher haben halt keine so gute Wasserqualität.«

Es musste stimmen, was mir der Ober anvertraute. Schon als wir am See vorbeifuhren, war mir aufgefallen, dass der Wasserstand des Chiemsees recht niedrig war. Allerdings war der Ober noch nicht fertig. Er zeigte auf meinen fast unberührten Teller. »Und aus dem Treber, der beim Brauen übrig bleibt, backen wir für die Touristen den Kaiserschmarrn.«

Ich blickte auf die Schmarrn-Klumpen auf meinem Teller, danach auf das Schmarrn-Bier. »So süß schmeckt das Bier gar nicht.«

Der Ober winkte ab. »Das können wir alles mit ein bisschen Chemie neutralisieren. Ihr in Deutschland dürft das ja nicht mit eurem Reinheitsgebot. Wir sind da etwas flexibler. Hauptsache, es schmeckt den Touristen.«

Ich wurde hellhörig. »Und was trinken Sie für ein Bier?«

»Sie wollen es aber genau wissen«, flüsterte der Ober weiter. »Also gut, wie Sie wollen. Gehen Sie draußen die Getreidegasse Richtung Westen zum Mönchsberg. Kurz bevor die Gasse endet, geht's links in die Malzgasse. Im zweiten Haus finden Sie die modernste österreichische Brauerei mit allen Schikanen. Das ist der absolute Geheimtipp, steht natürlich in keinem Touristenführer. Ist schließlich nur für uns Einheimische gedacht.«

Ich bedankte mich für den Insidertipp und war glücklich, zumal mich Stefanie nicht nötigte, den Rest des Kaiserschmarrns zu essen. Sie blickte auf meinen fast vollen Teller und verzog das Gesicht.

»Heute Abend koche ich in unserer Wohnung was Gesundes. Ich wusste nicht, dass der Kaiserschmarrn so süß ist.«

Ich blickte zu Paul, der seinen Teller bis auf den letzten Krümel leer gegessen hatte und sich als Nachtisch unablässig Mozartkugeln in den Rachen warf, die er nicht einmal zu kauen schien. In einer kleinen Pause fragte er mich: »Papa, warum sprechen die Leute eigentlich so komisch? Die hören sich an wie Micky Maus auf Ecstasy.«

»Ich habe den Ober auch nicht verstanden«, meldete sich Melanie. »Hat der vielleicht einen schweren Sprachfehler?«

Eigentlich müsste ich nun als Erziehungsberechtigter dringend hinterfragen, woher Paul wusste, wie sich jemand nach dem Genuss von Ecstasy anhörte. Das Zeug gab es schließlich auch in Deutschland. Da meine Frau ebenfalls auf eine erzieherisch wertvoll wirkende Antwort aus meinem Mund wartete, erläuterte ich den Kindern: »Wir sind hier in einem fremden Land. Man kann nicht davon ausgehen, dass überall Pfälzisch gesprochen wird.«

Nachdem ich die überraschend hohe Rechnung bezahlt und 42 Cent Trinkgeld hinzuaddiert hatte, wedelte Stefanie freudestrahlend mit dem Prospekt. »Jetzt laufen wir als Verdauungsspaziergang hoch zur Burg. Dort haben wir bestimmt eine tolle Aussicht auf die Berge.«

Sofort zogen Melanie und Paul Schnuten und begannen zu maulen.

»Können wir lieber ein Taxi nehmen?«, meinte Paul.

»Oder eine Kutsche?«, ergänzte Melanie. »Die Wege sind doch voller Pferdescheiße, da mag ich nicht laufen.«

Ich erkannte meine Chance, indem ich meiner Frau beistand. »Nichts da, ihr habt gehört, was eure Mutter gesagt hat. Die paar Meter zur Burg hinauf werden euch guttun. Ihr seid in letzter Zeit sowieso etwas zu bequem und faul geworden.«

Stefanie lächelte mir wegen der unerwarteten Hilfestellung zu. Jedenfalls bis zu meinem folgenschweren, psychologisch nicht ganz geschickt angebrachten Nachsatz: »Ich schaue mir inzwischen kurz die Brauerei an, von der der Ober erzählte, dann treffen wir uns in zwei Stunden wieder hier.«

Nach ein paar weiteren Worten gelang es mir, den Rest der Familie von meinem Plan zu überzeugen. Ich hatte nun für zwei Stunden sturmfreies Salzburg, die es zu nutzen galt. Eine moderne Brauerei, hier in Österreich, das konnte ich mir beim besten Willen nicht vorstellen. Dieser offensichtliche Widerspruch musste geklärt werden. Oder hatte mich der Ober auf den Arm genommen?

Nein, so etwas machte man nicht mit Touristen. Ich lief die Getreidegasse wie beschrieben entlang und fand wenig später die Malzgasse. Sie war recht kurz und endete 50 Meter weiter an einem steil ansteigenden Hügel, auf dessen oberem Ende ich so etwas wie eine alte Stadtmauer ausmachen konnte. Beim ersten Mal lief ich am Eingang glatt vorbei. Erst im zweiten Anlauf entdeckte ich das winzige, fast nicht lesbare Brauereischild an einer vergammelten Tür, die wie der Eingang zu einer verkommenen Spelunke aussah. Das dazugehörende Gebäude sah weit weniger vertrauenerweckend aus. Seltsamerweise gab es weder eine Klingel noch sonst eine Möglichkeit, sich anzumelden. Da die Tür nur angelehnt war, öffnete ich sie und blickte auf eine schmutzige Kellertreppe.

»Hallo, ist hier jemand?«

Nachdem ich den Ruf ergebnislos wiederholt hatte, nahm ich meinen Mut zusammen und stieg die Treppe hinab. Diese mündete in einen größeren Raum. Die spärliche Beleuchtung ließ die heruntergekommenen Braukessel noch erbärmlicher erscheinen, als sie tatsächlich waren. Die Kupferkessel waren mit Grünspan überzogen, die Leitungen und diverse herumliegende Gerätschaften waren zentimeterdick mit Staub bedeckt. Hier wurde mit Sicherheit seit 100 Jahren kein Bier mehr gebraut. Wusste ich doch, dass es in Salzburg keine Braukultur gab! Selbst das Schmarrn-Bräu war, wie der Ober mir verraten hatte, eigentlich ein deutsches Produkt.

Plötzlich blendete mich der Strahl einer Taschenlampe.

»Servus«, sprach mich der Halter der Lampe an, »du musst unser Mann aus Deutschland sein, oder?«

Die Gestalt, die Ottfried Fischer nicht unähnlich war, kam näher und begaffte mich neugierig. Was sollte ich jetzt sagen? Die Wahrheit? Nein, ich konnte doch diesen Einheimischen, vielleicht war es sogar der hiesige Braumeister, nicht traumatisieren, indem ich ihm sagte, wie hoffnungslos veraltet seine Brauerei war.

»Der Kollege ist erkrankt, ich bin die Vertretung.«

Der Ottfried-Fischer-Klon zuckte mehrmals mit seinem Kinn. »Weißt du denn, um was es geht? Ich bin der Ottfried, und wie heißt du?«

Bingo, dachte ich aufgrund seines Namens. Ich imitierte sein zuckendes Kinn, vielleicht war es ja das Erkennungszeichen eines dubiosen Geheimbundes.

»Ich bin der Reiner. Nein, ich weiß nicht Bescheid. Der Kollege ist plötzlich erkrankt, da war keine Zeit mehr, mir alles zu erklären. Der Ottfried wird mir alles berichten, sagte man mir.«

Puh, hoffentlich ging das gut. Mein Gegenüber dachte kurz nach und kam dann wohl zu dem Schluss, dass alles seine Richtigkeit hatte.

»Du hast hoffentlich den Lastwagen dabei?«

»Aber sicher«, antwortete ich. »Was soll ich wann wohin bringen?«

»Das übliche Zeug, das wir für unsere Schmarrn-Braue-rei brauchen. Du musst wissen, dass bei uns nur 25 Prozent des benötigten Hopfens aus Österreich selbst kommen, mehr gibt es halt bei uns nicht. Der Rest wird hauptsächlich aus Deutschland importiert. Mit dem Malz ist es ähnlich, und die meisten Brauereien holen, so wie wir, sogar heimlich ihr Brau-wasser aus Deutschland. Das Ganze wird mit chemischen Mitteln geschmacklich auf Vordermann gebracht und zum Schluss als österreichisches Qualitätsprodukt verkauft.«

Er schüttelte sich. »Und das nicht nur an die Touristen, da wär's ja egal. Nein, sogar wir Einheimischen bekommen das deutsche Zeug vorgesetzt.«

Ich war aus einem anderen Grund entsetzt, ließ mir jedoch nichts anmerken. Neugierig geworden, hakte ich nach: »Wie lautet der Plan?«

»Wir fahren zweigleisig. Unsere Schmarrn-Brauerei ist bis-her in Salzburg nur eine kleine Brauerei. Wir müssen die gro-ßen Mitbewerber verdrängen, damit wir mehr Profit machen können. Hier, schau dich um, das ist eine gebrauchte Braue-reiausstattung, die aus Bayern importiert wurde, die liegt seit Jahrzehnten ungenutzt herum, ist aber so gut wie neu. Die geht bald in Betrieb, damit verdoppeln wir unsere Kapazitä-ten auf einen Schlag. Nächste Woche starten wir eine große Aufklärungskampagne. Wir sagen den Leuten, was in den Bieren der österreichischen Brauereien drin ist und vor allem, wo das Zeug herkommt. Gleichzeitig werben wir mit unse-rem Schmarrn-Bier und garantieren, dass alle Zutaten aus unserem Land kommen. Wir können sogar nachweisen, dass der gesamte in Österreich angebaute Hopfen ausschließlich in unserer Brauerei landet. Damit stechen wir die etablierte Konkurrenz aus.«

Konkurrenz, dachte ich. Das würde ja bedeuten, dass es in diesem Land mindestens zwei Brauereien gibt.

»Und das zweite Gleis?«

»Wir haben in alle Salzburger Brauereien Maulwürfe eingeschleust. Sobald unsere Werbekampagne läuft, werden diese Männer ein kleines, selbst zusammengemischtes Pülverchen in die Brauhefe geben. Die Endkontrolle in den Brauereien wird nichts davon bemerken.

Erst wenige Tage nach der Auslieferung wird das Bier schlagartig sauer, genau dann, wenn es beim Kunden ist.«

»Und was soll das bringen?«

»Verstehst du nicht? Unser Bier ist dann das einzig genießbare in Salzburg und Umgebung. Und noch dazu aus rein inländischen Zutaten. Damit sind wir sofort Marktführer und bestimmen die Preise.«

»Und was ist dabei meine Rolle?«

Er druckste etwas herum. »Na ja, ein bisschen schummeln müssen wir schon. Wir haben in unserer Brauerei kein geeignetes Wasser. Das sollst du uns zwei- bis dreimal in der Woche bringen. Am besten vom Chiemsee, wegen der hohen Wasserqualität. Der Fahrer, der das die ganze Zeit gemacht hat, wurde vom Zoll erwischt. Außerdem brauchen wir jede Woche eine Lieferung Hopfen aus dem Hallertau, unserer ist nicht halb so gut wie der aus Deutschland.«

Nachdem ich ein paar weitere Einzelheiten des Plans erfahren hatte, wollte ich nur noch aus diesem Keller heraus. Ich blickte verstohlen auf meine Armbanduhr und spielte ein Erschrecken: »Verdammt, die Parkuhren sind abgelaufen.«

»Wieso Parkuhren?«, fragte Ottfried.

»Wegen des Lasters, der blockiert gleich drei Parkplätze auf einmal. Ich muss los, wann ist mein erster Einsatz?«

Nachdem er mir genaue Instruktionen gegeben hatte, konnte ich mich ohne Schwierigkeiten verabschieden. In der Getreidegasse angekommen, dachte ich über diese abstruse Situation nach. Eigentlich müsste ich das eben Gehörte der hiesigen Polizei melden. Doch würde man mir glauben? War es überhaupt meine Pflicht, mich in einen Brauereikrieg einzumischen? So gut war das Schmarrn-Bier schließlich nicht. Ich grinste in mich hinein und beschloss, den kleinen Ausflug in die Braulandschaft Österreichs einfach zu vergessen. Ich freute mich auf den Kühlschrank in unserer Ferienwohnung. Und nach dem Urlaub würde ich wieder ein paar Flaschen dreilagiges Globa-Bier trinken. Die Österreicher sollten sich um ihr Bier selbst kümmern.

Ja, ja, dachte ich mir zum Abschluss. Wer den Schaden hat …

köb ⫶\ bv.

KATHOLISCHE ÖFFENTLICHE BÜCHEREIEN ✝ BISTUM SPEYER

Lese- und Literaturförderung ist unser Anliegen.

160 Büchereien im Bistum
1.000 Ehrenamtliche
30.000 Leser
200.000 Besucher
2.000 Veranstaltungen

Spannende Unterhaltung und Lesespaß

Mit dem Autor der „Palzki-Parodie-Krimis", Harald Schneider, findet in verschiedenen Katholischen Öffentlichen Büchereien im Bistum Speyer eine besondere Autorenlesereise statt. Bis zum Jahresende 2012 wird Harald Schneider bei seinen Lesungen stimmungsvoll mit Perkussions begleitet.

Harald Schneider

Termine zur Autorenlesereise und Informationen zu unseren Büchereien finden Sie unter: www.bistum-speyer.de (Navigationspunkte: „Bildung" und „Büchereiarbeit")

Standorte der Katholischen Öffentlichen Büchereien finden Sie auf der Internetseite: www.borromaeusverein.de

Förderpartner sind neben Harald Schneider:

Kirchenzeitung - Bistum Speyer - seit 1848   Gmeiner-Verlag GmbH

Harald Schneider
Künstlerpech
978-3-8392-1384-1

»Ein authentischer Krimigenuss in bewährt humorvoller, skurriler Palzki-Art.«

Der Kurpfälzer Comedian Pako soll im Frankenthaler Congressforum auftreten, doch noch vor der Show stirbt ein Bühnenarbeiter. Kommissar Reiner Palzki ermittelt im tiefen Sumpf des Künstler- und Veranstaltungsmilieus. Galt der Anschlag eigentlich Pako? Weitere Mordversuche kann Palzki unter Einsatz des eigenen Lebens verhindern. Schließlich stellt sich die entscheidende Frage: Wer ist die geheimnisvolle rothaarige Frau, die überall auftaucht und die doch niemand zu kennen scheint?

Harald Schneider
Palzki ermittelt
978-3-8392-1331-5

»Ermitteln Sie mit dem beliebten Kommissar Palzki und seiner Familie!«

Einfach, einfach und noch mal einfach. Oder doch nicht? Auf Kommissar Reiner Palzki warten 30 Fälle. Tatkräftig unterstützt wird er von seiner Familie. Für jeden Leser eine wahre Herausforderung. Nur genaues Lesen führt den Ermittler zum Ergebnis. Haben auch Sie das Zeug dazu?

Harald Schneider
Blutbahn
978-3-8392-1240-0

»Eine packende Mörderjagd quer durch die Rhein-Neckar-Pfalz Region. Unbedingt lesen!«

Fastnachtszeit. Im Hbf Schifferstadt wird in einer S-Bahn ein Toter mit einem Dreizack in der Brust gefunden. Das Opfer Willibald Teufelsreute arbeitete in einer S-Bahn-Werkstatt in Ludwigshafen. Kommissar Reiner Palzki erfährt dort, dass mehrere Personen ein Tatmotiv gehabt hätten, da Teufelsreute äußerst streitsüchtig war. Doch dann wird in Mannheim eine weitere Leiche gefunden, ermordet auf die gleiche Weise, wieder in einer S-Bahn. Die tote Frau trägt den Mädchennamen Teufelsreute, jedoch scheint es zunächst keinerlei Verbindungen zu dem ersten Opfer zu geben ...

Wir machen's spannend

Unsere Lesermagazine
2 x jährlich das Neueste aus der Gmeiner-Bibliothek

Alle Lesermagazine erhalten Sie in Ihrer Buchhandlung oder unter www.gmeiner-verlag.de.

24 x 35 cm, 32 S., farbig; inkl. Büchermagazin »nicht nur« für Frauen

10 x 18 cm, 16 S., farbig

GmeinerNewsletter
Neues aus der Welt der Gmeiner-Romane

Haben Sie schon unsere GmeinerNewsletter abonniert?

Monatlich erhalten Sie per E-Mail aktuelle Informationen aus der Welt der Krimis, der historischen Romane und der Frauenromane: Buchtipps, Berichte über Autoren und ihre Arbeit, Veranstaltungshinweise, neue Literaturseiten im Internet und interessante Neuigkeiten.

Die Anmeldung zu den GmeinerNewslettern ist ganz einfach. Direkt auf der Homepage des Gmeiner-Verlags (www.gmeiner-verlag.de) finden Sie das entsprechende Anmeldeformular.

Ihre Meinung ist gefragt!
Mitmachen und gewinnen

Wir möchten Ihnen mit unseren Romanen immer beste Unterhaltung bieten. Sie können uns dabei unterstützen, indem Sie uns Ihre Meinung zu den Gmeiner-Romanen sagen! Senden Sie eine E-Mail an gewinnspiel@gmeiner-verlag.de und teilen Sie uns mit, welches Buch Sie gelesen haben und wie es Ihnen gefallen hat. Alle Einsendungen nehmen automatisch am großen Jahresgewinnspiel mit attraktiven Buchpreisen teil.

Wir machen's spannend